南京十年

1927
–
1937

著 王一心

团结出版社

© 团结出版社，2024 年

图书在版编目（ＣＩＰ）数据

南京十年 / 王一心著. - 北京： 团结出版社，
2024.8
ISBN 978-7-5234-1048-6

Ⅰ . I267

中国国家版本馆 CIP 数据核字第 2024714JN9 号

责任编辑: 伍容萱
封面设计: 阳洪燕

出　版: 团结出版社
　　　　（北京市东城区东皇城根南街 84 号　邮编: 100006）
电　话:（010）65228880　65244790（出版社）
　　　　（010）65238766　85113874　65133603（发行部）
　　　　（010）65133603（邮购）
网　址: http://www.tjpress.com
E-mail: zb65244790@vip.163.com
　　　　tjcbsfxb@163.com（发行部邮购）
经　销: 全国新华书店
印　装: 三河市东方印刷有限公司

开　本: 164mm×250mm　16 开
印　张: 19.75　　　　　　　　　　　字　数: 253 千字
版　次: 2024 年 8 月　第 1 版　　　印　次: 2024 年 8 月　第 1 次印刷

书　号: 978-7-5234-1048-6
定　价: 69.00 元
　　　　（版权所属，盗版必究）

写在前面

　　当听说抗战全面爆发前南京的十年被称作"黄金十年"时，自不免生出兴趣。可转念一想，或也不必感到惊奇。因为一座城市偶然被时代的胜利者定为首都，获得了其他城市无法相比的发展机会和条件，建设速度自会超常，不凡的成就自然可望。当然，这话是有前提的。即使拥有良机和优越条件，也并不意味着一定就能愿遂事成。如果不竭尽心力或缺少聪明才智的话，良机有可能在倏忽间失去，优势也可能转瞬无存。

　　一个时代是不是黄金岁月，一个社会黄金几何，在各人心里，衡量的标准与证明的方式想必不同。我选择生活在那个时代的不同职业者，试图从那些普通人的经历与感受中获取答案，私以为这样更真实，也更有意义。

　　为此我在史料里徜徉了很久，也曾接触过一些从那个年代过来的人，最终筛选出洋行职员、科研学者、算命先生、政府秘书、党务工作者、报社记者、社团人士、监狱狱警、小学校长、中医医生、工程师、邮政职员共 12 种职业。每种职业设立一个角色，充当该职业的代言人，并以第一人称的视角叙述史实。为避免读者产生误解和疑惑，这 12 位时代的影子只显现职业的身份，不取名姓。

2024 年 6 月 20 日于沈阳旅次

目录

八字山：风雨都在眼前

我总是长久地站在八字山顶陷入遐思，而对酷日之毒与罡风之劲浑然不觉，直到有一天我忽然意识到自己的内心已经躁郁成茧。

南京西奈半岛

如今沿中山北路一路向西去中山码头，途中须穿过城门挹江门。城门内侧马路南边有个公园，主体是一座被称作"八字山"的山丘，除了附近居民早晚散步健身外，南京人多半想不起向外地人推荐去那里游览。可就是这座小山，史上却并非籍籍无名。它海拔虽然仅有四十几米，却因所处位置既为大江屏障，视线近处一无遮挡，足够四下眺望，故名"四望山"。而山石的形状与颜色，以及所构成的山势，给人独特的印象。南京被称作"石城"，也与四望山的岩石有关。

原先挹江门处并无城门，来去下关江边码头，都从码头东北方向的城门仪凤门进出南京城。后来百姓为图方便，自行在下关码头正东方向的城墙根掏掘了一个门洞。随着民国初年津浦铁路通车，下关码头上下客流增加，官方便于 1914 年在此开建单孔城门，取名"海陵门"，并修筑了自城门至码头的道路。显然当时的人们并无爱惜城山的意识，而只

通往下关码头的挹江门。此处本没有门，起先是百姓为求便利私自掏了门洞，后来才改建了城门的。

知靠山吃山，乐得修路的土石可以就近取自四望山。

国民政府定都南京的第二年，南京市教育局就向市政府提出，说各个城门的名称，不是含有封建思想，就是涉及神怪等荒谬之说，与现代潮流颇不适合，应该改掉。其中最可笑的是丰润门改名的理由，说丰润门是在直隶（今河北省）丰润县人张人骏任两江总督期间，清朝官吏为阿谀张人骏而取此名，同时却又建议改为"中正门"，"以纪念蒋总司令领导革命努力北伐之功"。好在最终国民政府未予采纳，而将"丰润门"改为"玄武门"，又将"海陵门"改为"挹江门"。

"海陵门"之名取自韩国钧执政江苏时期，因韩原籍江苏泰州，泰州古称海陵县。"挹江门"是诸城门名字中改得最为贴切又富意味的一个，道出该城门与长江咫尺之近，仿佛听得见吟唱："掬长江之水兮，濯我缨濯我足。"

在挹江门成为来去下关码头出入城的首选之后，无意之中，又把四望山的名字给改了。四望山位置显眼，注重口号与宣传的国民政府自然要加以利用。1928 年 4 月 19 日，国民政府下令提倡传统道德，把孙中山主张的"忠孝、仁爱、信义、和平"八个字作为社会行为规范，后来便在四望山面向大道的北坡，用石块砌成八个相连的拱形，又用石片将这八个大字分别嵌入，十分醒目。

长此以往，每遇人问路，当地人多会指称八字山，以其为地标，而四望山之名渐渐被人淡忘。中华人民共和国成立之初，山上的八个字改作"发展生产、繁荣经济"，"文革"中又改为领袖人物的八字警句"团结、紧张、严肃、活泼"。内容一变再变，而八字之数一贯，"八字山"始由俗称而终于固化。

或许是因为"四望山"在南京人的口音中念起来有些含混，乍一听还以为叫"双山"，不够清亮。在它被"八字山"取代之前，竟然先有一个俗称叫"美孚山"。

在四望山一带，聚集了在此居住的外国贸易公司和船运公司职员，四望山上建有美孚洋行职员住所，美孚山因此得名。美孚公司不仅占山为"美"，还占街为"美"。在挹江门外的宝善街以北，有一片荒草滩被美孚洋行利用，渐成街道后即称"美孚街"。美孚山与美孚街最先都是洋人指称，继而被百姓接受，之后多年，约定俗成而几乎成为正式地名，甚至连门牌号都有了。

比如在国民政府工商部劳工司20世纪20年代末期编的《各地工会调查报告》里，南京市纽扣业工会的地址就写着"美孚街"。1932年秋，原先一直自行发电的美孚山美孚公司职员住宅，向下关电厂申请改由电厂供电。该厂在厂刊《首都电厂月刊》的"要闻"报道中，即称"美孚山"云云。1934年元月，下关扬子饭店失火，《中央日报》在报道中点出扬子饭店的地址为"美孚街三四五号"。

也就在这一年，市工务局收到民族意识强烈的市民来信，说美孚山与美孚街的名称均系外商命名我国地名，殊不适宜。市工务局觉得说得有道理，于是向市政府呈一报告，请求改回"四望山"，同时将"美孚街"的名称取消，沿用其南端宝善街的名称，随即得到市长石瑛的批准。

可是习惯的力量超出人们的想象，直到1938年初，红十字会南京分会在掩埋死于日军刀枪下的中国军民人数的报告中，对发现尸体的地点，还在称"美孚街"呢。

我的一位生活在镇江的伯父是基督徒，早年曾于美国教会在当地创办的润州中学就读，受他美国传教士校长赛兆祥的影响很深。我的父母在南京开有缎号。南京的织缎业虽然史上曾有远胜苏杭的黄金岁月，纪晓岚的《阅微草堂笔记》里就有一句说"金陵新出贡缎物美而价昂"，但经洪杨之役，机户大量流离，缎业日中而昃。

我家本为机户，但父亲自从祖父辈接手后，不愿再吃机户唧唧复唧唧的辛苦，于是开了缎号。缎号主事销售，接到客户订单后，与专事生产的机户接洽加工。机户有大有小，以其所拥有织机多少而论。在缎业兴盛时期，缎号固定机户的情形并不少见，但随着缎业的凋落，机户多随机为缎号临时生产。

我小时候曾到一些机户家去过，那些拥有十几张甚至几十张织机的人家，有时同时为不同的缎号加工，为防相混，于是在每台织机上，都会悬挂不同颜色的、写有缎号名的小木牌，一眼看过去，五颜六色，我喜欢在如林的机群中找数正为我家织缎的织机。

可惜一蹶不振的南京织缎业，再也不曾有复苏之日。既未能在晚清志士挽狂澜于既倒的维新雄心中乘势奋起，又未能在民国创立者们改朝换代的空前豪迈中借风腾飞。反而是我父母在日复一日、年复一年的惨淡经营中，耗尽了精力，磨灭了信心，故而万不愿他们的儿子再走他们的老路，哪怕祖业由此中断也在所不惜。

所以当我面临求学的选择时，伯父的一句"教会学校出来好入洋行"，马上被他的弟弟接受。我父亲深知缎业的衰败，舶来品的挤压是其中最重要的缘由。比如人们原来做长衣马褂以缎料为荣，而后来都改用既摩登又便宜的毛葛直贡呢了。于是我从南京去上海，进了圣芳济学校。毕业后果然顺利入职美孚洋行，在美孚山上的职员宿舍安有一张床位。

1926年9月的一天，我与洋行的同人忽然听说原本居住在长沙的我们洋行中国分行的经理要搬到南京来。洋行为此赶紧找工人粉刷美孚山上预备给他的房子，未料还没完工，他们夫妻俩就已经到了。洋行正拟为夫妻俩先另行赁屋，或是在职员宿舍暂时将就，两人却应美国总领事戴维斯的邀请住到领事馆去了，听说他们是老朋友。

几周后，美孚山房子竣工，迎经理夫妇入住，那天在山上的职员们列队鼓掌欢迎。以征询意见为由，我同几个参与装修布置的同人，陪经理夫妇视察新居。那是一幢二层小楼，坐落在美孚山高过城墙几十米的南峰上。一楼的南面与西面是客厅与起居室，餐厅在北面。房子向南是一排落地窗，西墙的中间有一个壁炉，两侧也是落地窗。

经理夫妇对房屋显出欣喜的样子，尤其是女主人。后来我读到霍巴特太太1928年在伦敦出版的《城墙内的南京》——我们经理叫霍巴特，他们来了不久，我就听说她是一位作家，于是少见多怪地，也许是出于莫名的仰慕，不觉暗中对她留意起来——在《城墙内的南京》一书中，霍巴特太太不吝辞藻地对南京的新居大加赞美。

"我们把紧闭的窗帘拉开，"她写道，"就好像我们站在西奈半岛上。地球上的财富就在我们脚下。的确是'绚丽王国'。"站在餐厅的窗前，还可以眺望宽阔的长江和远处隐约可见的山丘；早餐时，长江里的木船在晨光的照射下，那张张白帆"如同明亮的翅膀"。

西奈半岛隶属埃及，北部濒临地中海，南部可俯瞰红海。那里有人类远古时期就存在的文明，是宗教圣地和古代贸易与文化交流的要道，也是自古以来兵家鏖战的沙场，景色优美又物产丰饶。霍巴特太太将四望山与西奈半岛作类比，教我重新感受脚下被时人看低的小石山，再远眺近望，眼前仿佛加了滤镜，以往熟视无睹的景色竟变得新鲜起来。

霍巴特太太情有思

霍巴特夫妇迁居南京，与湖南的军情有直接关系。在他们看来，长沙是座一贯排外的城市，而南京十分安全。可是形势的发展速度与走向出乎他们的预料，他们原本是为逃避北伐军的锋镝而离开长沙，可在南京安家不到俩月，曾经熟悉的惶恐不安就又回到脑际心间。

10月底的一天早晨，霍巴特太太从楼上下到一楼，忽然发现家里的情景不对：厨师没有为准备午餐而忙碌，打杂的佣人任由用脏了的锅碗瓢盆成堆，男佣人的脏衣服竟然被扔在了地上……霍巴特太太随即从家里的王总管那里得知了发生这一切的答案。

王总管向霍巴特太太辞职，说国民党军队已攻占江西九江，一定会打到南京来，他怕南京会像武昌那样被围城，自己因而死在南京。

王总管是个40来岁的中国男人，阅历丰富，早年曾在汉口一家报社做过通讯记者，后入军校，并在战场上负过伤，他在霍巴特家多年，深得女主人信赖，所以他提出辞职令霍巴特太太大惊。

王总管的消息无误。北伐军在 9 月攻入江西境内，浙闽苏皖赣五省联军总司令、直系大帅孙传芳在他的江苏督办公署衙（今南京总统府原址）里坐不住了，10 月 21 日亲自赶往九江坐镇。可下月初还是吃了败仗，又仓皇回到南京。加上听说在安徽芜湖发现北伐军的手枪便衣队，立刻下达了南京特别戒严令。

于是从 11 月 7 日起，每天晚上 8 点至次日早晨 6 时，各城门即行关闭，火车也不准在晚间开行及进站，街市上所有人不准通行，全城熄灭灯火，由军警巡查。口令分为特别口令与普通口令两种，每晚更换两三次。城南城北要隘之处，架枪守卫。孙传芳一边紧急召集团长以上军官，商议防守与反攻计划，并连日调集江西以东的部队向南京集结。

紧张的空气在弥漫。为稳住家里恐慌中的佣人们，霍巴特太太竭力劝留总管道："王，不能走。没有合适的人来接替，如果你走了，其他人都会想走，我想国民党军不一定能到得了南京。"

原本霍巴特太太因对孙传芳存有好感，希望并愿意相信他能够抵御北伐军，守住南京城，可佣人们的反应不能不对她的内心产生影响。"我认为这里会发生战斗"，丈夫的判断更加深了她的忧虑。这位显然不只对经营与管理富有主见的丈夫又对她说，城里的官员与有钱人都在逃离，九江之败使孙传芳丢了面子，关键是丧失并且再也不可能让人们重拾对他的信心了。

《城墙内的南京》里有一段，霍巴特太太说她有一天把家里存放了多年的一根结实的长绳找了出来，预备到时候倘若从城门出不去，就可以借助绳子溜下城墙。而她是趁着厨师吃午饭的工夫，瞒着所有佣人，自己一人悄悄爬上阁楼做这事的，为的是不给家里增加恐慌气氛。

我不知道霍巴特太太是如何想到这个逃跑办法的，书中未写。在我的想象里，作家的头脑中总是充满了奇思异想的，当她每每扒住高大的墙垛往下张望，生出只要是个顽童都会冒出的念头，并不出人预料。何况就在 14 年前，辛亥革命中，同样是革命党打到南京时，清朝两江总督张人骏就是坐在一只箩筐里，用绳子缒下城墙成功逃脱的。

这个故事在南京流传很广，因为张人骏的庄严身份与他的滑稽行为产生的反差，使这个故事变得富有喜剧色彩。连张人骏的亲戚张爱玲小时候都能从他南京籍的女佣嘴里听到这故事，霍巴特太太生活在城墙边上，交往又多，听说这故事的可能性不可能不大。

霍巴特太太本名爱丽丝，出生于美国芝加哥一个贫困的教师家庭，童年时曾罹患脑膜炎，在母亲的悉心照料下得以康复，而母亲却被她传染而去世了。我坚信这种特殊的经历，一定会对爱丽丝的心理产生持久而深刻的影响。当她步入青年阶段，成长为一个对社会怀有责任感的人，一般人认为这是她父亲教育的结果，我却觉得至少间接地与她丧母的惨痛经历有关。

爱丽丝参加了基督教女青年会，怀揣"到神秘而古老的中国去"的理想，1909 年来中国旅行，其间曾短期逗留杭州，在当地的教会学校执教。后嫁给了自康奈尔大学毕业后经商的霍巴特，随夫在中国各地生活。

霍巴特太太生就一副西方人的小脸，深凹的眼眶使原本紧凑的眉间，更像是挟含了无尽的忧郁。当了解了爱丽丝的身世后，我也相信那是童年生活留下的印迹。

我一直认为，霍巴特太太的到来，对于南京这座城市来说堪称幸事，因为在它漫长的发展过程中，有太多的史实，或遮蔽于岁月沙尘，或失记于百无一心。而霍巴特太太作为一个外来的传教士教师，最大程度地保留了对初至之城的新奇与敏锐的感觉。她与赛兆祥的女儿赛珍珠一样，是一位有意识地以中国题材为写作内容的作家，尽管对于中国一般读者来说，她不如赛珍珠有名，因为她不曾获得诺贝尔奖。可就她那些摹写中国社会生活的作品，包括《洋货》《中国灯油》《阳和阴》等十来部小说，还有非虚构文学作品《开拓古老世界》《长沙之城》《城墙内的南京》《长江》等，其社会、历史、文学价值并不逊于赛珍珠。特别是对南京城有特别意义的《城墙内的南京》，是霍巴特太太用她饱含感情同时凸显理性的笔，记录下的她在美孚山上的一段生活，为后人留存了一份视角独特、不可多得的专属南京的时代报告。

《城墙内的南京》并不单纯描写南京的日常生活景象与见闻，其中夹杂了大量的时事议论。这些议论也并非浅薄地建立在与个人利益相关的好恶情绪之上，而是基于对中国的历史、时局与社会环境的了解。霍巴特太太到底是一个写小说的人，在这本书里，不时对未来的灾难用词语强调，比如"预兆"，用事物象征，比如大群的乌鸦，进行渲染和预示，使书中始终弥漫着紧张气氛，从而形成一种张力，为终于降临的灾难蓄势。

与其说《城墙内的南京》写的是在北伐军逐渐逼近南京的社会背景下主人公的生活经历，不如说是个人的心灵史。作者将大量篇幅用于展现一己的理想期待、浪漫情怀、细腻感受与无尽思考，之间穿插了从美国领事到中国仆人各式人物的活动。在作者经意与不经意间的具象描写中，透露了大量的信息，比如南京戒严时城门晚上几点关闭，张宗昌的将士军装的颜色，乃至部分士兵竟仍然在使用冷兵器。作者是当时南京真实生活的热情参与者，更是一个冷静的旁观者。

世上也许没有一个男子不喜欢感性单纯的女子，但当我见了霍巴特太太后，才知道自己更欣赏理性、有思想的女子。可是，会思考的女子显得冷峻，对于以女子谦卑为美的男子会形成心理上的压迫感。

城变前夕

我伯父因为教会里的事，时常到处走动。他来南京，总要去拜见当时住在女儿家里的老校长，与胞弟及侄儿们见了面，也会动不动就谈到老校长。而他的小儿子正在金陵大学读书，做了他老校长女儿的学生，仿佛是一段佳话，我却不相信这是巧合。

　　学生总是对职场充满好奇心，我的这位表弟喜欢找我玩。我俩时常站在城墙上，放眼四周，如同观看一个巨大的沙盘，煞有介事地谈论敌我攻守城垣的进退与军事兵力部署。我俩虽算是同一代人，但是差异却颇明显。对于不远的未来，我的心像翅膀上绑了块石头的江鸥。而表弟的脸上，总是洋溢着青春的简明，在夕阳的映照下，泛着兴奋的光晕。

　　与他正好相反，我对大学里的事感兴趣。他说他的老师赛珍珠对时局非常关心，她的消息来源主要靠看报，但总嫌报道太零碎，缺少完整的描述与深入分析，感觉对所发生的事情难以有确切的了解，于是她鼓励学生注意时事，并将掺杂了个人见解的消息带给她，以便她与报纸报道加以对照。当然，她在金陵大学农学院执教的丈夫，与在金陵神学院函授部任职的父亲也会分别带给她一些信息。

　　与赛珍珠在南京似无交往的霍巴特太太，同样非常关注时局，但她的性格、生活方式使她对获取时局消息的择取与赛珍珠不同，她把美国领事馆作为消息来源的主要渠道。

　　有一天霍巴特夫妇一同前往美国领事馆，当他们的汽车开上马路，霍巴特太太被眼前的情景惊呆了，也立刻明白王总管的恐惧来自哪里。她的感觉是"这座城市正在逃跑"，"整个城市都在逃窜"。壅塞于途的有高堆家什的马车，载着成年男女与其孩子的黄包车，喇叭催让与踏板上站着护主的仆人或士兵的汽车，更多的是背着包袱、步履沉重的步行者。虽然形形色色，但难得的想法一致，目标一致，就是都迫不及待要在戒严令下的城门关闭前逃出城去，唯恐第二天早上城门再也不打开了。

　　对于能否遏制得了北伐军的攻势，孙传芳心里发虚，于是向奉系军阀求助。奉系大帅张宗昌同意助孙援赣，亲任直鲁联军总司令，准备南下。消息传到南京，又掀起一波逃离南京的浪潮——对孙传芳抗拒北伐军的幻想彻底破灭的人，加上害怕张宗昌的鲁军的人。因为张宗昌当过土匪，是鲁迅所谓"连自己也数不清金钱和兵丁和姨太太的数目"的军阀。鲁军军纪败坏，臭名远扬，纷纷逃离的人们"害怕这些北方人会抢劫他们财产，或抢走他们的女人"。霍巴特太太写道。

1926 年 11 月下旬的一天早晨，鲁军最先由第一〇七旅旅长常之英率两个团步兵机枪迫击炮队 3000 余人，分乘两辆列车开抵浦口，随即渡江，将旅部设在下关花园饭店，大部队则分乘江轮陆续过江，过江后即在花园饭店旁边的空地上露营驻扎。次日下午他们却又由轮渡返回浦口，鲁军官长及马弁多住在各旅馆，士兵驻扎在浦口车站货栈内。

霍巴特太太亲眼所见的情景是，原本在长江上来回运送货物的招商局的轮船，被鲁军强行征用，用来运送士兵。原来轮船汽笛的嘟嘟声，在她听来，从未像现在这么难听。轮船掉头转身，也从未像现在看上去那么笨拙。出现在双筒望远镜里的是挤满了甲板的、穿着灰色军服的士兵们，使人反感地想起蠕动不安的蚁群。她知道，一旦船靠码头，士兵登陆，他们就会像污浊的洪水一样，无情地淹没祥和的城市。

霍巴特太太见过这样的情景，那些身穿灰色军服的士兵，背着装备，有的拿着枪，有的手持长矛，四个一排或是六个一排地行进，一副勇猛善战的样子，但他们长相粗犷，面容狰狞，令人厌恶。

对于鲁军的到来，首先是南京的商家焦虑恐惧不已。这也不只是他们风闻鲁军的豪横，事实上他们还未来得及从那些满身传奇的军人的嘴里闻到腥膻的气味，就被地方当局通知，他们得为鲁军提供军费了。

那天我回家吃晚饭，奇怪父亲为何这时辰不在家里，母亲说下午父亲被叫到水西门缎业公所开会去了。正说着，父亲阴沉着脸进了门，把室外的寒风与坏消息一起带回了家。原来南京商会接到为鲁军筹集军费的任务，数额在五万至十万元，由商家分摊。

父亲如果知道这只是温和的启齿，狮子开口的日子还在后面，就不会一开始就这么忧心与愤懑了。我发现人的承受力会随着形势与时间的变化而有升降，两个月后，当父亲听说南京将以摊认政府库券的方式，为直鲁联军筹集军费一千万元的消息时，似乎也不震惊，也不生气，只是对母亲指着我说，"当时我叫他往洋行去，你还不肯，现在你明白了

浦口火车站旧址。现代作家朱自清的散文名篇《背影》，写的就是发生在此车站站台上的故事。

下关铁路轮渡栈桥旧址。在长江上没有铁路桥梁的年代，火车只能通过轮船摆渡。

紧邻浦口火车站的浦口码头渡口旧址

原浦口火车站进站口

吧？要不然我们全家现在都成了死虾子了。"

不知怎的，很少发怒的母亲勃然回嘴道："我还不是为祖宗的产业可惜，断在你手上……你话也不要说这么早，哪天世道变了，到时你可别后悔。"这句话打在了父亲的痛处，我赶紧出来拉架道："后什么悔呀，缎业若有一天真的好了，我们再拣它回来呗，总不会比生手差吧。"

脸上变色的不只是商家，百姓也人人自危，因为鲁军常常按需随取，不肯花费任何成本或代价。"如果想要一个烹饪的锅子，一把椅子，一张床，他们就会拿走。如果他们需要一个强壮的人搬东西，就在街上拦住他，把所有的东西都放在他的身上。"霍巴特家的男佣因此都不敢出去购买生活用品，就怕被征为脚夫。

此外如殴打小贩、强入民宅等，鲁兵做起来更是非常顺手随便，因此附近的稍为富裕些的人家早早迁避到别处，青年妇女更不敢露面了。

而在此几年前，日本佛学家、古建筑学家常盘大定为考察中国佛教史迹，跑过好些省市，其中包括南京。在他的印象里，陕西、山西、河南这些地方，户外难得一见年轻的姑娘，汉口、九江也只偶尔可见外出的少女，而南京的景象完全不同，做小买卖的姑娘，即使见到男子，也会独自跑到你身边来，缠着让买东西。而眼下，鲁军一来，常盘大定眼中的风景被风刮到长江里去了。

霍巴特太太的眼睛当然更毒，话说得绵里藏针，"这支灰色的军队是来做生意的"。一个洋货店有天来了六七个鲁兵买毯子，三元半的却只付了一元。店伙计追出去，结果挨了一顿拳头回来，警察在不远处也只当作没看见。

一切都是相对而言。直鲁兵员肯用银圆付账，尽管少付，对于店家来说也应谢天谢地了，真正令店家欲哭无泪的是兵爷强行用不能流通、无法兑换的军用票付账，而店家又不可能存有散额军用票，在威逼之下，只得用流通货币找零。在军人等于是借用军票变现，在店家是倒贴做生意。

直鲁联军以买为名，行抢之实，在遭到店家拒绝后，竟然贴出布告，威胁店家。这不是要逼死人吗，店家于是纷纷向商会求助。商会不堪其烦，不等1927年春节过完，南京市总商会即与下关商埠商会联名致电张宗昌，一面派代表去见孙传芳，不敢义正词严，只一味说好话，苦苦哀求禁止使用军票。

弱者想要以自己的可怜唤醒强者的恻隐之心，多不可能实现。因为后者若要哀矜众生，就得牺牲自家利益。店家一见商会无力替他们出头，便由下关开始，而至全市，进行总罢市。貌似以此抗议，实则除此之外无路可走。

张宗昌事务繁忙，一会儿南下，一会儿北上。不在南京的日子，就将南京军事上的一切，委托直鲁联军前敌总司令褚玉璞办理。褚玉璞有天乘车移驾，透过车窗，忽然发现街衢两边店面大多门扉紧闭，好生奇怪，由左右得知，根源乃在兵士扰民与强用军票。到司令部后，即命秘书处分函通知在宁士绅、省议员、各商会会长等，齐集司令部开会。

人到齐后，褚玉璞竟有长篇讲话，大意为军队是来保护民众的，而民见兵至，竟至闭门停业，成何景象？平常与商民直接打交道的是警察，警察不可能不知商业关停，而竟然不来报告，莫非认为褚某乃不可理喻之人吗？接着宣布几条所谓挽救之法：一、令军警严密稽查兵士滋扰商民。二、直鲁银行钞票，另筹现款，设置兑换处，供商民兑换。三、兵民之间若有其他隔阂，可由警察转达，一定解决。又说希望在座商民领袖，务请将鄙人意见广而告之，令商户照常营业，民众安居云云，众人满意而散。

我在报上读到这条报道，有点吃惊，没想到这个与张宗昌同为土匪出身的褚司令，做起事来这么有条有理，干净利落。尽管他的美言能否落地是个问题，莫要说直鲁联军中的军人也不都是他的部下，人家是否肯听他的话？即使他自己的部队，又岂有可能由长官一句话就立地成佛？而历史没有留出验证的时间，一个星期后，北伐军就破城了。

北伐军最初大致分从西面与东面两个方向向南京逼近，西面从赣皖过来，东面从闽浙过来。张宗昌与孙传芳联手，直鲁联军对付西路，孙传芳对付东路。百姓只见他俩忙来忙去，看似在与北伐军有败有胜地拉锯战，其实始终未能真正解除北伐军的威胁。而在与北伐军的军事较量中，孙传芳与张宗昌各怀心思，各有各的利益愿望，一个考虑来，一个盘算去，讨价还价，像乌衣巷百姓家檐下的两只燕子，终日呢喃商量不定。而终于有记者在报纸上调侃了一句，大字标题言简意赅："孙传芳决以南京赠张宗昌。"

两天后孙传芳、张宗昌及一帮将领在明孝陵观看士兵实弹演习，随后又到小营，观看张宗昌的白俄与哥萨克人卫队骑兵演习马操顺带表演马术。孙传芳叹为观止，禁不住对张宗昌赞道："兄弟今日一见，胜看马戏十班，上海跑马厅买票所观跑马，与此相比更不足以道里计。"一面令侍从赏士兵每人5元、长官100元，共花了365元。记者于是又在报上戏谑："孙传芳花钱看马戏。"

又一天，孙传芳突发奇想，致电张作霖、吴佩孚及苏浙皖诸将领，喋喋长篇，大骂苏俄，指称国民革命军为"赤军"，要求由他带头、所有官兵随之对天刺血宣誓，誓词为："苟一息尚存、一弹未尽，而不灭此赤祸、别怀二心者，皇天后土，不惟粉碎我本身，且请诛殛我妻子。"

周作人在报上读到此电文，讥之为"妙文"，写道："今天报上看见两篇好文章。第一篇是孙传芳对天刺血的誓电，大约有一千五百字之长，我因为他到底说的不知是什么，所以不能加以批评，但是妙语实在多极了……文中乱引许多人名……末后又有什么皇天后土，诛殛我妻子等怪话。"

孙传芳思想行为怪诞，这不是第一次。在这年8月份，就忽然宣称为发扬传统文化，要以修明古代礼乐来"救世"，把古代投壶礼仪翻新，名以"投壶新仪"。他邀请了数十名高官名宿，奏乐四十余种，煞有介事地在督军公署举行投壶大典。

当月鲁迅从北京去上海，乘津浦特快火车南下，在南京转车，写信给书局老板李小峰告之旅途见闻："一到下关，记起这是投壶的礼仪之邦

的事来，总不免有些滑稽之感。"多年后谈孔夫子被后人当作敲门砖，又
讥讽了孙传芳一句："盘踞着江苏和浙江，在路上随便砍杀百姓的孙传芳
将军，一面复兴了投壶之礼。"

南京的百姓看自己被主人转手，看大帅视军事如马戏，看武夫行文
惹天下人笑，虽然只能做一个旁观者，却也笑不出来，毕竟这一切关乎
身家命运，前途生计。孙传芳固然滑稽，张宗昌却是个土匪。而那与太
平军同样打南边过来一天天逼近的北伐军，到底是救星还是如孙传芳所
说的"赤祸"？百姓虽不能不思虑，却也是空操心。将来究竟在谁的手
下讨生活，他们并不知道该选择谁，事实上他们连选择的权利也没有。
即如逃难，早在 1926 年 9 月里，城里就有学人呼号"大难在即"，在北
京的《语丝》杂志上发出哀叹："大约距我们逃难停学之期也不远了。"可
是何处是平安之境呢？逃难是需要钱的，你有吗？

我失去了表弟

当对眼前的一切都无能为力的时候，精神就会像一根久用而丧失了
弹力的松紧带，忽然松弛下来了，麻木代替了紧张，注意力开始游移。
就在这时，1927 年的元旦前一天，城南发生了一桩学生情杀案，一下子
就盖过了战事军情的风头而至"轰动全城"。

那天清晨七时许，家住二道高井（今小王府巷附近）十八号的 17 岁
少女曾庆芸，上身穿阔袖斜襟灰色棉衣，下着玄色窄裙，步行去四条巷
南京女子体育师范学校上学。当她走到金銮巷时，一直尾随其后的邻居，
23 岁的小伙子张翼追上前去。

原来两人曾谈过一年恋爱，但近期曾小姐移情别恋，提出分手，张
翼不能接受，给胞弟写下绝命书，当日身揣刀具要向曾小姐下"最后通
牒"。曾小姐不肯回头，见张翼掏出刀来，拔腿就跑，可惜一下跌倒了，
被张翼赶上对颈项处戳了一刀，血流而死。

　　张翼行凶后，一说是被河海工科大学校役抓住，一说是凶手向北逃入与金銮巷交叉的羊皮巷，正在中三区第四十六号岗值勤的警察李长贵发现此人形色紧张，且衣服上沾有血迹，于是拦下盘问，又从他身上搜出带血的小刀一把，遂扭送至公安局中三区分驻所。

　　各报把不时得来的案发经过、前因、警局调查过程、法院审理情形、凶手狱中表现等陆续发表，画报还刊发了小曾姑娘生前及被刺殒命仰面躺在地上的照片，向读者图文并茂地呈现出一个凄怆惨绝的故事。居民们津津乐道于姑娘移情别恋的缘故，学体育的她当日若非裙裾碍事或能逃脱，凶手为情竟夺人性命又不惜自赔，却在绝命书中嘱咐弟弟尽上孝父母下训弟妹之责等，在设身处地于他人的悲惨与传奇中，一时将自身所处的险恶境地与日渐趋近的灾难忘诸脑后了。

　　元旦期间报纸上的另一条消息也颇吸引读者，如同戏剧场次之间穿插的滑稽小品。说的是在南京军政当局严密缉防北伐军暗探的背景下，仪凤门专门设有检查女性的女稽查处，有一个 50 岁的女稽查员陈氏，曾

仪凤门。1898 年 5 月，第一次离开家乡的鲁迅来到南京，从下关码头上岸，直奔江南水师学堂。将近 30 年后他回忆：一进仪凤门，便可以看见水师学堂二十丈高的桅杆。

在警察厅女拘留所执役多年，据说系由厅长专门调来。

元旦那天，有一学生模样戴着眼镜的摩登女子，手提皮箱，徒步入城。陈氏一眼瞄出其形迹可疑，上前盘诘，要求检查行李。女子不允，而陈氏强行翻箱。箱内除衣物书籍，并无违禁物品。陈氏不罢休，令女子将裤管上挽，只见腿上有一处交叉贴着橡皮膏，压着一团药棉。陈氏令女子将橡皮膏揭下，女子不肯，说是冻疮，陈氏乃强行将橡皮膏撕下，发现药棉内藏有党军侦探符号一枚，随即将女子带回警察厅审讯。

表弟来看我时，谈起此事，我怀疑是记者编的故事，因为情节太过传奇，他却仍无聊地一定要我陪他去见一见那位"女门神"。

1927 年 2 月 2 日是春节，官方宣称为利商民，除夕之夜不戒严，城门因此彻夜不曾关闭。不仅如此，当晚银行、邮局、金银珠宝店也都齐开夜市，其他商行更可通宵营业。当然官方为此做足了防范措施：各街市均有军警巡逻，重要地点及商店更有武装军警把守，故而一夜太平无事。

可大年初一天公不作美，白天整日黑云四布、阴雨不歇，市民逛街兴致大受影响，小摊小贩望天却步，就连平常游人摩肩接踵的热闹之地夫子庙，也冷清得很，用当时记者夸张却形象的话说是"可五马并驰"。到了晚上城里又忽起狂风，两个小时后才渐渐平息。

大年初二将近中午 12 点钟和下午 1 点钟，竟两次发生地震，虽然强度不大，但已使夫子庙秦淮河南岸的钞库街倒塌墙屋数处。南京向来少有地震，这次是连上海都有明显震感。新年正月，天有风雨、大地不稳，自然被视为不祥之兆。

当然各人的经历、处境、感受存在差异。在霍巴特太太笔下，这一年的春节没有欢乐，以往春节佣人们在远近传来的鞭炮与鼓声中大快朵颐，今年却什么也没有。

而赛珍珠的春节就过得温馨而开心："春节来临，宾客盈门。我忙着端水倒茶，拿出各种点心、糖果来招待客人，孩子们也都互赠礼品，喜庆的气氛与往年一样，我记得，仆人们甚至比以往想得更为周到，也更为勤快，那些中国女友对我的孩子也更加疼爱。"

也许正是因为赛珍珠有关时局的消息不灵，也不像霍巴特太太那样在来南京之前刚刚在湖南领受了战乱与作为洋人被敌视的恐惧，对现实也就不像霍巴特太太那么敏感如惊弓之鸟，对未来也就不那么忧心忡忡、惶惶不可终日——霍巴特太太乘自家汽车在城中路遇小孩向他们投石子，即将此视为民众排外的苗头。

与此相对，赛珍珠笔下同时段的南京给她的则是完全不同的感受："生活似乎仍然一如既往。学生、朋友、邻居与我们照旧和睦相处，谁也没有说什么使我们害怕的话，甚至大街上也看不出有什么敌视的迹象。"

对大难即将临头的生活在南京的外国人来说，霍巴特太太的焦虑并非杞人忧天，而赛珍珠则不免盲目，所以赛珍珠才会在后来回忆这个春节情景时说了这样一句话："让人不能相信往日温暖、安全、其乐融融的家即将不复存在了。"

春节过后，南京的梅花开了，与春消息同来的还有长江上游愈发令人不安的消息。梅花的花期刚过，婚后安家在湖南岳阳的赛珍珠的妹妹格莱丝一家来南京避难，赛珍珠不似乃父完全不相信革命军会排外，听妹妹谈起革命军在湖南的排外传闻，不觉勾起了她童年时的一个回忆，那是她有次顽皮，揪住了一个男子脑后拖着的独辫，当那人回过头来时，她看见的是充满仇恨的目光。这目光从此印在了她心里，之后她又在别处看见过这种令人胆寒的目光。她担心在革命军中有带有这种目光的人心底的仇外情绪被煽动起来。

赛珍珠除了在金陵大学执教外，还在东南大学兼职，甚至晚上在家里教授校外英语。霍巴特太太则是全职太太。霍巴特太太家庭简单，夫妻两人，没有子女，她的日常事务就是管理家里的一群佣人。

赛珍珠的父母是一对生活在镇江的传教士，乃父是在赛珍珠的母亲去世后，到南京与赛珍珠一同生活的，可是他与女婿相处并不融洽。赛珍珠有个因社会歧视而使她苦恼的智障女儿，而她领养的女儿也才一岁。

凡此种种，赛珍珠在家庭生活中的烦心事要远多于霍巴特太太。后者在对时局的焦虑情绪下，天天去美国领事馆打听消息，赛珍珠至少没有这个时间。

随着北伐军向南京逼近，奉军与鲁军人数在南京多了起来，在南京生活的外国侨民对这些"北方士兵"的印象坏透了，金陵大学副校长文怀恩的妻子说："他们抢劫、破坏，并做些坏得无法形容的事情……街上到处都是这些长相古怪的北方士兵，他们身穿灰色的军装，戴着皮帽，佩戴着匕首、刺刀和枪支。"赛珍珠的丈夫布克则亲眼看见一队五十人的士兵扛着红缨枪走过一条鹅卵石路，所经之处，货摊失踪，商店关门，街道上空无一人。他称这群人是"穿着制服的强盗"。

蒋介石的军队"兵马未到，宣传先行"，善于宣传攻势诸如自言所向披靡、无往不胜等，赛珍珠对此深有印象。高度警戒中的南京城守军视此为洪水猛兽，对军队中、百姓中有支持、同情北伐军言行的人即作为奸细或煽动者而大开杀戒，割下他们的头颅高悬在城门或其他地方以儆效尤，以期稳住浮动的军心与民心，稳住风雨飘摇的局面。赛珍珠在东南大学的学生就失踪了几位，而她显然知道他们去了哪里。她在她的短篇小说《革命者》里借用人物的目光对当时血腥的景象作了瘆人的描写："桥边七根竹竿上各挂着一颗血淋淋的年轻人的头颅，耷拉在砍得不齐整的脖子上。在半睁半闭、目光呆滞的眼睛上方，垂着黑乎乎的刘海。有个人头张着嘴，在两排洁白的牙齿之间，几乎被咬断的舌头伸出嘴外。"

霍巴特太太笔下也有相似的描写："这个城市的戒严越来越严。对军队中的不法行为的惩罚是迅速而可怕的。革命者，不管是学生还是工人，都受到了同样迅速而可怕的惩罚……那些被判为红色宣传罪的人被斩首……那些血淋淋的人头被挂在大街上，所有人都可以看到——这是所能想象到的最可怕、最野蛮的景象。在街上开车，你还没来得及目光旁移就突然看到了它们，其中一个或一排看起来像血漆面具。它们使我感到恶心和晕眩，并时常在我的梦里出现。"

使霍巴特太太夜里做噩梦的杀戮景象还出现在她的双筒望远镜里。平常她喜欢站在美孚山家里的窗前或阳台上，居高临下四处瞭望。望远镜还是她了解分析局势的工具。有天她发现一片空地上有一条长长的黑线，像绞车一样，丈夫告诉她那些是无头尸体。望远镜更多地用来望向长江，她和丈夫把长江里船只的动向作为上下游形势变化的晴雨表，而望远镜就是他们的读表器。他们先是看见商船越来越少，继而难民船越来越多，再后来所有的船只都不见了，长江在美孚山的视线里现出从未有过的广阔与寂寞，霍巴特太太知道，一直令她惴惴不安的巨兽已近在眼前，她甚至听得见它"咻咻"的鼻息。

伯父听说了学校学生遭军政当局屠戮的消息，非常担心他不安分的儿子会出事，于是到南京来，叫他的儿子回镇江避乱，无奈表弟已经过了可以由他硬行带回家去的年纪。伯父所能做的，就只是不断地写信给儿子。当儿子连信也不肯回的时候，他转而写信给我父亲。于是我到学校去找表弟，当然他也不会听我的。我看着他发光的双眼，除了叮嘱他行事要格外小心谨慎，也无别的话可讲。

当全城的混乱像烟尘一般渐渐散去，我父亲叫我去看看表弟的情况。可是我到了学校，表弟的同学却告诉我，他已失踪多日！伯父闻讯赶来南京，在学校盘桓数日，这才慢慢接受了残酷的事实。他在我们家，悲痛欲绝，也有点怪我当时没有使劲把表弟带回来。我被他说得既委屈又懊恼，一时热泪迸流。

其后的日子，我似乎很怕再见伯父。每次临进家门时，都很担心伯父会像以往那样正坐在我们家里。一想起他的眼神，我的脚步就变得踟蹰起来。不知不觉中，我回家的次数越来越少，也总是长久地站在八字山顶陷入遐思，而对酷日之毒与罡风之劲浑然不觉。直到有一天我忽然意识到自己的内心已经躁郁成茧，惊恐之下，戚然告别父母，逃到上海去了。

新都：『糟糕的开局』

霍巴特一群人乘上汽艇，向泊在大江里若隐若现的英舰"翡翠号"与美舰"诺亚号"驶去。这个生死劫难的悲惨故事终于有了一个英雄般逃亡的结尾。

汤因比说话可不客气

在 20 世纪改革开放前的岁月里，国人对世界上众多国家的认知有限，对于南京人来说，土耳其却是常挂在他们口头上的国家之一，而原因，竟全在于音译"失慎"。

在两百年前的德国人心目中，土耳其与中国同样是遥远的国度，所以马克思才会在他笔调犀利、文采飞扬的名篇《评普鲁士最近的书报检查令》中拿中国与土耳其一同打比方。而英国国际事务与关系专家及历史学家汤因比更将南京与土耳其首都安卡拉作对比。1929 年秋冬，他作为英国代表，前往日本京都，参加由一非政府组织——太平洋国际学会举办的第三次年会，在会议结束后，于 12 月份抵达南京。

汤因比此次的中国之行，名义上是应中国政府的邀请，但最初的提议，我猜极可能出自我们历史语言研究所所长傅斯年，以及乃师胡适，因为傅所长叫我这个助理员去作汤因比的陪同。

上一年，傅所长刚受中央研究院院长蔡元培委托筹建史语所，能请汤因比这样一位大家来国内转一转，无论是让他给中国社会把把脉，还是让中国史学界有机会亲聆謦欬，开阔眼界，当然都十分有益。十年前，美国实用主义哲学大师、教育家杜威也是因为到日本游历，被陶行知、胡适等人热情地请到国内来待了几个月，四处考察、演讲，产生了很大的影响。而国民政府也正急于提升自己在国际上的声誉，对于这类中外交流当然求之不得。

就在傅斯年受命筹建史语所前两年，胡适被英国庚款咨询委员会聘为中国委员，赴英国参加相关会议。休会期间也做些别的事情，比如到巴黎国家图书馆去查敦煌资料，时在德国的傅斯年还专门赶去看他。他应邀到伦敦经济学院演讲"新文学运动在中国"时，汤因比亲临现场，那可能是他们首次会面。之后二人又在友人的饭局上相见。许是那次多人在场，不能倾谈，过了 10 天不到，汤因比请胡适去家里吃饭。这次交谈，使胡适对汤因比起了敬意。胡适把他的名字音译为"陀因贝"，我感觉更富有寓意和韵味。

汤因比在我当年这个年纪即进入英国外交部政治情报司，在那里工作了 5 年，30 岁时以中东地区专家身份随英国代表团出席巴黎和会，见识了国际合纵连横大战；后又被伦敦大学聘为国际事务研究教授，并兼掌英国民间机构——皇家国际问题研究所研究部。

汤因比欣然接受邀请来中国，也许出于职业兴趣，也许是想为他两年前开始动笔的、日后给他带去巨大声誉的《历史研究》加以佐证或增添研究内容，可惜我不便贸然相问。我发现他在来华之前，做了阅读文献的功课，触角一直下探到南京几百年前，显然对南京的明代城墙特别感兴趣。

汤因比来中国时正好 40 岁，额头很高，下巴也长，梳着二八分头，五官不似他对历史的见解那么锐利，倒有一种棱角磨圆了的憨厚，即使除了司机只有我与他二人在轿车狭小的空间里，也不会令人觉得局促，汽车及司机是外交部专为他配备的。

汤因比来得不是时候，正是南京最糟糕的季节。我断定落雪成冰的南京不可能使这位出生在冬天不见冰冻的伦敦人感到愉快，但我自始至终也未曾听到他有过一句埋怨，假如在恶劣天气给他造成一时不便或令他难以忍受时他的谲然一笑不算是诅咒的话。

不知是什么因缘，汤因比在南京期间住在了美孚山上。对于研究城墙怀了特别的兴趣的他来说，至少那位置提供了很好的视角。美孚山旁的城墙依山而建的特征再明显不过，他指给我看城墙如何与起伏的丘陵地形契合，如何随江河的曲折而蜿蜒。他说南京城墙使他想起欧洲诸国的城墙，也想起了土耳其安卡拉的城墙。

汤因比之所以将南京与安卡拉比较，固然是因为两座城市恰好都是刚建立的新都，具有可比性。更重要的原因出自他的历史观——他不赞成历史研究以国家民族为限的传统史学方法，而认为应将人类历史视为一个整体看待，注重世界各文明体系之间的关系与比较。

我不与汤因比同住，我在每天早上乘了他的专车上山去接他。我们在南京城四处转悠察看。一个人名气的作用之大往往超出人们的估计，一些与历史研究并无关联甚至对历史也了无兴趣的党政要人却饶有兴致地想见汤因比。后者不时被请求会面或收到宴邀，而他对这些礼节性的社交并不反感，当然也不会被觥筹交错的愉快模糊了打量人物的眼光。

汤因比回国一年后在美国出版了《中国之旅或见闻》一书，我找来读了。其中的《南京》一章，在吴稚晖身上花费了较多的笔墨，尽管他在文中隐去了他的名字，可是在他的工笔描绘下，读者并不难看出所指为谁。关键是他对这位深受党国倚重的人物的评论几乎全是负面的。他对面见吴稚晖的印象竟然是："他既有魅力又恼人，在成人的面具下，我看到的是一个玩世不恭的、顽皮男孩的表情。"

"顽童"是吴稚晖的标签，在现代史的夹缝中，有关他的嬉皮轶闻俯拾皆是。1927 年 7 月，值蒋介石就任北伐军总司令一周年，官方在南京组织了万人庆祝大会，我臭名其妙却又十分自然地成了大海里的一滴水，故而得以亲身感受了一回吴氏滑稽。吴稚晖在那般庄严隆重的大会上演说，当着蒋介石、张治中等一干党国要人的面，竟也不肯变得稍为正经一些。

"……兄弟可放肆了，兄弟是没有什么学问的，不过向来也没有迷信过，这回却对于孙总理生了一个迷信……起初我们国民政府不是建都南昌建都武昌么，偏不偏巧不巧竟到南京来，这大约是总理在蒋总司令背上作怪，他好像非到南京不可，果然我们现在来南京了……"

吴稚晖的噱头不断招来现场听众的喧哗拍掌，可是他的顽童式诙谐却使来自幽默的故乡的客人十分反感，而更有意思的是汤因比窥一斑而测全豹，觉得他从国民党的这位元老身上看到了国民党政治的某些特征。

我发现汤因比对两年前北伐军攻占南京时发生的侵犯甚至杀害外国

人的"南京事件"怀有非同寻常的兴趣，早在来南京前几个月，他就特别仔细翻阅过文档。在南京，他又对事件的一些相关地点进行现场考察。

仔细想来这也很自然。"南京事件"发生的时代背景的特殊性，过程与内容所包含的跨越国族的复杂性，及其产生的影响之深广，都不可能不使对历史敏感的历史学家注意，何况是眼力过人的汤因比。除此以外，他又是一位人文情怀浓厚的学者，我亲眼见到他在美孚山上，仔细打量他住处旁边的一座在战火与盗劫中屋顶与窗棂被人们拆解拿去作木柴的房屋，一边喃喃感慨。

对于"南京事件"，汤因比有一句话非常精辟，是用常识性语言指出的一个显而易见的事实："'南京事件'是南京直接成为中华民国新都的前奏。"但是，他也说："那是一个糟糕的开局。"

汤因比的所谓"糟糕"，不仅在于蒋介石作为北伐军总司令未能有效地管控军队、预防不幸事件的发生，使自己在定都南京前夕深陷外交危机的泥淖，以致不得不在定都之初花费大量努力却也顶多不过是从负数还零。因为有些损失是无法弥补的，比如在事件中予人的精神所带来的伤害乃至生命的毁灭所造成的影响。

"南京事件"发生后，迅即引发国际社会的特别关注，文怀恩遇难第三天，《纽约时报》就发了消息："牧师约翰·E.威廉斯神学博士、金陵大学副校长，据报道在南京劫掠中被广东人冷血杀害。"并配发了文怀恩的大幅相片。"南京事件"引起了日英美等国政府的激烈反应。

面对列强的责问威胁及舆论指责，代行北伐军总参谋长职权、兼任北伐军东路军前敌总指挥的白崇禧，在上海就"南京事件"向报社记者发表谈话，十分肯定地指称"南京事件"完全是直鲁军所为，而北伐军不过是代背黑锅：直鲁军残部见革命军逼近城根，在奔溃中"肆行抢掠"。而当革命军破城后，"直鲁匪军肆扰益烈，遂波及于英日诸领事馆"并伤害外侨，且"存心嫁娲"于革命军。

北伐军破城，白崇禧并不在现场，不过听了攻占南京城的部队发去的"两次无线电报告"，就敢自称"可负责断言，外侨被难绝非革命军所为"，完全不谙政治的复杂性，而将话说得不留一丝余地。34 岁的"小诸葛"还太年轻，抑或浪得虚名。当然也有可能是明知真相，却不愿授敌口实。

南京传教士在上海通过美联社集体发表的声明中，有两点说得与白崇禧否认北伐军伤害外国人的语气同样肯定，而这群传教士中，不少人是"南京事件"的亲历者与直接受害人。他们说：

其一，从口音和外表来看，抢劫者都是南方人。传教士中的不少人在中国生活多年，对中国某些区域的方言并不陌生，有的人甚至会说当地语言，所以从施暴者的口音判断其籍贯并不困难。

其二，袭击外国人的举动并非出自军纪败坏，而是有预谋的计划。这是传教士们综合他们与军队有联系的中国朋友所传消息、无意中听到的军人的谈话以及由施暴者的行动一致所得出的结论。

"南京事件"发生整整一年后的春天，国民政府与列强达成事件解决协议，宣称已将肇事的 19 名士兵就地枪决，实际上正式承认了侵害外国人确是北伐军所为，但在由交通部发布的《交通公报》中，将这些士兵肇事的原因归于受"共产党徒煽动"。

在"南京事件"中遭难的东洋人与西洋人群体包括外国驻南京领事馆官员、学校教师、医生、宗教人士、商人及其家属等。其中以从事不同职业的传教士人数为多。相较于政府官员与经商人等，这个群体之于中华文化的浸润与楔入，与其所拥有的内涵更丰富的"情怀"，造成他们在事件中的感受更复杂微妙，他们对事件意味深长的态度，增加了对事件的后果亦即"糟糕"的诠释的层次。

那是在事件发生不到一个月的时候，于事件中从南京逃到上海避难的一群传教士，通过美联社集体发表了一个声明。在声明中表明他们对中国及中国人民怀有深厚感情，而"南京事件"却使他们这些"在对待中国的态度上被称为'理想主义者'的人"，"因为多年与人民友好相处而热爱人民的人"陷于尴尬。

1927 年 2 月，在北伐军逼近上海之际，美国政府命令指挥舰只游弋于中国水域的美国海军司令"用所辖之全部兵力保护美国人的生命财产"。当时在南京的 127 名传教士，发电报给美国政府和公众，敦促美国放弃对中国使用武力而采取和解政策，并在平等的基础上就新条约进行谈判。他们为此不惜花费了大量人力物力。可此事才过一个多月，就发生了他们不得不依靠外国军队前来救命的"南京事件"。

此前他们也曾向国外宣称，民族主义运动既不反对基督教，也不反对外国，而眼下他们却被赶出家园，被剥夺财产。他们之所以在北伐军逼近南京时没有逃离，是因为相信国民党不排外的许诺，而"南京事件"表明他们对国民党的信任是"不正当的"，实际发生的情况与他们所说的话完全相反，导致他们为"民族运动所说的一切都被认为是虚假的"了。"南京事件"使他们"在世界面前丧失了信誉"，同时也"降低了中国在世界眼中的声望"。

"糟糕"如此，成了蒋政府官员"进京赶考"考砸了的第一场考试。

英雄般逃亡

"南京事件"的大致过程为：1927 年 3 月 24 日前夜，北伐军破城，直鲁军弃守。转至凌晨，整个南京城的景象，一边是北伐军如洪水般由城南方向漫延而来，逐渐淹没全城；一边是直鲁军如蚁群般向城西北下关方向溃退而去，争相渡江逃往浦口。就在两军一进一退、一来一去的过程中，发生了针对在南京生活的外国人的财产侵犯甚至人身伤害。当日下午，停留在长江里的外国军舰向城内开炮，一时震慑而阻止了暴行，并得以将部分外国人营救上舰。

3 月 24 日那一天，滞留在南京的外国人做了一天的噩梦。在其中某个时段，他们当中，以为自己将看不到翌日太阳的人要比实际丧命的人多得多；还有一些人起先对黑云笼罩一般降临的危险估计不足，直至听到美国传教士文怀恩的死讯，才惊慌地意识到自己真的可能与这位金陵大学副校长同样命运。而文怀恩自己，则显然完全没有料到会这样死于非命。他的死，有客观的偶然，也有主观的大意。

文怀恩早在 19 世纪末就来到南京，经历过义和团的暴风血雨。他认真学习过汉语，是当时少见的会用中国话布道的传教士。他还是金陵大学的"助产婆"，曾使古老大地无数木然的眼睛变得有神；在我国各地遭受严重的自然灾害时，他不辞舟车劳顿，屡回美国募捐，先后募得 11 万银圆、700 万美元，使数十万灾民得到赈济。

文怀恩虽然并未因施恩而自得，但在中国长逾 20 年的生活、不同寻常的经历，加上对中国人的深切了解，都使他不觉放松了对政治与人性中高危成分的警惕。特别是他在清末曾受基督教青年会之邀赴日本两年，向东京留日中国学生教授英文并传教，在此期间与革命党人孙中山结识，并与青年会日本分会总干事王正廷成为好友。王正廷在日本加入同盟会，回国后加入国民党，成为活跃的政治家与外交家。所以当北伐军渐进渐近的消息不断传到南京城，文怀恩并不像一般传教士那样对他们当中一些人的极端主张及排外行动怀揣担忧。

在北伐军占领南京 11 个月前，文怀恩在金陵大学校园参与接待了前去考察的中英庚款委员会的委员们。来访者中有一对父女，父亲苏慧廉也是一位传教士，在 19 世纪 80 年代即受英国循道公会派赴中国浙江温州，1906 年出任山西大学堂校长，1925 年以牛津大学汉学教授身份被英国政府任命为庚款委员。

苏慧廉的女儿谢福芸与司徒雷登、赛珍珠同样生在中国，长至 7 岁回英国接受学校教育，1909 年毕业于剑桥大学，此番是作为庚款委员会的英方秘书来中国的。在庚款委员会委员们按部就班的考察活动中，谢福芸与文怀恩不免觉得乏味，于是两人离队，登上图书馆的阁楼，一边俯瞰校园，一边随意交谈。他亲口告诉她，他在心里是拥护民族主义者的。

正因为这样，所以当抢劫的士兵向文怀恩强索财物时，一般人都顺然交出，独他不肯乖乖就范，尽管他也不是真要抗拒。就像谢福芸所理解的，"他这辈子从未伤害过一个中国人，也不相信有中国人会伤害他……他甚至已经开始跟他们开起玩笑"。可是当一个士兵一把抓起他的怀表要把它抢走的时候，文怀恩下意识地抓住了那士兵的手，那士兵以为他要抗拒而一枪将他击毙。

这样一个对中国革命寄予热情与同情的人，最终却死于国民革命军之手，这样的结果，含有几分戏剧性与讽刺的辛涩味道。文怀恩生前曾深情地对人豪言：中华民族"是值得为之牺牲生命的民族"。于是他的死仿佛一语成谶，成了"求仁得仁"的结果了。

上午快要九点钟的时候，金陵女子大学的男会计鲁斯气喘吁吁、面色苍白地赶到学校，告诉校长德本康夫人，说文怀恩被一个南方士兵枪杀了，尸体就在他住房的马路边上。

金陵大学图书馆旧址

　　这一消息震惊了金女大的所有师生，本来他们最担心的是军纪败坏出了名的直鲁军在撤退时会为非作歹，而学校里除了留校的一百多名女生，七十多位教职员工，还有收留的附近一百多个妇女儿童。德本康夫人为此特地安排了教员和学生通宵轮流值班，其他师生也都和衣而卧。直到听说北伐军进城了，才刚刚松了口气，文怀恩的悲剧又使大家的心提起来了。

　　接着又有两个西方人来见校长，诉说了他们一再被士兵拦截，家也被士兵与乱民轮番打劫的遭遇。至此，德本康夫人与西方教职员都已看出文怀恩之死并非偶发事件，革命军所要攻击的对象也显然具有针对性。

　　金女大的西方教职员虽然对自己身为洋人不受国民革命军待见本即心中有数，而学生们对革命军的拥护他们也都看在眼里，但当北伐军破城之前，各国领事馆希望本国侨民紧急离开南京避难时，竟然所有的人都选择留下。

　　原因是他们对事态发展或许不致太过恶化抱持侥幸的乐观，更主要的是他们看到还有那么多女学生在校，即使他们没有足够的力量保护她们，至少也应当陪伴她们，要师生共患难，他们所受的教育使他们以危难当前抛开学生自顾自一走了之为耻。当他们看到学生们在北伐军进城后，做了旗帜要出校欢迎的时候，不知心中是何滋味，从他们不愿与学生同去略可猜想。

　　败军在溃逃过程中最易发生扰民之事，何况直鲁军的军纪路人皆知，所以说他们在撤退时有任何作恶举动，任何人听了都会觉得理所当然，而史实偏偏未必如此。"南京事件"发生次日，上海《申报》即刊登了两个日本通讯社——东方社、电通社分别发自南京的电讯，都说鲁军在败退中曾在城内大肆抢掠。若说国民党方面发布的消息带有政治意图，那么日本通讯社的报道究竟是来自亲眼所见，抑或只是耳食？

　　相比之下，还是那些在"南京事件"中待在南京城里，亲身经历、亲眼见证事件的人可信度更高一些，特别是他们带有具体细节的描述。

"南京事件"发生一个月后，常刊载陈西滢、胡适、郁达夫、徐志摩、陶孟和等人诗文的《现代评论》周刊上，就有一位署名"人中"的作者，在"南京事件"次日记下"南京事件"全天他的个人生活，他的文章排在胡适的一首悼念夭殇女儿的诗歌之后。人中在文中设了一个叫"君素"的人物来代替自己，以便用第三人称来叙述。

君素在南京城里的住处紧临大街，他对直鲁军向无好感，说自打他们进城，"除杀人放火他们是无恶没作"，说他们连在街上东张西望都是"一副强盗眼睛"。但他们的威风到北伐军进城前一天为止。北伐军破城后他所看见的直鲁残兵的模样是"都化装了小工的衣服，各人都有一个小包，背在肩上或者挟在手上，低着头，三五成群地问小路走逃着"。

德本康夫人也说直鲁军的溃兵败将并未于她学校有所骚扰，她用近乎调侃的话说是因为他们走得"极为匆忙，以至于不大可能找到一个像金陵女大这样的安静的角落"。

金女大校园坐落于五台山西北与清凉山东麓，相传南朝齐梁时期的道教高人陶弘景曾在此隐居，故名"陶谷"，清代文人袁枚的随园也在这一带。后来太平军在此毁园种粮，不便种植的地方渐成荒地。

北伐军占领南京十年前，随着学校的发展，金女大原所租赁的位于城东南绣花巷的李鸿章家族宅地的校区不敷使用，遂买下位于鼓楼西南的这块方圆近170亩的土地新建校园，请美国建筑设计家墨菲任总规划师。

到直鲁军撤退时，陶谷校园已建成几幢中西合璧、美轮美奂，外观犹如宫殿的俗称"大屋顶"建筑，在城区内相当显眼，对贪财的兵匪来说足以勾起掘宝的幻想，何况金女大本即"贵族学校"的名声在外。当然，兵败如山倒，直鲁军逃得仓皇也是事实，结果他们没来得及做的事情，北伐军却时间充裕地一做再做了。

士兵们三番五次地造访金女大。最先光临的是两三个士兵，在中国教工及学生代表的陪侍下巡逻校园，目及之处，未发现金杯玉盏，但对生物实验室的显微镜感到好奇,于是随便拿了几个"把玩"去了。

　　之后来的一群士兵,则不尚客套矫饰,直爽地表达诉求,索要现金,并且命令校方打开保险箱。金女大地属丘陵,校园内不乏坡地。士兵们将抢出的物品散置于山坡上,从容挑拣,而闻风而至的"乱民"们则等在一边,随时准备哄抢士兵的残羹剩食。西方女教职员躲在一幢房子的阁楼里,战战兢兢地祈祷打劫者不要闯进楼来。

　　终于有一位官员带了一队士兵来到金女大,说中国官方已将金陵大学设为西方人士保护区,于是金女大的西方女教职员们以及其他躲避在此的西方妇女便在士兵们的警卫与中国师生的护送下步行前往金陵大学。

　　于是一支极为奇特的队伍出现了。在队伍最前方带路的是一位中国教授,他扛着一把猎枪,表情紧张严肃。接着是士兵们。这队士兵也曾参与打劫,但眼下在那位官员的管束下显得十分顺从。那官员挂着拐棍,对士兵的态度十分傲慢严厉。还有那些惊魂未定、忧戚不安的西方妇女……谢福芸在她记录南京之行的书中如此表述对南京人与洋人关系的印象:南京市民"虽然不认识这些外国人,却已经习惯了看着他们安静地在街上行走"。那是南京人看见洋人单独或二三结伴而行,而这么一人群洋妇人在街道上列队行进,这种景象恐怕没有哪个南京人见了会不觉得奇异。

　　金大相距金女大很近,转眼就走到了,妇女们以为她们在金女大所遭受的恐惧也将戛然而止。可是进了金大,才发现校园内士兵和乱民很多,枪声不时撞击耳膜,感觉还不如金女大安全,但也不可能回得去了。

　　她们被安排在农学院楼(又称贝利楼,今西大楼),当她们走过去时看见一楼所有的窗户玻璃全都破碎了,抢劫遗弃的东西散落一地。更令她们惊恐的是楼内竟还有士兵和乱民在抢劫,而其中居然还有一个警察!

　　她们站在大门外,待护送她们来此的士兵将暴徒赶走,才得以进入。上到三楼时见到了先她们而至而已被劫得一无所有的朋友,不禁惊出冷

原金陵大学农学院楼，又称贝利楼。在 1927 年的那场兵乱中，这里一度成为西方人士的避难所。

汗来。更使她们胆战心惊的是有人听到士兵们在交谈中说还要去杀更多的人。

当晚十点钟，坐落在今莫愁路上的美国教会女子学校——明德学校中了枪弹的女教员莫菲特也被人送到农学院楼来，她上午八时许膝盖与腹部受伤，在伤痛折磨与死亡威胁下苦挨了整整一天。

美国传教士、金陵大学历史系教授贝德士曾被一群乱兵抓住，双臂被扭在背后，双手被捆住，差点被乱枪打死，幸得红十字会的及时解救才捡得一命。

君素在早饭后走到街上去，发现到处是欢乐的人们，春节或是抬着菩萨游行的"出会"也不及这快乐的十分之一，他们聚在一起谈笑，每个店铺都张贴了"欢迎北伐军"的字条。当他走到浮桥，经过宝来馆的时候，看见了难得一见的情景，不觉停下了脚步。

宝来馆是日本商人开设的一家旅馆，在孙中山"倒袁"活动中，戴季陶曾潜入南京，在宝来馆设立秘密机关，发动中下级军官起义，后有人告密，主要成员均被捕，戴季陶因事外出侥幸逃脱。

君素走到宝来馆的门口，不觉停下脚来观望，因为正有人在抄日本人的家。衣被、器具，甚至柴草，都被人们从宝来馆内陆续搬出门，这些人的装束与抄出的物品，暴露了他们的身份与生活状况。还有一些士兵在门外胡乱放枪示威，间隙也随手拿些衣物，还有小钟之类当街拍卖。

学者舒新城当时在南京闭门著述，他的住所紧邻暨南学校。当战事紧张，学校暂停，学校训育主任刘虚舟办救济会，邀舒新城帮忙，每天去救济会数小时。舒新城有写日记的习惯，写在日历上，平常一般都很短，3月24日的日记却写得较长："午前八时即闻日本领事署被劫，出外视之，看见地方贫民之赴该署取物者络绎于途，署中妇孺并逃到金大宿舍旁，但救济会亦不敢收容。寻见贫民分赴各外人住宅劫物，皆有兵士倡首，街上军人分以英美烟公司香烟及他物出售者亦不少，秩序紊乱已极……"

在金陵神学院执教的美国南方长老会传教士理查森博士脱险至上海后，在写给朋友的信中，详述了他在"南京事件"中惊魂的经历。早在事件发生两天前，他就听从美国领事的建议，让夫人与其他家人躲到停泊在长江里的美国驱逐舰上去了，尽管这使他少了后顾之忧，但事件发生的前晚彻夜的枪声还是使他不能安枕，凌晨三点就再也睡不着了，两小时后起身，叫厨子给他准备咖啡，同时去门外看看动静。

待厨子回来报告说街上并无针对外国人的暴行，他这才稍稍放下心来。可是才过了半小时，他在房屋门前的台阶上，就看见本院的一位外国教授在自家门前被几个士兵扒下了大衣扔在地上，那教授趁士兵用脚踩踏他的眼镜作乐时，捡起大衣逃往神学院另一位教授毕来思家，士兵们随即追了过去，而另外几个站在神学院大门口的士兵开始举枪对着附近建筑物的窗口胡乱射击。

理查森望着这一切，起初心里并没有太害怕，因为他对士兵的施暴程度有自己的基本判断。他认为他们的目的在于索财而非害命，所以他在事先作了一些防范，比如把手表藏在裤子的屁股口袋里，又特地放了一张美元大钞在身上以应对不时之需……突然间，他看见士兵们将枪口转向他射击，耳听得他的仆人与在场的学生也都大叫他逃命，于是转身就跑，慌忙中竟然没忘记掏出那张钞票，把它扔在地上，期望追赶他的士兵因捡钱而为他赢得逃脱的时间。

理查森飞快地跑向神学院后门，当他跳过后廊，撞见从原先藏身的毕来思家跑出来的神学院院长罗博士与三位女士，五人一起冲到街道上，躲进一个卖开水的"茶炉子"后院堆放生火稻草的草棚里。这两男三女就在不远处不时传来士兵搜索的呼喝声与枪声中，忍受着稻草的霉味与刺痒，待了一天一夜，直到翌日被由几名外国人与小队北伐士兵组成的搜救小组接送到金陵大学。

在"南京事件"的整个场景中，最富戏剧性与悲壮的画面，司徒雷登称之为"最惊心动魄的一幕"，是一大群男女外侨甚至还有儿童，在美国领事戴维斯的带领下，"半爬行半奔跑"地躲着枪手的视线，伴随着炮火的呼啸，从几丈高的城墙上，依次缒城而下。司徒雷登在他的回忆录里，还提到霍巴特在拉着绳索沿墙下滑的时候，因过早地松开了手，结果扭伤了脚踝。

亲历者霍巴特太太的描写当然更生动真切。在南京城虎去狼来的混乱中，美孚山以其独特的地理位置，吸引了惊惶逃命的外侨，不只美国人纷纷来此聚集，随后戴维斯带了在领事馆躲避的十多人连同他的妻子和一对小儿女也逃到了美孚山。尽管霍巴特太太素来好客，可此时的高朋满座却丝毫没有往日的欢乐，反倒增加了她的忧虑。在不断逼近山头、随时可能冲进房屋施暴的士兵的包围下，她感觉她的"绚丽王国"成了令人绝望的牢房，而她就是"山上这座可怕的监狱的女主人"。

困在美孚山上的人们心思不一，各人在有限的空间里按性格发挥自己的想象。有血性的男人想着英雄般的拼命，妇女想的是自己受辱的难堪场面以及孩子可怜的眼神……总之绝望是基调，求生是主旋律。唯独路透社南京记者约翰·杰克的举动像一个伟大的喜剧演员，他越认真，观众越忍俊不禁——他用裁纸刀割去胡须，用淡黄色颜料涂抹面部及双手，并换上华人衣裳，指望以此可以装扮成华人而骗过士兵们的眼睛。

当翻越高大的城墙成为唯一的出路，家里这么多人，霍巴特太太收藏的那根长绳无论如何都不够用，于是本即属于女主人治下的床单、毯子、窗帘都成了制作绳索的材料。

当初霍巴特夫人随丈夫乘船从长江上游抵达南京，当他俩站在甲板上等待轮船靠岸时，霍巴特把美孚山上的新家指给妻子看。霍巴特夫人眺望着那房屋"矗立在有女儿墙的城墙顶端的悬崖上，与天空交相辉映"，觉得倒像是这座城市的一个传递信号的地方，因此她称她的家为"山上的灯塔房子"。当时她当然不会想到，她的家在"南京事件"中真的成了向长江中的军舰传递信号的地方，英美舰只向美孚山以及城内各处开炮正是缘于她家发出的求救信号。

下午三点多钟，君素走到鼓楼附近，他所看见的景象是这样的："鼓楼西南附近的洋房幢幢的烧着……一所烧得正热闹时，旁边那所也燃了。这时起了些轰轰的大炮声；并且越响越厉害；发着洋财的'老百姓'纷纷放弃了他们正在搬回家的各色俘虏品，兵士们更惊慌的问着：'这是那里放炮？'……'大概是外国兵船上放的吧。'一些学生告诉他们。经过一阵的惊慌紊乱，马路上快没有人的踪迹了……"

在霍巴特家周围伺机而动的士兵被地动山摇的猛烈炮火一时制止攻击的空隙，戴维斯带领人们开始了突围行动。霍巴特夫人是这样描述越城墙而下的过程的：她来到城墙边，被人捆在用各种织物连成的绳子上，带着身体会被绳子勒成两半的担心爬到城墙的边上，接着——

我把脚跨了过去，在我看来，是往空中掉下去了，因为墙的底部看起来非常遥远。我怕绳子拉得太紧，怕它会断，但我还是紧握着绳结，看着从墙外长出来的藤蔓和小树慢慢从我身边滑过，沼泽平原越来越近了。我感到脚下有坚实的土地，听见他们在上面叫着："快点，下面的那

紧依八字山一段城墙。当年在此发生过一群洋人缒城而下仓皇逃命的惊险故事。

个。"我用手指摸索着解开绳结。

在妇女儿童之后是戴维斯与霍巴特。霍巴特下墙的速度太快，逃脱险境的兴奋使他高估了自己的体力，而作为绳子的床单也被扯破了。当霍巴特太太回过头来，正看见其他人将她丈夫从地上抱起来，而他的胳膊和腿无力地耷拉着。她以为他中弹了，却听见他愉快地对她说："只是我的脚踝受伤了。"

霍巴特太太与其他从城墙上下来的人，还有被人背在背上的她的丈夫，一同穿过护城河，又经过一个村庄，已经看到了不远处的江水，看到了戴着锡盔在岸边巡逻的英国和美国水兵。霍巴特一群人乘上汽艇，向泊在大江里若隐若现的英舰"翡翠号"与美舰"诺亚号"驶去。这一个生死劫难的悲惨故事终于有了一个英雄般逃亡的结尾。

百姓叫我感动

司徒雷登 1949 年离开南京时，主要身份已由一名劝募办学的大学校长变为折冲樽俎的外交家。身为美国驻中国大使的他 1949 年离开南京，动静很大，大到几乎妇孺皆知的地步。胡兰成在《今生今世》里有将临逃的惊慌形容为不甘心的弄响："鱼儿惊走，也要拨刺一声，激起浪花。"司徒雷登却并非出于惊慌，也不是心有不甘，动静更不是他自己弄出来的，而是因了那篇著名的《别了，司徒雷登》。

司徒雷登的父母是西方来中国的传教士，司徒雷登在杭州出生，在美国接受高等教育后又返回中国，早在 1908 年就到南京工作了，那一年他 32 岁，在金陵神学院做了希腊文教授，还曾延师学习南京方言。十年后他从南京赴北京，就任燕京大学校长，他在金陵神学院的教职遂由他胞弟司徒华林（沃伦）接任，因此避开了经历"南京事件"的噩运，却也于无意中把历险让给了弟弟。

"南京事件"发生当晚，司徒雷登正要应邀去他的一位中国同事家里参加个人收藏的绘画作品展，却接到一位美国同事从北京城里发给他的电报，说南京发生暴乱，城里所有的外国人都被杀了！次日早上从驻北京的美国公使处得知，司徒华林并未遇难，这才将一夜的悲痛转为欢喜。但当他了解了更多的细节，也不禁为弟弟后怕。

当时司徒华林在家门外劝说一队士兵放弃施暴，一个站得稍远些的士兵对他开了枪。也不知是没打准，还是只为吓唬他，枪声响过，华林身后的一个木头什物被击裂了。就在这时，人群里有一个衣衫褴褛的人冲上前去，把华林带离了现场，原来这是一个与华林相识的黄包车车夫。

这是司徒雷登在离开南京五年后，出版的回忆录《在华五十年》中的一段。巧的是，同在 1954 年，赛珍珠也出版了她的自传，名为《我的几个世界》，更加详细生动地记述了在"南京事件"中她一家人在邻居裁缝、鲁妈等南京百姓的帮助下脱险的亲身经历。

北伐军进城后的那个早晨，赛珍珠与家人正在吃早餐，原本他们心情不错，为北伐军与直鲁军的战斗出乎预料的短时结束而庆幸，邻居裁缝却慌慌张张跑来报告"革命军正在到处杀洋人"以及"文怀恩老师在校门口被打死在大街上"的消息，一桌人还没来得及反应，裁缝却已着急得哭了起来，催促大家赶紧逃命。而就在赛珍珠一家人无法可想时，鲁妈及时出现了：

突然，院子后面墙角里的那扇小小的后门"吱呀"一声开了，我们不约而同地转过身去，是鲁妈。她就住在隔墙可望的一排低矮的土房里……鲁妈移着裹得很小的脚，跌跌撞撞地奔了过来，宽松的裤子飘摆着，露出了脚踝子。像往日一样，她没有梳头，生了锈的棕色的头发披在脸上，善良而平庸的脸上满是关心、警觉和爱意。

"夫人，"她喘着粗气说，"你们快来，藏到我的小屋里去吧！没有人会到那儿去找你们的"……她拉拉我，又很快地抱起个孩子，我们便连走带跑，只管跟着她，连大门也没有关……

鲁妈是赛珍珠生活中遇到的一个性格独特的人物，原是赛珍珠曾经雇过的一个园丁的妻子，她在丈夫离家出走之后带着身孕前来投奔赛珍珠，赛珍珠把她安顿在花园后面的一间小屋里待产。鲁妈生了孩子后践诺搬出赛珍珠家，租住在离赛珍珠家不远处的平房里。

在司徒雷登与赛珍珠笔下，生活在南京底层的百姓活现在眼前，一改愚昧麻木、呆滞迟钝的固有形象，他们有勇气有主见、有良知有爱心、重友情知报恩，且富有机智。

如那位人力车夫就胆量惊人。士兵对洋人施暴本即有目的而来，目标非常明确，是否痛下杀手并无顾忌，仅在一念之间。在那样的情形下，车夫竟然敢从士兵的枪口下救人，所冒风险实非一般人可以承担。

鲁妈则是一位极有主张的女性。当身怀六甲无家可归时，敢于认准并不熟识的赛珍珠，且事先已打探清楚赛珍珠家后院有一空置的鸡屋并明说想要临时居此。临盆时又无论如何不肯听从赛珍珠的劝告去医院分娩，而执意自行生产。当士兵已在打劫及杀人、众人对何去何从一筹莫展时，她挺身而出，连赛珍珠的老父亲、赛珍珠姐妹及夫婿、赛珍珠六岁弱智女儿及两岁养女与妹妹的一个三岁孩子共八口人全部接到自己家里。

在鲁妈的小黑屋里枯坐如囚、度日如年，耳听附近暴徒的汹汹之声，赛珍珠既想让鲁妈知道他们是知道鲁妈所冒的危险，同时也想确认鲁妈是否真的知道自己的处境，禁不住问道："你知道吗？如果我们被发现了，你也要被杀的？"鲁妈的反应是对暴徒的愤怒和蔑视："让他们来试试，看他们敢动我一指头，这群野兽！不分好歹的东西！"

因为鲁妈缺乏科学育儿知识，其新生儿曾经两次差点没命，都是赛珍珠设法使孩子转危为安，加上当初在她身处绝境时的收留，这在鲁妈眼里都是恩情，所以甘冒生命危险予以报答。而那位车夫冒死出手相救的缘故更简单，仅仅是一次华林生病时两人"有过交情"。

司徒雷登和赛珍珠笔下的底层百姓，具有"寻常的聪明"的，令人为其"寻常"感动；连"寻常的聪明"也没有的，则令人为其"愚憨"感动。车夫与鲁妈同样基于"北伐军想不到洋人会住在贫民窟"的判断，而认为其为安全之地。

车夫是把华林带到他在棚户区的一间小屋内，把他藏在破被烂褥下。鲁妈的住处则是仅能放一床一桌、墙上开了一个小洞作窗户的半间土坯房。车夫细心到临出门时，把华林身上值钱的东西带走，以防人谋财害命，直到一昼夜后把华林护送到金陵大学时才还给他。

鲁妈出门时，安慰在狭小而光线暗弱的屋内守着三个孩子的大人们："孩子哭也不要怕。这么多孩子，那些当兵的不会知道是你们的孩了还是我的孩子在哭的。"鲁妈的邻居、一位老太太主动给赛珍珠他们端来几碗热腾腾的面条汤，同样慈祥地安慰众人："吃吧，好心的洋鬼子。尽管放心，他们不会找到你们的。这儿没有人会把你们说出去。我们都是真心，即使我们的孩子也不会说出去的。要是你们的孩子哭了就让她们哭吧，要是我听到你们的孩子哭了，我就拧我的孙子，让他到屋外哭，这样就没人知道是谁在哭了，孩子们的哭声都是一样的。"

当南京城内发生暴乱时，颇有一些被德本康夫人称为"乱民"的市井无赖、窃贼在北伐军人对洋人打家劫舍之后，紧跟进去二次扫荡，发不义之财。而赛珍珠家的厨师、保姆、园丁及邻居，也就借此假装到赛珍珠家去抢东西，实际上是为赛珍珠把家里一些他们认为重要的物品保留下来。比如赛珍珠的女佣李嫂子（赛珍珠作品《母亲》人物原型）就冒着生命危险混杂在兵匪暴民中拼命抢东西，可是她不去抢赛珍珠祖辈从荷兰带回的古老的法国瓷器和银具，而抢出许多饭锅、雨伞、枕头等，令赛珍珠啼笑皆非，可又不能不感动。

"南京事件"中逃出南京的美国传教士、62岁的金陵神学院教授毕来思的脱险与司徒华林的经历相似，他在上海对路透社记者说起他的历险经过：24日那天，一个19岁的湖南士兵向他索取钱财，他打开保险柜，又被搜身，搜去怀表、零钱，皮大衣也被拿去了，而后双手被绑着来到院中，看情形是要将他杀掉。这时他的厨役不顾一切冲出来，去夺那青年手上的刀。家中另一位做粗杂活的老佣人则跪在一旁，哭着哀求士兵饶了主人性命。正僵持间，又有一小队军人闯进家里，用枪托迫使毕来思跪地，似要把他枪毙，这时邻居听见动静，前来劝阻，使军人们的心思转向多少钱财可赎人一命的算计，终使毕来思保住了一条命。

金陵神学院院长与理查森及三位女士躲在茶炉子后院的稻草棚里，曾被烧开水的妇女来抱稻草时发现，她先是大吃一惊，本能地跑开去，不几步却又停下脚步转过身来，示意理查森他们不要出声，然后就走了。过了一会儿，她回来低声对他们说："你们是好人，我不会告诉其他人你们在这里。"

南京明德学校的那位莫菲特小姐中枪后，当时学校里正在修缮，施工的工人们把她藏在一个工棚里，用稻草盖在她身上，这才没有受到二次伤害。

出现在谢福芸笔下的"南京事件"中的底层百姓，也受到作者的称赞："在灾难发生时，他们对待外国人的方式也同样令人尊敬。当抢劫者在追捕外国人时，他们就把外国人带到自己家里，给他们穿自己的衣服，把他们藏起来，给他们提供食物，直到他们被带到安全地带……有一个木匠把一个因受伤倒在街上的美国妇女背回自己的木匠铺，用刨花把她藏起来，照顾她……"

而南京传教士在上海所发的集体声明中，也同样表达了对"南京事件"中给予他们帮助的主要是南京普通百姓的真切情意，在《声明》的开头有这样一段话："我们对许多在南京的中国人深表感谢，他们在我们危难时帮助了我们。他们为了我们竭尽全力，甚至冒着生命危险。没有什么能剥夺我们这段珍贵的记忆。"

汤因比在中国的视野当然不限于南京，他也曾在北京、上海等地逗留。他在研究了中国的历史与局势后，白纸黑字地写下预言："无论南京发生什么，北平都不可能再次成为中国的首都。"20 年后，历史证明他当初的判断错了，当然这无关紧要，只不过是一个颇有意味的失言。

我曾因自己对历史的兴趣，以为已经初窥研究的门径，又得机缘亲炙大师，此生定将沿此一路颠踬下去，未料半途突遇强劲横风，迫我变道，乃至落荒。多少年后，每当凌晨早醒，总是床头一册汤因比，伴至黎明。

英国历史学家汤因比曾在此城头远眺近观

燕子矶：
试验夭折

燕子矶头的烈风并不能吹散我心中的阴霾。那些来自天南地北的人使我对远方起了向往。即以逃难之名，决然远走西南，唯偏隅是求。

燕子矶头

长江从我国西部逶迤而来，若将其间依次流经的宜昌、岳阳、武汉、九江、南京五座城市连线，会发现它走了一个"W"形路线。知道的人晓得它曲折前行是为地形所迫，不知道的还以为它贪恋大地景色而踯躅延宕，不愿尽早入海。

长江由九江至南京亦即从西南朝东北方向走到南京城的北面后，转向正东走去，看上去就像是把南京藏掖在它的臂弯里，呵护有加。

在南京城正北偏东近郊的长江边上，有一著名景点叫燕子矶，被誉为"万里长江第一矶"，早在明清时即被列为"金陵四十八景"之一。燕子矶并不高，海拔仅十一丈，却并不影响其成为观望日落的绝佳去处。

自古以来，来往游人对它爱之不尽，留下无数妙文佳句。女作家吴似鸿于1929年年初的一日与剧作家田汉等人冒雪登矶，仅用了八个字就将赞美推到了极致："风景极胜，使人欲死。"当然这个"欲死"迥异于人生绝望得想要跳江，而是"欲仙欲死"的"欲死"。

燕子矶的名字取自矶体三面临空，犹如展翅欲飞的燕子。站在矶头之上，放眼江天景色，看船来帆往，深吸徐呼，固然胸襟大开。若垂目向下，但见峭壁斜插入江，激浪怒拍崖石，水面涡流急漩，险恶诡异的景象令人头晕目眩，对于心灰意冷的人又形成极大的诱惑。一旦离崖，作自由落体，几无生还可能。

故不知自何时起，燕子矶成为轻生者的胜地。而欲寻短见者，虽有死的决心，却也少有直面险恶的勇气，故多取向后仰翻姿势了结人生，俗称"一仰一个"。选择此地了结人生者不时见诸民国报端，随着燕子矶名声远播，甚至有人乘火车专程到燕子矶来跳崖。

我年少时曾跟私塾先生学过一点《易经》，耕读之余，偶给乡亲算命消遣。后因升学不顺随即谋职，可不久又因罹患沉疴而退职。虽经四处访医，药石既用去无数，符箓也曾试过不止一回，病情总算趋于稳定，而病魔已留下行迹，致再不能如常人踢跶疾行。

我曾屡蹒跚力登燕子矶，以遣苦闷时光。见有为游人看相者，不免技痒，而每番小试，均差强人意，兴趣由此愈增，渐至每日午后，脚即不觉往燕子矶去。原为游戏人生，未料竟赖以糊口。虽赢得江湖薄名，却以占卜打卦终非正当营生，加上病躯失常，总不免自惭形秽，因而远离人群，终年踽踽独行，除与问命者言，不与人交往。久而久之，遂有"怪人"之称，于我声名倒也不无益处，因为大抵学问或道行高深之人总不是行止癫狂就是性格怪异的，由此更少人招惹，落得清静。

忽一日，燕子矶头添了一块木牌，正面是"想一想"三个大字，反面则又写有歇后语似的三个字"死不得"，听说是晓庄师范校长陶先生写的。陶校长的名气很大，方圆数十里的乡亲们都知道他。我盯着他的手书看了半天，从他的书法一直看进去。

陶校长的"劝生牌"寥寥数字，固然劝不了铁心寻死的人，在此之后，仍不时有人不听此劝。而燕子矶以其所负盛名，一旦有人轻生，即成为新闻，时或见诸报刊，"朦胧夜色肠断燕子矶头，礼教吃人迫得她走上自杀之路"，"燕子矶边又添情海冤魂，目睹爱人琵琶别抱，忍将此身付诸江流"，"一少年被迫自杀，函告家庭自称投燕子矶"……

其中最令人扼腕的是南京女中高师学生杨家庆，1928年6月初于燕子矶投江，留下遗书九封，痛陈社会黑暗，人心险恶，表达

燕子矶头的陶行知手迹："想一想死不得。"当年的木牌，早已换了石碑。

对人生的灰心之至。女中一直风潮不息，师生钩心斗角，校长如走马灯频换，杨家庆这一死，留洋回来的在任代理女校长余蕙传又引咎辞职了。余蕙传任职前，行政院在物色校长人选时，曾属意作家、教授袁昌英。袁时在法国留学，以学业未完推辞掉了。

1935年初，上海《女子月刊》刊登了女作家赵清阁的一幅玉照，说明文字写着："本刊作者赵清阁多愁善病，日前游南京燕子矶，当同伴兴高采烈之时，独欲跳江自杀，幸为警察所阻，特留此影。"

三个月后，影星阮玲玉以"人言可畏"自杀，赵清阁在《女子月刊》撰文发议论，说现在的社会金钱万能，以男性为中心，女人在这个社会里难以生存，在重重压迫下便只有走上自杀的末路，以消极的抵抗来解放自身的痛苦。但她又说，自杀是弱者的表现，阮玲玉该以自杀的勇气来作抗争。读到这里就可知道，赵清阁此时已经走出苦闷的沼泽了。

我想那些一时绝望或赌气的人站在燕子矶头，偶一转睛，见了陶先生的字，也许会觉得那字面意思是专对着自己的，如此稍一转念，或许死心不再坚决。而对一般游客来说，倒是增加了游兴。我在报刊上不时读到关于燕子矶的游记，其中多提到此木牌。更有游人当场兴起动笔，以至于木牌上后来满是各种大小字体的批注。

我也想在那木牌上面写几句，因为也曾站在矶头有过了结一切的念头，后来大概是造物主恻隐，给身陷黑暗中的我稍启重扉，透露出一点微光，虽不足以温暖冰寒之心，毕竟依稀看见了脚下。我在"劝生牌"前站了很久，虽有万端思绪，却又像天上大块的云朵被吸入一个小口的瓶中，塞上了木塞，终于一个字也未写下。

我看出陶校长是一个喜欢标语口号的人。他的名字"行知"是后来（我专门查过，应该是在1934年秋天）改的，在办晓庄师范时叫作"知行"，我猜与王阳明有关，"知行合一"嘛。王阳明也喜欢口号，但不知陶校长这上面是不是受他影响。晓庄师范开学时就把他的一些信条写在木牌上插在校园的田地里。我每当经过那里，都会下意识地瞄上几眼，一方面希望自己在不同的天气与不同的心情下能读出不同的感受来，另一方面又在不自觉地盼望他能时常更换标语的内容。

所谓燕子矶，有狭义与广义之分。前者单指燕子矶景点。后者则指的是燕子矶一带景区，包括幕府山上山下的景点，如三台洞、观音阁等。幕府山主峰叫北固峰，南麓为北固乡，陶校长的晓庄师范就坐落在我们北固乡的小庄。

我清楚记得是蒋委员长定都南京的那一年，阳历年刚过10天，晓庄师范的招生广告贴了出来，我仔细读了，觉得有意思，不免将学校与主办人研究一番。

我所从事的职业，可容随意安排自己的作息。富贵于我既如浮云，自无意苦心求之。加上我又无家室拖累，早先是因家贫，又不能下田劳作，远近无女肯嫁。待可自食其力时，又对婚姻意兴索然了。且父母为独子之病日夜焦虑，不堪承受，早早相偕作地下游，我更于无妻无后一无顾虑。终年但求身有防寒衣，家有隔夜粮，所以每遇春雨霏霏夏毒日、秋风萧瑟冬飞雪的天气都不出门，只在家看书读报以遣时光。

陶校长是个奇人。听说是皖南人氏，后因在南京读书，又从南京赴美国留学，回国就回到南京，在东南大学做教授。后来放着一个月几百块银圆的薪水不要，跑到北京在一个机构里搞平民教育运动，说要在十年内，给中国12到25岁的一亿文盲扫盲，后又加上25岁以上的另一亿文盲。他全国各地到处跑，监狱也去得，寺庙也去得，所为都是扫盲。马路上见了黄包车夫也会拉住问一问识字不识字，亲戚朋友见了面更要问一问家里有没有文盲，着魔一般。后来下农村办学校，又是一个大目标，说要为全国乡村教育运动树一个标杆。在我看来，乡村教育运动应算是平民教育运动的乡村版。

晓庄师范的全名叫作"晓庄乡村试验师范学校"。"晓庄"是小庄的谐音，寓意乡村教育的拂晓。"试验"，当然是表明对教育的探索，或许还包含对他的美国老师、前几年来过中国的实验主义大师杜威致敬的意思。

陶校长的同乡同学胡适之，更是杜威的入门弟子，所受杜威影响，自然不逊于陶行知，也是一个"试验"迷。他有天突发奇想，觉得若由一群好人组成政府，应该能出现一个好政府。于是写成一篇《我们的政治主张》，邀集了陶行知、梁漱溟、王宠惠、罗文干、汤尔和、李大钊等十多人到蔡元培家里讨论修改，然后共同署名发表。

后来王宠惠在吴佩孚的支持下出任国务总理，组织内阁。同时罗文干任财政总长，汤尔和任教育总长。三人均是《我们的政治主张》的署名者，仿佛真的是一届好人政府了，但显然结果并不如胡适、陶行知等人初愿。事后不难想明白，即便是好人，在一个不好的环境里，要么变坏，要么无能为力。这个造好政府的设想虽然难脱书生天真，但试验的意义并不因此而有所折损。

晓庄师范开在吾乡

我从晓庄师范的招生广告上，也看出志在试验的陶校长的别出心裁。比如讲明学校培养的目标是有"农夫的身手"，考试科目有"务农或土木工操作一日"，还说学校准备了田园两百亩与荒山十里供学生耕种与造林，特别是在投考资格里，"少爷小姐小名士书呆子文凭迷最好不来"一句最妙。我若不是行动受限，真想去考一考。

我看学校公布的考试日程，第一天上午是笔试，下午是演说与辩论。下午允许外人旁听，我一时兴起，就去了设在燕子矶小学的考场。

入学考试的口试内容包括社会、自然、家庭、时事、教育、乡村生活等，共有20个题目，抄在一张大纸上，贴在墙上。在一个小布袋里，相应地放了20个小竹牌，每个竹牌上都有一个编号，考生们就从布袋里随手摸一个竹牌出来，与墙上的题目对照，准备五分钟后上台即席演讲五分钟。台侧有老师看钟按铃并打分，台下听讲的有小学的师生和像我这样来看热闹的乡民。考生们哪里经历过这种阵势，况且准备时间这么短，心里紧张是免不了的，不过可以看出各考生的性格与急智。我们旁观者当然只觉得有趣。

当天参加考试的十几名考生听说都被录取了。过了四五天，就在晓庄师范的空地上举行开学典礼。学校还一间房都没有，就要开学，这倒有意思。那天正是雨后初晴，只见师生们脚穿草鞋、肩扛帐篷、手拿绳索，清早选了一块较为平坦的空地，七手八脚，先撑起四座供来宾休息的帐篷，接着又锯木下桩，搭了一座高台，向农民借了张八仙桌和几条长板凳，四下稍一收拾，会场就算布置好了。

那天应邀参加开学典礼的城里客人不多，来的多是附近几个小学的师生。更多的是去看稀奇的当地乡民，男女老幼，成群结队而来，犹如赶集一般。时间一到，爆竹燃响，锣鼓齐鸣，声震山野。伴随着惊鸟四飞，校旗在山坡上的旗杆上缓缓升起。

陶校长登台，操着浓重的皖南口音说："今天是我们试验乡村师范开学的日子，我们没有教室，没有礼堂，但我们的学校是世界上最伟大的，我们要以宇宙为学校，奉万物作宗师。蓝色的天是我们的屋顶，灿烂的大地是我们的屋基。我们在这伟大的学校里，可以得着丰富的教育……"

他的演讲虽然很有鼓动人心的力量，但以我偏冷的性格，却觉得他的话说得不免大了些。正局促间，他的话风却发生了陡转，变得实际又生动，竟把我先前的一点不以为然完全挤兑掉了："今天到会的农友很多，他们是我们的朋友，以后我们要他们帮助的地方很多，我们需要和大家做亲密的朋友，向他们好好的学习。你们不要以为乡下人无知识，一般大学生念过不少自然科学的书，到了乡下还是不认识麦子，说韭菜何其多也！嘻嘻，你们看，乡下人不比我们认得的东西多吗？"

师生们听着陶校长的讲话，脸上都带着兴奋的表情。乡亲们因为听到校长如此说到他们，也都很高兴。所以陶校长话一说完，大家立刻使劲地鼓起掌来。接着是嘉宾教师发言。晓庄师范的老师不叫老师，叫指导员。发言完了便是各校师生唱歌、耍武术，而后便开筵。借了一户农家，摆了几张八仙桌，请宾客吃青菜豆腐饭。

陶校长胖胖的脸上架着副眼镜，看上去像大户人家的账房先生，也与我的装束接近。大概是这个缘故，颇使我觉得顺眼亲近。当时北伐军向南京愈逼愈近，我听说城里人能跑的都走了，他却似非要选这个黄道吉日来开办学校不可，令人好生奇怪。特别是从来没有一个人，放着自己的好日子不过，到乡下来关心农民。他与南京红十字会合作，办了八个收容所，还设了治疗所，招募了几十人，组成两个包括

戴着黑框眼镜、装束貌似账房先生的陶行知

医生、看护、救护员、担夫在内的救护队，预备为南京开战后缺衣少食、无家可归的乡民服务，无法叫人不心生尊敬。但我性格的原因，虽关注晓庄师范的动静，好奇陶校长改造农村的试验结果，对他虽非刻意敬而远之，却也始终不曾去接近。

晓庄师范开学十天后，蒋介石任总司令的北伐军把鲁直联军赶出南京，立南京为首都，但战事并未完结，八月中下旬南京还遭遇过一次重大危机，以当时革命军所面临的严峻情势而言，南京极有可能得而复失。革命军与直鲁军阀双方共集十多万人马，在燕子矶以东的龙潭附近激战七天，死伤多达数万人。其间与燕子矶相近的尧化门、栖霞山、八卦洲等处均有战斗，孙传芳军有天夜间，还曾乘雾在燕子矶强渡长江。

个人的生活经历加上性情，把我变成一个会用人身安全的石头压住好奇心的人。那段时间，我骗自己说是闭门读书，其实是蜷缩在家坐吃。我看着自己半坐半躺的懒散姿势，总不免要想起舔自己脚掌度日的冬眠狗熊。

当战争远去后，我像一只冬蛰初醒的虫豸，动作僵硬地爬上久违的

燕子矶，旧日见惯了的景象变得新鲜起来。我虽对娶妻不感兴趣，但望见江滩上卷起裤腿、赤脚浣洗衣服的姑娘，还是不免觉得愉快。江水中还有许多自由游弋觅食的鸭子，视线越过八卦洲，可以眺见江北一排排的茅草房，都是可用来作诗的景物。

燕子矶很快恢复了往日的游人如织。而对一群特殊的游客来说，当大局已定，巡视战场，重温当时，对时机、天意、命运等生出无限感慨，更是一件令人感到惬意的事情，这也许就是在首都安稳之后，国民政府的文官武将特别喜欢登临燕子矶的缘故。1928 年 9 月下旬，孙科偕林森、王亮畴、吴铁城等人从外地抵达南京后，众党国要人甚至就在燕子矶附近找了个地方，会商政府五院（立法院、行政院、司法院、考试院、监察院）的组织及人选大事。

南京的新主人蒋介石还曾偕宋美龄游览燕子矶，夫妻俩老老实实地待在矶头岩石上由新闻记者拍了合影。清朝乾隆帝六下江南、五登燕子矶，矶上留有其御笔"燕子矶"，安置在御碑亭里。蒋介石去时，眼见亭碑将圮，心里过意不去，捐了大洋 400 元作修缮费。

晓庄师范因为算是中华教育改进社创办的，起点高，动作大，实用高效，办学模式迥异于传统，很快声名远播。全国各地的教育界人士纷至沓来，慕名前往观摩取经，甚至来参观的洋人也不少见。

在晓庄师范诞生刚刚半年的时候，陶校长为将在加拿大举行的世界教育会议准备了一份报告，题为《中国乡村教育运动之一斑》，简明扼要地介绍了中国乡村教育运动在新都南京的状况，晓庄师范就这样首次进入了国际教育界的视线。

不久之后，就有国际自由平等同盟会特派来华的两位女性代表参观了晓庄师范，评语为晓庄的"宗旨和办法，实在很适合现代潮流"，甚至预言"将为新中国创造一种新的教育制度出来"。她们对晓庄师范的评价不能不加深外国人士对它的印象。

陶校长所宣称的晓庄学校不只是教育的理想，也引起了日本不只是

国民政府立法院与监察院旧址

教育界的关注。后来更有陶校长在美国哥伦比亚大学的另一位恩师，陶校长对人称之为"我的老先生"的克伯屈考察晓庄后，同样大加赞赏，他甚至将晓庄校歌《锄头舞歌》也带回美国交由黑人低音歌王罗伯逊翻唱并灌制成唱片。

　　北固乡的村民因为燕子矶的缘故，见多识广，对于时常出现在乡里的洋人并没有太多的好奇心。南京成了首都后，洋人增多，在城里人看见洋人还在"下担挗髭须，脱帽着帕头"时，燕子矶的农民早已不会"耕者忘其犁，锄者忘其锄"了。

　　去晓庄参观的除了教育文化人士以及官员外，即在于一般游人，在去了燕子矶、观音阁之后，也常常怀了看稀奇的心思，不过多走三里路，到晓庄师范一游。而晓庄校舍错落在老山——被陶校长改为"劳山"——

山坡下，茅草屋顶，墙是红色的，春夏之季还有青麦与绿树的映衬，颇有世外桃源的景象，因此单为观光也是不错的去处。

但校园景色的好看，顶多也不过是陶校长办学宗旨中"艺术的兴味"一条，他的抱负是要改造社会，在晓庄办学即是要改造乡村，这使我对陶校长所做的事情怀了特别的兴趣。

我发现陶校长从来就不是一个为教育而办教育的人，早在晓庄师范开办之前，对于乡村学校如何与乡村改造结合，乡村教育如何为乡村改造服务，他就已经形成整套的思想了。他所设想的乡村师范培养人才的三个目标中，其中有一个便是"改进社会的精神"。而所要开设的课程中，有五个学分的"改造社会环境教学做"，其中有一项即是"村自治教学做"。

晓庄师范开办后，他把他的社会教育或者说是国家教育理论付诸实践。他在 1928 年"双十节"学校纪念会上演讲"今后中华民族的使命"，直言晓庄学校的理想，"是要用教育的力量来叫日本人自己回到日本去，是要用教育的力量来建设新中华民国"。

次年早春，他又在发表的题为《地方教育与乡村改造》的文章中说得更直接，"办学和改造社会是一件事，不是两件事……办学而不包含社会改造的使命，便是没有目的，没有意义，没有生气。所以教育就是社会改造，教师就是社会改造的领导者"。所以人们总说陶校长是教育家，我倒觉得不如说他是社会改革家——以教育为切入点改造社会的人。

学生惹祸

陶行知为了使学校与乡村打成一片，晓庄学校是既无围墙也无大门。他自己首先与乡民交朋友，甚至在农人家的牛圈里过夜，与他笑称"牛大哥"的老牛同宿。他也要求学生从课堂走到田间去，到农家去，与农民做朋友，同时进行乡村生活调查。

正月十五闹元宵，他邀请附近的工友农友与师生一同化装表演。他还曾组织乡民与师生一同参加联村运动会，让乡民与师生一起比赛，并特将大学院院长蔡子民、副院长杨杏佛及吴稚晖等人都请来参加比赛，可怜蔡大院长以患有脚疾，方得免于上场。他设立民众学校、平民读书处，由晓庄师生为农民扫盲。他开办合作社（小卖部）为村民服务。他还在附近开了一个供乡人喝茶休息的茶园，实际上是带有教育目的的乡村文娱活动中心，每天派了学生或请专家到那里说书谈心、扫盲、讲道理，传播知识与常识。

他还让学校的诊疗所对乡民开放，在看病的同时，宣传医学卫生知识。后来又开办了晓庄联村医院。政府卫生部1929年夏为此到晓庄考察，讨论乡村卫生医疗工作，其对新闻媒体发布的消息称晓庄师范"以极经济方法，使近村3000余户万余居民均有受医治的机会，远近来医者甚形拥挤，该部正与晓庄师范筹划扩充办法"云云，1930年2月晓庄还被卫生部评为乡村卫生模范区。

他还想方设法解决乡村治安的顽疾。南京在国民政府定都后，一时混乱的社会治安并没有随着政府工作的开展而迅速平复，反而因战乱，散兵游勇、流氓土匪像沼泽里的蚊蝇受了惊吓，一起飞了出来，十分嚣张，抢劫、勒索、绑票等恶性案件彼伏此起，政府虽然恼恨却并无治理的良策。

1928年元月底，春节刚过一周，南京特别市市长何民魂在市政府会议厅招待沪宁各报记者时，大倒苦水，说市政府经费每月都有五万元到八万元的缺口，连公安局都欠饷，农历年关时幸亏蒋介石拨支两万元才得以勉强解了燃眉之急，但也仅仅支付了警察一个月的欠饷。

事过半年，情况仍无些微改善，何市长仍在向记者大叹同样的苦经，说南京辖区大过广州四五倍，广州公安局每月经费十七八万元，而南京公安局有官长警士三四千人，加上一师军队，每月经费却只有八万余元。经费短缺，对办案与维持治安的影响不言而喻。

打劫之类案件不时见诸报端，如1927年秋，南京城内各区商户多向市总商会投诉屡遭散兵游勇敲诈抢劫，总商会故而于10月下旬具呈向国民政府军事委员会求助；下关在9月28日一天发生两起抢劫案，均为团伙作案，一个团伙四人，另一个团伙竟多达十几人。对此局面，何民魂只能下令要戒严司令部、公安局"妥筹防范"，让警察各分所都装电话，以便及时联络，同时要求工务局在城厢里巷装设路灯。

为了震慑层出不穷的犯罪，政府已到了不惜下策的地步，竟效仿清朝，选择闹市杀鸡儆猴。11月2日，戒严司令部就在夫子庙带唱茶肆六朝居门首，斩决了一个叫张德元的抢劫犯。当然这种办法不可能有彻底的效果。直到1929年，还有人在游记中写到结伴至燕子矶，一见天色向晚，就赶紧离去，唯恐遭遇坏人。

燕子矶一带因地处偏僻，又多山林，的确是被土匪视为啸聚往来的好地方。而警察于城内案件尚应接不暇，城郊地广人稀，更鞭长莫及。1927年快到年底的时候，晓庄附近的镇子上接连发生土匪敲诈勒索、带枪深夜袭扰的事件。陶校长于是由学校发起，集合晓庄周围方圆十里各村庄的乡民，组织"联村自卫团"，以作共同防匪之计。

次年8月，与陶校长堪称莫逆之交的冯玉祥为出席国民党第二届执行委员会第五次大会到了南京，陶校长即以为防匪而进行军事训练为由，向冯玉祥要枪弹，说晓庄要是能够通过真刀实枪的演练，至少能抗匪自卫。

冯玉祥应陶校长之请派了一位营长带了六人到晓庄做教官，还兼应陶校长之邀，亲临晓庄师范，参加授枪典礼。冯玉祥操着保定口音演讲道："枪械皆以百姓血汗买来，吾等有此利器，当加意练习，以备为民除害之用。"

土匪听说陶校长组织了"联村自卫团"，颇为不屑，于是偷偷到晓庄学校操场上投下一封恐吓信，大意为：陶某，你办你的学校，何必干预我们的事！现在本旅长向你们要大洋三万元，限期交到指定地点，少一个都不行。否则我们要和你们较量一下，晓庄三里路内，杀得鸡犬不留。

众人闻讯，自不免紧张。陶校长随即召开联村大会，一边风趣地对众人道："土匪当真来了，不要怕，不要乱开枪。土匪也是人，他也需要教育。他如果把我们同志捉了去，就去办土匪教育，把他从土匪里抢救出来。"一边与大家认真商议对策。因为防备周密，土匪终未敢轻举妄动，总算有惊无险。

国民政府首都新建，百业待举，而财力不逮，尤其农村，医疗、教育、精神文化生活、现代生活知识无不缺乏，加上地方不靖等，政府一时难以解决的这些问题，正好有陶校长为了他的宏大理想，以他的非常规思维与特殊办法消除痼疾，且速见成效。政府对此当然求之不得、乐见其成，故而也不时给予支持。如此局面若能长久持续，对谁来说都是好事。可是历史的轨迹从来就不都是优美的弧线，陡转、斜插、跌落倒随处可见。而其发生的起因往往令人无语。

陶校长与冯玉祥交好，而冯玉祥与蒋介石是拜把子兄弟。可冯玉祥与蒋介石的关系并不稳当，就像燕子矶下激流中的小船随时要倾覆，连带的晓庄师范的前途晴雨不定。

蒋介石挥师北伐中，冯玉祥军曾帮了大忙，所以国民政府改组时，由冯任行政院副院长兼军政部部长。冯玉祥到南京就职，与陶校长聚首的机会多了起来。他在南京三个多月的时间里，多次到晓庄，甚至由陶校长在晓庄山顶专门为他盖了一座房子作为别墅。他还曾陪蒋介石夫妇参观晓庄师范，蒋介石与宋美龄当时对陶校长的工作颇多赞许。

1929年2月，冯玉祥因地盘分配与军队编遣，与蒋介石关系破裂，负气离开南京。那边冯玉祥走上反蒋之路，这边首都公安局马上就有陈独真、王汇伯两个特务向局里报告，说晓庄学校（此时晓庄师范已被陶校长更名为晓庄学校）成立有军事指导部，并拥有枪支。夜间与乡村自卫团联动，无口令不得通行。晓庄学校与各中心小学学生彼此以"同志"相称，去各小学叫作"到前方去"，回晓庄则称"到后方去"。学校设有军法处，学生犯规，即以"军法从事"。总之一切军事化，令人生疑。另外，晓庄师生衣着有的是西服与草鞋配，有的是农民土布衣服与皮鞋配，总之奇装异服透露思想异端，所以有国家主义活动嫌疑云云。

特务侦查本是秘密行动，不知为何特务的报告竟在《中央日报》上刊登出来，醒目的大标题写着"首都公安局注意晓庄师范"。而陶行知竟也不以为意，仍然我行我素，晓庄学校运转一切如常。

其实在此之前，陶行知与冯玉祥惺惺相惜就已惹人注目了，因而有人在《醒狮周报》上隔空遥相提醒："陶先生办理晓庄乡村师范，为时并不甚久，而成绩已经大著，但因此乃博得了冯玉祥的恭维，几次在晓庄演说，总是赞美不置。但我觉得冯玉祥要挑粪，尽管让他回河南去挑，晓庄这种地方，总以少欢迎他去为是。因为在这个时候，受一个军阀的侮辱固然不值；就受一个军阀的恭维也险不可言哩！陶先生懂得吗？"

陶校长又不是笨伯，怎会不懂，只是不肯听从劝告。

夏天，蒋桂大战爆发，蒋介石认为冯玉祥联合桂系违抗中央，冯玉祥则指责蒋军饷发放不公，并有心与蒋决战，蒋则使国民党中央执委会决议永远开除冯玉祥的党籍，又启动政府程序下令褫夺冯玉祥本兼各职。秋冬，冯军与蒋军勃然大战，达两月之久。自翌年元旦后，冯玉祥又一直在与阎锡山、李宗仁等人联络，商量联合讨蒋。大战又将开始，蒋介石离间拉拢，调兵应对，忙得焦头烂额，而这时他的后院——首都偏偏不安宁，自然十分恼怒。

英国商人在南京下关宝塔桥开办的食品加工厂——和记洋行旷日持久的劳资矛盾于4月初又生变数，爆发冲突。南京城内各校包括晓庄学校的学生随即行动起来，声援洋行工人，工潮迭加学潮。

几乎与此同时，晓庄学校暨各小学要到栖霞山春游旅行修学，采集标本，决定乘火车前往，但有些学生无钱买票，于是大家开会商量办法。有人便提出小学生乘火车不应该买票，即由晓庄共青团支部拟就一份宣言。

随后，晓庄师范与各中心小学师生两百余人结队至和平门火车站，欲从此上车。领队先与火车站长交涉，站长坚持要他们买票才能上车。

双方正在争执时，恰好有一列慢车开进站台，刚一停下，只听得一声哨响，这两百多人按小分队迅速登上火车。站长顾左失右，阻拦不住，急得大喊："车上要查票！车上要查票！"列车开动后，列车员果然来查票了，领队就交给他一张传单。题目赫然是："晓庄学校小朋友为争取旅行上学坐火车不打票宣言"，下面写着：

火车，是我们人民的火车！火车，是我们小朋友的火车！父老们，小朋友们！火车是我们人民的血汗创造成功的。我们应当享有火车上一切的权利，因为我们是火车的主人。现在火车被少数人强占去了，有钱的坐头等，没钱的连四等都坐不着，拒绝到火车的门外，这是何等不公平，不合理的事！父老们，小朋友！我们要起来，一致的起来：实行旅行上学坐火车不打票！打倒火车上的阶级——头等、二等、三等、四等！铁路收归人民所有！

署名为"南京晓庄学校小朋友"。与此同时，师生们一边向车厢里的旅客散发宣言传单，一边向四座作口头宣讲。车到栖霞后，他们冲出车站，傍晚归来，又涌上列车，回到和平门车站。站长再次拦住他们，非补票不让走。领队说："我们已向铁道部申请，现在身边没钱，你们随时来向我校算账好了。"站长无可奈何，只得放他们出了车站。

事情连同传单很快传到先总理哲嗣、铁道部部长孙科那里，孙科便给陶校长写了一封信：

知行吾兄：

今有自沪来客谈及某校一队学生，在和平门不买票乘火车；并在车上用贵校名义散发传单，十分唐突。今附传单一纸，烦吾兄查察，如属贵校部分学生所为，希加管束，不应再发生此种荒谬行动。如非贵校学生所为，定将按章依法追究，希协助为荷。

　　孙科是陶校长在美国留学就读伊利诺及哥伦比亚大学时的同学，孙科给老同学的信虽只寥寥数语，但显然并非随便措辞。他一面明确指出学生的行为"荒谬""十分唐突"，同时却也故意不说定是晓庄的学生，而只说是有学生以晓庄学校的名义，这就给陶校长留下了推脱的余地。并且列出两种处理办法：晓庄学生即由校长管束，非晓庄学生就要按章依法追究，表明他还是顾及同学情谊的。

　　在孙中山巨大而炫目的光环辉映下，孙科不免时而被人看轻，仿佛他在仕途上的发展完全靠的是乃父的余荫。即便不看他从小所受的良好教育，不看他骄人的高等学历，单以这封信中所表现出的在原则与人情二者中的坚守与灵活，对于人性与世故的谙练与融通，乃至遣词用句的艺术性，岂阿斗之辈所能为欤！

　　陶校长随即给孙科回了一封信，坦承事情是该校学生所为，并也承认事先未陈请批准"实在不妥"。但他的"认错"到此为止，事实上他这也不过是出于礼貌，而并非真的自觉有错。他将"小学生免费旅行"，视为实现孙中山民权主义的具体行动。所以他将孙科随信寄来的"宣言"又附在信中寄回，并"请钧部拟定'小学生免费旅行条例'，通告全国小学试行"。如此态度，自然使当局不快。

　　国民政府为纪念孙中山，规定各机关、团体和学校须每周举行一次纪念会，仪式有背诵孙中山遗嘱等。1930年仲春的一天，国府照例举行纪念周会，蒋介石在发言中不意透露出恶劣的心境，威胁说如果哪个学校不听政府命令，无故掀起风潮，政府必要严加制裁云云，并且当天就向首都卫戍司令部下达了暂时关闭晓庄学校的密令，同时命教育部派员接收该校。

　　关闭晓庄学校等于是要了陶校长的命，何况他是一个有血性的人，闻讯不禁怒发冲冠，当日就写了一篇严厉斥责政府的"护校宣言"，自行印刷四处散发。又特地成立了护校委员会，派学生代表前往教育部请愿，于是，更猛烈的风暴随即降临了。

就在学生赴教育部的当天，晓庄学校由"暂行停办"升级为"勒令解散"，陶校长同时遭到通缉。次日清晨，卫戍司令部派兵 500 余人，便衣侦探 40 余人，分乘十多辆汽车，带着铁丝网，阵势雄壮地开至晓庄，立刻四下进行搜捕，如临大敌，因为知道晓庄有自卫团，有枪，恐遭武装抵抗。

与此同时，卫戍司令部解散晓庄学校的布告与国民政府对陶行知的通缉令也一并发出。晓庄学校被定了一系列罪名，诸如违背三民主义，散发反动传单，勾结反动军阀，企图破坏京沪交通。而且在卫戍司令部饬令暂行停办之后，师生不悔悟前非，反而执迷不悟，更非法组织委员会，四处活动，发布宣言，意图扩大反动风潮，总之目无法纪，多有反革命思想与行为，已至不可救药的地步，故而勒令解散，并要查拿首要反动分子等。陶校长被定的罪名与他的学校一样吓人，如勾结叛逆，阴谋不轨，密布党羽，冀图暴动等。罪名愈大，愈可见当局恼火程度。

陶校长事先得到消息，在军警到校的前一天便与一些活跃的学生躲到别处去了。他这一走，就再也没有回来。

附近乡人从来没有见过这场面，一下子来了这么多兵，都好奇又紧张地从屋里出来，不远不近地看着，聚拢了互相打听缘由。当然说什么话的人都有。聪明的说，我就知道会有这么一天，学校不像学校，先生不像先生，早晚要出事。旁边人嗤笑他，那你为什么不早一点提醒陶校长呢？前两天我还看见你跟他迎面撞，怎么一句也不说呢？

另一人说，学校叫学生分五谷、识庄稼这没错，但是允许男女学生自由恋爱不像话。一到天黑，到处都是一对一对的。那天我出恭，刚蹲下，草窠里忽然冒出两个人，把我吓了一跳。旁边人又笑他道，你肯定是要去偷听人家说情话。那人急红了脸道，胡说，我吃那一吓，裤子都忘了提，刚跨两步就摔了一跤。众人仿佛都看到了当时的情景，一起咧嘴露出黄牙"嗬嗬"起来。

人群中却有一拄杖银须者不笑，严肃地说，这事我见了陶校长，倒是与他说过，请他管管学生，他也答应了。旁边又有人道，但是陶校长未必管得了学生，这些学生也是被他惯得收不拢了。

1948年光华书店出版了一本书，是晓庄学校的一个学生写的《回忆陶行知先生》，其中有一处写道：陶校长因为崇尚自由，校园自由恋爱风气颇盛，为乡人所看不惯，反映到陶校长处，陶召集学生谈话，说自由恋爱没错，但要注意乡下的封建环境。我读到这一段，这才相信那位长者所言不虚。由此看来，陶校长并不是一个做任何事只按自己的理想与心愿向前闯的莽汉，他也会顾及形势与环境，也懂得行事技巧，甚至也会妥协。

我觉得是陶校长的"改造"思想，注定了他与晓庄学校的劫难。他要改造社会，改造国家，这个社会是谁的？这个国家是谁的？在国民党看来可都是他的。你要改造，他能乐意吗？要改造也得由他来动手。在某些局部，你修修补补，对他是一种帮忙，他也许一时不会阻拦你，但他心里，对你这个有改造念头的人总是不放心的，生怕你哪天来个大改造。

当时还有乡人说，晓庄学校一倒，恐怕从此看病又将困难，喝茶与歇脚的茶亭多半也保不住了。此言一出，唉唉应和声一片，众人的脸上都露出了惋惜的神情。我离开了人群，边走边想，陶校长的乡村教育试验若就此完结，燕子矶模范区的建设只怕也要委顿了。

晓庄学校所处的北固乡，在清朝时名为慈仁乡，乡内有私立慈仁小学。民国时代革命风盛，要破除封建气息，遂改慈仁乡为北固乡，小学相应更名为北固乡立第一初等小学，后又称区立第一国民学校，因地处燕子矶脚下，时人多称燕子矶小学。1924年，尧化门小学校长丁兆麟调任燕子矶小学校长，他以一种勤劳刻苦的办学方式赢得校内师生与校外乡亲的尊重喜爱，而使学校虽经费短缺却能勉强维持。

有一天陶行知走进燕子矶小学，对学校的环境与师生的面貌大为惊异，因为这简直就是他梦寐以求的理想中的学校的样子呀，他把它收为中华教育改进社的三个中心小学之一。所谓中心小学，就是以乡村生活

去歙县陶行知老家探访，寻到一方菜地里，他祖上坟碑早被枯藤埋了半截，以为刻的是"陶氏祖坟"，待扒开藤蔓一看，却是"陶氏祖墓"。

陶行知是安徽人，却不愿身后葬回故乡，而埋在了他求学与办学的地方，可见他对南京这座城市的深情。

为学校生活的中心，以学校为改进社会的中心。他让中华教育改进社为燕子矶小学提供经费补助，还四处为它宣传，更亲自写了一篇《一个用钱最少的活学校》登在杂志上，使得原本默默无闻的燕子矶小学声名鹊起，前往参观的教育界人士络绎不绝。

丁校长得陶校长赏识，平凡而琐碎的工作也由教育理论的譬解而变得意义显明起来，遂与陶校长成为挚友，并服膺他的教育理念，更按照他的目标进行乡村改造的试验。

1928 年夏天，丁校长写信给市政府，请在燕子矶试办模范村。他在信中陈述乡村学校应负改造乡村的责任的思想，建议试办新式村庄，以一年为限，村长由校长代理。待村民训练就绪，再由村民选举村长。主张一个小学做一个村庄的中心，凡关于村政事业，皆付托于学校，使学校社会化，社会学校化。学生所学的，即是将来生活所需的，社会所要的，即是今日学校所教的，不造书呆子，不教洋八股，本着生活为中心的目标。他这思想的来源并不隐晦。

而在 1929 年早春，丁校长又以燕子矶社会改造委员会主席身份，给蒋介石写信，建议将燕子矶村改建为首都模范新村，并将具体计划与经费造表呈上。所持仍是以极少经费办事业的思维，使传统乡村成为有组织有训练的新式乡村。具体是：以学校为中心，将学校与社会打成一片。蒋觉得不错，当即将函件转给南京市政府查核办理。市长刘纪文接到函件后，颇为兴奋，表示热烈支持。提交市政会议通过决议后，发市长令，叫丁校长办理。

燕子矶的风景引人入胜，可附近一带在游人的眼里，却犹如荒村。路也很不好走。当时去燕子矶的道路有两条，一是从下关沿江边，经草鞋峡幕府山至燕子矶，约 15 里，雇辆黄包车，小洋五六角。这条路非常狭窄，夜里一般人不敢走。另一条路是从城里去燕子矶，出神策门走 12 里可到达，雇黄包车或马车都可以。神策门这条路比江边路宽，但出了神策门后路就相当不平整，马车的乘客总是在座位上蹦蹦跳跳、摇头晃脑。

1928 年初，先是燕子矶的乡民想要改变行路难，自发组织筹款修路委员会，但进展不顺，于是呈报南京工务局，请求政府出资两千大洋，修筑神策门至燕子矶的道路。工务局长陈扬杰将民众要求转呈南京特别市市长何民魂。当时市政设施的急迫计划一是整理市电灯厂，需数万元。二是南京市区无自来水，急需开凿自流井，计划先开凿六个，每个需五千元。另外还计划改造新市场、夫子庙一带的商业环境与布局，也需几万元。路政方面，五马街、益仁巷行人车马往来很多，但道路非常狭窄，需拆除两旁房屋加以拓宽，三元巷总司令部一带马路车马往来不绝，也急需修筑。所以市长给局长的回复是"市库奇绌"，表示如果该民众团体不能自筹经费，市政府也无办法。

但仅仅两个月后，情况就有了转机。有传言燕子矶将划入市行政区，燕子矶的乡民听说后，赶紧推了燕子矶小学校长丁校长做代表去见市长，当面汇报修路委员会的工作进展情况，说他们已经筹得了六百大洋。何民魂听了非常高兴，当场答应拨助大洋四百元，过后又批准八卦洲捐助修路费八百大洋，还同意将洪武门内月城坍塌的城砖运过来供修路之用。

可事过不久，七月中旬国民党中央召开政治会议，通过一项决议：省政府委员与特别市市长，不得由一人兼任。何民魂是省政府委员，自然不能再做市长，实际上是要他给继任者刘纪文让位。这次政治会议通过的另一项决议即任命刘纪文为南京特别市市长。

刘纪文接任后，在向新闻媒体发表的市政计划中，修筑燕子矶道路仍为其中之一。燕子矶的乡民这才将一颗心放了下来。市工务局即开始拓宽下关至燕子矶的马路，在规划道路上画了灰线，通知灰线内的坟主自行迁坟。1929 年夏初工程竣工，随后又计划修筑从城内三牌楼出金川门通往幕府山燕子矶的马路。

道路变好了，车后不再有飞尘穷追，雨天不再有烂泥缠脚，不仅方便了游人，也改善了沿途及燕子矶乡民的生活环境。但政府筑路的首要出发点，在于为首都的形象考虑，亦即为政府的形象考虑，刘纪文就宣称"首都建设，为中外观瞻之所系"。乡民环境得以改善，不知道的以为是政府体恤下民，知道的才晓得不过是兔子沾了月亮的光。

我的心也冷了

晓庄学校的罹难，貌似没有牵连到燕子矶小学。乡间传闻甚多，报上所载虽闪烁其词，亦可略窥端倪。

先是丁校长在 1930 年春上提出辞职，理由是教育局的预算经费本已打折拨付，却仍不能按时发放。校长东挪西借，心力交瘁，无法维持学校运转。乡民闻讯，纷纷予以劝慰，丁校长感于众人热情，一时打消退意。

但事过半年，丁校长却又向教育局提出辞职。个中复杂情况，还是记者笔下言简意赅："不料秋间风雨突来，横遭诬陷，现虽案情大白，而丁君遭此意外，已向教局辞职，决然引退。"

消息一出，不只学生家长大急，遂由乡绅代表燕子矶乡民具文，上书市教育局，同时又写信给省教育厅厅长陈和铣，历数丁校长业绩与委屈，希望能为地方教育计，留住丁校长。

丁校长终究还是走了，我一点都不觉得奇怪。他的第一次辞职，办学经费短绌固然是重要原因，但核心是唇亡齿寒。他心里也应清楚，晓庄学校与陶校长这一倒，燕子矶小学的发展就失去了坚实的根基与巨大的动力。而丁校长辞职的时间是在晓庄学校被封不久，仅此也令人无法不生联想。

至于丁校长遭受了诬陷，后来既证明了清白，似乎于名声无损，实则表明有一股势力不喜不容丁校长。想丁校长于此也应心中有数，自知势单力薄，不愿与其缠斗，或是心已冷，故而一走了之。

在丁校长之后，更易了几任校长，但学校经费困难依然，几番在关停的边缘挣扎。中间又有管辖权是否由江宁县向南京市转移的枝节，学校的如何发展更降低为能否生存。那时中央军校以纪念黄埔诸先烈为名，正要开办一所黄埔小学，便打起僵瘟中的燕子矶小学的主意来，写信给江苏省政府主席叶楚伧，请求将燕子矶校址拨归创办黄埔小学用。

燕子矶小学经此种种之乱，所幸仍是燕子矶小学，仍属江宁县管辖，直到换了郭子通任校长后，才渐渐稳定下来，并走向复苏。

郭校长治下的燕子矶小学，继承了丁校长的办学风格与模式，校园里充满了浓郁的陶氏气息。除因郭校长毕业于晓庄师范外，还在于作为一个乡村小学，别无选择。早在1929年9月陈和铣任江苏省教育厅长的就职典礼上，财政部次长张寿镛致辞中谈到教育经费时就说过，教育要普及，仅靠政府筹划经费，是永远不能办成的，要从人的精神上去建设，始有成功的希望。

张寿镛是光华大学首任校长，对于惨淡经营学校深有体会。陶丁两校长以人的精神弥补物质不足的穷办学校的方法，是用多少夙兴夜寐换得的。既是奇思妙想，也是在政府贫穷、国民众多的国情下的一种迫不得已，如另有妙招良策，全国各地的教育工作者就不会如过江之鲫前来燕子矶小学参观取经了。

郭校长虽有心沿陶氏道路前行，但因少了陶校长这棵大树，学校的影响力、宣传力、执行力，远非丁校长时代可比，冲破阻力的能量也弱得多了，至于经费，更近枯竭。所以学校发展以及所担当的乡村改造事业，如设于校内的民众夜校，设在小山上的民众图书馆，以及江滩上的公共体育场、公共讲演台，燕子矶上的小公园，乃至出资津贴警局协助查禁乡民赌博等，均陷入停滞。当年陶校长的雄心与丁校长的竭力，到了继任者手里，能把住旗帜不倒，就已十分难得，其他的一切则只能"再说再说"了。

燕子矶小学由郭校长执掌至少自 1933 年开始，直到 1937 年岁末我逃离南京时，校长还是他。在深一脚浅一脚奔往大后方的路途中，我路过许多乡村，也曾不止一处遇到过晓庄学校出来的学生，他们所持的那一股劲头，那一种特别的气息，使体会过晓庄学校校风的人很容易辨识出来。

而这些都使我忍不住常常会想，假如陶校长当初交际多一些避讳，行事多一些婉转，不要那么直硬，就如同郭校长这般行事，学校是否就可以长久地存在，而避免被军警查封那样惨烈的结局呢？

我知道陶校长办晓庄是近乎蔡元培办北大的，蔡元培是兼容并包，陶校长是不分党派。我听说晓庄学校里既有国民党，又有国家主义派，还有共产党。我还听说陶校长对学校里学生的一些激进做法虽不赞成，但也不强行制止，而只是委婉地提醒。这一是出自他的民主作风，二是他爱生如子。他曾对学生们说："我是你们的篱笆，当心别把我冲倒了。"意思是篱笆一旦倒塌，菜园便难逃猪獾践踏。还有一层意思是，学校是理想的篱笆。篱笆一旦冲倒，师生也就失去种植理想的园地了。可是热血冲脑的学生，当然听不进去。

南京卫戍司令谷正伦在晓庄学校安有内线，他所得到的情报是，晓庄学生先是开会，写出为坐火车不打票的宣言，陶行知知道后，曾加以劝导，"学生反怒语相辱，陶遂潜退"。

晓庄学校的学生在自由平等校风的熏陶下，养成了当仁不让的观念，为师还要逊于真理。所以一旦自认"正确"，即使面对师长，也敢于轻易表示不以为然，"不敬"在所难免。所以谷司令内线所提供的师生言行，虽可能有为邀功而夸张的成分，但在晓庄学校的风气下，并非完全不可能发生。

抗战中投奔了延安的陶校长的一个得意门生，在陶校长逝世两年后出版的一本回忆录中，对陶校长的思想与言行即有措辞严厉的批评，比如说他在晓庄学校被封后，"仍在自由主义的圈子里打滚"，而且就恢复学校、重现晓庄的黄金时代对政府抱有幻想。

晓庄学校被封数月后，陶校长曾召集晓庄师生与从事乡村教育及运动的同道，在一个旅馆里检讨晓庄办学的经验教训。年逾半百的教育家黄禄祥直言道："晓庄之所以遭受打击，完全是由于采取了过火的行动，犯了左倾幼稚病，惹起了政府的注意，假使我们只对农民进行教育，改良农作物，一面提高他们的文化政治水平，一面改善他们的生活，如此不也可以达到乡民自治自卫，自给自足，进而至于国富民强吗？"

黄禄祥年长陶行知 11 岁，曾多次主持贵阳达德学校，颇有办学经验。就在陶行知自大洋彼岸学成归国的那一年，亲率贵州学生买船东渡到日本留学，两年后又带着学生留学法国，对国外教育有所认识。而对于成人教育、职业教育、技术教育等项试验有兴趣也很热心，早在 19 世纪末，他在群明社商店经理的任上，即开展业余教育，接近于陶行知的平民教育。民国建立后，他积极倡办勤工局、农事试验场等，又与陶行知的"教学做"相仿，所以 1929 年陶行知邀请黄禄祥为晓庄学校出谋划策。

黄禄祥的发言立刻招来了批评，而且批评者似乎也并不因对象是长者师辈而留意情面，稍加客气。一位青年便指称黄禄祥是"温情的改良主义者"，讽刺他受蒋介石的教训还不够多，还在做美妙的梦，其理想不过是建筑在沙滩上的幻想。

青年批评黄禄祥，其实也是在批评陶校长，因为陶校长的想法与黄禄祥的差不多。而同样的批评，陶校长早在晓庄校庆座谈会上以及其他场合就领受过了。任中共晓庄师范支部书记的晓庄学生刘季平等人，曾批评他只讲乡村教育、锄头革命，不讲无产阶级革命，不与反动统治作正面斗争，有改良主义的幻想。

学生站在自己的立场，原也不难理解。我也不过是在为自己的家乡可惜，可是就算时代与社会能让陶校长完全照一己的想法实行，他设计的道路就一定能走得通吗？这又是一个只有推测而永远没有实际结果的问题了。

我一直以为自己是一个没有故乡情结的人。当读了一些书，有了一些阅历，并且对社会作了一点研究之后，对乡人的愚昧变得敏感起来，尤其不能忍受的是人们传统观念的根深蒂固，并不随着社会进步而更易趋新，若有变化，也不过是新的愚昧代替旧的无知，腐朽气息变得更加复杂而已。

那一年，入夏之后雨水稀少，田间秋苗大半枯黄。乡农起初日夜戽水，一再换苗补种，渐至山塘干涸，而旱情不减。在科学无能为力的时候，迷信就粉墨登场了。绝望中的乡民祭出祖传大法，举行求雨大会，编扎了一条巨型水龙。同时有农人画脸装神，于首都大街小巷穿行，口中喃喃不止，祈祷甘霖早降，俾救众生。

因为装束与行止怪异，引得居民与路人驻足而观。此时已是国民政府定都南京的第八个年头，农人在宣示靠天吃饭的无意中，给官员们十分在意的"首都观瞻"平添了一景。

陶校长的到来，使我对家乡起了从未曾有过的期待。在他的乡村试验遭遇挫折数年之后，家乡的面貌虽然随着首都的发展逐步改善，而陶式乡村改造却仍在式微中。陶校长的学生在他身后，把他心路历程中的一段，描述成"实验主义者的幻灭"，而我对他乡村改造的试验，也由满心期待而终于幻灭。

　　不知自何时起，我的呼吸变得滞重起来，初以为是蛰居斗室的缘故，于是外出工作的时间越来越长，可是燕子矶头的罡风并不能吹散我心中的阴霾。那些来自天南地北的顾客使我对远方起了向往，故而当日军紧逼、首都势将不保之时，即以逃难之名，决然远走西南，唯偏隅是求。虽花甲多病，道阻且长，而去处无一人相识，饮食无一味可口，就道之心不能稍遏也。

市长们：公心私生活

我受命为卸任的市长送行。当列车驶出下关车站，在仲春的丘陵间疾行，伴随着车轮撞击铁轨的节奏，一个时代结束了。

万人哭声中辟大道

在南京十年间总共七八位市长中，刘纪文是最广遭人们议论的一位。若照张爱玲在散文《更衣记》里的一句话——"任是铁铮铮的名字，挂在千万人的嘴唇上，也在呼吸的水蒸气里生了锈"——说来，"刘纪文"三个字即便是铁杵，也早已锈成针了。

五官与徐志摩极为相似的邵洵美，也同样是一个诗人。看他的散文，感觉这是一个十分有趣而充满温情的人，对生活充满了热爱。他把十六七岁的少女未发育充分的胸脯形容成隔夜的馒头，令人发噱。

1924 年冬，18 岁的邵洵美从上海乘船赴英国求学，翌年元月抵达伦敦，读完剑桥大学预科后，考入该校伊曼纽学院经济系。有一天他在伦敦的大学旅馆里，邂逅了两年前由广东政府派赴欧洲学习考察的官员刘纪文。两人一见如故，刘纪文当即决定随邵洵美去剑桥，打算旁听剑桥大学政治经济系的课程。他俩在校长矍尔斯博士的介绍下，一同住进邵洵美的导师慕尔家里。慕尔是一个好好先生，但他的妻子却十分厉害，邵刘的友情就是在一个屋檐下共同忍受整日被主妇指为异教徒的奚落声中结下的。

刘纪文年长邵洵美 16 岁，多半因这次赴欧的主要任务是考察而非读书，加上缺少语言天分，居然在伦敦经济研究学院待了两年，仍然不能开口说英语。与邵洵美同住后，有一天接到广东政府发去的电报，命他考察市政，他决定去巴黎，可法国话也一句不会讲，便请邵洵美以秘书名义陪同。邵洵美虽然法语也不好，但毕竟年轻头脑灵活，搞文学的人不惮语言。

许是这次出行两人相处得颇为愉快，所以刘纪文回国后随着国民政府定都南京被蒋介石任命为南京第一任市长，便邀请邵洵美做了他的秘书。

　　南京市政府成立秘书处设秘书长那是后来的事，最初市政府只有两个秘书，除了邵洵美外，还有一位年长他五岁的江西人卢锐。卢锐是从美国留学回来的，曾任银行经理，还做过国民革命军总司令部审计处科长、下关商埠局局长。

　　首都新建，事务繁杂，两个秘书当然忙不过来。市府设有文牍股，主任之外，尚有六七位股员，我是其中之一。平时两个秘书将事务分派给我们是常事。

　　刘纪文似乎并不刻意在人前避讳他与邵洵美的私交，于是画报上刊出了他与邵洵美的合影：一个只手叉腰，戎装马靴；一个双手插袋，西装革履。连报社记者也知道他俩"契合无间"。

　　刘纪文初任南京市市长时年已 37 岁，却还是单身，当然引人注意，特别是热心为媒的人。有次去上海公干，友人为他介绍了一位叫许淑珍的小女友认识，此后两人便书信往来。刘纪文曾将女友的信拿给邵洵美过目，大概是想许小姐既与邵洵美年纪相仿，邵洵美更能懂得对方的话中意思吧。至于偶尔请邵洵美代为回信，无外乎是要借助他的文才去撬启女友的心扉。

　　邵洵美虽然与刘纪文颇为相得，但他骨子里到底还是一个诗人——对自由有着过人的渴望，情感又是无比丰富，他自言做市政府秘书的初衷，既非为金钱所逼迫，又非为环境所驱使，竟然"只是来找些诗的材料的"，而结果非但没能如愿，反因天天所做工作的刻板而致"失掉了灵魂"，于是苦闷，于是思去。

　　1927 年 8 月，蒋介石在派系政治斗争中一时处于劣势，不得不下野。刘纪文借口生病，随之而去。这对于邵洵美来说，无疑是天赐良机，遂就此结束官场生涯。

　　刘纪文之后，接任者为何民魂。转眼一年过去，何民魂又去职。刘纪文于 1928 年 7 月官复原职，而他与许淑珍的恋爱也有了结果。刘纪文生于广东一个世代为农的家庭，20 岁便参加了反清的广州起义，失败后出走澳门、香港，参加同盟会，从事革命党的秘密工作。辛亥革命后，官派至日本留学，在日本参加孙中山组织的中华革命党，后跟随孙中山一同归国，于广东军政府就职。当北伐军兴，由广东省政府委员兼农工厅厅长调任革命军总司令部经理委员会主席。刘纪文的农家出身与革命军旅生涯，养成他性格中果敢、刚毅的强硬成分，并在为官作风中反映出来。

刘纪文与许淑珍的婚恋，不忌高调张扬，订婚、结婚消息及照片均见于报刊，婚礼之日择于刘纪文10月生日，先于教会，再于市府礼堂举行，蒋介石、谭延闿、胡汉民、王宠惠、戴季陶、蔡元培等党国要人均为证婚人，其盛况可谓一时无两。

许淑珍嫁刘纪文时，刚自上海一教会女校毕业，婚后顿成首都名媛贵妇，个性亦非只愿相夫持家的传统女性，而热衷于参加社会活动：南京中山路开路典礼剪彩，由她玉手持剪；市政府开大会奖励选拔全国运动会代表的有功单位与个人，由她含笑颁奖；作为宋美龄"前方将士慰劳会"委员，乘飞机来回上海采购慰劳品，还对人言飞机如何舒适云云；任"妇女提倡国货会"执委，发起上海国货时装展览会并任大会主席等。结果誉尚未至，谤已蜂飞。

流播最广的一个传言是婚礼时许淑珍穿的一双丝袜价格竟高达25元，须知刘纪文开筑中山路给市民的房屋拆迁费标准为每平方丈5元（1平方丈约等于11平方米）。

另据中央陆军军官学校政治部党务科所作的社会调查，1928年第一季度南京市普通居民月生活费，以夫妻二人租房一间计，最低限度需十七八元（房租4元、蔬食无荤11元、零用2元多），而四口之家每月开支50元左右即已达小康水平；同时期肉食类市价分别为牛肉每斤1角4分、猪肉每斤4角、鸡每斤5角、鸭每斤2角、鸡蛋每个3分钱。

而以史沫特莱的调查，1930年前后南京还存在相当多的用梭子织机进行手工织布的家庭作坊，一个男人或妇女甚至儿童每天织布16小时，月所得报酬仅为4—8元钱；也有不少家庭妇女或姑娘从大商店承接钉纽扣或纳鞋底的活儿，每天只能挣几个铜板。无怪乎市长夫人区区一双袜子令百姓咋舌瞠目。

立法院院长胡汉民听说丝袜的传闻后，在中央纪念周会上当面指斥刘纪文。许淑珍自此背负"丝袜夫人"谑号，作为爱慕虚荣、追求奢侈的代名词，而"摩登女子""交际花"等贬义名号也都随之而来。

有关夫人的传闻不可能不使作为市长的刘纪文形象受损，因为人们会认为妻子奢华挥霍，必来自为夫者的贪污搜括。在刘纪文二任南京市市长的就职典礼上，南京国民政府主席谭延闿致辞中还说刘同志早年追随总理时很勤苦廉洁，因而深得信赖云云。在刘纪文首任南京市市长离职前夕，曾有记者采访邵洵美，邵洵美给刘纪文的评价是"勤于服务，不尚私情"，说刘纪文住在市府，每天早晨5时即起身，分析路政与治安，

坐落在白下路的立法院旧址，原是张爱玲的祖父张佩纶为迎娶李鸿章的女儿李菊耦所购置，取名绣花楼。张爱玲的父亲在此出生并与张爱玲的母亲成婚。1928年10月立法院成立，院长胡汉民择此办公并居住。传说因东花园常常闹鬼，胡院长不堪其扰，便将家搬到鼓楼广场东南侧清代名刹妙香庵附近的双龙巷去了。

晚上十一二点夜深人静时，"跣足而出，令一差役携灯于前，巡察街道。一洗官僚派之恶习，洵难能可贵"。

邵洵美还告诉记者说，刘纪文初任市长时提出不支薪金，因众人不同意而定为400元，又听人说一市之长月薪如此之低，那么下属官员将又如何，于是将月薪升至600元，却又自打八折，实取480元。下属也都照此，所以邵洵美月薪原为300元，也只拿到240元，且官员们的月俸外收入都归为北伐军饷。

可昔日的褒奖之词与光辉事迹很难敌得过眼下的那些形形色色的负面传闻。刘纪文举办婚礼时，恰逢冯玉祥赴南京就任行政院副院长兼军政部部长。以朴素著称的冯玉祥当然见不得如此奢靡铺张，在蒋介石面前也表示了不以为然，以致外间一度有国民党中央执行委员吴铁城将接替刘纪文任南京市市长之说。

出名后的许淑珍几与明星无异，成为记者争相追逐报道的目标，一举一动都成了新闻题材。而她似乎是一个没有心计的人，完全想不到自己的举动可能会给丈夫造成什么样的影响。比如婚后八个月，被记者发现已有身孕的她，与女伴赴燕子矶，心情很好地在观音庙抽签占卜。

而刘纪文上任伊始就宣称要破除迷信，并且在他们婚前两月又发布政府令，重申市政府禁绝卜筮星相业的决议。婚前一月，那个中秋节的下午，刘纪文游燕子矶时，在接受记者采访中，谈及政府诸项新计划，还说经市政府社会调查处所作普查，发现全市庙宇共有380余座，庙中有精美雕塑的，将另造房屋保存，庙宇则"一概拆毁"。夫人在与闺友嬉笑间，就把刘纪文的施政努力与对民众的舌敝唇焦给稀释了。

许淑珍固然不知谨慎避嫌，但是大家都认为主要还是中年之夫对年少之妻的宠纵，使得本即常处舆论风口浪尖的刘纪文更成为饱受争议的市长。其中最受赞颂又诟病的是他主持的市内道路特别是中山路的开筑。

中山路又称迎榇大道。孙中山1925年在北京逝世，灵榇暂厝于北平香山碧云寺，俟紫金山陵墓建成后归葬南京。国民政府以南京城内道路破烂不堪，有碍灵榇运行，决定修一条从下关挹江门入城、穿中山门而出、直至东郊墓地的迎榇大道。

1928 年夏，蒋介石在提请国民政府复任刘纪文为南京市市长的呈文中有言："新都为中外观瞻之所系，市政乃地方建设之张本，国体所在，关切綦要。"在刘纪文就职典礼上，国民党中央党部代表朱霁青的致辞说得更为具体：修平道路为首都今日要政之一，"总理灵榇不久来京，外人参观者必多"。从领袖到要人都将道路与首都、国府的脸面联系起来，加上刘纪文本是一个怀抱雄心大志的人，所建中山路的目的固然首为迎榇，他更寄希望于这条大道"可以永垂于世"，所以道路一定要修得格外宽阔、现代、气派。

中山路设计分作五道，中间 20 米为快车道，两侧为各 4 米的游憩道，再旁为慢车道，外侧为人行道，路总宽达 40 米。建此通衢大道当然美观，可为此所要拆除的建筑与征收的土地数量却也十分惊人。除却其中官有、公有建筑与土地不算，仅所涉民有土地就达 255000 亩、民房 440 户。故而道路一开工，就不断有市民向国民党中央与国民政府请愿抗议。

另外，建此豪华人道，费用当然也令人瞠目，关键是当时国民政府严重缺钱。刘纪文想出的办法是中央承担一部分，其余由各省与特别区用增加田赋征税的办法筹集。此提议遭到向来体恤下层的冯玉祥的强烈反对，认为首都建设"须顾虑国情民生，以朴实需要为原则，不应过于奢华，俟国家元气稍为恢复，民生事业筹有端倪，再行逐渐扩充……建设费由各省在田赋附征，尤不适宜……总理为平民首领，似不应过于铺张，违背总理精神"。

在南京国民政府急需显示自己是总理衣钵的忠实继承者的政治环境下，冯玉祥的意见当然不被接受。倒是因中山路工程进展比预期要慢，刘纪文决定先修快车道及游憩道，以确保不误迎榇日期，貌似采纳了冯玉祥"逐渐扩充"的主张。

至于百姓的反对，刘纪文不以为意，他向来只知忠于职守，不肯稍事迁就民意。他在市政府的例行纪念周会上谈到自己在广东的经历并表明决心："我在广东农工厅厅长任内，每有建设，人民之请愿阻挠，尚有十百倍于此者。有一次竟聚众万余人，在厅前请愿，支床而睡，越两星期迄未为动，卒能贯彻主张。须知我等服务市府，本抱有牺牲决心，对于任何阻力，均不可稍涉畏避。"

刘纪文发此豪迈之语前，到党政机关"滋事纷扰"的市民也不过三五成群、散散匿名传单。而他所说的"广东曾所聚众十百倍于南京"等语在报上刊出后，仿佛激起了南京市民的斗志，竟有1327人以陈祖贻为代表向国民政府内政部呈递诉状，以两千愤激之言书成一纸檄文，罗列刘纪文于拆迁、筑路中的种种行径，归为欺诈、跋扈、酷虐、离奇、怪诞、残忍、刻薄、背谬、凌错、贪暴十大罪状，批驳他所高呼的"先实施最革命的市政治，而后能实现艺术化的新南京"口号，指责他所施行政策为"惨酷荼毒"，同时对其所办婚礼的铺张招摇亦加伐挞，请求国民政府罢免刘纪文，另选"贤能慈惠"之人来做南京市市长。

刘纪文所任南京市市长既非民选，是否罢免固然由不得百姓来决定。有意味的是数月之后，刘纪文在中山路一期工程通车典礼上报告筑路过程，并不对自己的行为怀有些微愧怍，反而说建筑如此长宽的大道，"拆迁房屋为事实上所不免的，有些知识的，一定能够谅解的"。言下之意似乎不谅解的都是些无知的人，何况早在开工次月市政会议就决定由财政局发放拆迁费，市政府还特地建了乙种房屋一百间、丙种房屋两百间廉租房，优先提供给拆迁户。似乎其所做十分圆满。所以坦然道："总之，我们设想种种的办法，使民众方面不觉感觉到丝毫的痛苦、感受着一点儿牺牲。"

而事实上，廉租屋建建停停，未能按期完工。市政经费本即奇绌，并不能保证拆迁补偿金及时足额到位。而钱款不足就采用发放一半现金一半债券的办法，使得拆迁户到手的可支配的现金更少得可怜。

南京市民在联名控告刘纪文的诉状里有一语说他"志盛气锐"，堪称摹画得当，当然语为贬义。可若从正面解，用来形容他志宏气盛、锐意厉行也无不可。从禁娼禁赌到拆房筑路，他每每按捺不住性子率队亲征。

有一天他听说中山路线城东一带百姓拆房不积极，于是率保安运送消防各队，每队数十人，赴西华门、大行宫、胪政牌楼（今洪武路与中山东路交叉口至大行宫）、刘军师桥一带，强行拆房。

对此，市民联名控告状里也有形象描绘："躬率队伍，如临大敌，立时逼迫，无人自拆者，则令兵夫登屋拆之。其时儿啼女哭，惨不忍闻；奔走颠连，惨不忍睹。而刘纪文兴高采烈，得意自鸣，犹谓他人无此魄力。"

对于强拆，赛珍珠也曾亲眼目睹。她自"南京事件"发生后离开南京，于1928年冬天又回到这里，一边在国立中央大学教英文，一边在她的金陵大学寓所写日后为她带来巨大声誉的小说《大地》。有一天，她的裁缝邻居——就是那个在"南京事件"发生时哭着来向她通风报信的裁缝先生——来告诉她，"他们正用一个魔鬼般的机器推倒人们的房屋"。赛珍珠于是穿上外套，跑到现场去察看，便看到了那个"魔鬼般的机

坐落在原金陵大学校园内的赛珍珠故居。在金陵大学执教的赛珍珠，以在此小楼里写出的《大地》等作品，于1938年荣获诺贝尔文学奖。

器"——当时她也不知道这机器叫推土机："一个年轻的中国人……驾驶着那个机器沿着大街的一边慢慢开动，然后再转到另一边。他在干什么？他正在推倒房子……那个青年人也不说一句话，甚至当一个生下来就住在其中一所房子里的老太太号啕大哭的时候，他还是一言不发。我轻声地问那个老太婆的儿子，他们是不是会得到一笔房屋赔偿金，他也低声回答我说，政府曾许诺过，但他们谁也不相信那许诺。我无从知道他们是否得到了那笔赔偿，我想可能是有些人得到了，而有些人却没得到。这要看看那些受政府委托直接与房主们打交道的人是否是诚实之辈了。"

赛珍珠在强拆现场，站在南京市民中间，默默地看着那些用手工制作的土砖与石灰沙浆砌成的、远在西方人发明这"魔鬼般的机器"之前就建成的古老的平房不堪碾压而变成一堆堆瓦砾，真切地体会着政府的强势与百姓的无奈，"心中悲愤莫名"。回到家里，赛珍珠仍然心情沉重，不仅仅是惋惜之情难遣，"那永远消失的庭院，以及随之而逝的那些世代相袭的传统和有纪念意义的事物，是任何金钱也补偿不了的"。甚至于见微知著，"从那天起，我开始意识到，新的政府注定要失败了……因为它已经不能够理解它所要统治的人民；如果一个政府不为被统治者谋利益，那它终究要失败的。历史向每一代人都显示了这一教训，不管统治者是否能理解"。

中山大道这条被陈独秀称为"在万人哭声中开辟的马路"，尽管遭受了太多的阻力与訾议，毕竟是刘纪文寄予理想与期冀最热切、投入心血与精力最多的市政工程，既是首都第一条通衢大道，也是他任期内最富标志性的政绩，回顾起来，常情下应感到自豪或自得而津津乐道才是，可在他离职时所作的临别演讲中，却说："兄弟……在此期内，未见有相当成绩能够令市民满足，本人觉得非常抱歉，故亦颇急急求去，以期后来者逐渐改进，图谋建设完成。"这固然可以视为自谦之辞，而刘纪文接着列数自己在任期内所做数事——完成了自来水建设计划，设立了市民银行，筹备的市立图书馆初具雏形等——完全不涉中山大道一语，显系故意避重就轻，而自谦也似过度，其中颇有意味。

刘纪文第二次离任南京市市长职位，继任者为魏道明。刘纪文尚未走远，行政院在发给魏道明的训令中竟有这样几句话："本市向来人浮于事，前市长刘纪文办理市政殊少成绩，行政费多于建设费数倍，以后不能再有刘市长时代之情况发生……一洗从前之恶习，勿再效刘纪文之故技。"刘纪文自谓"未见有相当成绩"之言或许并非没有出处，他毕竟为南京市政建设贡献过心血与气力，而末了"急急求去"，该有怎样一种悲凉在心头？

萧萧俭风获清誉

南京市市长，由刘纪文而何民魂，又由何民魂而刘纪文，因为往复穿插得太过紧密，人们明显地感觉他二人性格与行事风格的不同，也不免常将他二人作比较。赞赏刘纪文大刀阔斧、锐意进取的人，不免觉得何民魂优柔谆切、杀伐力不足；而遭遇刘纪文锋刃相割、为芒刺所伤的百姓，自然感念何民魂宅心仁厚、体恤民生。

刘纪文并不是一个不计"人民利益"的人，只不过他把他认作的"革命事业"置于更高位置。在他主持的市政规划与建设中，可以清楚地看出这种排序。何民魂则不同。1928 年 2 月 6 日，何民魂在江苏省政府第 34 次纪念周演讲中，就曾当众提出尖锐的问题："我们天天叫着为民众谋利益，而民众得了些什么利益？"

何民魂生活朴素，如报上所称"何氏有俭风"。特别是在人们形成了对刘纪文夫妇生活作风的印象之后，何民魂的朴素，为他赢得不少赞誉。何民魂的父亲何桂山去世多年，何民魂因生活漂泊不定，阮囊羞涩，竟无力给乃父下葬。出任市长后，经济虽有好转，买地葬父竟还不得不向亲友借钱。

他在市长任上，仍脚蹬老布鞋，里面是老布袜，而在当时，如此穿着是要被人笑话的。何民魂虽贵为一市之长，对此却不以为意；何民魂在交卸市长职务的次日，有人看见其妻邹绿云不施粉黛，如同普通家庭主妇一般去市场采购副食品。这些都是人们津津乐道的事例。

何民魂与刘纪文的人生，某些方面也有相近之处。比如何民魂也同样是苦出身。他是江苏金山县（今属上海）金山卫人（一说今上海松江人），家庭生活仅靠乃父在金山卫东门摆水果摊赚取的微薄收入维持；早年同样是国民党"忠实分子，追随孙总理有年"。他原名何康侯，从更名"民魂"也可略窥他的政治抱负。

1917年秋，何民魂曾被有"浙江的蔡锷"之称的暂编浙江陆军第一师师长兼嘉湖戒严司令童保暄指涉"乱党之案"，呈报督军公署转令沪海道尹传令通缉。通缉令文："何民魂年廿五岁，身矮面方色黑，像日本人，背微曲，无须。"何民魂生年资料缺失，由通缉令倒可推测出其年纪与刘纪文相仿。

也由这些相似，有人将何民魂时的市府秘书长姚鹓雏与刘纪文所聘邵洵美相提并论，因为姚鹓雏也是一位作家，他是南社四才子之一，进而猜测与何民魂是南社发起人之一沈道飞的学生有关。其实这都是误解。

姚鹓雏就职是在何民魂到任之前。按惯例，新市长上任时，前任的下属局长们，连同秘书长，还有一群科长、主任等就得走人，除了新市长留用。所以每当老市长出门而去时，身后总仿佛听得见一阵乒哩乓啷椅凳翻动的声响。如1930年4月中旬新市长魏道明走进办公室，两三天后就批准了财政、工务、社会、教育、土地五位局长，以及金库长、秘书长、参事、秘书、股主任、科长等九位的辞呈。

而何民魂是一个衙门气较少的官员，他上任后，就呈文给国民政府，请求将前任公安局、财政局、工务局、教育局局长及秘书长一律重予任用，姚鹓雏是这样做了何民魂的助手。在刘纪文二任南京市市长后，姚鹓雏离职。他的谴责小说《龙套人语》（《江左十年目睹记》）即是在此之后创作的。

何民魂对姚鹓雏非常宽容。有一次南京市教育局在平江府街图书馆开会,邀叶楚伧演讲,何姚均至。先由何民魂致开场辞,叶楚伧讲完后,只见姚鹓雏慢吞吞走上台去,手指间竟还夹着半截香烟,一副闲散的样子。如此才子风骨、不拘小节,连在场的记者都不以为然,而需讲究自身形象的一市之长却视若无睹,不以为意。

何民魂在任南京市市长十多年前,曾在中学执教,卸任市长后,私立北平文化大学从北平迁至南京,邀何民魂出任校长一职。文化大学校址设在龙蟠里乌龙潭畔清代名士薛时雨故居,风景优美,环境幽静,国学图书馆也在左近,的确是读书的好地方。当时有在校生 100 余人。

何民魂上任后,即着手做两件事,一是将文化大学在北平的价值 10 万元的图书移来南京;二是将旗民捐助的一千五六百亩荒地,设法兑换了十余万元以作学校发展基金。

何民魂任文化大学校长方一年,就出象牙塔而跑到政治斗争的潮头浪尖上去了。

1929 年 3 月中下旬,国民党第三次全国代表大会(史称“三全大会”)在南京召开,由这次大会,蒋介石与党内一些派别,特别是江精卫、陈公博的“国民党改组同志会”(俗称“改组派”)的矛盾加剧,以致改组派有心起兵反蒋,打起“护党救国”的旗帜以号召其他反蒋势力。6 月,蒋与桂系打了 3 个月的仗以桂系失败结束,何民魂乃桂系中人,自然倾向改组派。

1929 年 9 月下旬,汪精卫夫妇以及陈公博、顾孟余等人联名发表《中国国民党第二届中央执监委员会最近对时局宣言》,列举蒋介石十大罪状,成立“护党救国军”,发起讨蒋战争。汪精卫以“二中执监委员联席会议”名义自立中央,委任各路人马,拟以冯玉祥为第一路军总司令,以阎锡山为第二路军总司令,何民魂则为护党救国军江苏警备总指挥。12 月 12 日,国民党中央常务会议决议:“应将汪精卫开除党籍”,并发出对汪精卫、居正等多人的通缉令。何民魂接着也被国民政府通缉,罪名是“密谋反动勾结土匪"。

"改组派"尚未出师内部即出现分化。阎锡山反水，1929 年 12 月 20 日发表拥蒋通电，自称"不肯遽以武力相加……和平初心，固结莫解……毅然决然拥护中央统一"。

何民魂却在 1930 年 1 月 10 日出版的汪精卫"二中执监会"刊行的《中央会刊》上，以护党救国军江苏警备总指挥身份发表反蒋通电："蒋逆中正，背叛总理革命主义，毁党祸国，假口党治，劫持中央名义，实行独夫专制……"

半个月不到，国民党中央执委会举行常务会议，由谭延闿主持，胡汉民、叶楚伧、孙科、陈果夫出席，形成决议：除对何民魂继续通缉外，并将他永远开除党籍，罪名为"煽动军警，指挥土匪共匪，约期暴动"。

何民魂由文质彬彬的首都市长、大学校长忽而变为投袂而起的赳赳武将，角色反差太大，令人转念不及。殊不知何民魂本是军旅出身，曾与蒋伯器组织江浙讨袁（世凯）军，失败后亡命日本。

江南贡院。民国时期，南京市政府设于此。

何民魂在"改组派"反蒋半途而废后，1932年更赴热河组织义军，成立热河国民抗日救国军军事委员会，任委员长，集有四个师共三万之众，想靠民众力量与日军作战，乃至收复东三省。虽然结果未能如愿，但血性与勇气已足以使吾等——他昔日的旧下属自愧不如了。

回忆录高调护妻

刘纪文第二次卸职南京市市长是在1930年4月，接任的魏道明年方29岁，时任司法部部长。这位来自江西德化县（今九江柴桑区）的青年，24岁获法国巴黎大学法学博士学位，26岁任国民政府司法部主席秘书，不过数月即升任司法部次长、代理部长，翌年即出任司法部部长。

魏道明来任市长，我所幸仍被留用，因而有兴趣研究研究他的"前世今生"。

魏道明在步入仕途之前，一度在上海与郑毓秀合作经营律师事务所。郑毓秀堪称女界传奇人物，创造了民国诸多"第一"：第一位留法女博士、第一位女律师、第一位法院女院长……

她年长魏道明整整10岁，在魏道明自江西第一中学毕业那年，她就已取得巴黎大学法学学士学位了。在魏道明刚赴法入巴黎大学时，她被委为中国妇女代表出席巴黎和会。其后回国，曾于四川致力于宣传女权，推动女子留学，并亲率6名女生赴法勤工俭学，而她自己也迟魏道明一年再入巴黎大学攻读博士。虽然她与魏道明同一年获取巴黎大学法学博士学位，但迟魏一年归国。归国后听从魏道明的建议，两人合开律师事务所。

魏律师与郑律师合作愉快，事务所业务兴旺，声名鹊起。抗战期间在上海与张爱玲发生稿酬纠纷的作家平襟亚，就曾因被人指为撰述淫书而烦心时，聘请魏道明作法律顾问。随着魏道明转入政府部门做官，律师事务所事务主要由郑毓秀承担，故而在一些社会瞩目的案件中，所见的都是郑毓秀的身影：1928 年，开明书局因其出版林语堂编的《开明英文读本》被世界书局出版的《标准英语读本》抄袭，找世界书局理论，郑毓秀作为世界书局的代理人，反告开明书局诽谤。1931 年唱京剧老生的孟小冬与梅兰芳反目，郑毓秀作为孟小冬的代理人向梅兰芳讨得四万元补偿款。

魏道明由司法部部长而至南京市市长，这一步走得超出了许多人的常规思维，"无异以刑部尚书迁降顺天府尹"，于是揣测纷起。

有的说，魏道明由特任而为简任，表面看是降级，实则以首都市政关系中外观瞻之重要，体现"党国倚畀之殷"；有的说魏道明在司法部部长位子上政绩受人非议，但时局多艰，党国正用人之际，当局惜才，故迁调以息"议论纷纭"。也有的说是魏道明开罪了张静江之故。当时过境迁，又有一说是魏道明"因庇护上海临时法院院长郑毓秀女士，颇遭物议，而党国要人胡汉民氏，时任立法院院长，对氏尤为不满，攻击备至，不得已辞职改任南京特别市市长"。

魏道明与郑毓秀常常出则成双，入则成对，彼此关系不免惹人遐想。但因他二人本是留学同学，又合开律师所，何况年龄女大男小相差悬殊，世俗眼里是如此不般配，且两人都坚称自己抱独身主义，所以任谁也不敢确定。殊不知他二人早在 1927 年 8 月就结婚了。也许是为避免世人议论，所以消息秘不外传。婚礼选择在上海乡下举行，仪式简单，参加婚礼的只有双方的一些亲人。婚礼结束后甚至未度蜜月，随即各自上班。

1928 年初，为破解兵匪、盗贼、乞丐、饿殍遍地的难题，以摆脱民生危机，陈果夫、李煜瀛、张人杰、蒋介石联名提议跟随世界潮流，在全国开展"合作运动"。

这年夏天，魏道明受政府派遣，赴法国、比利时、荷兰等国考察经济时，对国外合作运动下的民众合作形式尤其关注。在他就任南京市市长时，国民党中央还刚刚举办过合作运动宣传周，魏道明在讲话中，巧借时势，将"合作"移用于政府与民众的关系，宣称："余所感觉市政为人民谋幸福，一切与市民关系綦切，故应谋合作，以求幸福。"

魏道明对"合作"情有独钟，在他此后的为官生涯里，不时可以听见他发出"合作"的声音。比如 1930 年他在南京市教育局举办的暑期研究会上就演讲"合作问题"。抗战后期接胡适之后任中国驻美大使，曾在宾夕法尼亚州斯沃斯莫尔学院的毕业典礼上演讲"制定和平所必需的政策"，而关键词即为"合作"。在抗战胜利后举行的中美工商业大会上，随杜鲁门总统之后致辞，表示"欢迎美国合作"。1947 年赴台湾任省主席，在全省各界欢迎大会上即"吁请台胞多与政府合作"。1948 年在台湾省参议会上称，台省治安有把握，而前提是"只须人民与政府密切合作"（由最初的"政府与市民谋合作"变为"须人民与政府合作"了）。

魏道明赴任南京市市长伊始，注意力放在了与市民的合作上，而忽略了与党部的合作，结果被党人唾沫喷了满脸，吃了个下马威。

魏道明上任，并非仅此开局不利，简直诸事不顺，仿佛人人作对。那声明就职的通告，他原打算是用红纸缮写的，居然遭左右劝阻，于是改用淡红色宣纸。而后新一届市府各局局长人选发布上墙，又用的是红纸，舆论讥骂随之而来，如说"一时墙壁上簇簇鲜红，有如剧场之戏报"。有说系"未能除去封建思想，与前清中状元，点翰林之捷报益相似，殊失人民公仆之精神"。行政院也发令，训诫他"不能再有刘市长时代之情况发生，应竭力遵照节约运动案，将事业费增多，裁汰冗员"。连农会也发起邀集南京各民众团体，合议要与魏市长约法三章，以避免与刘市长同样政策。

这一连串的事件似乎都在提醒魏道明，他不适合做这个南京市市长，他的市长之途将不会顺利。他的市长任期，最后结束在 1931 年底，而在这 20 个月内，关于他辞职、调任、撤职的消息传出略有 8 次，平均两个半月一次。

虽然传闻大多未成事实而消散，但也绝非空穴来风。仿佛魏道明站在一只风雨飘摇的小船上，船随时可能倾覆使他落水，而他也时刻寻机主动弃船而游走。

《中央日报》在他任期终了时，曾对他在整个任期内的情形说过这样的话，魏道明"对于新京建设，颇费擘画，中经种种困难，屡向中央辞职，终予慰留"。

在还有一周就到1932年元旦的时候，《中央日报》《民国日报》《时报》《申报》《新闻报》等各报忽然都发表消息，说魏道明以身体有恙提出辞职。消息一经传出，在南京迅即引发反应，正如《中央日报》报道标题："魏道明辞职，各方均纷起挽留。"

南京本地耆绅魏家骅、顾赐书、张绍岳、潘哲人、蒋汝正、汤文镇等百余人，呈文行政院，请求挽留魏道明："南京自建都以来，市政日有进步，而尤以魏市长任内最为显著……于市财政万分困难之时，而为本市百年之计，实为人所难能。至其持躬廉洁，处世和平，两年以来，从未有压迫市民之举……"

市商会在魏道明辞职的次日即召开执委会议，决议电请国民党一中全会、国民政府、行政院挽留，并派代表向一中全会、国民政府请愿。电文为：

顷闻南京市魏市长坚请辞职，商民遽听，纷纷来会，责请挽留，巷议街谈，尤徵爱戴情切……魏市长莅任以来，对于本市建设，锐意进行，时未二载，成绩昭著，如改建四象桥、复成桥、挹江门、中山门、玄武门以利交通；开辟交通路、太平路、白下路、汉中路以兴市面；建筑新中广场、第二广场以树首都建设之基；规划商业区、银行区以宏首都模范之治；建筑新住宅、平民住宅以利民居；安设全城下水道、水管、以求积水之宣泄；装设自来水管，以期饮料之卫生；此工程方面之最大者，市内中小学校次第增设，原有学校增级收容，教育经费年增四十余万，减少市内失学儿童；增设卫生诊疗所，救济贫病无算；自治区公所相继成立，树城乡自治之模楷。以极困难之经济，举重若轻，以最短促之时间，收效极大……其尤切者，本年大水成灾，商业凋敝，加以边氛日亟，学潮汹涌，银根紧迫，市面恐慌，全市商店均有岌岌不可终日之象，魏市长独能体察商情，支持危局，召集银行界，疏通金融至三百万元之钜……

挽留呈文成了歌功文章，与首都二区党部对魏道明的指责——"各项行政诸多不当……市政恶劣、人言啧啧"——截然相反。魏道明闻讯，当有所安慰。而在他向行政院递交辞职信后一个星期过去，对方都未有只字批复，或隐含慰留之意。魏道明同时还身兼首都建设委员会秘书长一职，他也同时以"呈为患病须专心调治"为由向国民政府请辞，国民政府代主席林森批复得倒是很快，但未准所请——"该秘书长赞襄设计，具著勤劳，首都建设进行，正资倚畀。所请辞去兼职之处，应毋庸议"。

可是魏道明此番辞职，既非借"辞"抒怨，也非以"辞"谈价，实为去意已决，故而虽主席令也不能使他回头。一如《民国日报》所形容的"坚辞"，亦如《中央日报》言其辞职"意志似甚坚决"。他在递交辞呈的同时，不等批准，就已将职责事务委由市政府秘书长马寿华代办，径自赴沪上就医，而随即又"遵医嘱"转赴北平"静养"去了。

在魏托病辞职两个月前，时任上海法政学院院长的郑毓秀，或因学潮，竟同样托病辞职，被校董师生挽留后，隔月再以"事繁多病"提出辞职。1932年的元月下旬，夫妻俩从北平回到上海，4月中旬衔命一同乘船赴欧洲作国际宣传，夏季方归。

郑毓秀是位频遭非议的女性。也曾留学法国的许德珩，在回忆录中把郑毓秀在留学法国的生活写得十分不堪。董竹君在她的回忆录里也非常革命地将上海的郑毓秀写成一个居心叵测的"坏人"。胡适也非常鄙视郑毓秀，原因来自她的为人方式与做派，以及听说她在法国的博士论文是王宠惠代写的。

而魏道明却在他记录驻美大使生活的回忆录中，写到外交官的社交活动对于本职工作的重要性时，给予郑毓秀以极高评价，那时郑毓秀已经去世："我愿在此处对我的亡妻所作非凡的贡献加以颂扬。对我说来这是很幸运的，她的个性极端外向，喜欢和人们在一起。她的生活乐趣几乎快要沸腾。她宅心宽厚，不究人之短。她的人生哲学是要别人快乐——人饥己饥，人乐己乐。她有一种战斗精神，不怕任何艰险。她作任何事情都是竭力以赴。"

虽然为夫论妻，因为受情感牵扯，溢美之词难免，但要说对郑毓秀的了解，以及切身感受，谁又能比得过魏道明呢？而郑毓秀生就那样一种张扬的个性，加上因生活得意而形成的强势，还有年龄的悬殊，对于魏道明大到人生态度、小至事务处理方式的影响不会小的。

魏道明虽然1931年12月下旬就离开了南京市政府，但任期直到翌年元月上旬马超俊被任命为新市长才算正式结束。

击鼓传花鼓点乱

马超俊任市长有点像一出喜剧开场，因为热闹，不免混乱，而我这个老秘书也许正因此又得以未丢饭碗。

在国民政府的任命下达后不几日，马超俊在市府纪念周上讲话，慷慨道："兄弟担任首都市长，责任重大，深惧弗胜，惟念目下局势如此严重，兄弟向来不畏难，不苟安，愈是艰难，愈要努力，所以毅然决然担任下来。"

"局势严重"的顶点是1932年1月28日午夜，日本海军陆战队分三路突袭上海闸北，第十九路军在总指挥蒋光鼐、军长蔡廷锴指挥下与日军激战，一·二八事变爆发，战斗在闸北、江湾、吴淞、曹家桥、浏河、八字桥一带展开，一直持续到3月上旬。

上海战事吃紧，南京危在旦夕，国民政府于1月30日发布《国府迁都洛阳宣言》。虽然政府宣称"决定移驻洛阳办公"，是为了"完全自由行使战权不受暴力胁迫起见"，亦即预防万一战火延烧至南京，被日本人掐住国民政府的命脉。从这一点来看，也不能说最高当局的考虑完全没有道理。但给南京百姓的感觉并不好——上海战事刚起两日，日本人离南京城还远在好几百里外，政府就丢下我们自顾自逃了。

国民政府官员走马灯似地更替，此时的局面是这样的：1931 年 12 月 15 日国府主席蒋介石辞去本兼各职，经中常临时会议决照准。由林森代理国府主席，陈铭枢代行政院院长。12 月 28 日选任林森为国府主席，孙科为行政院院长。

而就在"一·二八"发生前一天，孙科以与最高当局外交主张不同，辞职赴沪。中央派了多位大员前往挽留劝返，马超俊也是其中一位。许多人都说马超俊是孙哲生的夹袋人物。从马超俊的生平看，他在孙中山生前有"联俄容共"之意时，曾急与孙科自苏赴沪，力劝孙中山慎重。在孙中山逝世后，他又在沪上倡组孙文主义学会，由孙科任会长，而自任总干事，略可见其与孙科的关系。

马超俊奉命到沪劝说孙科，不料次日战事爆发，他没有及时回南京。2 月 2 日《中央日报》发消息说马超俊"月前赴沪，一时难以返京"。

首都自然不可一日无"君"，新上任的行政院院长汪精卫随即委任首都宪兵司令（1932 年 1 月 15 日首都卫戍司令部改为宪兵司令部）谷正伦暂行兼代南京市市长，谷正伦于 2 月 1 日到市府视事。

谷正伦懵里懵懂把市长一职接了下来，多半想的也不过是暂代数日，不料接手之后却发现市政事务庞杂烦琐，他的本职在此大敌不远、人心浮动、不安定因素蠢蠢的特殊时期本已臻满负荷，这才惊觉事情不妙，唯一的希望是马超俊能尽早归来。

马超俊滞留上海，初说是因战事导致交通阻隔，对此显然谷正伦是不相信的。许是他也看到报载与马超俊同样奉命、同时抵达上海的李宗仁已于 2 月 10 日到了广州，所以他当即打电报给马超俊，以时局紧张，自己负责首都治安已无余力兼顾市政，催马超俊回京视事。马超俊倒也干脆，回电说他已向中央辞去南京市市长职务了。

谷正伦接电在手，也许会嘤嘤而哭，抑或仰天大笑。照理谷正伦应该知道马超俊是太子派中人，也是孙氏麾下的一员大将，将帅共进退还不是常事吗？但南京的百姓未必知道官场的这许多藤蔓，他们的耳畔，此时恐怕只会响起马市长上任之初的豪言壮语："兄弟向来不畏难，不苟安，愈是艰难，愈要努力。"

谷正伦咬紧牙关又坚持了一个半月，心力交瘁，只得以主持宪兵司令部公务繁剧，事实上不能兼顾，呈请国府另简贤能更替。行政院开会，照准谷正伦辞去所兼市长职，而任命前任浙江建设厅长石瑛任南京市市长。谷正伦随即饬命下属准备交接，一边又电促时在上海的石瑛赴任。

石瑛反应迅速，态度很好，次日即托人给谷正伦（字纪常）带去书信一封，辞藻温切，文采斐然，和颜悦色可掬，而事虽急却不改从容，悠悠乎婉然相拒："纪常我兄市长勋鉴：敬电奉悉，弟自洛返山，旧恙复发，正拟闭户养疴，徐图报国，不谓中央征及菲材，使承兄后，自维庸愚，曷克胜任，且病未去体，更觉力有不支，尚乞兄仍勉为其难，以奠危局。辱荷电召，具仰谦光，望风感怀，不胜依依……"

石瑛生于1879年，自小读书聪明，过目成诵，24岁时还中了举人，像这类客套虚言还不信手拈来！可对谷正伦来说，他言愈甘我心愈苦。心虽焦急，回信却在三天后，显然好不容易才勉强压抑了愤懑，以使回信不失平和。且他也不相信身材魁梧的石瑛所患乃是沉疴，否则他就不会再劝了："顷由徐君秋农赍示惠书，敬审政躬违和，深用悬念。想吉人天相，当必早奏霍也然。京市事务承示嘱弟勉为其难，曷胜焦灼，弟以百忙之身，势难兼顾，加以市政事繁责重，不可一日无人负责主持，切盼我兄力疾入都，剋日视事，使弟得早卸仔肩。此间交代事务，均已准备就绪，敬祈速驾，无任企盼……"

谷正伦料到石瑛不会轻易为之所动，故而才过两天便又致电行政院，以石瑛莅任之期尚未确定，而自己一身兼任宪兵司令部及警备部，无法再兼顾市政事务，希望行政院迅速致电石市长剋日接任。

至此石瑛自不便再行拗延，只得勉强动身来南京。身体不好也不能说是子虚乌有，当然最主要的还是心存顾虑。所以他到了南京，并不随即上任，而是要坐等市政款项到账，方允就职，而谷正伦自也深知症结所在，故已请行政院饬财政部，将积欠补助费四十余万，先拨发半数，"俾便交卸"。

整整三年后，石瑛辞职，击鼓传花又传到马超俊手里。马超俊这算是第二次任南京市市长。

1934 年，蒋介石号召开展"新生活运动"。作为响应，上海社会局首先引进意大利集体婚礼的做法，以倡导节俭办婚礼的风气。全国各地继而纷起效仿。当时不叫集体婚礼，而称作集团婚礼。

马超俊上任后，即开始筹备集团婚礼。先是当年夏天，就有计划在五洲公园建一个集团结婚礼堂，但因资金紧张，胎死腹中。8 月 10 日，举办了南京市首届集团婚礼，地点定在励志社大礼堂，后来几届也都在此举办。三个月后即又举办了第二届集团婚礼，翌年二月举办了第三届集团婚礼。1935 年内甚至还公布了《南京市集团结婚办法》。

第一届集团婚礼共有 33 对新人参加，第二届 31 对，第三届 38 对。新人统一着装，新郎着黑纱马褂、蓝宁绸长袍、白绸裤、白丝袜、白底黑色缎鞋，新娘为妃色软缎旗袍、妃色长筒丝袜、白缎半高跟鞋、淡红色兜纱。先由市政府乐队奏乐开路，接着是四个提花灯的男童与四个提花篮的女童，新娘新郎跟随其后，从励志社办公大楼正门缓步走至礼堂，证婚人证婚后还会对新人及观礼宾客发表一通演讲。

每届集团婚礼，马超俊市长均作证婚人。按照程序，在证婚后，他须有一通演讲。首届集团婚礼，撰写讲稿的事情不知怎么落到了我头上。我初拟了两个样本，一个是白话，一个是韵文。我倾向于用前者，马市长却喜欢后者。我劝他说，汉语本是只合阅读、不宜耳听的语言，白话因为通俗还好些，文言则难免影响听众理解。他表示韵文念起来更有节奏更动听，只要现场观众晓得大概意思即可，不必每句每字都听懂，何况事后讲词还会登在报纸上的。我听他这样一说，也就笑着不再多言。

马超俊是广东台山人，那天在礼堂，听他用广东官话念"盖闻阴阳合德，庶汇予以咸休，家室彝伦，万化因之托始。伉俪之重，自昔已然，夫妇之间，造端甚大。现本市举行第一届集团结婚，由本市长暨社会局长为之证婚，化民成俗，贵惬世情，酌古准今，创兹新制，所望瑟好琴耽，衍家粹国华于无极，珠联璧合，俨鸡鸣昧旦以相庄……"看四周宾客的表情，就知道大家果然听得云里雾里。只有在他的方言口音里，因将第一届集团结婚的"届"念作"屈"，"集"则念作"杂"，引起了众人的笑声。

到了举行第三届集团婚礼的时候，马市长改变了主意，许是也为了有更多发挥自己想法的便利，改用白话作训词。他在我草拟的讲稿上改动不少，听起来的确比用韵文平实多了。

他说的是，中国的婚姻分作三种，第一种是盲从婚姻，嫁鸡随鸡嫁狗随狗。第二种是宗教式的婚姻，经过牧师的证婚。第三种是买卖婚姻，又可称作柴米夫妻，当事人完全以物质享受为标准。第二种他表示不加评说，第一种与第三种则都不合时代精神，他认为应提倡新时代的新式婚姻：举案齐眉，相敬如宾，是"礼"。互相规劝，互相勉励，是"义"。克勤克俭，革除浪费，是"廉"。相亲相爱，自尊自重，是"耻"。夫妇间有了礼义廉耻的四维，那才是新生活的夫妻。

马超俊个人经历十分丰富，并且在丰富的经历中表现出多面性。首先是有强悍的一面，早年追随孙中山，曾亲自开飞机参加过战斗。另外又在社会活动方面显得能干，从事过工运，同时又有研究能力，他在1927年出版的《中国劳工问题》，是国内最早的研究劳工问题的专著，抗战中又在商务印书馆出版了《中国劳工运动史》，从农村、人口、工业化、社会思潮等方面对劳工运动进行考察。

　　马超俊的书法也并非特别蹩脚，虽然人们对名人书法的追求本即冲着人去而不是冲着字去的，但马超俊在这一点上有自知之明。他在市长任上，前来求字的人不少，其中有一些是请他为桥梁、道路、建筑物题名，他想出个对策，题名这类事情，都交由市工务局工程师、书法家胡昌运代笔。

　　马超俊的生日是在 7 月上旬，1937 年生日到来之前，早有人发起祝寿。他以国难当头，物力维艰，不愿铺张，于是在生日前一天，偕妻沈慧莲及女儿三人离开南京，前往无锡过了两天以避寿。

　　1937 年 11 月，日军迫近南京，从政府机关到学校工厂纷纷迁往大后方，首都电厂也在作撤退准备。下关发电所的打算是，先将设备拆卸，再到后方安装。马超俊闻讯，打电话给电厂厂长陆法曾加以阻止，说："首都电厂的人员可以疏散，机关可以撤退，但下关发电所的设备不能拆迁，工人不能疏散，必须坚持发电，一是为保卫南京，军事上需要用电；二是可以稳定人心，如果发电所关门，则人心更加慌乱。"电厂遂对不愿留守的员工发放遣散费，对自愿留守的员工，预发数月双薪。

　　11 月底，陆法曾带领电厂主要职员及部分留守员工的家属乘船离开南京去汉口，而由副工程师徐士英带领 80 余名员工留在发电所继续发电。南京沦陷前几日，徐士英派人去见马超俊和南京卫戍司令唐生智，请求撤退，遭到严词拒绝。说何时撤退须等待命令，若擅自撤退，将以军法论处。而命令未至，电厂的汽油船及铁驳船已全被撤离的军队强行征用，电厂职工遂被断了退路。之后其中数十名职工惨遭日军屠杀。

　　对于这些遭遇悲惨的电厂职工的命运，马超俊是怎么想的呢？我一直在寻找答案，我非常希望能看到马超俊在向电厂职工下令时，内心的矛盾与恻隐，当然对他可能毫无愧怍地呈之以冠冕堂皇的理由也有思想准备。在晚年，生活在台湾的他，曾做过一个口述自传，我迫不及待地找了来，阅毕我不禁笑了。他的做法是对这一段不着一字。

　　马超俊在自传里说，南京沦陷前的一周，蒋介石曾三次打电话命他撤离，都被他拒绝了。直到 12 月 12 日中午，中华门被日军攻破，在城内与守军发生激烈巷战时，他才离开市政府，渡江前往合肥，辗转抵达汉口。

他能够如此恪尽职守直到危险迫近眉睫，我当然钦佩，比起那些望风而逃之辈，不知强过多少倍。但是他无论迟至何时，想要撤离也总是随时有车船在等候着的。比起那些前被军政命令逼着冒死工作、后被逃兵劫船断了生路的电厂职工，既不可同日而语，只怕言勇还须惭愧吧！

我送别了市长

石瑛 1932 年 3 月底抵达南京后，暂寓同乡至交、交通部电政司司长李范一宅中。他是留学法国、英国回来的，学的是兵舰、军械制造与矿冶，工科素养使他颇具数学与经济头脑。有记者登门前去探问何时上任，他却告诉对方，自感难当此任，正打算呈明行政院，请求另简贤能。他屈指给记者算了一笔账：南京市政府各局及附属机关，职员共计一千二三百人，每月行政费需 20 万元，教育费 4 万余元，工程费 1 万余元，又每月应付公债本息 4 万元，合计近 30 万元，而听说上月收入仅 5 万余元，财政部每月"协助"虽有 10 万元，但也不能准时拨发。

似此收支相差太大，就算尽量降低行政费用也是杯水车薪。巧妇难为无米之炊，石瑛自谦"能力绵薄，深恐贻误地方要务"。

但人既已入南京城，犹如卒子过了汉界楚河，不能回头了，上任不过是时间问题。他引而不发，也不过是想给当局一点压力，逼其还债。他之所以敢跟政府如此，是因为无欲而刚。石瑛生前即以廉洁著称，身后盖棺论定，甚至有"民国第一清官"之誉。

石瑛在任南京市市长前几年，曾做过不到一年的上海龙华兵工厂的厂长。后来胡适在办政论性期刊《独立评论》期间，收到过一篇署名"江暑生"的来稿，他摘取其中所感兴趣的部分，改成短文刊登出来。内容是江暑生从偶然翻到的一份《上海兵工厂报告书》里摘出的记载石瑛任厂长时的所作所为："历来每月经费，总在四十万元以上，石厂长接任后，每月预算，定为三十六万元，但因节省之故，虽出品较预算增加颇多，而在任十月，平均每月所领经费，不及二十二万元，并代各军修造军械工料费十二万元，又代中央垫制手榴弹费二万元，又代垫临时购买机器及修理房屋费三万余元……共节省一百余万元。"

显然胡适对江暑生所称这是"一段很美的故事"产生了共鸣，他在《编辑后记》中写道："石瑛先生是我们平日最恭敬的一个朋友，这段故事是值得转载的。"

石瑛在卸任南京市市长后，一度担任隶属于考试院的铨叙部部长，对全国公务员握有升迁大权，当时记者所见到的石部长却是如此穿戴：脚上穿的是不超过两角钱的纱袜，头上是一顶已戴多年、颜色混沌的呢帽。

石瑛去世后不久，在他任南京市市长期间在南京创办《救国晚报》《救国日报》的龚德柏回忆说，石瑛以国民党中央委员身份，乘坐火车本可头等车免票，市长公务当可车费报销，可他却自费坐三等车，私人信件也不使用公家信纸信封，且平日"饮食粗恶，与寒素之士无异"。

正因先对自己如此，所以当石瑛以廉洁要求或对待他人时，对方也就无话可说。在他任南京市市长翌年的二月初，国民党南京市党部举行第三次全市代表大会。代表们以往昔经验，以为会议期间也将有几顿大餐可以享受，可开幕之后，发现并无公开宴请招待。仅在闭幕之前，市党部才备有一次每人十元标准的筵席，酒菜近乎敷衍。

众人原将厚望寄于石瑛，总觉得身为一市之长，当此相会，总该好好请一次客。市长的请柬果然来了，写的却不是"宴会"而是"茶会"，大家以为不过是假借茗旗清雅之名，所以仍然枵腹以往。不料看见几张罩了白布的桌子上，真的只放了些糖果饼干，除了石市长笑脸相迎，并没有所希望的酒肴。众人大感失望，却也无奈，因为谁都知道石市长是

"以节俭出名，平素又不怕弹劾"的。

石瑛生活上为何节俭朴素，从他上任不久在市政府纪念周上所作报告中可找到注脚。在他的心目中，朴实与廉洁之间存在一种逻辑关系，他说："廉洁必须崇尚朴实才能办到。"而减少应酬亦即消除靡费是通向朴实的路径，读书则可作为公余闲暇的填充物，"朴实之道第一要减少一切无谓应酬。时下一般人之心理，以为应酬可以保全禄位，我却与此相反，应知立身于社会，应从人格上表现，才能稳定，所以希望减少应酬……公毕归家阅读有益身心之书籍"。

石瑛虽然阅历丰富，早年追随孙中山从事革命活动，做过总统府秘书、国会议员、兵工厂厂长、两个省的建设厅厅长等，而一介书生是他的本色。在出任南京市市长之前，也曾居于象牙塔中，先后任北京大学教授、武昌高等师范学校校长、武汉大学工学院院长，既教别人读书，自己读书的习惯也得以固化。在他卸任南京市市长职务后不久，有一天南京商会执行委员钱贯之有事前往石宅，刚进院落，就听见石瑛在屋内大声朗诵韩愈的名篇。

石瑛脾气坚硬，眼睛里容不得沙子，因此生出不少为人所津津乐道的轶事，名号也多，比如火车他总坐三等车，于是被称作"三等车主义"。嫉恶如仇爱骂人"混蛋"，于是被谑称为"混蛋市长"。在任市长期间屡番上递辞呈，遂又有"辞职市长"之号。动辄提出辞职，不明就里的人不免会以为是好意气用事，不安心本职。实则由于生性刚直，不能容忍恶气，不愿苟且妥协，更重要的是不贪恋职位，所以敢于冲冠一怒，拂袖而去，同时也作为一种强硬抗议的姿态。

石瑛平日里不愿低眉顺眼事权贵，遇事又不肯稍事迁就或成人之"美"，反倒常常指责唾骂，也因此开罪官宦无数。从国民政府主席林森、行政院院长汪精卫，到财政部部长孔祥熙、铁道部部长顾孟余、江苏省主席陈果夫等都曾与其发生龃龉而想一走了之。著名的一次是在1935年3月初，日本团体访问南京，汪精卫命令市政府科长以上人员赴机场迎接，石瑛认为有辱国体，愤而辞职。

石瑛屡辞，除了性情之外，病痛也是真实的存在。准确地说，他的辞职，总是精神与身体双重因素交相作用的结果。他患有肝病、胃病、糖尿病等慢性病，在心情愉快或平静的情况下，固然可以与疾病相安共处，也总是力疾从公。而一旦遭遇阻挫，遭受掣肘，或勃然大怒，或黯然心灰，往往宿疾诱发，病情加重。所以每每以生病作为辞职理由，既言之不虚，又情理得当，无需将事情说破，也无需担心有人不明就里。

石瑛每次辞职，都会招来上司与同僚的一番挽留，如此一而再再而三，直将耿介之士的投袂而去，演成家长哄慰下的小儿负气出走。1934年元月下旬，石瑛前因南京划界这一老大难问题与江苏省意见相左，后又为路政问题与铁道部看法不一。铁道路扬言自 2 月份起终止原本每月提供的 12 万元协助款，石瑛愤而向行政院提出辞职。

蒋介石闻讯，立刻把他招到中央陆军军官学校官邸，面加慰勉，力劝打消辞意。一面以"当兹国家危急存亡之秋，本党有能力者，共肩艰巨之不暇，何能任贤者高蹈"相哄，同时又亲切表示石瑛无论遇到什么困难，他都可以负责代为解除。同时行政院院长汪精卫也当面挽留，说"中央同人均应集中努力共济时艰，所有市府财政困难诸问题，自当设法解决"云云。

教育部部长王世杰、行政院秘书彭学沛也奉蒋汪之命，特赴石瑛寓所，极力挽留，可是石瑛都不为所动，一边手谕所属各机关赶办结束，以便移交，不等辞职批准，即于 1 月 30 日早晨乘招商局江大轮赴武汉，回老家养病去了。市长工作，交付秘书长赖琏暂时代理。

石瑛"任性"如此，政府高层仍不肯放弃。半月后汪精卫对记者说，石市长辞职，经中央慰留，并准假返里，现假期尚未届满。为石瑛归来准备台阶。而此前即有报纸说石瑛辞职不彻底，又打消辞意。《中央日报》随即登出消息，说武汉报纸称石瑛将返回南京。石瑛却倔强地致函该报更正，表示"决无返京复任之意"。

又过了一星期，汪精卫特电湖北省主席张群，请其促石瑛复任。两天后蒋介石又连发电湖北，劝石瑛复任。转眼石瑛撂挑子已近一个半月，蒋介石致电汪精卫，请疏解石瑛复职后各种困难。次日汪精卫又电召石瑛复职。之后外交部常务次长唐有壬又持汪精卫措辞恳切的亲笔书信亲往湖北相劝。如此高强度的劝慰，终使石瑛难以招架，在离职两个半月后复职。

显然石瑛复职后困难并未完全消除，他病休的消息不时见诸报纸，或许是他有意换一种利于辞职的方式。之前他提出辞职后，行政院秘书长褚民谊曾对记者说他"意态颇为消极"。而石瑛复职后"消极"犹存。复工一个半月即以糖尿病入院治疗。7月中旬出院后，随即请假一月赴威海卫养疴，实至8月23日才返南京销假视事。4个月后又以旧疾复发，医嘱静养，向行政院请假一周，下乡休养。1935年元月上旬刚销假视事，又以丧父丁忧提出辞职，行政院开会决定慰留，给他一个月假，用以治丧。石瑛2月22日恢复工作。方一月，又提出辞职。当局终于受不了了，行政院当即决议批准，动作快得令时人感到惊讶。

石瑛安排好工作交接，定于4月2日离开南京，他的计划是乘南京到上海的快车先去昆山乡村小住，等天暖后再去威海卫休养。他没有想到，他对这座城市的辞别，会引发万人空巷的大送行，会上演感恩戴德、催人泪下的一幕大戏。

石瑛动身的那天早上，先有学生及民众代表聚集在三条巷六号石宅欢送。8点35分石瑛乘44号汽车出发。他的家地处新街口东南，相距三四里路。当他的座车行至新街口广场时，所守候的市立各学校校长、职业团体、慈善团体及各区士绅民众等约千人，手持彩旗，分立马路两旁，欢呼欢送石市长口号，同时爆竹之声不绝于耳。警察厅也早已派出警察长朱梓玖率领警察多名在场维持秩序。

石瑛见此情景，命司机停车，走下车来向人群频频点头回礼。他"步行里许，坚辞远送"，从广场走到国府路（今长江路），一时交通受阻。

在石瑛劝说下，一部分人散去，还有一些人乘车一路跟至下关。

当石瑛的车至下关大马路时，但见往车站去的路上人山人海，总有五千余众，又是摇旗欢呼加鞭炮齐鸣，且有白布标语十余幅，上书"欢送贤明廉洁石市长"等字样。首都警察厅厅长、立委、市府秘书长、社会局长、工务局长及市府全体职员、商人团体、工人团体、浦口棚户代表、燕子矶农民代表、南京市耆绅等也都齐集在此。石瑛又停车步行，向人群致意。

马车业与锦缎业两公会代表向石瑛献上分别写着"甘棠留爱""爱国爱民"字样的锦旗。石瑛不仅促成马车合作社的成立，还设法为车户提供低息贷款，使相关就业者深为受益。

对于南京锦缎业，石瑛更是关怀备至，他把振兴锦缎业与提倡国货联系起来，大力提倡京缎土布，办理织布机户贷款，他还督促南京织缎进行技术改进，提升锦缎品质，增加品种。他亲自写信给上海、青岛各国货公司及西北边陲各大商店，请其代为介绍南京华伦改良锦缎合作社的制品。就在被批准辞职的前夕，他还发起"做衣用土布运动"，请吴稚晖为各行业公会、市立各校长、织布人家（机户）作主题演讲。

他又曾张罗举办全市土布制品展览会，开幕之日，偕与国货公司经理、区长等莅临展会参观，对各种土布锦缎制品倍加赞许，并当面请国货公司经理尽力推销。他甚至特地给行政院院长汪精卫寄去两套京缎褂料，让他了解缎业情况并起广告作用，附信道："前以南京缎业衰落，机工失业甚多，近经锐意改良，穷五阅月之研究，乃有新式京缎出品多种，均系纯丝制成，价廉物美……敬希钧长首先购用，以树风声。"其虽于挽缎业颓势，收效甚微，但用心如此，已足赢得从业者感激涕零。

当石瑛走到朝月楼附近时，棚户及农民代表甚至下跪，情绪非常激动，也感染了在场的人们。当石瑛进入车站门首，市政府乐队开始奏乐，气氛达到高潮。当车轮启动，站台上群众甚至高呼"石市长万岁"。

在我们秘书处同人相继与石瑛握别的时候，秘书长赖琏走到我身边，在我耳边轻声道："你陪石瑛走一趟，到了昆山再回来，可以吗？"
我当即点头同意。赖琏于是转身对石瑛说了，石瑛推辞了一下，也就首
肯了。

当列车驶出车站，在丘陵间疾行，送行人群的喧腾随即消失在车轮
撞击铁轨的节奏里，但脑海里人们热情的面容，却并不能顷刻被眼前仲
春田野的景色替代。石瑛坐在车窗边，不知他是思绪万千还是心如止水。
对于南京这座城市来说，一个时代终止了。对于他本人来说，是生命的
一个阶段的结束。如果把他市长三年比作一幕戏剧，高潮并未出现在通
常的收场之前，而是反常地出现在了整幕戏结束后的谢幕之时，这真是
人生难得的一种体验。

人们通常都会怀有这样的情感，要么感激于来自上面的知遇，要么
自得于来自下层的拥戴。可是石瑛，对他辞职时上峰乃至最高当局在一
再挽留中所说的一些通常会使人心暖的话，却不为所动。在群众送别的
热烈场面下，他也似并未随之显出热血上涌、赤眼含泪之类的激动，作

下关火车站旧照，已拆毁。而现存的实体建筑，为抗战胜利后扩建改造，风格趋于简约，
前身的韵味少了许多。

现场报道的几家报纸都只说他"点首为礼""频频点首表示谢意"而已。也许石瑛是这样的人，固执内心，淡对赏誉。

当车快到镇江的时候，石瑛叫我在镇江站下车。我看他并非客套，也知他脾气，只有顺从。车快停的时候，他向我伸出手来，使劲握了一握。

石瑛 1943 年在重庆病逝，享年 64 岁。以他那样多病的身体，那样宁折不弯的性格，未能长寿原不足奇。但他的寿命甚至短于他抽大烟的父亲，还是令人不禁要扼腕叹息。

党部：忙碌的八爪鱼

我望着讲台上的委员，或道貌岸然，或慷慨激昂，可是总听不见他们在说什么，满耳尽是巴仓台才的锣鼓铙钹。

斗志昂扬

南京市国民党党部是一个特别忙碌的机关，主要原因是它出乎一般人的理解，并不是一个仅仅忙于党务的机关。实际上，它更多的心思与精力，花在了党务之外，无论什么都想插手，似乎也被赋予了至高无上、无远弗届的权力。好像天下百事，无所不在其责任范围的样子。从外交到内政，从经济到文化，从教育到医疗，从民生到风俗，从公益到社团，还有监督与弹劾官员等。

此外，还因党政不分的缘故，在扩大了党部权力的同时，也增加了它的忙碌。典型的如 1933 年早春的一天，首都警察厅在鹰鹅巷抓到一个姓宛的人，认定其为汉奸。他被捕时从衣袋中摸出一张纸条，团紧后塞向口中，并将舌尖咬破，想用鲜血混合口水将字迹化掉，纸条在被警察强行自口中挖出时，字迹虽然有些模糊，仍然可辨。有意味的情节在后面：警察厅并非在本厅走司法审判程序，而是随即派两位警察将宛某押往市党部拘禁，"听候发落"。

1931 年 7 月初，朝鲜半岛发生针对华侨的大规模暴乱，驻半岛的日本军警却袖手旁观，国人断定日本是幕后黑手，市党部为此令各区党部组织宣传队，期以唤醒同胞，与日本永远经济绝交。市党部执委会 8 月 11 日又开会决议，呈中央请咨国民政府督促外交部长，"严厉实行革命外交"。

1932 年快到年底的时候，宋庆龄与蔡元培、杨杏佛等人为反对政府罔顾民权，为国内政治犯争取权益，为集会、言论与出版争取自由，在上海发起组织中国民权保障同盟。

市党部的本能即在于限制自由，宋庆龄等人的做法当然触动了其敏感的神经，于是召集执行委员开会，决议以"蔡元培、宋庆龄等擅自组织民权保障大同盟，发表宣言，妄保反革命及共党要犯，实破坏本党威信，应请中央解散该非法组织，并予蔡宋等以警告，本会并通电全国一致主张"。

现在的人对"朱庆澜"这个名字大多陌生，因为他早在抗战中就去世了。他虽然是国歌《义勇军进行曲》的曲名命名者，但人们一般想不到一首歌曲在词曲作者之外还另有人。《义勇军进行曲》本是抗日救亡影片《风云儿女》的主题曲，而该影片的投资人，即是时任东北抗日义勇军总司令的朱庆澜。

朱庆澜早年曾任黑龙江督署参谋长，后又任黑龙江省将军，在任期间从俄国人手中收回松花江航运权。继而在任东北特区行政长官兼中东铁路护路军总司令期间，又收回了铁路沿线俄国人所占的一百多万亩土地。1925年辞去军职，转而投身赈灾慈善与抗日救亡。九一八事变后，联络各界人士，组织辽吉黑民众抗日后援会，自任会长。

这样一位铁骨热肠、活人无数的人物，1933年却不知怎么陷入一场经济贪污风暴，似乎全国的人们忽然都怀疑他侵吞赈灾捐款，后来经过政府调查，并无实据，否则也不会在事平之后被中央任命为救灾准备金保管委员会常务委员，抗战初期更担任了全国赈济委员会常务委员。

而就在全国对朱庆澜的质疑与声讨中，市党部也不甘人后，竭力要发出自己的声音，所以召集执行委员们开会，呈请中央彻查朱庆澜所经手的捐款账目。

文化事业是党部特别在意也特别想管制的方面。国民政府于1931年5月公布了新的出版法后，当月10日之后的出版物的登记，且由中央宣传部与内政部会订了实施细则，市党部则与市政府会订了报纸杂志登记审查办法，对内容涉及党义党务的出版物进行初审。

出版以外，还有书店及图书馆。1933年11月，市党部呈请中央通令全国各省各机关，凡设有图书室的，须广搜党义书籍，以供阅读。

1934年元月，陈铭枢参与的联共反蒋的"福建事变"失败，他开在南京太平路上的神州国光社书店南京分店随即被市党部联合市社会局与警察厅查封。之后我与同人也曾被派往书店清查存书，将被列为反动的书籍挑出销毁。半年后，书店的业主请求发还房屋，市党部故而又与社会局及警察厅各派一人，将书店剩下的一万册书籍与各种文具分作大小70份，转赠给南京各机关及学校。

除了对内进行文化管制，党部对来自外部的"文化侵略"也有很高的警惕性，1931年的仲夏，市党部就盯上了随处可见的西洋文字，将其视为损毁千里之堤的蚁穴。因为使用文字者总是读书识字的人，所以市党部在给中央的呈文中，连带把知识分子也指斥为没有民族意识："我国自清末外交失败以来，多数无民族意识的知识阶级，每以应用欧西文字语言为荣，相沿成风，不仅商店学校，甚至国家机关也多于非必要的情形下使用。迄未引起注意，市党部有鉴于此，特呈中央转饬对于滥用外国文字者予以严厉取缔，以显示重国体而恢复民族自信力。"

20世纪30年代，国外影片大量进入国内，当时年轻的我们被电影迷得如痴如醉。那几年，南京放映的新影片，我几乎一部不落，根本不选择，有一部看一部。只是可惜有许多国外影片仅仅在上海放映，并不到南京来，所以我一旦因公干或私事去上海，总是会往影院里一钻，看一两部、两三部片子，沪上花花世界的游兴竟被电影挤兑得点滴不剩。

随着外国影片抓去了无数观众，"文化侵略"的声音渐渐多了起来，在我们党部，也早有人义愤填膺了，而我是个意识迟钝的青年，傻傻地只觉得电影好看。开始我每看了一部新片后，常喜欢在机关里与同人们议论剧情，后来发现办公室气氛不对，就不饶舌了。

1930年2月，上海大光明开始放映美国新片《不怕死》，我老早就瞄住它了。主演是我非常喜欢的好莱坞喜剧演员哈罗德·劳埃德，当年的报刊上都称他"罗克"。劳埃德被誉为"喜剧大师"，获第25届奥斯卡金像奖荣誉奖那是20年后的事情，但当时已经成名。他瘦长的面颊，戴着圆框玳瑁眼镜的银幕形象给观众的感觉随时都在制造笑料。早年他主演过许多长短影片，都是默片。在《不怕死》上映10年前，他在一次拍摄中发生意外，被道具炸弹炸断了右手，安装了义肢后，仍然不停地拍电影。

《不怕死》是劳埃德的第一部有声影片，他当然对它抱了特别的期望，他没有料到这部影片在上海竟遭遇滑铁卢。先是剧作家洪深与田汉等人在大光明影院观此影片后，认为此片有侮辱华人的情节，于是就在影院当场向观众演讲，号召大家抵制该片，与影院发生纠纷而被关入巡捕房，获释后又委托律师起诉大光明影院。

我们市党部的一些同人听到这个消息，马上瞪圆了眼睛。市党部下的一些分部反应更积极，还专门开会讨论，我也曾被主任派去旁听。而市党部继而也开了党员大会，以《不怕死》"在美国唐人街背景下，描写华人为盗贼、绑匪，尽做些贩卖鸦片以及其他种种野蛮恶劣的勾当，侮辱华人无所不用其极，对我国民族荣誉、国际地位影响至巨"，决议呈中央函交国民政府，转饬行政院，向美国政府交涉，取缔《不怕死》影片流行世界，并警告主演劳埃德。

我受众人对《不怕死》疾言厉色的情绪，以及大会上群情激愤的气氛影响，当然也觉得劳埃德主演这样的影片太不应该，大大折损了我多年积聚的对他的好印象。可事实上当时党部的大多数人并没有看过这部影片，都只是出于"听人说"。就连市党部向中央宣传部所发的决议函，所称竟也是"据报载"。也可能是出于好奇心，我在党部的会上发言说，希望能组织我们观看《不怕死》，这样可使我们有直观了解而更有力地批判它。一委员冷冷地回斥我说："一朵漂亮的蘑菇放在面前，告诉你它有毒，难道你非得亲口尝一下才甘心吗？"

在舆论的持续发酵下，国民政府终于将《不怕死》有侮辱华人之嫌的内容定性为"有意"，提升了问题的严重程度。既然认为"于国家体面攸关"，自然不可容忍，于是通令全国拒映，将该片拷贝销毁，并禁止上映劳埃德主演的其他影片。同时又令驻美使领，与美进行严重交涉，希望美国政府向中国道歉。

　　劳埃德给中国驻美国旧金山总领事写了一封信，作了解释与道歉。他说该影片在摄制中，为了慎重起见，还专门聘请了一位华人副导演，影片有关华人的情节都与他商量过，而且影片在美国各地上映后，也未发生华侨抗议的反应，这样他们才将影片拿到中国放映的。并且写道："鄙人对贵国国体及人民怀有好感，从不敢有所侵犯。该片的情节，尽属滑稽游戏，吾等完全不存侮辱国家体面之心。现在事已如此，鄙人唯有向贵国及人民表示十分歉意。此次鄙人受此重大打击，非常痛苦，再次声明鄙人对于贵国的文化一向钦佩，对于贵国人民的亲善友谊，尤其不敢故意破坏……"

　　在报纸上读到这一段，劳埃德的沮丧表情活化在眼前，我内心的感受变得复杂起来。

　　1930年或可称作西方影片的多事之年。与《不怕死》几乎同时，金陵大学又因相近的原因喧腾起来了。3月的一个周六晚上，金陵大学基督教青年会在该校的体育馆里，照例举行周末会员同乐会。这一晚，由该校美籍社会学教授薛福尔为学生放映三部影片，而最后一部，出自他的亲手制作。

　　社会学是以人类群体为研究对象、研究社会行为的学科，薛教授刚到中国，一切都觉新鲜，满眼都是适合他社会学研究的素材，所以他一天到晚拿着摄像机，从校内到周边，穿大街走小巷，不停地拍呀拍。他对燃自20世纪20年代前期、余火持续未熄的非基督教运动，以及当时民族意识敏烈的社会环境，要么浑然不知，要么率尔不顾，不惹出事来才怪。

　　那天学生们在他的影片里，先是看到足球比赛、新年街景、人们的日常生活，等等，那些平常司空见惯的活动转为镜头的打量，变得有趣起来，学生不时发出惊讶或会心的笑声。可是当裹脚女人、病残乞丐、送殡和尚等出现在镜头的注视下，学生们忽然感觉作为一个中国人受到了侮辱，于是群起暴怒，会场大乱，影片的放映不得不中止。

先是市党部下的区党部收到学生收缴的影片胶卷，随后市党部又收到金大学生会以该校全体学生大会决议的名义提交的要求关闭金大青年会以及学校解聘薛福尔的呈文。过了两天，市党部又接待了前来面陈事发经过，要求"严办辱国教徒"的金大学生代表。

南京市、区党部闻风而动，纷纷开会，对事件作出反应，在一致的态度下，心思与意愿却不尽相同。市党部第十区第十一分部最先召开了党员大会，决议"呈请上级党部将该片焚毁并注意以后中外影片，未经审查不得开映，及防止外人在国内随意摄影，以杜流弊"。

党部的着眼点究竟与学生有异，重在"控制"。市党部的反应比较有意思，执行委员们开会决议，对"辱国影片审查后再议"，仿佛谨慎从事，避免草率处置，同时却又迫不及待地呈请中央"设法取缔基督教青年会在国内活动"，看似是在顺应学生的诉求。市党部第十区第八分部执委会的决议是要金大饬令薛福尔登报道歉，而不是要学校将他辞退。

与劳埃德相似，薛福尔也在《申报》上作了解释与道歉，说那晚的事引起外界责难，他深为不安。至于影片中有关中国农民和贫民的实际生活状况，他拍摄的动机是为社会学专业的学生研究中国社会问题提供参考材料，不是用作向外宣传，更没有侮辱中国人民的意思。他来华不久，对中国的风俗习惯缺乏了解，谨向中国人士表示歉意。

薛福尔的道歉信里有一句"敬希鉴谅"，但并无人接受，反被认为是"诡辞巧语，欲以饰罪"。事件继续滚雪球，学生们则激情有增无减地四处活动，非要把薛福尔赶出校门。

记得那是一个星期三，市党部秘书处忽然通知全体职员晚上七时，在大礼堂观看薛福尔摄制的影片，以作"切实考察"。我听了觉得很意外，国民党的干部向来是喜欢自己去辨"毒"，而不愿众人亲身接触的，这次怎么肯改变思维了？我虽然还不至于自负到认定此与前番提议组织观看《不怕死》有关，嘴角却不觉微微上翘。当晚被通知前来观影的，还有党部各委员，以及相关各机关的代表，把礼堂坐得满满当当。

　　党部官员的思维当然不会轻易转变，所以是在观影之前，而不是在"切实考察"之后，市党部就已在召开的临时会议上，作出了对"薛福尔案"的"处置办法"，虽有五项之多，其实也不过是将学生及下属各区党部呈上的意见作了个汇集，并无出于自己脑瓜的高见。

　　"薛福尔事件"平息后，市党部又呈文给中央执行委员会宣传部，内容大致为以影剧为宣传利器、社会教育中的成效最著者。迩来首都影戏场所放影片，大半来自欧美，不尽适合中国国情及三民主义社会的需要。而本国影片及旧剧，又十九脱胎于过去的稗官野史、封建遗毒。各娱乐场所，为谋蝇头之利，每多不辨是非，以蒙骗下层工作社会的观众，同时图博顾客欢心，不惜以淫狎词句，满插剧曲之中，伤风败俗，贻害实多。如不设法取缔，流毒将不堪设想，经下级党部及民众团体呈请整顿，市党部宣传部会同市府警察厅组织电影戏剧审查委员会……照中央颁行的各级党部宣传工作实施方案的规定，特别市党部对于所属区域内的娱乐场所，如电影院有指导之责。又中央通过施行的宣传品审查条例亦经规定，党部有审查影片之责。

　　市党部的用意，无非是要强化本部权力，加强对影剧的管控。1935年3月，市党部又函呈中央宣传委员会，说近来各地电影院如雨后春笋，观众趋之若鹜。上映的中外影片，虽经送审，仍然有许多问题。诲盗诲淫、裸体肉感、充满了诱惑麻醉等种种有伤风化的内容。兹当政府厉行新生活运动、振兴礼义廉耻之时，对于此类不良影片，亟应建议中央通令各省市严厉检查取缔，务须使所映影片，适合新生活运动的标准，以挽颓风，而正人心云云。可见五年来，市党部的愿望不仅未能实现，社会现实状况离其初愿反而更趋远了。

　　当年"薛福尔事件"中，薛福尔与陈裕光这两个人物可以多说几句，不只是因为他二人在事件中处于风口浪尖。对于陈裕光来说，虽然事件的发生看似与他没有直接关系，但事情既然发生在他校内——青年会是他学校的学生社团，当事人又系他所聘，作为一校之长，究难完全撇清责任。事发之后的处置，稍有不当，或将引发次生风波。

当学生、官方、党派的汪洋恣肆之言汹汹而来，舆论的压力如泰山倾，陈裕光竟能不屈从，保持冷静与理性，当然非仅"能力"二字所能概括。他不对党部唯命是从，但也并不忽略与党部的沟通。当学生将薛福尔影片的胶卷交到他这里时，他随即转交给市党部第九区负责金大片区的代表，对党部表示尊重。而在市党部及市长刘纪文要求学校勒令薛福尔交出底片并予焚毁，教育部部长蒋梦麟公开允诺将封闭青年会之后，他所作的最终处置只是销毁薛福尔影片中贫民生活的一段，而不是整部影片。对金大基督教青年会，他也只是要其负责人辞职，而不是关闭青年会。

至于薛福尔，虽在报纸上作了道歉，实际上并不认为自己真的做错了什么，所以尽管校长陈裕光发通知要求美国教职员不要再摄制有关南京社会的照片或影片，他仍然被人发现在街上拍照，可见其固执如此。当然也有人怀疑他是受了事件的刺激，出现了心理问题。

汉口路 71 号，金陵大学校长陈裕光旧居。

碌碌百事或有一善

1933 年金秋十月，全国运动会在南京举行，行政院秘书长褚民谊与李石曾、曾仲鸣、张公权等人借机邀请刚回国不久的京剧四大名旦之一的程砚秋来南京唱戏，除了为全运会助兴，也想为黄河赈灾筹款义演，还为筹备中的南京戏曲音乐院义演筹集剧场与宿舍资金。我听到这个消息特别高兴，因为又有机会大饱眼福了。

程砚秋为考察戏曲音乐，去欧洲一年多，好久没在南京登台了。那天程砚秋在中央体育场篮球场临时搭的戏台上为慰劳全运会选手演了一出《聂隐娘》。隔天又在励志社礼堂为赈灾筹款义演了两场，分别是《碧玉簪》与《奇双会》。

南京戏曲音乐院早有请程砚秋出任院长之议，此番即请他在杨公井国民大戏院义演数场。可就在我们这些程迷连日沉浸在程砚秋戏里世界的时候，我们党部的一些一天到晚保持警惕的同人却又发现问题了。

褚民谊本是京剧票友，不知是不是他被请到程砚秋的兴奋冲昏了头脑。演出分别商得市政府社会局与首都警察厅的许可，偏偏遗漏了要命的市党部。他事后对记者说他不知此事还须到市党部办理手续。

党部执委会临时开会，以南京戏曲音乐院筹备会邀请程砚秋演出未到市党部备案、违反中央核准及内部备案办法为由作出决议，着令停演，又令戏剧审查委员会不得发放许可证，并发函给首都警察厅由他们前往制止。真令人扫兴。滑稽的是，看来十分严重的问题随即却又冰释，次日程砚秋登台竟未受影响。听说是在我们党部任执行委员的警察厅督察长陈独真出面调解的，似乎作为一种交换，程砚秋答应为从前线"剿匪"回来的将士加演一场《荒山泪》，致使本已应黄金荣之约赴沪的演出不得不延后了。

南京市前市长何民魂对于政府劳而无功的治娼，曾想出一个他认为是治本的办法，就是使百姓有男女正当交际的渠道，并在此"正当"过程中使性需求得到满足，而不再去嫖娼。虽然他没有明说他想到的正当交际的方法是什么，但人们首先容易猜到的自然是跳交谊舞。他的这个奇思异想既没有机会得以试验是否有效，显然也不为时人至少是党部的人所接受。

1937 年初，市党部还有负责人对记者发表谈话，说跳舞在外国人习惯上视为正当娱乐，并且是交际礼节，但我国因为习尚不同，没有提倡的必要。自沪上设立舞场，南京各大旅社也开设舞场，甚至雇用舞女，为客人伴舞。对引诱青年走向歧途、导致风俗败坏影响巨大。作为首都，尽管关系国际友谊，交谊舞也应作相当限制。市党部主张除元旦、国庆等纪念日外，平时也限在周六晚上举行，且不得超过夜 12 时。并宣称已发函给市社会局及首都警察厅加以取缔。

市党部内设有青年部，对全市青年运动负有"指导"之责，俨然是另一个教育局，从小学到大学都当仁不让地要指而导之，当然其间也曾有过想做好事的愿望。1929 年，市党部根据当年市教育局的调查，说市区人口已超过 50 万，而仅有市立小学 33 所，学生 10114 人，学龄儿童因无校容纳而不得不入私塾者"异常之多"，也使得私塾多达 480 所，就读于私塾的学生人数超过学校学生人数三分之一还多，更有近 3 万贫民子弟无法入学。

市党部第十区党部第四区分部举行党员大会，议决扩充南京市小学教育案，建议南京市的 12 个区，每个区设立一所可容纳百名学生的单级小学，每个区的党员（以 500 人计）每人每月捐两毛钱，资助学校办学。市党部开会通过了此案，并函请市政府核办。只可惜此事后来不了了之。

南京女中 1927 年发生风潮，因内幕情形复杂，旷日持久，一直得不到解决。市党部青年部与妇女部两部，遂于 11 月上旬出面召集该校全体学生开会，征求多数意见，商量解决办法。这还都算是所做的实事，而 1930 年 9 月间市党部建议取消大学副校长设置，真可谓敢想敢说，也不怕世人嗤笑。

市党部以当时国立各大学设立副校长、教务长、秘书长等职位，认为与大学组织法不相符合，又针对有校长自己逗留异地不到校工作，将校务委托给校内职教员，而引起内部纠纷的情况，竟拟呈中央函国府，希望严令各个国立大学，自本年下半年起，一律不得再设副校长。

医疗关乎人的健康性命，自然不会脱离党部的视线。首都的国立中央医院，早在 1928 年就有了开设之议，两年后正式开诊。1933 年，市党部以中央医院自开办以来，不时有市民前来市党部请愿，声称该院医生态度傲慢，医术不精，诊治疏忽，轻视人命，看护人员不尽职责，对病人时加侮谩，执委会由此认为中央医院办理不善，有违政府设立该院的初衷，故而呈请中央转令将中央医院彻查改组，将所有医生及看护人员严加甄别，力求改善，"以重民命"。并且将责任直指医院主管人员，指斥其"管理无力"。

之后市党部仍一直拽住中央医院不放，相隔 10 个月，再次作出决议，呈请政府从速改组中央医院。逼得卫生署署长兼中央医院院长的刘瑞恒不得不对外公开发表谈话，表示要对医院加以整顿。

中央医院旧址

我是觉得在民生方面，市党部做了一些善事。我印象比较深的是有次为人力车夫呼吁。那是1931年，春节过了，元宵节还没到，市党部给中央呈文，那篇公文写得既颇有文采，又满纸体恤之情，读者若非铁石心肠，断不致无动于衷："窃维人力车夫实为劳工中最苦生活，终日莘莘无闻，奇寒溽暑，栉风沐雨，所入无几，情殊可悯，兼以车租过重，更使无以聊生，坐受车主任意剥削，较之民生均平之义，殊有未合。属部召开党员大会，决议呈请中央函致国民政府通令各省市政府，酌量各地情形，规定人力车最高车租。查各地人力车主，以车辆材料昂贵为词，任意增加车租，而一般车夫因饥寒窘迫，莫可奈何。若不先予规定最高车租以为限制，则此后车主仍得有所借口，将车租增加，车夫将因被剥削而无以生活……"

国民党中央执行委员将市党部呈文转发国民政府，再转至行政院，而由内政部与实业部咨请各省市政府查照办理。

这方面事例还有不少。1933年8月市党部发函给首都建设委员会，建议从10月份起，实行降低电灯费，并免征路灯费，以利市民。翌年春，市党部又以典当为市民唯一金融调剂机关，而南京市典当营业时间过短，仅每日上午9时至12时，下午1时至3时，前往典当的人又多，"懦弱贫民，往往鹄候一日未能当成，情实可悯"。故而特发函给市政府，要求转饬各典当行延长营业时间，"以利贫民"。

市党部利民的议案还有督促市政府规定市内汽车通行路线，又有站在市民立场、逼商家让利的事例。比如1931年间，兴华汽车公司的公交车，车费比一般公交车要贵一角钱，民怨盈耳。首都警厅于是商请市政府令饬该公司核减车价。但公司经理罗东明以金价高涨，汽油昂贵，具呈市工务局，反要求每站涨价铜圆二枚。市党部也即出手，呈请市政府彻查兴华汽车公司账目，作为核减车价的标准，以利民出行。

市党部还曾举办过全市卫生运动宣传周，发动各相关机关团体，除以文字及口头宣传外，还对市饮食店进行总检查。又曾举办过首都造林运动宣传周，除指挥下级党部作大规模宣传外，特请陈公博、邵元冲、石瑛、戴传贤、孙科及林垦署长谭熙鸿等要人按日在中央电台广播讲演。还曾为了实施国民体育训练计划，举办过民众爬山比赛，山倒是不高——清凉山。

在首都建设一直摆脱不了经费短缺的困扰时，市党部出了一个可谓奇思妙想的提案——呈请中央利用监犯建筑公路，既给监犯以自新机会，又为国库节省了开支。在首都大规模的改造中，因建筑材料奇缺，不少人不约而同地打起了明城墙砖的主意来。市党部及时向市政府提议保护城墙，虽然理由不过是一旦拆毁，城市既失屏藩，且必影响治安，但在那个年代，能指出南京城墙的"伟大古远"，已属十分难得。

市党部不仅操心首都的物质改造，还想着改造首都的风俗。1934 年春天，市党部执委会常委张元良、周伯敏、雷震呈中央执委会，说眼下我国民族性萎靡颓唐、私心自用已是不可掩饰的事实，原因在于几千年来的不良旧习，深受熏染，故而当今表现，都与别的民族不同，在正处于欲与世界各民族争冲之际，改造我民族性十分必要。改造的途径在于教育，而作为社会教育的歌谣俗语，对人的影响不可忽视。诸如"各人自扫门前雪""今朝有酒今朝醉""有奶便是娘"等，都足以戕贼性灵，造诸罪恶，与我国民族的消沉堕落成因果，故而建议中央转饬教育部通令全国各地，收集歌谣俗语，加以整理，提倡与传播其中积极部分，将不当部分加以批判，以移风易俗。

民众团体的管控，是党部的又一个重要的工作。市党部认为首都各民众团体颇多组织散漫，且屡有不依法履行手续的情况，故而会同市社会局拟就首都《民众团体整理办法大纲》十二条，要求民众团体按此办理，并且规定在着手组织团体之初，就必须报经市党部许可，之后方可成立团体筹备会。

党部当然知道农民团体的力量，所以也要把控制权握在手中。1931年，王容鉴等人发起组织南京市农会，也向市党部申请了许可证，市党部还专门开会讨论是否核准。后来市党部还为救济农村衰落的经济，令该农会限期举办农村信用合作社。

敢于捕风捉影

党部因为"眉毛胡子一把抓"，结果副业蜻蜓点水，本职也做不周全。比如 1928 年，国民党中央以北伐中漫无限制地吸纳党员，造成投机分子，甚至反对国民党的人，都进入了国民党内，想通过党员重新登记的方式存良去莠。而甄别党员究竟是"忠实同志"还是不合格者，居然采用了"当面测验"这么一种幼稚可笑的办法，我与同人私下议论觉得也不知是哪位出的这着妙招。

市党部党务指导委员会受中央之命，具体实施考察党员并决定是否让其登记的任务。记得是 4 月下旬开始的，我们这些党部的职员，先接受了简单的培训，以熟悉登记流程。我们各人也都把流程走了一遍，当然没有听说哪位同人被拒绝登记。

此事不知怎么传了出去，批评之声随之响起，说在市党部服务的同志，多有未经过正式测验而即予以登记。据说是既在党部工作，即为当然党员。批评者表示不相信所有在党部服务的同志都对党义有明确的了解。中央党部，国民政府，省政府的委员、部长，尚且都要经过测验的手续，而在市党部内部工作的同志却能例外云云。其实我们也并非完全没有经过测验，象征性当然是难免的。

党员登记正式开始，登记处设在大礼堂。流程为：欲登记者先领取各种表格，缴纳党证登记证或证明文件。经审查合格后，由考试委员进行口试后，手续方告完成。登记一开始，前来登记的各机关党员就挺多的，令人发噱的情景也很快出现了。

测验的试题因人而异，并不众人一律。有的人两三个问题一答，就知他对党义、党史、党的常识都很熟悉，考试委员当然也就不多费口舌，但有这样的人出去自吹过关如何轻易。另些人或是文化程度不高，或是理论素养不够，或是口讷，我们希望他言多必有中，问的也就多一些。但因此显得各人试题难易不均，仿佛我们待人有厚薄，故而招致外界不满。

有一位前来登记的党员堪称典型，每个问题都答不全，或答不到点子上，总不能就此定他为不合格而不让登记，所以只好多问几个问题，而他总是搜肠刮肚半天，然后七拉八扯半天，两个小时过去了，他自己憋得满头是汗，我们在旁边都为他着急。而他终于恼羞成怒了，猛然而起道："我回答了这么多，足够一个党员的资格。给不给登记，由你们决定好了！"此事传出去，又成了党部刁难人的例子。

对于考试的题目，外界对党的常识题特别反感。出题者的想法是，既然是基本知识，党员自然应知应会，诸如"三民主义是何时脱稿的""国民党第一次党代会何时召开""土耳其革命领袖是何人"，等等，却被认为这类题考的不是党员的党性素养，而是记忆力，是偏题冷题，有欲把党员考倒之嫌。

凡此党员登记中的种种滑稽，几近儿戏。至于外界传说的国民政府主席谭延闿、中央宣传部代部长叶楚伧在来登记时都被气走了，我不在现场，也只是听说而已。

在项目繁多、头绪杂乱的诸多工作中，市党部对于治吏反腐尤其用力。1933 年秋，市党部呈请中央尽快"限制官吏财产，以清贪污"。此提议虽未能得以实行，却也可能吓了贪官一跳。市党部在弹劾官员要人方面也显得颇为坚决，但就像端着一挺机关枪，只求火力猛烈，时常顾不上讲政治、讲策略、讲方法、讲艺术。

1928 年的春夏，吴稚晖随蒋总司令赴北平，路过汉口时，在对记者谈话中，有一句"浙江、南京的同志，主张政府委员都要登记，这是不对的"，被登在上海的《民国日报》上，南京市党部的委员们见了大不以为然，因为对于此次党员登记，条例明确规定，无论任何党员，均须登记审查。吴氏此语，明显违反中央决议，破坏党务，损害登记工作。故特呈请中央，请治吴氏出言不慎之罪。

不料中央党部召开常务委员会，对南京市党部仅凭报纸登载，就引为口实，斥为荒谬。又未奉中央批复，就公然印发弹劾呈文，分送各报登载，此种举动乃重大错误，应予警告。

市党部此番忠而获咎，却也不思悔改，依旧东弹劾西警告。1930 年夏，又不加分辨地附和上级的意愿，向市教育局代理局长刘平江开起火来。

刘平江在被市长魏道明委任为教育局局长之前，曾在宜兴做过几年县长。总因得罪了什么人，而被咬住不放。主要罪名一是某年叛军打到宜兴时，作为县长渎职离去。二是更早在军阀孙传芳称霸江苏时，在海州绅商欢迎孙传芳大会上发言诋毁三民主义，诬蔑国民党。可怜刘平江代理局长上任不满一周，江苏省党务整理委员会就作出决议，说刘平江被人控告的各项罪名已经被该会"审查属实"，故而呈请中央转饬撤惩，并函知南京市党部。

罪名既大，刘平江不能不惶恐，于是急忙跑到教育部去见蒋梦麟，蒋部长不在，由次长朱经农接待。刘平江说他并没有在大会上骂三民主义骂国民党，且举有证人。被控县长任内种种劣迹，也都不是事实。

刘平江去教育部自辩随即见报。但市党部根本不去设想刘或蒙冤，只知做省党部的传声筒。随即召开执委会议，作了个学舌省党部的决议。后又以下属第一区执委会决议再次呈请中央从速查办刘平江。刘平江随即上书市党部为自己辩解，后者当然也不理睬。

显然刘平江被控查无实据，国民政府对他的惩罚也就迟迟未下，却又不见官府出面澄清，或前欲治他罪者羞赧地道歉。刘平江局长职责照常履行，但到 8 月间，即以当初受聘时，曾与市长魏道明约定 3 个月为限，且眼下身体有恙，故提出辞职。

有不满刘平江化险为夷、得以全身而退的人将魏道明指为"保护伞"。我觉得刘平江若真有事，魏道明未必有罩住他的能力。而刘平江辞职时，似也未见魏道明加以挽留，我想魏道明非常同情刘平江应该更接近事实。

魏道明任市长比刘平江任局长早不了几天。他到市府衙办公首日，按惯例向中央政府各部会处厅、各省市政府、各团体乃至各报馆报告就职消息，既是通告，也示以尊敬。就职通告写在纸上，邮至各处，共付邮86份。

这本来就是一个官样公文，可市党部人员却不马虎，拆开后细看，发现通告抬头写着诸多单位，某某，某某钧鉴云云，却唯独没有市党部，于是非常气愤。自尊心强、政治警惕性高且惯于上纲上线的党部人不愿将此视为一时粗心，而认定是故意行为，是魏某"有意蔑视党部"！遂由党部监察委员李元白提出议案，党部大会形成决议：发函向南京市政府提出质询，并呈请中央党部给予处分。可还是觉得不解气，遂又形成三项决议："一，呈中央党部转函国府加以惩办。二，直接函市府质责。三，调查魏道明所属区分部，予以惩戒。"

魏道明闻讯，惊愕异常。通告本不是他亲自拟写，到市府秘书处去查通告出自何人之手，得知系由秘书长马寿华会同秘书魏桢主办，无非工作不细，偶尔疏忽，难道打他一顿不成？只能斥责了事。但如何应对党部的气势汹汹，魏道明颇费踌躇，最终不取辩解对抗，而是发函向市党部道歉，并呈中央请予处分。虽然中央并没有给什么处分，但市党部不依不饶，开会决定给魏市长送去一个警告。

在刘平江辞职后整整一年，南京市二区党部开会，又以魏道明"用人不当，监督不力，致所属各局迭出事故，有玷首都政声。已议决呈请上级党部，另呈中央，饬国府迅予撤职"。

虽然事未如愿，魏道明依旧做他的市长，但党部一再与他不善，他的心胸得多宽广才能不生阴影呢？我猜他当时在心里一定会想，刘平江你走得真及时、正确，我虽不恋栈，可是市长一职黏在手上，甩不掉呀！

或许是教育令当局过分紧张而被过于重视，或许是教育局局长的职位中了魔咒，刘平江的遭遇，几乎是他前任顾树森的重演。

就在刘平江辞去教育局代理局长的上一年当月的一天，顾树森头顶上方忽然飘过一片不祥之云，一阵风吹过，天阴沉了下来，像要下暴雨的样子。《民国日报》"党务"专版上，一篇题为"京市三区党部呈请拿办学阀余孽顾树森"的报道吸引了读者的目光，党部所呈之文语辞极为激烈："窃查京市教育局局长顾树森者，为江苏学阀余孽，国家主义派分子……就职以来，毫无建树，任用私人，排斥考试合格之职员，曾引起绝大风潮，事平之后，毫不悔悔……任用学阀黄炎培荐用之人为重要职员，黄炎培等业经上海特别市党部呈请通缉在案，但黄及党羽其潜势力即暗伏在各地教育机关，彼辈暗中联合，阴谋倾覆本党。该局长时时表现反动，不立予扑灭，党纪何在，党之生命，且将沦亡。"

区党部呈请市党部将顾树森先予开除党籍，并迅严函市府，撤职拿办，以救党于危殆。

顾树森对党部的人"革命得要命"的样子早有认识，那还是在国民革命军北伐的时候，顾树森在江苏武进当县长，有次当地党政部门要召开纪念北伐大会，商家与百姓都不甚热情，党部不能容忍，几乎要与商会起冲突。民众的漠然，特别是党部的表现引起了顾树森的思索："党的方面，主持的人，多数是一般少年新进，未易得到社会上信仰，遇到困难事情发生，往往固执己见，一意孤行，易致失去社会上一般民众的同情，这一点也可说与党的前途，很有危险的。"

顾树森把这样的见解写在文章里公开发表，也不担心会得罪党部的人。他自己一定还觉得他这是为党国好为党部好，却不知人家是否将其视为诤言，说到底，还是书生意气。

顾树森在武进县长之后，还做过浙江鄞县县长。他走上仕途，还是为理想主义所诱，而他本来是尽可以走单纯的学者之路的。在他还只有20多岁的时候，就已显现出做学问的能力。自清末的上海龙门师范学堂毕业后，就在曾于晚清做官的唐文治创办的邮传部高等商船学堂附属高等小学执教，能述能作。是我国最早的、民国时期影响最大的教育期刊之一《中华教育界》初创时的两位主持人之一。早在1914年就在中华书局出版了述论杜威、蒙台梭利学说思想的《生活教育设施法》《蒙台梭利女史新教育法》。

1922 年至 1926 年间，顾树森又在欧洲周游列国、考察教育、旁听伦敦大学教育学院课程，了解社会。而就在那期间，萌发了改造国家社会的宏愿，理想是"五年治县，五年治省，十年治国，二十年之后，足与欧美文明各国并驾齐驱"。

在伦敦巴黎，顾树森曾两次遇到胡适，在旅馆里谈及中国农村的改造，胡适认为农民合作社是个改良农村改善农民生活的好办法，对他多有鼓励，"将来回国后，如果有机会，不妨去试一下"。虽然同时也给他泼了冷水："可惜中国时局，常常变动，大家做事，都不免五日京兆，恐怕不能使你的试验有结果罢！"而他已按捺不住为理想的愿景而跃跃欲试的心，回国"治县"了。

顾树森被党部指为国家主义派分子，源于中华职业教育社副主任杨鄂联给市教育局民众教育股主任杨冯署写过的一封信，杨冯署粗枝大叶，看过后便揉成纸团扔进办公室的纸篓，教育股职员黄龙先因对局长不满，故而事事留心，从纸篓里把信拣出来细看，发现有一句"此间目的惟在主义与事业之推行"，因认定杨鄂联是国家主义派分子，故推断信中的"主义"指的是国家主义。而顾树森是中华职业教育社发起人之一，他的对手们由此认定他"勾结国家主义派"的罪名成立。

顾树森于党国也不是一个毫无根柢的人，所以党部想要罗织罪名以定其罪也并非易事。只见党部的棍子高高地举起，却像是被一只无形的手挡住，始终落不下来。他虽也是辞职，但出路比刘平江好多了。

顾树森原本就是一个学者，辞职后面前有两条路可走，要么急流勇退，回归书斋的单纯生活；要么像一只老鹰，默然打开双翅，向下按一按，跃上一个新的崖头。结果是后者。

在顾树森请辞教育局局长一职前后，老市长刘纪文在卸任之前，拨付 2400 元，派他到日本考察小学教育三个月，而教育部随之追加 1000 元旅费津贴，命他附带考察中等教育，后又增加社会教育及日本政府救济失业方案等考察内容。

顾树森5月中旬乘日本邮轮"上海丸"东渡，赴日本方一月，就有消息传出，教育部部长蒋梦麟属意他任普通教育司司长，果然不几天国民政府的任命就下达了。

如今的成贤街四十三号大院，是国民政府教育部原址。顾树森在司长的办公室里坐定，回想起去年4月份先是局里闹起的一场纠纷，特别是下半年余波又起的来自党部的汹汹讨伐，该有一份摆脱了藤萝纠缠的轻松。

刘平江离开市教育局后，至无锡江苏省立教育学院执教。很长一段时间，报刊上很少见到他的名字。直到抗战胜利后，他被行政院委任为江苏省参议会秘书长，1947年、1948年连续当选为江苏省监察院监委。南京被解放军攻陷前两个月，在监察院的第三十五次会议上讨论时局时，他竟不禁当场大哭，说国民党现在已到垮台的时候。我在报上看到这条消息，想他这番眼泪，是为20年前所遭受的那场冤屈飞迸的。

坐落在"美龄宫"左近的国民革命军遗族学校旧址

其实我有时还挺佩服党部人的胆量。一是相信无风不起浪，敢于捕风捉影，敢于疑罪从有。二是管他是否皇亲国戚，也不论元老耆宿，只顾一路追打，亟欲置之死地而无所顾忌。

刘平江的妻子章绳以清末参加同盟会，在南京任国民革命军遗族学校校务主任，与宋氏姊妹关系不一般。而就在遭党部攻击的那年年初，顾树森在上海中华书局出了一本80万字的厚书《最近世界各国政党》，国民党元老戴季陶为之作序并称赞"其贡献于我国者至大"，蒋介石更一笔一画正楷题签。即便资深望重如蔡子民也屡遭党部辱骂和警告，指为包庇"共犯"、居心叵测、为反动派张目等。更莫说吴稚晖伴在蒋氏身边，仍然不能免于一言不慎而被党部发难。

利益是面照妖镜

党部人目光如炬，当然都是打量别人的，视野三百六十度，自身是唯一的死角。规矩的根本意义，是限制别人，解放自己。1935 年 9 月，市党部发行赈灾奖券，共两万张，每张面额一元，头等奖的确诱人，竟是市区里的一块土地。市长马超俊向报界证实，在市里的一个住宅区，划定了一处，占地一亩三分。

市党部的委员早已忘记，就在两年前，他们曾呈请中央转令国府，明令查禁彩票或与彩票性质相同的奖券，理由是，无论何种奖券，都是一种影响国民生计的赌博。而待事过境迁，事由自己做来，就可以使别人操办的赌博，一变而为利国益民之举了。其思维就这么神奇。

党部人总是以最革命的姿态出现，以高标准要求他人，却又不时以自己的行为证明自己德并不高于人，行也并不出众。"九一八"发生不几日，对于国难敏感的各高校学生，纷纷投入到唤起民众的活动中。首都中央大学的抗日救国会组织了惩戒团，听说近日仍有各机关工作人员，耽于娱乐场所，于是在 10 月 5 日傍晚六时出发，分赴各娱乐场所巡查。

学生们先是在人多的场合向众人演讲，希望大家停止娱乐，以赴国难。继而在夫子庙的首都大戏院、中正街（今中山南路）的大华大戏院、杨公井的国民大戏院、新街口东南的二郎庙蔡家花园的大光明影戏院等处，共查出公务人员数十人。一旦见有娱乐场所门外停有公家汽车，便将号牌取下扣留，并指责乘车者。

当晚九时许，在世界大戏院查到公车三辆，发现其中一辆为市党部常委黄仲翔的专车。惩戒团当即通知戏院主人，将黄请出，即在戏院门首诘问。

黄仲翔自知理亏，当众剖白自咎之心，并表示愿写悔过书。可怜这位黄埔军校出身、北伐前国民革命军的敢死队队长，当时在一群学生面前，不见一点当年的威风。但是中大学生仍然难抑激愤之情，将车砸毁后高呼口号而去。市党部后给予黄仲翔警告处分，并通令全市党员，此后不得再入娱乐场所。

利益是一面镜子，在它面前，褪衣的褪衣，剥皮的剥皮，总之原形偶显甚至毕露。就在黄常委出事后，国内经济形势变得严峻起来，国家财政收入与军费支出，公债发行与税种税额，都在变化调整中。市党部竟也发生薪金不能按时发放的情况，起先我们还可以到会计处预支十天半月生活费，后来会计处也无钱可借了。

市党部除了委员们，职员上百，其中一部分人平日在部里包餐，薪水不发，食堂总还开着，这部分人总还有饭吃，而未包餐的同人当然恐慌更甚。尤其当11月份的薪水延至12月10日仍无着落，多日以来会计处的门槛几被踏平，会计干事林笠庵因精神不堪承受众人络绎前往，一天三叩问，竟致向部里提出辞职多次。

10日下午，听说常委从中央党部领来大洋1000元。大家都希望平均分配以解燃眉，不料常委却坚持要将钱留作办公费，职员生活费则继续向中央催索。众人顿时大哗，拥到大礼堂商量办法，中间集体跺脚示愤。却又听说委员们已将上月薪水全额支取，且千元大洋已被委员们分配尽净。大伙怒火终于爆发，冲向委员办公室，厉声质问各委员，平素都将平等挂在嘴上，何以一遇困难，竟自私自利至此！众人将委员包围三个半小时不许离开，直到常委许诺次日上午亲向中央党部会计处索欠，如无结果，全体人员向中央辞职，大伙方才悻悻散去。此事算是给众人上了一课。

平常我除了喜欢看电影外，就是看戏。脑袋瓜里戏剧性的东西多了，如同人们会犯职业病似的，不免常把生活中的一些情景也当作舞台剧来看。市党部一年一届，每年的选举总是精彩纷呈，好戏不断。

1931年度的市党部换届，定于6月26日进行。之前两周，中央常会决定，此次选举，改为当选者以票数多少决定，而不再由中央酌情圈定。此决定对现任委员颇为不利，因为按照以往惯例，现任委员多少总有些工作成绩，只要再有个三五十票，中央考虑人选时多会圈定续用。但此决定一出，现任委员优势无存。

新欲当选委员的人受中央常会决定的鼓舞，着力在选票上增量挖潜，他们所采取的办法是从各自的"根据地"找来众多党员，以"移转"的方式成为市党部委员的投票者，所以有记者发现旬日之间忽有大批市外党员移转来南京，其中以军队党员更多，而这些党员所得的好处不过是白玩一次首都。现任委员见此不能不着急，于是一面加紧活动拉选票，一面设法对移转者加以限制，比如试图以手续不合为名剥夺其投票权。

无论是想要保住党部委员职位者，还是觊觎党部委员职位的人，忽然间都变成了热情慷慨的人了。报纸上写得总不免夸张一些，"在此竞争之下，平日以大党员自傲者，也不得不纡贵降尊于小党员之门，夫子庙之餐馆，更每日人山人海"。

不过那段时间，我们这些本已习惯被人忽略的小职员，饭局的邀请的确多了起来，以至于每天早晨上班出门时，妻子会多问一句："今天晚上回来吃饭吗？"

改选执监委员的选举在 26 日如期举行。投票处分在三处，中央党部、中央大学及市党部。前两处早上八时开始，听说秩序挺好。市党部的投票九时半开始，一部分新移转入本市的党员为争索选票，闹腾起来，以致发生肢体冲突。我的一位负责看管票箱的同人为护住票箱，竟被打伤。

市党部眼见无法控制局面，赶紧打电话通知中央党部。中央党部派员赶到时，现场仍是人声鼎沸的一锅粥。我们党部有一执委陷于人海重围载沉载浮，幸好谢顶，头脸连成一片，在涌动的黑压压人头中颇为显眼，遂被发现。中央党部大员急忙喝令选举暂停，直到下午三时方宣布重新开始投票。

1932 年的换届选举，因竞选者人数超过前两年二倍，热闹自然倍增。

且大家也都由前几年的经验，诗外功夫要得更加娴熟，令人眼花缭乱。除了委员职位竞争，委员之下职员的竞争也十分激烈，因为委员都有自己人想要安排。本年监委会职员编制七人，解聘三人，却有四位要进来。干事编制三人，只解聘了一人，各委员争持不下，最后只好以增设助理的名义解决。录事编制本为二人，因其他口子用人超额，不得不裁去录事一人。执委会书记长一职，位置重要自不待言，各委员争得面红耳赤，后来不知是谁出的主意，每位委员提三个候选人，交由中央圈定。如此弄来弄去，待各方利益分配均衡，机关人数有增无减，且形成了大官多于小官的局面。

中央党部的官员若非对人性有深切的了解，若非洞悉首都错综复杂的人事关系，一定会对市党部感到不耐烦的。仅1932年的委员换届，就搞出了多少事来。投票混乱到必得中央党部派员前来坐镇，每位委员提三个书记长候选人的做法，也堪称没有先例的发明。至于被裁汰的职员上书控告，更是隔三岔五就来一起。

比如有离职的职员，以党部旧例，新职员须为正式党员，且须经过三个月试用方能任用，控告监委张默君提议并经市党部开会通过任用预备党员王姓助理。又有被开革的十多位职员，联名控告市党部委员营私舞弊，以至于市党部秘书叶坚等三人唯恐堕入这场浑水，被人冤枉，竟在《中央日报》头版刊登"紧要启事"："近闻有人以请愿恢复工作名义，向中央控告市党部委员，现坚等不愿参加攻讦私人，除向市党部声明外，特此启事。"又是一景。

在市党部工作了几年之后，我自觉性情有所改变。不止一人发现我独自上街时，走着走着忽然"扑哧"一笑，而嘴里总是咕哝不止。参加党部的大会小会，我望着台上的委员，或神情岸然，或表情生动，可是总听不见他们慷慨激昂地在说什么，满耳尽是巴仓台才的锣鼓铙钹。脑袋里的另一个我越来越频繁地跳出来指着我说，你在党部不会有前途了。渐渐我不胜其烦，故而不等委员换届时被人踢走，而让他们喜出望外地主动辞职了。

中山陵：嘈切的杂音

得新闻记者职业之便，看尽了新首都建设捉襟见肘的窘状，可中山陵建筑的宏伟，又叫人心起疑惑：究是无钱还是有钱呢？

造神有深意

随着南京国民政府定都南京，一场轰轰烈烈的"造神运动"也拉开了大幕，国民党人非要把本有"平民总统"之誉的孙中山推上神位不肯罢休。

1928年秋，日本作家村松梢风到南京旅游，他在南京待了不过几个星期，就已发现对孙中山的个人崇拜到了登峰造极的地步，"自革命政府成立以来，孙中山的地位如日中天。孙中山已不是个革命运动家，而成了君临于中国四亿民众之上的神了……全国的学校已不用说了，连市内的商店、剧场、书场、饭馆、医院、律师事务所，不管走到哪儿，到处都挂着孙中山的像。就不用说官吏政客的会客厅了，可说无一处不挂有孙氏肖像。若去买信封、信笺或是笔记本之类，总印有孙中山的'天下为公''革命尚未成功'之类的语录或是其肖像"。发展到各种货品上也随意印贴孙像，南京市市长何民魂为此专门打报告提请中央政府下令禁止。

国民党竭力把孙中山推向世界。为迎接南京举行孙中山逝世三周年纪念大会，国民党中央执行委员会发表《纪念日告民众书》，开宗明义第一条即为"总理的死，不但是国民党的损失，也是全中国人民的损失，也是全世界被压迫民众的损失"。国民党中央常务委员会核准了纪念大会上统一使用的十三条标语，其中一条亦为"孙中山先生是世界被压迫民族的救星"。

村松梢风认为神化孙中山是为了"以此来弥补自己的名声和信誉的不足"，而这场运动中最具代表性的豪举即建造超级规模的中山陵墓。其实也很明显，不过就是要造一个偶像，以使国人在无限的崇拜中，更心甘情愿地接受国民党的统治。

1928年3月，因为月内有一个大日子，注定本月有事情要发生——既有计划中的人们正经做的事情，也有超出人们预料之外的看似无稽而实有因缘的事情。

此月第一天，国民党中央常委会举行第 119 次会议，通过决议，翌日通电各省政府，规定全国各地每年在 3 月 12 日孙中山逝世之日举行植树典礼，造"中山林"。

其实早在 1915 年 7 月袁世凯在大总统任上，就曾批准农商部呈拟的每年清明设立全国植树节的报告，国民党在此故意不提"植树节"，而玩了个文字游戏，以"植树典礼"代之。

袁政府设植树节的动机还比较单纯正常："林政一端为用最广，举凡固堤防、消水旱、除灾疹，皆为森林之利益，而于人民生计关系甚巨。"而蒋政府行植树典礼的用意，重在构建又一个"中山符号"，所为是政治。

问题是自古以来，植树与丧葬就存在特别的关联。所谓"墓木拱矣"，在墓地栽树并不是寓意棺腐枝青，也不是为了挡风遮阴。作家、学者许地山对习俗迷信作过专门研究，在专著里写道："许多民族都信灵魂的形状像鸟一样，古埃及以为像鸱枭的样子；古波斯人以灵体具有鹰翼，飞翔迅速；基督教徒信圣灵像鸽子；中国人信灵魂像一只公鸡……神庙四围与社坛上头必得种土宜的树木，因为像鸟的灵体可以歇在上头。"

加上国民党政府又宣称植树是为表达全党"继承遗志……追念国父之诚"，将改造环境的寻常社会活动强行赋予伟大的政治意义，都使民众觉得每年忌日举行的植树典礼更像是一场声势浩大的招魂活动。

3 月 2 日，孙中山葬事筹备委员会召开第 57 次会议，传出消息，开工已逾两年的中山陵第一期工程建设已经加快了速度，本年夏秋当可完工，会议遂决定年内 11 月 12 日举行安葬仪式，之前将有隆重的迎榇过程，暂厝北京的先总理就要魂兮归来了！

早在上一年快要到年底的时候，南京市公安局就以首都亟须清除"匪徒"，而"游民复杂、宵小难免潜居"为由，开始进行户口清查的筹划工作。至 1928 年二三月份，还制订并由市政府通过了调查户口的办事细则与暂行条例。

公安局的动向使市教育局灵机一动：何不趁此难得的机会普查全市学龄儿童呢？教育局局长陈剑翛随即给市政府打了个报告，请求市公安局在调查户口的时候顺便代为调查 16 岁以下学龄儿童。

3 月初，南京市市政会议通过了市教育局这一提案，即由市长何民魂签令执行。数日后市教育局给市公安局发送公函与学龄儿童调查表，请对方在调查户口时代为发放并回收表格。

3 月 12 日孙中山忌日。首都各界在公共体育场公祭后，随至紫金山，在建陵工人的照常施工中，谒陵并且植树。上午 11 时，清凉山、雨花台、狮子山、富贵山四处要塞，同时鸣礼炮 33 响。一时间，整个南京城上空炮声隆隆，犹如天上神明擂鼓显灵，震人心魄。

合龙引发迷信流行

4 月的第一个星期，市长何民魂上班到市政府后收到城南的仓顶小学校长萧荣炘派人送来的一封信，说星期天他外出时，看见街市上不少儿童身上都挂有一块红布，开始还以为是春暖花开季节的什么风俗，经打听才知道原来是传总理墓要建隧道，小孩要避杀身之祸。

红布上写有民谣，如："你造中山墓，与我不相干。一叫你魂去，再叫你去当。""石叫石和尚，自叫自承当。早早回家转，免去顶坟坛。"早晨在仓顶校内也发现有学生肩挂红布，已加以解说让其撤下。中山先生乃世界大革命家，竟被此迷信流言涉及，影响匪小云云。信中并附小孩所挂红布一块。

何民魂当即命负有采风问俗、指导社会之责的市政府社会调查处开展调查，确定是迷信事件。除了萧校长列的两首民谣外，还有一首叫："人来叫我魂，自叫自当承。叫人叫不着，自己顶石坟。"其他都大同小异。

　　此番迷信的起因是传言中山墓行将工竣，石匠需摄收若干幼童灵魂以合龙口。在中国传统的迷信中，人们相信死于非命的人会变成厉鬼，而在修建桥梁或大型建筑过程中，到接合最后的缺口即所谓"龙口"的关键时刻，须用牺牲了的人所变成的厉鬼加以护持，工程才特别牢固。所以掳人做祭的妖风也总是伴随大兴土木的浩大工程而兴起。

　　中山陵建筑的核心当然是墓室。墓室依山凿石而建，官方的正式表述为"形如覆釜……室内圆顶作穹窿式"，分内外两层，之间是铜质骨架。外层直径逾四丈七尺，层高三丈四尺；内层直径三丈三尺，层高二丈七尺，如此大的跨度与高度，不用梁柱，正如同造桥所要起瓮，会有合龙的阶段，而恰好公安局又正要调查儿童，这些巧合出现在神化孙中山的社会氛围中，一旦有人不论是有心还是无意将疑惑点破，立刻就成谣言传得飞快，转眼全城皆知，不容人不信了。

　　当时的中国社会，迷信普遍，未必南京特别严重。但是倘若有人说南京因为在 1400 年前就是佛教中心，所谓"南朝四百八十寺，多少楼台烟雨中"，寺庙多，扶乩请神就多，鬼魂观念就浓重，迷信就盛行，南京人恐怕也不易辩直。何况在南京，迷信也似乎无时不在。

　　比如 1927 年秋天，南京市因传染病抬头，有市民认为是瘟神下凡，于是发起集资，用以恭请道士设法坛做法事，众人讽经拜忏，祈祷神明消除灾疫。市内各处居民听说后也都在张罗仿照筹办。市教育局为此贴出布告，指出疫厉之患，与瘟神无关，乃全因众人不讲卫生，"蚊蝇不知驱除，污水积满沟渎，龌龊粪便遍地"。故而只须注意卫生，疫情自会清除，"何必托言神佛，不但劳民靡财，并且伤风败俗"。

　　1928 年，下野复位的蒋介石正准备继续北上亲征，赛珍珠有天在南京街头听一位臂挽竹篮叫卖馒头的半老头絮叨老蒋打仗逢晴必败，遇雨则胜，理由是蒋介石乃河神转世，出生在浙江一条大河边，出生前那河年年发大水，出生后就再也没有发过水。

　　我们报馆也有同人听到过同样的说法，主编还为此给我分派了任务，说民间这个传说可以作篇文章，叫我调查一下，不管能否破得了这个迷信，哪怕是个巧合，也挺有意思。可是我虽然花费了不少工夫，试图去查蒋介石故居门前剡溪的历史水文情况，查他近年参与几次大的战斗时的天气是晴是雨，可是这些都无法获得准确的资料，最终不得不遗憾地放弃。

当时有话语权的人论起迷信的起因，总是归咎于百姓愚昧无知、觉悟不高，尤其是在一切都"革命"的社会环境下，尤其是在首善之地，更认为民众不应该给首都丢脸，搞迷信的应该都不好意思说自己是首都人。却不见迷信未必尽在民间。当出于政治需要，使民众更容易接受自己的主张或决策，官府中人也会有意或下意识地利用迷信，因为百姓喜闻乐见。就像自称从来不迷信的吴稚晖在蒋介石任北伐军总司令一周年庆祝大会上的演说，把定都南京说成是孙中山在蒋介石背上"作怪"使然，貌似笑言，说的人却是认真的。

市长何民魂即命社会调查处将迷信传谣之事报告市教育局，"请其转饬各小学，对各家庭详细解释，借辟谣传而正风俗，并印发通告晓谕民众以释群疑"。又命市政府宣传科随时随地开展辟谣工作，同时传政府令，叫教育局局长陈剑翛设法"劝告"市民破除迷信。

陈剑翛对市长的"劝告"意思的领会非常到位，所以教育局这一次所发布告，与年前斥责市民不讲卫生、建醮禳疫那一回布告风格迥异，由严厉教训子民的父母官，变成了循循善诱的师长，口吻亲切到简直不像布告：

……不晓得住户多少，人口多少，从何根据以办理市政和其他事业呢？所以公安局要调查户口，我们教育局尤其是这样……如果我们不晓得学龄儿童是多少，我们从何知道要办多少学校，要请多少教师，以及要需多少经费等等呢？因此我们趁公安局调查户口的机会，也就托他顺便替我们调查学龄儿童……不料正在着手实施当中，竟发生许多笑话出来，有的说某处大桥修不起来，要小孩儿的灵魂才能修得完竣，所以来调查的；又有的说，紫金山总理的陵墓砌不起来，也要小孩儿的什么东西才砌造完竣，所以来调查的。不但说之于口，而又做出许多的怪现象来。如在小孩儿的膀子上缝一块红布，还在上面写着……种种不经的言语。哈哈！真笑话了……你们想想，如果世界上是真有妖邪恶岁的当道，要着你们的小孩子的命或灵魂，还来公开的调查么？早就秘密的捉将去了！我们也很相信，此系少数人的造谣生事，诚恐以讹传讹，转使你们惶恐起来，弄得我们也感觉不安……

我报馆的总编，在召集大家开会时，还特地举出这个奇特的布告，叫我们好好学习研究它的笔法。

除了市教育局，市社会调查处也"遍发通告，力辟此谣"，可十余天过去，谣情非但没有平息，反倒逐步升级。比如，最初传说需收童男童女之魂各数十，继而又说一百数十，再后来变成数百上千，直至一千数百；最初只说是儿童之魂，后来又说也要成人之魂了；除了中山陵尚需大量阴兵守陵，正在北方进行中的北伐战争也需要阴兵去给蒋介石助阵。

总之，谣言由最初面目不清的影子飘忽，到有鼻子有眼，故事由笼统而情节渐生。最初摄魂的那只"看不见的手"，忽然全城百姓都知道是长在妖妇邪姑身上的，偶尔也出自毒叟恶翁。据说他们潜伏在城里各处，不管是幼童还是成年人，只要被他们触摸身体，或仅以手遥指，或呼叫其名，则魂即被其摄去。而人一旦失魂，会顿时知觉全无，僵卧如死。一时间，人人自危，凡非亲朋好友、熟人近邻，均视为可能的坏人，神经过敏到极点。

城南走马巷口的一家烧饼店那天正在做生意，门口来了个40岁左右的妇女。烧饼店主人与她刚说了几句话，就一头栽倒在地，休克了。正在这时有个沿街叫卖油条大饼的老太路过，见状颇觉奇怪，刚要开口问，也口吐白沫昏死过去。公安局侦缉队将那40岁的妇女抓获，只问出名叫

"李高氏"，但她死活不承认怀有妖术。

夫子庙江南贡院附近，白姓人家的一个8岁男孩，与一群孩子在巷子中玩耍时，来了一个中年妇女，给他三块面包。男孩正吃着，面部忽呈紫色，四肢僵硬，而妇女离去。男孩家人得讯，立即报警。警察在石坝街渡口将妇女抓获。路人听说是摄魂妖妇，一拥上前，拳脚交加，致该妇女受伤八处。后虽经公安局严加讯问，却也没有获得摄魂的证据。

4月中旬，一女子在位于鼓楼东南面的唱经楼一洋货庄买好了布出门，望见一个黄包车夫觉得面善，遂以微笑招呼。而那车夫对这女子却无印象，即以为自己遇到了摄魂的邪姑，于是冲上前扭打女子。后被巡警带回警局审讯，查明二人均系江北人，原有一面之识。误会消除，二人被释。

谣言明明将摄魂者指向女性，可临时有人指称男性，众人竟也毫不迟疑地相信。就在上述女子买布的前一天，一位常年在乡间传教的牧师进城赴会，这位名叫陈岐山的六旬老人，当天下午与人同往中山陵游览后，五点多钟回到城内。当车过了大行宫，行至卢政牌楼街的时候，他忽然内急，即下车大解。向街边店中人询问坑厕所在，其人不答。陈岐山便转问旁人，即按其指点往厕所去。走不几步，却有一人指称道，此人就是收生魂的人。此言一出，顿时上来几人，将陈岐山推倒在地，不问一语，拳脚齐下。转眼不知从哪儿又冒出数百人，其势汹汹。当时也有人发现不对，为陈岐山说话，众人哪里肯听。更多的拳脚落下，老人奄奄一息，拳脚却仍不停。警察闻讯赶至，欲加阻拦，可众人竟都打红了眼，连警察竟也吃了不少拳脚。

幸而有人及时打电话到公安分局，分局立刻派了一排警察前往增援，撇开暴民，将陈岐山扶入分局。施暴者竟然仍不罢休，甚至派了两个人作代表要求重办陈岐山。忽又来了数千人，将分局团团围住，声言不重办不散。署员慌忙打电话给宪兵营，随即来了一队宪兵将路口封锁，不准通行。

市公安局局长孙伯文接到陈岐山所属长老会的报告，亲至公安分局查看，见陈岐山睡在地上，不省人事，十分气愤。一边命将陈岐山送往医院诊治，并取出五元钱作临时用费。一边又严命将两位代表收押，并对下属道，陈岐山医药费由他二人负担。假如陈岐山有三长两短，也由他二人抵偿。其余的事过后再说。那两人一听，这才知道大祸临头，不禁又急又怕，之前的英雄气概荡然无存。好在陈岐山经医院检查，伤虽不轻，但无生命危险。

我们报馆同人在一块议论此事，想那陈岐山久在乡下，又年老迈，偶尔入城不免显得懵懂迟缓。或又从事传教，多少有点仙风道骨，言语举止有异常人，故易被人误解，当然根本问题不在于此。

首先是迷信的力量、谣言的力量出乎所有人的想象。在当时的社会环境下，大家举不出另有什么事可以像这件事一样具有如此之大的号召力与凝聚力。其次是对一个毫无还手之力的长者施暴，且下手之狠直欲取其性命，持续之久早已超过一时冲动的时间。其原因，真的只是出于对收魂人的极度痛恨吗？而事实上，并没有人真的遇到过收魂人，更不要说有亲友被其收了魂魄性命了。我们这个向来被人视为性格温顺、为人老实的民族，究竟是什么激发了潜藏的对弱者的暴戾？

陈岐山事件之后，摄魂事态还在继续发酵。摄魂的双方由疑惧而生误会，进而将摄魂做武器随意假称指代。4月18日晚上，建康路以南的姚家巷附近的一家烧饼铺主人闭门在内和面，有客急于买烧饼，敲门叫喊。卖烧饼的因为耳背未应。客人十分恼火，遂等在门外，待饼铺主人持烧饼出门，即与之扭打，引起路人围观，两人互指对方为摄魂者，围观者中即有人分向旁边各店铺借刀，欲致其死命。幸好巡警及时赶到，将二人带回警局，询明不过是为买烧饼，与摄魂并无关联，当即释放。

眼见摄魂事态无限扩大，对于首都秩序形成极大威胁，甚至民众对警察也失去信任，警政当局顿感严重，连在北方指挥作战的蒋介石也不禁对后院安全起了担忧，故给南京发了电令，叮嘱"务希注意防范"不良分子捣乱。首都卫戍司令部也出面张贴布告，将摄魂谣言事件的定性升级。

记者发现，连日拘获的摄魂嫌疑人多系贫苦老妪。在市公安局召集的首都各团体及新闻记者会上，局长孙伯文也说他亲询摄魂者，"并未见有何种邪妖情形和举动，不过因生理虚弱和精神曾受刺激，说话错乱而已"。

尽管如此，卫戍司令部的布告仍宣称事件起因是"潜伏在我方敌探共党，以及地痞流氓等人，见着我们防范周密，无法作恶，因而异想天开，造出这种可笑可怜的谣言，以图摇动无知愚民的心理，使后方秩序发生不安的现象，彼辈乃得活动的机会"，甚至同时将无知上当的百姓也划入对立之列，称其"可恶之极"。

南京的摄魂事件引起了学者、文化人的注意。在杭州的民俗学家与宗教学家江绍原不但在报刊上著文对事件有所评论，还向读者征集相关

首都卫戍司令部旧址内院

事例，以便作深入研究；民俗学家周作人在北京给江绍原寄去《顺天时报》上刊登的两则发生在北京的迷信谣言报道。在上海的鲁迅也注意到了南京的异常。

　　鲁迅看到的是上海《申报》上的关于摄魂的最初报道，略有感想，虽为短评，见解可谓深刻。一般人看见的不过是民众缺乏知识的迷信流传，何况这类迷信自古以来一直存在，不时出现，因而并不稀罕。可发生在以革命自诩的政府新建方一周年之际，发生在中华民国的首善之区，发生在本该受民众无限景仰的孙中山的造陵工程中，这一次的迷信流传的意义自是不同以往。

　　刊登江绍原文章的杂志给江绍原等文用的题目是"民众对于孙陵的恐惧心"，另有篇文章里说："革命的真有点寒心，想不到国民革命的基础群众还受着无意识的干支和灵魂学的支配。"均已切近问题的核心。鲁迅目光如鹰，当然更看得分明，他说写在小孩红布上的民谣，"这三首中的无论哪一首，虽只寥寥二十字，但将市民的见解，对于革命政府的关系，对于革命者的感情，都已经写得淋漓尽致。虽有善于暴露社会黑暗面的文学家，恐怕也难有做到这么简明深切的了"。

建陵征地遭民怨

　　中山陵还在建设中的时候，金陵大学副校长文怀恩接待了到校访问的中英庚款委员会的委员们，他带着委员会秘书谢福芸在学校图书馆的阁楼上眺望紫金山，把中山陵指给她看。虽然她惊叹它的宏大规模，称赞它"非常美丽"，并且为工程由年轻的中国建筑设计师担纲，以及采用中国古代陵墓的一些建设元素感到非常欣慰，但同时讶异之心也十分明显："给封建王朝致命一击的革命者最后竟然躺在按帝王传统和规格建造的陵墓里，真是奇怪！"

　　以谢福芸的学识，未必看不出其中的缘由，她之所谓"奇怪"，真实的意思应该是"荒诞"。

对于批判社会，相比于谢福芸的出言婉转，记者本色的捷克红色作家基希就犀利多了。基希1932年到中国待了3个月，他将这次游历写成23篇作品，合成一本集子于1933年在德国柏林出版。因为他出生在捷克的德语区，所以此书系以德文写就。之后不久，就不知他是作为犹太人还是共产党员而被纳粹逮捕入狱了。他好像特别喜欢"秘密"，他当时是从苏联秘密进入中国的，他给这本书取名叫《中国秘密》。

基希到过南京，所以《中国秘密》中有一篇是写南京的，篇名为《南京与红色》，作品风格十分鲜明，思想的锋刃切碎了完整的叙事。他目光敏锐，当然不可能忽略中山陵。文中这样写道："南京有物质的堡垒，也有意识形态的堡垒。而有座既是意识形态的，又是物质的，高耸入云的堡垒，那便是孙中山的陵墓……即使坐落在华盛顿的林肯墓，也没有那么浮华和昂贵，共和国的这座独一无二的伟大建筑已花费了百万美元……却不应称作豪华建筑，而应是功能性建筑，它的作用是意识形态的屏障。"

赛珍珠在她位于鼓楼附近住宅的阁楼里，可以眺见白色山岩似的中山陵在松柏翠竹间的不断"成长"。在它建造的几年里，她也曾多次去施工现场观看。或许她是一个主张民族风格纯粹的人，所以对中西杂糅的设计手法不大接受，认为"它的风格不伦不类，人们不知到底应该为它掺杂着某种外国风格而厌恶它，还是应该为它保持了一半中国特色而感自豪"。

1934年1月底，胡适从北平到南京来，参加2月初中央研究院召开的庚款管理机构——中华教育文化基金董事会的常委会，2月3日的日记这样写着："饭后与叔永、莎菲同出城，上孙中山的墓，此为我第一次游此墓的全部，前此皆到墓门而已。墓的建筑太费，实不美观。若修路直到墓前，除去那四百级石筑，既便游观，也可省不少的费。此墓修的太早。若留待五十年或百年后人追思而重建，岂不更好？今乃倾一时的财力，作此无谓之奢侈，空使中山蒙恶名于后世而已。"

　　早在中山陵建造之前 30 年，美国经济学家索尔斯坦·维布伦就曾对不惜以庞大的人力资源建造巨大建筑物的浪费一语道破其实质："浪费可以提高消费者的社会声誉和权力。"

　　胡适的意见幸好只是写在日记里，倘若公开发表出来，必定要再受一番国民党人的群起围攻。此前他就因"人权论战"领教过他们的厉害了。中山陵的建筑，一直被人们交口称赞。在人们的印象里，从牌坊开始上达祭堂的那用苏州花岗石砌就的 392 级石阶，何等巍峨，多么壮观！可是胡适却觉得不好看，同时也不实用——既浪费钱财，又不方便"瞻仰"（胡适用了一个平视的词"游观"）。国民党以崇敬国父之名的"壮举"，在胡适看来，却是奢侈，何况是在国贫民穷的特殊时期，如此靡费更是不应该。至于令孙中山蒙受不仁不义之名的恶果，不需等到"后世"，早在胡适发预言之前就已显现了。

　　1925 年 4 月底，孙中山葬事筹备处主任干事杨杏佛、家属代表孙科与江苏省当局所派测绘人员勘察墓地，定下征地除国产、公产土地外，含有民地 1200 亩。7 月葬事筹备处议决征地办法，民地由官方委托当地乡董，按实价收买。8 月，葬事筹备处聘请江宁县知事为圈购民地委员会委员，主持办理圈购民地事宜。筹备处的先生们只顾从心所愿安排一切，却不料所订计划遭到当地乡民的激烈反对。

　　乡民们随即开会商量对策，筹备处闻讯派人到会做安抚解释工作，但显然不为乡民们所接受。在筹备处的授意下，江宁县知事吴耀椿于 9 月 1 日发布公署第一一八号布告，宣称建造中山陵将"挖坟掘墓"与强占民地、毁拆民房均属无稽之谈，警告当地"诸色人等"勿因误听谣言而"自取咎戾"。

　　当地农民并未被吴知事的一纸布告吓住，他们继续设法使事态发酵并多路抗争。一是向媒体传达诉求以使广泛播传，二是向更高一级官府告状以求同情。

　　上海《时报》于 9 月 12 日发了一条消息，虽只两行小字，且无标题，却极具吸引目光、震动人心的效果，画面感也极强："孙中山墓地圈地甚广，内有民墓数千须掘迁，连日紫金山鬼哭声震野。"同时同一版面上还有一篇专论，题为《告经营孙中山葬务者》，措辞严厉，几乎字字如剑。我是把报纸上的这一篇剪下来了，一直保存着：

传闻经营孙中山葬务者在南京紫金圈地，规模极大，民墓须掘迁者约数千家，反对者蜂起，余甚愿此消息不甚确。倘如所传，甚愿经营者立时觉悟，忽以孙先生之遗骨而重伤江南人之感情……今为葬孙中山一人，而令数千之坟墓被掘，数千之骨殖暴露，揆之仁人，似有所不忍。即质之于中山之灵魂，中山似亦有所不安，奈何经营孙墓者悍然行之耶。

余……对于孙中山先生极崇拜，惟其爱中山甚甚，不愿假借中山者，为中山树怨而招，尤须如孙中山先生自有孙中山之不朽价值，决不在华丽之坟墓，决不在广阔之茔地。以此高坟大冢媚中山，中山有知，必怫然不悦。呜乎，中山者，始终一平民态度之人物也，今日营孙墓者，万万不可以皇帝视中山，万万不可以办陵寝之体制手段筑墓。

《时报》创办于1904年，与康有为、梁启超关系密切，其地位与社会影响，远非上海滩一般靠猎奇与耸人听闻吸引读者的小报可比。面对《时报》发表的消息与文章，葬事筹备处自不能等闲视之。从《时报》次日就发表了葬事筹备处写给报社的信也可以看出《时报》文字产生的压力。

葬事筹备处诸公自非猝然见责即愤然而起、反唇回敬的莽夫，全信不仅没有一句厉言，反而用了一种极为谦和的口吻称赞报纸作者"用意至厚，爱中山先生至甚"。只是说乡民受人"煽惑"，并对报道及《告》文所指诸项予以否认，说孙中山墓址"四周皆山地，绝无民墓。至墓道所经之线，亦择无民坟之地……不特掘墓伐冢绝无其事，九月初八葬事筹备委员会议，且有保存一切民坟之决议……"而即使如此，他们也会

为迎接孙中山灵柩归葬紫金山的大道，修筑于陈独秀所谓"万人哭声中"。如今但见参天大树夹持下的阔坦之路，试问还有谁能听得见那早已远去的哭声嘤嘤？

以"无则加勉"的态度把报社文字视为一种"忠告"。这使报社自以为的仗义之拳打在一团棉花上，难以反驳。

其实葬事筹备处并非无懈可击，比如信中既言中山陵墓道沿途已选择"无民坟之地"，又何须开会形成"保存一切民坟之决议"？在一个多月后制订的《孙中山先生陵墓圈地购民地规则》中，第五条规定："凡孙先生墓道路线经过之民坟，除坟主自愿迁让及无法避免者外，一律由孙先生葬事筹备处设法保存。"即自己又承认墓道是途经民坟的。官方1928年出版的《总理奉安实录》中也称造中山陵墓之前的紫金山"荒冢垒垒"。

媒体之路既行不通，坐落于紫金山南麓的江宁县钟灵乡孝陵卫各村村长随又联合向江苏省省长呈文，列陈建造孙陵将迁其祖坟、占其祖产、夺其衣食来源等，悲愤之情浸透纸背："伏思民等先人既于洪杨乱时死于非命，而百年以后复将有移尸之惨。谁无父母，谁非人子，言念及此，心胆欲裂……况中山生前事事以民义为依归，为埋一人之骨，用墟万人之坟，在天有灵，当亦弗取。至测量界线内之田地，为民等七村千数百口衣食之所需。生死以之，更义难听人圈买。"

省长的体恤并未因乡民们的殷盼而至，反倒是葬事筹备处制订的《孙中山先生陵墓圈地购民地规则》由江宁县新任知事曹运鹏于11月8日发布了。《规则》申明在计划征购的总共1200亩民地中，只先购眼下墓道经过的40余亩，其余的到需用时再向业主商购。规定对于墓道路经民地的征购，"业主不得借故居奇或拒不出售"。

至此，乡民情知想要阻止圈地已不可能，于是另外设法为自己多谋取一些补偿。但显然他们的手法不够高明而被官方觑破了——葬事筹备处在发给江苏省府及江宁县府的公函中，列举乡民诸如与村长串通、虚报私地、将官地与公地谎报为民地等行为，指称乡民"刁顽"，"实属可恶之极"，还扣了顶"阻碍国葬工程"的大帽子。语气与发信给报社时判若两极。

为了对付乡民，葬事筹备处也动了不少脑筋。一边请省政府令县府张贴布告，令乡民限期把地契租契呈缴县府核验给价，声称逾期不缴者将作为荒芜山地处理，以此恫吓；一边决定宴请乡民，并在土地定价之外加送二成代礼金；等等。可如此后鞭前诱，乡民仍然反应消极，圈购仍然进展缓慢。直到南京成为首都的第二年，北伐战争中停下的圈购重又继续。而此时政府更加强势，乡民不合作的声音这才渐渐消失了。

治娼：
吴刚伐桂

　　当三八大盖的射击声从远方传来，在京城诸官心头震颤，治娼之事顿时失重。南京的妓女们依旧两耳不闻隔江事，只顾在这属于她们的季节里，如血脉偾张的农夫一般抢收抢种。

我是妇女协会的

1927 年春天，国民革命军撞开南京城门后，带进古城一股新风，各行各业随之而动，纷纷组织工会。秦淮河的妓女们见多识广，头脑灵活，自然不肯落于人后，就在南京娼妓聚集地之一的钓鱼巷的一胡姓娼家，自组起妓女工会来了。

过了一天，同处城南的东花园一带的土娼听到消息，前往要求加入工会。妓女工会的人不答应，斥道："尔等土娼，平时也不向官厅缴纳花捐，还常低价留髡扰乱市场，凭什么加入工会！"土娼争辩："我们不纳花捐，不过是与官厅手续不够完备，价高价低那也是营业自由，不让入会没有道理。"莺莺燕燕，吵得不可开交。自组妓女工会的人有点抵挡不了，就找到妇女解放协会来，向我们求助。

协会的负责人童文旭便叫我去跟她们谈一谈。因为她的本职是仓巷小学校长，平常学校事务也忙得很。当时各省市一般都规定小学校长为专职，不得兼任其他"有给"职务，所以童校长在协会的工作是义务性质的。

我衔命而往，对自称妓女工会的人说："你们成立工会，是把工会当作了一块蛋糕，而把土娼当作来分食蛋糕的人。殊不知她们既来入会，或有由治外转为正当做生意的愿望，从而减少对你们正常生意的扰乱，这不正是你们求之不得的事吗？"

她们好像没有想到这一层，听我这么一说，顿时气平了许多。当时我也心想，你们成立工会未免操之过急，尚未来得及多了解一下国民政府的脾气。假如你们知道他们自认最革命，又好立牌坊，就可以推断取缔娼业是迟早的事，你们居然还有心思在这里同行龃龉。

一两年后，工商部劳工司汇编《各地工会调查报告》时，录名在案的多达 110 多个各行各业的工会，细至香烛工会、汗脚工会，可是妓女工会已经不见在册了。

首任市长刘纪文在上任伊始，就因市政经费极度短缺，向中央政府请求国库补助，说，总计首都建设亟待进行的如开筑马路、开设市场等各重要项目，其所需要的资金与现在全市所征收的税捐数额，相差巨大，"不胜左支右绌"。而当时妓女捐、妓馆捐、妓女局票捐占全市税捐的12%，占全市全部娱乐捐的95.6%。所以市长当时哪里会有取缔娼业的心思呢？

相反，为了将这一丰沛而稳定的财源加以控制与确保，市政会议飞快地通过并发布了《南京特别市财政局征收花捐章程》，明确将妓馆分作甲乙两种，妓女分为一二三等。一二等属甲馆，三等入乙馆。妓馆与妓女各按种类等级缴纳数额不等的月捐（甲馆银圆24元，乙馆12元；一等6元，二等4元，三等1元），妓女外出必须在左襟上佩戴财政局特制的标记（工本费洋钱四角），如果外出不佩戴罚款2元。

第二任市长何民魂接任后，市政经费丝毫没有脱离困境，妓女与嫖客的贡献仍然令官府虽然难堪却又愉快地深度依赖着。对于娼妓究竟是该一律禁止，还是置于管理下的开放，向来两种意见争持不下，谁也说服不了谁。前一种意见近乎理想主义，后一种意见似乎可划归实用主义。何民魂则有他自己的主意：娼妓当然应禁，但对此痼疾，不能操之过急，须从长计议。

1927年11月，何民魂上任才3个月，那时妇女解放协会已于数月前更名为南京市妇女协会，且因经费困难，移交给了国民党市党部妇女部。妇女协会召开大会，议决了几项提案，其中一条是"扩大废娼运动"，可未见何民魂有何积极响应的动作，他所愿意做的，是两个月后将《南京特别市财政局征收花捐章程》作些修订，妓女与妓家纳捐的数额不动，只增加了些限制性的条款，比如想要做妓女，必须得满15岁，身高必须在132公分以上（这当然不是为了身材好看，而是为了限制发育不良的女子入行），没有隐疾，从事此行业必须是出于自愿等。何民魂此时的想法是先打枝去叶，逐步提高娼妓行业的门槛。

眼见1928年上半年较之1927年下半年，花捐月均收入减少将近两成，市财政局局长唐乃康不免着急，他发现问题出在局票上。按规定，妓女若应召外出侑酒，须购财政局印制的局票，一次一张，每张三角钱。他算了一笔账，当时城内及下关的一二等妓女共 500 多人，每月应有局票捐 2700 元，可实际只收入 600 元，连零头都未达到。所以他呈请市政府修订《南京特别市财政局征收花捐章程》，对逃票者加重处罚，以使其对增加的违规成本望而却步。

唐乃康如果知道他提建议不到半月，市政府就宣称要着手准备禁娼，或许就不会多此一举了。唐乃康更不知道，何民魂早自几个月前，就已开始暗自寻求治娼办法了。

何民魂在 5 月下旬举行的当月总理纪念周活动上，报告市政府的三个计划，其中之一便是要在两三个月内"实现废娼主张"。何民魂显然不是自己一时兴起想要禁娼，而是忽然接到上面的"旨意"。市政府这次纪念周活动，内政部部长薛笃弼赫然在座，并非偶然。而首都所要废娼，之前也并非一无迹象。薛笃弼就曾于 4 月中旬签发内政部令，命全国各省民政厅取缔妓女驻旅馆卖淫。而在何民魂宣称首都将禁娼的半个月后，内政部又通令各省民政厅取缔娼妓。

何民魂在 7 月初签发的市政府令中，再次宣称在两个月内要"将公私各娼一律查明废止"。自信能在这么短的时间内解决旷世难题，他的乐观是哪里来的呢？

我发现国民政府自从定都南京后，忽然喜欢上了"观瞻"一词，无论什么事情，只要与"观瞻"联系上，就顿时"兹事体大"起来，变得非做不可，不计财力裕乏与民生利弊。像城里修路与拆除民房，都是如此。娼妓当然更事关"观瞻"，自然不会被长久容忍。对于禁娼，已陆续有一些省市先于首都开展运动，自然对首都市长形成压力。何民魂在修订《南京特别市财政局征收花捐章程》的过程中，对娼妓问题作了一番研究，开始认真思索起解决的办法来。

对于治娼，何民魂最初的设想是寻求一根本解决办法，而从长计议。

旧病要断根才不会复发，但治沉疴也要避免采用虎狼药而损伤身体。他由研究得出的结论是，废娼的关键在于社交，"欲求废娼问题之根本解决，当力谋社交之公开，社交能公开，废娼自易为力"。他的意愿是请几个学识渊博而对社会问题又富有研究的学者，从学理方面作专门深入的研究，找出社交公开的正当方法。再由政府将此方法向社会作宣传，使普通民众了解何为男女正当交际，并在此范围内使性需求得到满足。

显然何民魂的设想太过理想化，而事实上国民政府在时间上完全等不及，何民魂也承认他的这个办法"收效甚迟"，缓不济急。于是又想出了第二个办法，他称之为"缴械式禁娼法"，他认为这个办法可以在短期之内收获奇效，他的自信由此而来。具体实施方法为：事先经过秘密准备，然后以迅雷不及掩耳之势，全市统一行动，在同一时间内，将全市三千娼妓一举抓获，不使一人漏网，集中关押，一一审讯，分别处理。何民魂经过调查，将娼妓分作三类，各占三分之一。

其一，为被逼或被卖为娼，自己并不愿意的，其中多为良家妇女，或竟是有夫之妇，所以大多有家可归。只需将其家庭情况调查清楚，即可令其返家。其二，为在嫖客中有相好者并愿托付终身的，但为防止被遗弃，对方须具保担责。其三，为无所归依的，由政府强制送入工厂做工，何民魂为此筹得数万元以供专用。

何民魂把他的计划写信向内政部部长薛笃弼请示，薛笃弼四天后即复函表示赞赏，"望积极进行以树各市先声"。可部长的回信还未到，就已有刘纪文将任南京市长的消息传出。又才过四天，在由谭延闿主持的由蔡元培、叶楚伧、于右任、王正延、陈果夫等人出席的国民党中央政治会议上，何民魂被免职，由刘纪文接任。

南京禁娼之役，何民魂不是出师未捷，而是尚未出师，就被临阵换将换掉了。看似命运剥夺了他一个建功立业的机会，实则未必不是老天眷顾他的官誉，因为这注定是一场难分胜负的较量。官府拥有绝对权力与所向披靡的力气，看似完全可以期待毕其功于一役。而对方虽然生活在社会底层，一如草芥，却极富韧性，关键是有广泛存在的社会土壤，使得官府的愿望始终是一个"恨不得"的梦想。

何民魂对于治娼的奇思妙想，更似一个书生的闭门造车，而不像是出自早年有过铁血生涯的革命者的头脑，但当时的何民魂过于相信自己的构想能收奇效，这使他内心的遗憾不在于失去市长之职本身，而在于没来得及实验他的治娼方法。所以当刘纪文决意不取他的策略而按照自己的方式行事时，他竟在江苏省政府总理纪念周上禁不住将胎死腹中的计划和盘托出。尽管他的惋惜之情溢于言表，旁听的报社记者却不禁莞尔。

如果把南京的禁娼运动看作一场社会实验，较之善恤民情的何民魂，破冰船似的刘纪文当然是更合适的实施者。他为达成目标所抱持的铁一般意志，以及刚烈的性格与强硬的行事风格，与所掌握的强有力的国家机器资源相匹配，都使官方具备的条件更坚实无疵，也就使这场强者强、弱者弱的对决实验更富典型性与戏剧性。

刘纪文走马上任，踌躇满志，几乎将禁娼当作就职后的头等大事，先去拜见了内政部部长薛笃弼，确定禁娼办法，随后于他上任后的市政府第一次会议，也是重点讨论禁娼，决定于9月1日完全禁娼，令财政局8月份就不再收取花捐，令公安局在限期前劝令各娼妓转行或入救济院接受择配，否则到期后逐出首都。

财政局、公安局随即在全城到处张贴布告，大街小巷不时可见身着官服与警服的人在各种墙上刷浆糊。市妇女救济院主任成瘦卿女士也先后召集市政府所属各机关、国民党各党部、妇女团体及慈善机构开会讨论贯彻禁娼办法，决定先行召集妓女开会登记，通过与妓女谈话、化装演说、排演节目宣传政策，"促其觉悟"。

考虑到娼妓人数众多，成瘦卿原先打算"娼妓登记大会"在8月11日至13日连开三天，实只第一天开了一次会，其后便难以为继，因为谣传政府将实施挨家挨户搜捕，送入救济院做苦工，或分配给北伐归来的士兵做家室，不只妓女龟鸨大起恐慌，凡有妓女欠债的银楼、绸布庄等商家也都急火起来，纷纷向妓女妓家索欠，妓女集中的钓鱼巷连日纠纷不断。

有地方可投奔的妓女仓皇逃出城去，半月里走了十之有三。特别是有些名气的妓女，若有相慕者肯接纳，或为妻或作妾，哪怕只是同居或包养，也都愿意匆忙下嫁或随之而去。如樊素吟嫁与曾任某军副官的王慕瞻，去了汉口。陈媛媛嫁了上海丝捐局胡某。雪林去了上海，暂时住在东亚旅馆，有依某总办之说。樊小素与某绸布庄三老板同居了。樊银芳嫁给了粤东余某。陈小红跟着某军彭处长去了。十三红有嫁某副局长之说。而应政府号召主动投入救济院的仅有下关的花老三、花老五姊妹俩与小金宝等4个妓女。

成瘦卿并不是一个不会思考、只会一味照上级命令行事的官员，她积极准备与推进刘纪文的禁娼计划不过是职责所在。禁娼她当然是非常赞同的，但对刘纪文的禁娼办法不以为然，她认为妓女大多好逸恶劳，你让她们"改业"，不管改为什么，她们终究还是会重操旧业或作奸犯科。把她们逐出京城，等于祸害别处。前市长何民魂也曾说过："从前武汉方面亦曾做过禁娼运动，而且禁得非常之严，但其结果不过是将武汉方面之娼妓，驱至长江下游各地而已，故只得谓为驱娼，不得谓为禁娼。"所以她与慈善机构、社会团体、党派机关代表联合给刘纪文写信，建议开办职业学校、工厂，强制妓女接受培训与就业，并请市长转呈中央，建议通令全国，一律禁娼。刘纪文接受了成瘦卿等人的建议，但是否能实行那就又是另外一回事了。

或许是以为读书可以使人知廉耻，8月11日的妓女登记大会在市图书馆举行。仍留在南京的妓女大多不敢前往，生怕去了就被扣留。因按时前往的妓女太少，成瘦卿与省市妇女协会、省党部民训会、普育堂、女青年会、市妇女整理委员会等机关与团体代表、报社记者一直等到下午三点才开会，所到妓女也只有双福四喜堂、青楼阁、芝轩别墅等妓院妓女樊宝玉等30余人。

大会开始，先由成瘦卿作报告："今天为娼妓女同胞登记大会，但连日娼妓逃走者已甚多；不过将来全国均须废除，则娼妓终无处可逃。诸位要知道，你们将来婚姻结果，十分之九均为妾，男子苟一变心，则无处归宿……政府废娼是救济你们的，是为你们谋职业、自由、独立、平等。"其后各机关团体代表及《三民导报》记者相继演讲，总之希望娼妓们快快觉悟，毋作男子的玩具。

演讲结束，表演由救济院女生与下关来投院的几位妓女排演的新剧《觉悟》，共三幕，第一幕"嫖娼"，第二幕"投院"，第三幕"解放"。最后全体合唱《废娼运动歌》，歌调与歌词模仿的是法国歌谣《两只老虎》："实行废娼、实行废娼争平等、争平等，努力废娼运动、努力废娼运动快醒来、快醒来。打倒龟鸨、打倒龟鸨谋解放、谋解放，全国废娼成功、全国废娼成功齐欢唱、齐欢唱。"当唱至"打倒龟鸨"时，在座的陪妓女同来的鸨母顿时局促不安起来，起身走也不是，不走也不是。

这次大会虽然热闹，社会效果并不理想。一个星期后的星期天，国民党中央委员陈树人偕夫人居若文在刘纪文陪同下，前往地处夫子庙的妇女救济院参观，主动投入救济院的妓女仍只有下关的那几位妓女。大多数妓女的心思不是乘机即刻改行，而是希望政府宽限。就在救济院卅大会的同时，一群妓女于 8 月上中旬联名写信给南京总商会，请代为转呈中央及省市政府以及内政部等，希望禁娼不要说禁就禁，而改为延期分步进行："具呈人妓女樊宝珠、谭桂芬、樊宝玉、花小芬、花小桃、王凤清、花小五、张弟弟、余凤楼、花凤仙、小素银、小爱玉、莫愁、小芙蓉、女班代表戴陆氏……窃妓等前见市政府通令……惶恐莫名……惟投身此业，须学时妆，钗环每赊自银楼，衣裳则欠彼银号，小则数百、大则逾千，每恃博笑之资，还彼妆饰之债……拟请政府俯念下情，准予以花捐现有人名，不准增加，按五年分期禁绝……钧会为商界中心，而本案又事关商业，窃请代为转呈……"

8 月 18 日，刘纪文刚从上海公干回到南京，舟车劳顿，身体不大舒服，报社记者路过他的办公室，见他躺在那里批阅公文，便以近期商会

乌衣巷地处夫子庙的繁华地带，当年出入巷子忙
碌的，可不只有燕子。

要求废娼延期，各界对于 9 月 1 日禁娼能否如期进行颇有怀疑，试探市
长态度。刘纪文虽面有病色，语气仍然坚决："无论什么大力量的人来运
动说情，总不变更原来的政策。"说着说着激动起来，"秦淮河有很好的
风景，因有娼妓，把一个秦淮河，完全被一般纨绔子弟占去，一般人想
带家眷到那里去游玩，唯恐游客误认而都不敢去了"。

　　过了三四天，又有记者到市长家采访，刘纪文说禁娼决然按期实行，
"不抽签不分期，无可归者悉数送入工厂"。8 月 30 日刘纪文签署市政府
第十三号布告："现就本市妇女救济院设立娼妓收容所，凡在九月一日限
满以后延不改业之公私娼妓，一律拘送该所收容，如有领家鸨母人等借

端压迫勒掯，一经查明或被告发，即予从严惩办，事关革除社会恶俗，本府令出惟行，决无宽贷。"算是对妓女们要求禁娼分段延期的回答。

公安局门口挂妓女照

当禁娼限期到来，从闹市到里巷，公娼一夜之间全部消失了。可满心希望政府彻底铲除娼业的人们还没高兴几天，救济院公布了收留的妓女人数，仅仅只有 23 人，稍许有点头脑的人可都笑不出来了。

报社记者告诉读者调查的结果是，9 月 1 日后，的确有一部分妓女离开了南京，她们当中的一小部分人嫁了人。留在南京城未走的妓女中，少部分被龟鸨藏匿到僻静地方，赌政府朝令夕改，到时可以继续营业；大部分则混以普通居民身份，继续从事卖淫，实际上是由公娼变为了私娼。

上海的《时报》公布了进入救济院的妓女的详细情况，因为人数过少，又存在较大的偶然性，所以不具有整体的代表性，但仍然可以反映南京公娼的一些特点，比如人口学上的年龄、籍贯、家庭状况等。在 23 人中，南京人与扬州人各占了将近 1/3，其余来自苏州、无锡、镇江、徐州、上海等地，外省仅一人，这说明外省娼妓逃离南京的可能性更大。

18 岁（含）以上的有 12 人。也就是说，未成年人占了一半。若以 1928 年 1 月何民魂市长任上修订颁布的《南京特别市财政局征收花捐章程》所规定的须年满 15 岁划线，有 11 人当初入行的年龄都不到 15 岁，其中 14、13、12 岁入行的各 2 人，11 岁入行的有 3 人，入行年龄最小的两位才只有 10 岁，可见女童占了很大比例。

23 人中，只有 1 人因"生活无望"自己进入妓院，其他 22 人都是被别人卖到妓院的，其中 13 人被父母卖出，1 人被姑母卖出，1 人被丈夫所卖，7 人被人拐卖。被亲人所卖的 15 人中，只有 7 人的确是因生活困苦，其余 8 人的家庭情况驳杂，有开小店的，有开茶馆或做其他小生意的，未见得系家庭陷入绝境才卖骨肉或妻子。

23 人中, 21 人有不再为娼意愿而主动投入救济院, 另外两人是由警察送入救济院的, 且并非抓捕, 其中一人是与人发生纠纷而警察介入。说明在禁娼初期, 刘纪文并未动用警力强制妓女入救济院, 而是以劝导的方式让妓女主动前往救济院, 当然若有妓女求救, 警察或救济院会出面相助, 救济院主任成瘦卿就曾从四喜堂中解救出两名求救的妓女。

在刘纪文大刀阔斧砍斫下, 娼妓随处可见的情景消失了, 但不时还有一些零星的娼妓在暗地活动。早在禁娼令发出的当月, 就有人断言:"官娼禁而私娼出, 此一定之理也。" 而现实的情况又仿佛应了那句"肉食者鄙, 未能远谋"的古话。前任市长何民魂在禁娼前夕宣称两三个月内就可解决问题, 而刘纪文如此暴风骤雨, 眼见已过去整整半年, 娼妓仍未能归零, 刘纪文颇不服气, 于是亲自出马。

1929 年 1 月 5 日深夜, 刘纪文偕公安局局长姚琮、副局长邓刚率干警数十人, 严查夫子庙一带私娼, 搜查时刘纪文亲自守门, 结果搜获嫌疑男女 60 余人, 均带到公安局羁押。

元月底 2 月初, 刘纪文又接到一封举报信, 说市政府前面的龙门西街二号内, 住有私娼, 并有政府某机关"重要职员"每夜必至。刘纪文随即在农历小年那晚又亲自出马, 与公安局副局长邓刚、社会局局长梁维四、东区警察署黄署长于当夜十时左右前往查拿, 果然将李姓机关职员堵在了私娼刘小鸭子房内。

但刘小鸭子辩称, 她并不是妓女, 也未卖淫, 她只是在招待她丈夫的朋友, 而李某则说他到此是应一个夏姓朋友之约来玩的, 两人口供对不上。警察在李某身上一搜, 竟然搜出被警察定性为淫具的"风流如意套"一盒, 这下两人都无话可说, 乖乖跟随黄署长回警署去了。

刘纪文"凯旋", 心情却并不轻快。禁娼令下已经半年了, 卖淫嫖娼未能完全根绝, 社会一般人等恶习一时难戒也就罢了, 本应做市民表率的政府职员竟也漠视政府禁令, 革命觉悟与道德水准之低, 令人不能容忍。但是刘纪文对此也并不过于讶异, 因为这不是第一次。

去年 9 月上中旬，刘纪文同样接到密报，坐落于杨公井五号的我们妇女协会内，时常有人聚赌抽头。听说开始他也是不由大怒，想市府早颁令禁赌，该机关却明知故犯、有违法令，于是在 12 日下午亲率干警前往拘捕参赌者，却意外地在聚赌现场见到我们妇协成员与某要人的女公子，不得不将奋力举起的手轻轻放下，嗒然而归。

而刘纪文也知道，早在禁娼之前，政府官员就有不少流连于秦淮画舫，其中当然不少国民党党员。市党部以其足为革命之耻，特在秦淮河桥上大书"花天酒地堕落党员人格，倚红偎绿违反本党纪律"，但听从告诫者不多。

刘纪文认定问题的关键还是力度不够，所以他又给禁娼加了一味猛药。就在捉住刘小鸭子两天后，南京市政府颁布《取缔私娼条例》，其中引人注意的条款，是对拘获的私娼与狎客除了拘留、强制劳动等通常处罚外，外加了一项人身羞辱——拍摄四寸的半身相片公开张挂。

1929 年 2 月中旬的一天，报社记者看见一群人聚集在东区公安局分署门口，不知在围观什么。挤进去一看，原来那里挂了一个镜框，里面贴了几张相片。相片上方写着"私娼照片"四个字，相片下方注明姓名年龄。记者认得其中有飞龙阁的姚月明，麟凤阁的露月楼、朱翠楼、朱翠铃，另外还有三位年老色衰的妓女。姚露二朱四人表面上都是歌女身份，既被如此揭穿，自然羞愤交加。略有姿色又较年轻的二朱气得不肯再在麟凤阁登台。姚露两人虽为生计所迫强颜续唱，但被客人指指点点，不时举止失常。

刘纪文是把禁娼作为一个社会运动来实行的，形成了大规模、持续严厉查禁的态势，在反复地翻耕爬梳中，形形色色从事娼业的人被置于阳光下，进入公众的视线。就在 1929 年 2 月，警方居然查到有个名叫石山黑的日本人，在下关私设日娼，随即请外交部向日本领事馆交涉查禁。

在刘纪文强有力而超常的措施下，禁娼效果相当明显。有人去看夫子庙著名的妓院——全安四明楼，已由往常的灯火耀眼、人声鼎沸变得

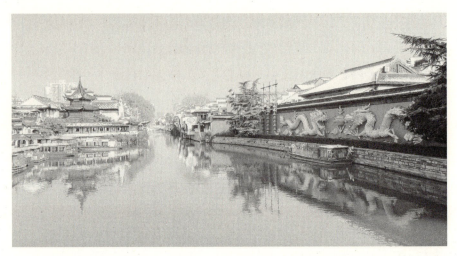

站在夫子庙的文德桥上向东北方望去，遥想 90 年前秦淮河的水中画舫竞弋，两岸花团锦簇，桥上却挂着标语"花天酒地堕落党员人格，倚红偎绿违反本党纪律"，那该是怎样一幅令人忍俊不禁的景象？

华灯不明、寂静如死。钓鱼巷的青楼，也只见蜘蛛在窗户上忙碌。有人挖苦失了摇钱树的老鸨，只能到荐头行去找一份帮佣的活儿，到人家去做娘姨了。秦淮河画舫生意同样一落千丈，有的船主将船出租作货船，也有的将它充作秦淮河两岸的渡船。摆渡一次仅几毛钱，与往常日入数金相比，可谓天壤之别。

刘纪文与许淑珍结婚时已至中年，此前非因革命忙碌无暇婚姻，而早年曾与国民党元老古应芬的女儿古婉仪论及婚嫁。可是订婚后不久，小姐即患病不起，竟至于离世。刘纪文与她感情深厚，伤痛多年，而在她身后，仍与古应芬维持了近乎翁婿的关系。因有传言刘纪文仕途腾达乃受益于古应芬。

1929 年仲夏的一天，刘纪文陪古应芬泛舟秦淮河，往日河上笙歌欢笑之声、画舫穿梭情景早已不见，只见画舫大多冷清地散泊在河畔。古应芬见状以船主生计相问，刘纪文默然不语。

刘纪文铁腕治市，警察自然成为他依恃的重要力量。可就在禁娼初见成效的时候，3 月 2 日，国务会议通过决议：改南京特别市公安局为首都公安局，由原隶属于南京市政府而变为直接受内政部管辖，呈候中央核夺施行，并令特别市政府遵照办理。

刘纪文接令后，心潮汹涌。虽然公安局划归内政部后，对南京市市政仍负有"协助进行"之责，但调动起来免不了会受掣肘。刘纪文洋洋洒洒一气写下两千字长文，分别呈给国民政府及总司令部，提出反对变更公安局归属的六大理由，指其与《建国大纲》的精神不符、与特别市组织法规定不符、与孙中山所定的广州市制度不符、与共和国家精神抵触等，请将公安局仍归市政府统辖，兼受内政部直接指挥。

刘纪文又专门去见蒋介石，当面痛陈利害，说市府若无公安，等于车没有轮，船没有舵，市政无法进行，他唯有辞职。

刘纪文说得激动，蒋介石却未跟着他的情绪节奏走，他处于总揽全局的位置，又需平衡各方利益与需要，自不会只考虑刘纪文的诉求，对南京市政因移交公安局将造成的困境也不至于事先一无考量，甚至于南京市不设公安局的某些原因他也不便与刘纪文明说，所以他只能笼统地安抚刘纪文几句，诸如尽管安心工作、不须多虑之类。

刘纪文颓然而归，随后接到蒋介石交由国府文官处所转的复函，称刘纪文所呈请之事，关乎国务会议的决议，未便轻率予以变更，碍难照准云云。

刘纪文接函在手，心绪十分恶劣，报社记者形容是"非常焦灼"。而内政部已开始着手为成立首都公安局作准备。这在刘纪文万难接受，竟又给蒋介石写了一封信。这固然是他执拗，但更主要的还是他觉得今后工作无法进行。此时他也情知要中央政府完全改变主意不大可能了，所以退而求其次，只请求暂缓作此变动："市公安局改为首都公安局归内政部直辖一案，与职市政建设实有莫大之阻碍，倘即实行改组，职市将立时陷于绝境，即此建设基础，必将因而摇动……缘消极方面之取缔，与积极方面之维持，凡此事项，无一不赖市公安局以执行……大之如开辟马路，禁止娼妓赌博鸦片，小之如征收捐税拆除障碍交通之屋角等事，势必阻力横生，市政计划固属无从贯彻，职府本身亦将无以生存。职若因一事不可为而遽一事不为，委蛇滥竽，不惟非职之素愿，又岂钧座设官治事之初心哉……"

事情到了这一步，刘纪文已是死马当作活马医，但死马复活的奇迹岂是轻易会出现的？事不过半月，首都公安局局长的任命书就已下达了。

所幸在此之前，娼妓在严禁的持续高压之下，尽管未能完全断绝，却也只是零星的存在。正如刘纪文1929年6月所说的，作为伤风败俗工具的娼妓已经渐次肃清。而经济由禁娼而造成的下滑，市场繁荣遭折损，也可以说是换来了禁娼的成功，是社会为改良风气必须支付的代价，是割痈必受的痛苦。

刘纪文形容娼业为伤风败俗的工具，而中央政府强令南京市政府移交公安局，无异于收缴了刘纪文禁娼的工具。国民政府此举可以公开的理由当然也可以说得十分充足，比如，南京市既为全国之首都，公安局的职能自然不能照一般城市的治安需求来赋予，其规格当然也应更高。

不惜令刘纪文痛失股肱，当然不只这类铮铮理由，还有一些不可为外人道的可能缘故，惹人猜想。比如，会否是反禁娼势力的釜底抽薪？警方在禁娼中的不菲收益，就不会有人觊觎？

以罚代管　警察窃喜

早在禁娼令发布仅仅半年，已有报载："连日以来，龟鸨等要求复业之声甚嚣尘上，曾上一文于市府，已遭驳斥。而下关商民协会，亦以维持市面振兴商业为辞，呈文内（政）部及市府，请求准予开禁。"在禁娼之剑高举的态势下，娼家敢于露头呈文，商会竟也如此不识时务地试反潮流，恐怕都不是他们有过人的胆识，而是有一股潜在的势力的支持。

最初在刘纪文市长任内发布、后在何民魂市长任内修订的《南京特别市财政局征收花捐章程》中，为了提高警察执法的积极性，规定查获逃税或违章妓女的警察，可从罚款中提取五至七成。在禁娼初期，因私娼人数较少，警方由此获利有限。而在市公安局转由内政部直辖后，首都私娼的数量由渐增而激增，收容娼妓的市妇女救济院容量不足，警方将查处娼妓视为获利途径的倾向日益明显。

1929 年 10 月，民政厅针对全国多地出现的警察以查处私娼获利的现象，下令各省会公安局"以后查获私娼，不许罚锾释放，一律送所教养"。此令对于首都警察厅（由首都公安局更名）来说无效，民政厅与警察厅平级，无权下令，何况民政厅所令对象言明为"各省会公安局"。首都警察厅对于此令，有觉悟的话自会以此自警，否则尽可置若罔闻，而首都警察厅以实际行动表明了自己的取舍。

仅从《中央日报》1929 年 10 月后的娼案报道中，即可看出警方对查获的娼妓嫖客几乎都以罚款了事。国民政府 1928 年 7 月 21 日曾颁布《违警罚法》，第四十三条规定"暗娼卖奸或代为媒合及容留止宿者"与"如暗娼止宿者"都将处 15 日以下拘留或 15 元以下罚金，所以警方罚款额度最多以 15 元为限。

但 15 块大洋并不是小数，从《中央日报》1930 年的报道中看，妓女按"品相"定嫖资。如固定仕在如意里的一个"貌尚不恶"的 16 岁张姓少妓，每次接客大洋 10 元，这是当年见报的收费最高的纪录。而应召到湘宁旅馆卖淫的 19 岁的陈小银子仅收费 6 元。还有更低的，太平桥一娼寮外叫的私娼孔王氏（显然是有丈夫的）夜度金仅仅 5 元。报道中的警方对妓女的最低罚款额度为 4 元，如对东文思巷 20 岁的安徽人何玉清、西钓鱼巷的薛氏姊妹等，但每案至少有一个嫖客，所以警方每次收入都是双份。如遇集众淫乱，收入自更翻倍。如 1930 年 5 月下旬警察在功德林抓获的奎光阁歌女罗红楼，现场有狎客 5 人，各罚 10 元，即一共 60 元，什么叫乐不可支？数钱的人自然深有体会。

于是形成了这样的局面，警察的查处，无非增加了卖淫的成本，所以妓女们只要更努力拉客，多接两单，付给警察的罚款是可以赚回来的。相比以前照章纳税还更好些，因为并非每次接客都会被警察捉住。所以有妓女多次被抓了罚、罚了放，放了又抓，缴钱走人，循环往复。

西钓鱼巷有一对做皮肉生意的双胞胎姊妹花，江宁人，姓薛，姊姊叫大贞子，妹妹叫小贞子，虽只有 16 岁，却都是警察局的常客。1929 年 12 月 12 日两人同时被抓，1930 年 3 月 13 日小贞子被抓，4 月 12 日小贞子又被抓，5 月 23 日大贞子被抓。每次都是缴了罚款后掸一掸衣衫就出了警局重新面对遍地阳光了。

因为捉娼的多为属地警方，所以妓女与警察一来二去，就成了熟人。夫子庙全安茶社歌女高小楼，1929 年 9 月 22 日歌毕带了三个嫖客回她西钓鱼巷的家，被警长李占奎等查获。12 月下旬，已跳槽至淮清桥工商部国货陈列馆民众乐园做歌女的小楼姑娘，又在其西钓鱼巷寓所卖淫，又被占奎警长率数位警士抓获。不知两人再见面时，有没有相视一笑。

不在住处接客而应召前往的私娼数量不少，旅馆成了她们经常出入的地方。旅馆为招徕生意，也乐意增加代旅客召妓的服务项目。坐落于城南太平里的新新饭店，因为有妓女在店卖淫，先后于 1930 年 4 月 10 日与 30 日、5 月 7 日与 17 日被警方抓获，即在五个星期内涉案四起，而旅馆照开，生意照做。警察肯定是更乐意去旅馆查娼的，因为除了妓女嫖客，缴罚款的还多了一个旅馆的茶房，何乐而不为呢。旅馆实际上成了警方"养鱼"的地方，隔数日便去起一网，总不空手而归。

从《中央日报》的娼案报道来看，1929 年下半年间平均每月 2 篇，12 月份最多，3 篇。而从 1930 年开始，2 月份 7 篇，3 月份 8 篇，4 月份 16 篇，5 月份 15 篇。

许是发案太多，连《中央日报》发消息的编辑都已心生厌烦，故而新闻标题也懒得换新了，一用再用的题目有"西钓鱼巷获私娼""两私娼卖淫被拘"，用了三次的题目有"歌女与私娼卖淫""私娼卖淫被拘罚"等。

娼案铺天盖地而来，不明就里的读者，还以为是警方禁娼卖力的结果，殊不知乃私娼激增得厉害，几成失控态势。而警方忽然发现了生财之道，于是滥用权力、滋扰民众的事件时有发生。

早在 1929 年 11 月下旬，首都警察厅几位警察在西钓鱼巷查户口时，发现一住户女子与从上海来的一个熟人苟合，即以"情同私娼卖淫"罚办。

1930 年夏季的一天，一广东籍高级军官与太太在中央饭店住宿，晚上就寝后，军警忽至，叫开门后，盘问太太。太太因只会粤语，不能答，形同支吾，军警认定为娼妓，军官大愤，打军警一耳光。军警则欲将军官绑至警局。军官经与军界某要人通电话后，方释嫌疑。

又一天，仍在中央饭店，有新婚夫妇入住，军警当夜查房。查房虽告为新婚夫妻，军警哪里肯信，仍将门叫开，百般盘问而去。新妇受辱，痛苦得一夜不能安卧。

警方以维护正义的名义恣意妄为，终于犯了众怒。南京市第十区的国民党党部第四分部首先向首都警察厅发难，在 1930 年 6 月 10 日召开的第十八次党员大会上，议决呈请上级党部转呈中央，严饬首都警察厅妥订禁止私娼办法，不得任意侵犯个人自由："首都自废止娼妓以来，警察即利用此项禁令，往往无故侵入人民住宅，或旅馆房间，遇有异性同居辄横加侮辱。其因言语冲突，或怯懦不敢置答，致被以形迹可疑或私开房间等罪名解局讯办，或科罚者，不知凡几。近阅《时事新报》所载，

民国时期中央饭店旧址。民国南京卖淫嫖娼泛滥的时候，连中央饭店这样的地方也既不干净又不清净。住店客人既可电话召妓，警察也因屡番前往查嫖捉娼，常常骚扰良客伤害无辜。

尤令人发指。首都警察对于国家法令竟未一浏览乎？将真如报纸所载，因罚金之收入无从稽考，故吹毛求疵，而遂及于良家妇女乎？"

首都公安局首任局长为原南京特别市公安局局长姚琮，1929 年 4 月就职，11 月份首都公安局改为首都警察厅，厅长仍是姚琮，1930 年 4 月由吴思豫接任。

面对党部的责难，警察厅的反应颇有意思。先是前 16 天，《中央日报》上有关警察查获娼妓的消息忽然全无。之后 29 天内，《中央日报》共登载了七八条相关消息，对妓女的处罚大多含糊地称"罚办""罚金"，少数提及罚款数额，最多一个为 8 元，其余为 5 元，较之前大为降低，显系党部的指责所生效果。而吴思豫厅长又在 7 月 21 日给南京市政府写了一封信，信的内容貌似积极为彻底禁娼设法，实为警厅开脱辩解。

该信首先否认党部指责，说警方是完全遵照《违警罚法》第四十三条三、四各项规定办案的，意即警方罚款最高并没有超过规定的 15 元。继而说要彻底解决娼妓问题，"须从教养入手"，方可"正本清源"，所以请市政府扩建社会局的妇女救济院，以使警方今后可将查获的私娼统统移送该院，这样就不用罚款了。将警察以罚代管、以罚谋财的责任推到刘纪文身上去了。

也是巧，就在吴厅长给市政府发函的当天深夜，20 岁的私娼杨小秀子，偕其男仆高春海应中央饭店电召前往卖淫。两人分乘两辆黄包车，从东钓鱼巷住处出发，一路辚辚往北，行至马府街时被警察拦住讯问。警察得知原委，将二人带到第二警局，杨罚 10 元、高罚 5 元方得回家。

《中央日报》在刊载这条消息的后面，加了记者按语，厉责警方："《违警罚法》第七条载，违警未遂者不处罚，杨小秀子在中途被警察截获，实为违警未遂者，第二警察局竟处以十元巨额之罚金，连其仆高春海亦处罚五元，岂警局处罚人民，可不顾警律耶？"

《中央日报》却也不为厅长有所遮掩，7 月 22 日，将他的信与杨小秀子消息并记者按在同一版面刊出，有意思的局面于是呈现在读者面前：党部斥责警察不知国家法令，吴思豫说他们是严格按照中央公布的《违警罚法》第四十三条处罚的，记者却直指警察违反的是《违警罚法》的第七条，令厅长补漏不及。

吴思豫写给南京市政府的信用了不少心思，可是捉襟见肘，其中有几句："查娼妓之操营贱业，多缘经济压迫所致，首都生活程度甚高，衣食住行四大要素，在在需费，计无所出，不得已而操贱业……"既知娼妓生活悲惨，经济拮据，却还要对她们施以高额罚款，"鹌鹑嗉里寻豌豆，鹭鸶腿上劈精肉"，岂不是自证可恶？

自 1930 年 6 月 10 日南京市第十区国民党党部第四分部向上呈文指责警察厅，直到年底，《中央日报》所载娼案消息，多已不提罚款数额，自 8 月份起，更连"罚办"也改作"法办"或"讯办"了。7 月下旬少见地罚了一个 10 元，却又不是娼案，而是有夫之妇与邻居在旅馆幽会，被警察抓住。这似乎表明首都警察行事的无厘头状态，前者对于舆论已有所忌惮，后者却又肆意无界。

8 月 10 日，内政部以党部第四分部呈文训令警察厅长严饬下属依法办案，其中特别提到警察在查处私娼中，"常有偶以异性同居，即侵入人民住宅，或旅馆房间，横加侮辱情事"。而吴思豫在答复的呈文中，却说下属的警察各局"以职责所在，查察未免过于认真，间有不明手续之长警，办理操切，一经觉察，无不按章惩处"。

吴思豫面对来自各方的汹汹指责，虽然头角强硬，拒不认错，竭力维护下属，毕竟无法完全不加理会，而不得不遵内政部训令，拟列了"各警察局查禁私娼办法"，草草四项，呈给内政部。内政部将其交由下属警政司参考修改，最后定名为《首都警察厅查禁私娼办法》，于 9 月 12 日公布。

内政部的《首都警察厅查禁私娼办法》，比警察厅拟订的"办法"增加了一倍，共八项。比较两个"查禁私娼办法"中的各项内容，耐人寻味。

第一项，警察厅的是查娼须不出《违警罚法》规定范围。内政部在之后加了一句"但以不罚金为原则"。

第二项，警察厅的是查旅馆宿处，应在夜里十二点以前进行。内政部改为应在十点以前，提前了两小时。

第四项，警察厅的是警察在旅馆稽查私娼时不得无故侵入其他旅客房间，内政部在此句后加上"尤不得有横暴之言语及举动"。

第五项内容完全为警政司新加："警察稽查旅馆及宿舍时，遇有男女同宿者，除明知其为私娼，应予罚办外，即使非正式夫妇，亦须有法定告诉权者之告诉，乃得干涉。"

如此一来，警察的为所欲为自是限制了不少，所得好处也相应减少了许多，而其查禁娼妓的积极性自此上升或下降，从私娼活动此后是更加活跃还是趋于沉寂可以略窥。

严禁之风忽转向

天津《大公报》1930年9月22日在刊载内政部订定《首都警察厅查禁私娼办法》时，用的标题是《金陵私娼如草滋蔓》。实际内容却只有内政部订定查禁私娼办法出台的前因后果，而对南京私娼如何"如草滋蔓"只字不提，字面上令人以为是内政部的"办法"由来是南京私娼的蔓延，事实上，南京市的私娼"越查越多"的确是当时许多人的感觉。

1931年仅2月份的下半月，首都警察厅各警察局就查获私娼80人次。4月里，有外地人到南京，说南京禁娼虽侦查缜密，但"日久玩生"，暗娼"日见其多，闻夫子庙一带私娼窟有如星罗棋布，我日前到南京住居旅馆，入夜亦见有几个私娼穿插其间，由此可见目前首都私娼之兴盛"。

8月上旬，国民党南京市党部执行委员会开会，内容之一为，第二区党部执委会呈文："本市各冲要地点，时有私娼出没，招摇过市，请函首都警察厅切实查禁。"反映出娼妓活动的两个新情况，一是由禁娼之初外逃的娼妓重又返回市区；二是对警方抓捕的畏惧渐消，故而由深匿转为"招摇过市"。

1932 年 10 月报载，南京已出现娼妓当街公然拉客的情景。在 1933 年初南京市政府的公文里明言："本市自禁娼以来，秘密卖淫之私娼，充斥市廛。"4 月，南京市旅业绸布业等 25 个同业公会在给市商会转呈市党政当局的呈文中道："数年以来，公娼名虽禁止，私娼较前尤多，良莠不分，难以取缔，种种流弊不胜枚举……甚至已引发社会问题，因私娼难辨，军警检查每误认良家女为私娼，或见私娼而又误以为良善，所以稽查盘诘每启纠纷，多数之人竟视行路为畏途，以致怨声载道。"

市社会局局长王崇植也对记者承认："京市自禁娼以后，年来私娼之滋长活跃，诚为不可掩饰之事实。"市妇女会 5 月份在呈行政院的请愿书中描绘南京禁公娼、捉私娼的情景："秦淮道上，每于夜深人静之际，时演于拉客抓妓之趣剧，市政当局……惟强罚引令，而一般私娼，亦惟有四出招揽，以谋补益，故罚金愈多私娼愈盛而其生活亦愈苦递演，迄今私娼足迹，几遍全城。"

1946 年 10 月，巴黎强令妓院关闭后，市政府卫生局官员报告患花柳病者激增惊人，以致塞纳省议会于翌年夏提议恢复妓院公开营业。

对丁私娼的失控与性病的暴增，显然南京的国民党人并未显示出过人的聪明，反而想当然地认为禁娼即可绝灭性病传染之源。南京市卫生事务所得到一份中央医院梅毒患者的统计报告，1930 年总数为 709 人，1931 年 1107 人，1932 年 1395 人，1933 年 2135 人。所长王祖祥因此发出警告：如果不赶紧设法抑制，后果必不堪设想。

不是将来不堪设想，而是现状已然不堪，连军队都成了重灾区。天津《大公报》1933 年 4 月报道，据官厅调查，首都在过去五年之禁娼期内，青年花柳病骤增，军队学校招考检验体格，发现染花柳病者达十分之九。

眼见私娼日益泛滥，社会各方纷纷敦促政府，不能袖手坐视。官方自也着急，不是想不出良策来嘛。

早在 1931 年，德国性学大师、生物学家马格努斯·赫希菲尔德于东方诸国的游历中，曾在中国逗留了两个半月，去过上海、杭州、南京、北平、天津、广州、香港、澳门等多个城市，并作过多场不限于性学内容的演讲，很受欢迎。

或许因为性学是医学门类中最直接反映人性与折射社会光景的学科，而难得的是赫希菲尔德具有国际视野，而将世界各国的民族性拿来作对比。他不将研究视角限制在性学的技术层面，而放眼于社会学的各个方面。他对历史、风俗、宗教等都怀有浓厚兴趣，并用专业的目光打量，从中过滤出有性学意义的材料。

更为可贵的是，赫希菲尔德并未随着他专业研究的独步而视人趋于物化，他有悲悯情怀，特别是对底层民众充满同情。在他深沉而诗意的笔下，生活卑微的中国人，既比在他们面前趾高气扬的欧洲人更安详、忠诚，性情更温和，性格中又有一种满脸笑容的日本人所缺乏的严肃，他们的黑眼睛里，隐含着深深的辛酸与悲哀，同时潜藏着炽烈的火焰。

他在香港时，曾有一个欧洲人跟他说笑话，说有个中国轿夫对他说，如果重新投抬，他宁愿做英国富人家的一条狗。赫希菲尔德望着脸上的笑容尚未褪去的商人，斥责道："你怎么可以笑得起来呢？这是悲惨的一幕！"

赫希菲尔德抵达南京后，卫生署（前身为卫生部）署长刘瑞恒未放过这个难得的问计卫生制度与管理的良机，邀请赫希菲尔德参加了一个小型座谈会。

在座谈会上，除了讨论同居与生育控制，治娼当然是议题之一。刘瑞恒问赫希菲尔德对国内正在进行的妓女登记的看法："也许你知道，我们还没有这方面的管理系统呢。"赫希菲尔德的回答直截了当，也许会使刘瑞恒以及在场的其他人听了丧气，他说："没有什么用处，卖淫不是政府控制就能消灭的。我根据经验可以知道，你们只能阻止一小部分，此外登记并不能预防性病。另一方面，登记会给这一群人打上标记，让她们受到最不公正的羞辱。"

私娼既无法禁绝，那就大禹治水，改堵为疏呗，娼妓开禁就又像风透窗隙此起彼伏地呐喊起来。1932 年秋天，军政部部长何应钦为军人检查体格，发现患花柳病的人不少，最初还以为首都娼妓业已禁绝，那么此病肯定是外省传过来的。可是有天晚上他路过夫子庙，看见娼妓在路边拉客，这才知道首都的娼业已到这种地步。于是在中央纪念周上发牢骚说，不如实行公娼，因为通过严密检查，还更干净卫生些呢。

可是反对开禁的力量也很顽强。早在这年春天，闻市政府有将开禁的传言，南京市国民党部第七区执委会向上呈函，希望令市政府严禁私娼，不得开禁。市妇女救济会开了干事会，通过市党部转请市政府不得开禁。一年半以前，国民党颁布改组民众团体方案，妇女协会因此被解散，转而以妇女救济会代替。

石瑛因刚上任不久，人们自然猜测是新市长有意开禁，压力顿时像潮水一般涌向石瑛，石瑛只得赶紧表态说，市政府并无重开娼禁之议。

其实自内政部将原属于南京市政府的警察机构调走之后，查禁娼妓的事情就基本上与南京市政府没有太多关联了，责任顿时减轻许多。南京市政府所要做的，不过是扩建收容娼妓的救济院，但这个任务远不如现场捉娼那么硬性，那么紧迫，如果经费不够，即有足够理由停建缓建。

由此看来，刘纪文似乎是一个有勇少谋的人，猛则猛矣。蒋介石面谕嘱他安心工作、无须多虑，话已说得相当明白，可是刘纪文还是不懂，仍旧焦虑难消。这也表明他似乎有一点点西西弗斯式的悲剧性格，如果有人叫他停止无效劳动，他或许还不肯呢。

在刘纪文之后接任的魏道明，做了将近两年的南京市市长，这期间虽然私娼也膨胀得厉害，也未见到这位深谙法律的市长治娼有何妙招，但人们并不怪罪他，因为都晓得他手上没有警察可供使唤。而刘纪文还曾不避危险亲自率领警察查娼，人们对他的评价却也并不因此高于魏市长。

到了1933年冬末春初，治娼风向忽然有了变化，看似系官府查禁私娼武艺使尽的必然结果，种种迹象更像是主政者"转了心思"，而显然不仅市长石瑛得了示意。

"补偏救弊"是近代以来人们谈论治世之道常用的一个词，就像前任魏道明市长偏爱"合作"，石瑛对"补偏救弊"情有独钟。1932 年 5 月，他首将"补偏救弊"用于治市，出任南京市市长不几天，就在市政府大门口，放了一个市民意见箱，并随之发了一个布告："本市长以凉薄之身，受命于艰屯沪变之会，民生疲敝，物力凋残，诚恐视听不周，民间疾苦壅于上闻，亟应博采群言，期收集思广益之效，借图补偏救弊之功……"

11 月份，石瑛又将"补偏救弊"用于教育，就南京市民文盲多、失学儿童多的状况，张罗成立聘有叶楚伧、陈立夫、陈裕光、常道之等人参加的南京市教育设计委员会，宗旨即为"旁求硕画，资为补偏救弊之方"。1933 年他更将"补偏救弊"用于治娼。

石瑛曾一再用"补偏救弊"来解释娼妓开禁。意思是开禁并不是要完全否定禁娼政策，而不过是针对前期不完善的一种调整和补救。他如此定义南京市拟将开始的解禁，固然是为师出有名，同时也为减轻来自反对开禁方面的巨大压力。

石瑛以何名目定义娼妓开禁并不重要，重要的是他对开禁态度的陡转，女作家姚颖对此敏锐地注意到了。石瑛 4 月下旬在回答记者道："娼妓为社会自然之产物，试观任何文明国家，莫不有娼妓之存在，英之伦敦私娼充斥，警察虽明知其住所，卒亦无法以禁之，足见娼妓之产生与存在，实有其自然性与普遍性。"姚颖即调侃道："某市政当局，素来古板其性，方正其行，亦公然援引英之伦敦，法之巴黎，谓妓院林立，无法禁止。"

姚颖当时住在南京成贤街，在林语堂创办的《论语》杂志上以幽默笔调写时评，为幽默大师所激赏。后来有人在报上说起姚颖在石瑛市长任期内的笔健，以其幽默之调，不无调侃地说她"专捣石蘅青之蛋"。石瑛字蘅青。姚颖的夫君王漱芳在政府为官，是孙科派系中人，分别在1932 年间及 1935 年后，两度出任马超俊市长任期内的市政府秘书长，这使得姚颖写作题材的来源拥有异于一般人的特别渠道。

南京市第三次全市代表大会，1933 年 2 月上旬召开，可谓南京市娼妓政策转变的风向标。在会上，石瑛提出的"娼禁补救办法案"，以 100

多人对 30 余人的压倒性多数获得通过。

很难想象，没有主导性的意见起作用，在"革命"气氛高炽的首都，赞同开禁的人会占到如此比例，原本放声附和首都"观瞻"重于一切的众人，忽又集体转向，赞成解禁了。

而在此后，由市政府与市党部、警察厅、警备司令部等机关多次开会商量开娼办法，人们原都以为以往争论不休的场景必将重现，却不料如社会局局长王崇植所说：党政军警"佥以与其标榜禁娼之名而使毒焰广播为害社会，毋宁为有限制之开放……均主张为有限制的开放娼禁"。对党政军警"佥以""均主张"地如此一致，姚颖故又揶揄道："最近市政府召集政军警联席会议，对于开娼问题，几乎由问题而变成没有问题了。"

徒有功终无效

尽管如此，反对开禁的声音始终在轰鸣，其中主旋律是由女性奏响的。南京第三次代表大会上讨论废止禁娼案时，女代表反对得异常激烈，只不过总处于下风，于是有女代表愤而退席。表决结果刚一宣布，又忽有人大放悲声，响彻会堂大厅，原来是女代表愤懑难抑。

4 月 29 日上午，市社会局举行第二次谈话会，与各方交换意见，我们市妇女救济会所派的唐国桢、夏湘苹、刘巨全三位代表到场先后作了长篇发言，重申坚决反对开禁意见。面对妇济会的不依不饶，石瑛也终于按捺不住性子，在当天下午见记者时，话就说得不婉转平和了："娼妓发生原因，并非仅为妇女会所认定的种种及生活问题，盖许多妇女，虽有工作而不愿为，自甘堕落，虽生活不成问题而亦乐于青楼接客，为娼妓者，类多体质残弱，即有工亦不能作，故言救济娼妓问题，非常困难而复杂，绝不如妇女会陈述理由之简单，彻底救济，亦绝非妇女会所拟具办法所能根本奏效……该会所陈，只为片面之认识……故吾人只能为补偏救弊，谋相对的救济，绝不能以简单的人工方法，为绝对的禁止。"

妇济会的同人们见了报上登的市长谈话，更被激怒了，于是趁五一劳动节假期，在世界饭店招待记者。先由妇济会常务理事唐国桢女士报告妇济会对治娼政策的态度，继而由李峙山、刘巨全两位女士演讲。

李峙山毕业于天津女子师范，学生时期就是学生运动的活跃人物，特别意气风发。许广平在《记五四时代天津的几个女性》一文中写到她："小个子，肯跑动，也写些短文，快毕业了，功课比较宽松，有余力加入学生运动的队伍去演说，请愿等。"她曾在香山慈幼院、天津仁达女学执教，兼办妇女报刊，后南下继续致力妇女运动，1939 年因乳腺癌去世，被妇女运动先驱刘清扬誉为"华北女界先锋"。那天李峙山在演讲中说："解决性欲问题，非开娼所能济事，苦力无此闲钱，公务员可带家眷，大学生正须努力于学⋯⋯"话虽未中肯綮，也不过令人莞尔。

而刘巨全说："南京商业凋敝，另有原因，固非几个妇女为娼，即可造一新经济状况，假使此说能成理由，则救济中国穷困，直可令全中国妇女全操娼业，即使我也愿意跳入火坑。"此言一出，全场骇笑。姚颖认为这除了快人快语，更是愤激之余的不暇择言。其实是豪放性格使然。时在国民党中央党部就职的刘巨全，为清朝名臣刘墉后裔，早年参加国民党，曾经历牢狱之灾，又先后留学于日本与英国，见多识广，有独立思考能力，善论敢言。

开放或禁止的治娼之辩，本即公婆各有理，口齿有误自是难免。南京市社会局局长王崇植在对外发言中也颇敢直言，比如他在 1933 年的 4 月中旬答记者问时道："我敢竭诚对南京市社会人士宣告，今后之娼妓问题，开有开的办法，禁有禁的办法，绝不再挂羊头而卖狗肉了。"当月下旬他在接受记者采访谈开娼设想，说打算"划定城内钓鱼巷文思巷一带及下关大马路一带为娼妓特别区域外，更须规定等级，明定夜度之资，以免良莠混淆⋯⋯"只闻有将娼妓划作一二三等，未闻有良莠之分，令人喷饭。

市政府不理会妇济会的极力反对，继续推动解禁向前。5 月 11 日下午，社会局假市党部举行第四次会议，讨论开放善后办法。决定开放后先进行娼妓登记，同时由警厅每日派警调查各大小旅社内匿藏娼妓，初步完成后，再由卫生事务处检验有无梅毒，放出消息说预计最迟7月间可实现娼业开放。

5月下旬，妇济会听说市政府已准备将解禁办法呈请行政院定夺，怒不可遏，推定唐国桢等几人为代表，于5月30日赴行政院请愿。行政院秘书长褚民谊出来接见说，本院并未接到有关正式开娼办法的呈请文件。市妇济会次日又推理事骆亚林等人为代表，向内政部请愿，表示不达目的不罢休。妇济会认为，如果开禁，"不惟有伤首都庄严，亦且动摇国本"，将主张开禁的人指斥为"无赖之徒"。

就在坚决与坚持反对开禁的过程中，市妇济会又一次奉命改组，名称也改为南京市妇女会。

正所谓七月流火，开禁的气势忽然有了些微凉意。原计划7月份的开禁并未实施。但8月下旬报载，对于南京市政府所拟订的开娼原则，行政院已批交内政部复核，并令会拟完善办法，内政部拟于日内再召集党政军警各机关代表加以缜密研究。

虽然开禁之期一再迟延，但人们都相信报上说的"京市开娼势在必行，现仅时间迟早问题"，从事娼业的人们热情很高地行动起来，预备一旦解禁令宣布就骏马扬蹄。"钓鱼巷一带的妓院故巢，已经有一班龟奴鸨母们争先恐后地用巨大的费用挖房子了，汉口上海的妓院，也有许多预备迁京重张故业了，而南京的水木两作的工人，为了要粉饰妓院，间格房间等，大忙特忙了，还有靠妓女生意吃饭的花捐老爷，也四出托人运动承包花捐了。"

而各地奔向首都之妓一时如过江之鲫，8月下旬南京的私娼人数已达六千，较之"利好"消息传出前的三千已经翻倍，而至1934年上半年，南京的私娼更激增至两万人。

可是，就像运动员们都摆好了起跑姿势，发令枪声却迟迟不响，解禁令终未下达，反而在1934年初夏，一场"肃清烟赌娼大运动"——第一届肃清烟赌娼宣传大会在南京市开展，显系为配合蒋介石2月在南昌发起的礼义廉耻"新生活运动"。盼望解禁的人们如梦初醒，这才恍悟风向又变了。失望之余猜测纷纷，都道是妇女会的反对使得市政府偃旗息鼓，却也有人说是林森的反对起了决定作用。年高德劭的林主席，虽贵为国府首脑，却轻易不在政治上发表意见，这次却破例说了两句话："禁娼是一件善政，善政何必取消呢？"此言一出，南京市政府不能不奉为圭臬。

另外，王世杰的反对也起了相当大的作用。别人的话，人们可以当作耳旁风，教育部部长的话至少要在脑瓜里转一转。王部长给新首都画了一个不只令有上学的孩子的家长不寒而栗的场景："南京学校林立，假使开放娼禁，从前北平学生逛胡同的习气马上会移转到南京来。"他又替自己的话作了一个注释："明知现在的私娼无法取缔，但是好冶游的学生们，一来寻不到私娼的密巢，二来怕带局究办，也许因此而裹足不前，公娼可以按图索骥，又用不着藏头露尾，比较的来得方便，学生们未必能够洁身自好。"

第一届肃清烟赌娼宣传大会于6月4日闭幕，参加活动的市民达32万人，几乎占了南京市总人口的一半。如此声势浩大，动员彻底，从事娼业的人们总该魂飞魄散了吧？

张爱玲曾描写音乐会上的交响乐："为什么隔一阵子就要来这么一套？乐队突然紧张起来，埋头咬牙，进入决战最后阶段，一鼓作气，再鼓三鼓，立志要把全场听众扫数肃清铲除消灭，而观众只是默默抵抗着……根据以往的经验，他们知道这音乐是会完的。"

想必妓女们在"肃清……宣传大会"期间，都大门紧闭，在家里垂首不语，可是稍有些经验的心里也都很清楚，既然是"大会"，总有散会的时候。

果然，不到7月，又已是"每至华灯初上，各马路上，恒见若辈，或似大家闺女，或似乡妇，更有如女学生或姨太太等，形形色色，触目皆是，尤以夫子庙一带更多"。旧貌恢复得过快，首都警察厅厅长陈焯也有点坐不住了，便在一天晚上九点亲自驱车往夫子庙及大世界等处查看。该地段警察第三局闻讯，令下属各分所会同特务警紧急行动，一网就捕获了王二姑娘等私娼 30 余人。

既然决定娼禁不开，以罚款为唯一手段又于事无补且遭人诟病，那就加紧建设收容所吧，可是娼妓收容所的建设经费一直无从筹措。1933 年 8 月，市妇女救济院教养所只能容纳妓女 70 余人。1934 年 11 月，市政府救济院扩充竣工，收容量增加到 400 人，可是才过去两个月，就已传出救济院人满为患的消息——警察厅在私娼集中的黄泥巷、城隍巷二处一举查得 40 余名私娼，全部送到救济院去，可是该处已无空处，不得不转送到燕子矶附近的芭斗山游民习艺所暂且收养，而芭斗山也几近饱和了。

政府治娼越发束手无策的同时，娼业却在与时俱进。除了固定养娼之家，又出现了许多所谓"转运所"，即专门代为临时从别处招娼，"为客荐枕谈心，或掩一掩房门，事蒇即走"。而依转运所介绍客人的卖淫者中，出现了衣食丰足、不为金钱只为解决性饥渴的女性。夫子庙一带有些住户已在大量收养女童，显示出对娼业前景的充分乐观。

随着娼妓泛滥，市民对警察治娼终于失了信心，而转向报社求助。金陵大学农业经济系事务主任华伯雄 1936 年 2 月下旬写信给《中央日报》，详述黄泥巷私娼之害："黄泥巷之下等娼妓，实有急予取缔之必要，据鄙人所知，一般厨司、夫役、车夫等，因其取价低廉（每次只取小洋四角），多往该巷寻乐，讵知所得结果，莫不染得梅毒，即舍间男工友名绍发者亦受此累（现尚在中央医院求治）……"

1936 年 11 月中旬，市内一些地区，私娼竟已成群结队活动。比如东西钓鱼巷、东西文思巷、东西玉壶坊，以及致和街、建康路、岩巷等处暗娼，每至晚上七时许，或麇集于巷口，或环列于街中，更有鸨母女佣人等，多方招揽，而警察虽明知是私娼，也因娼众，不便轻易下手，多半也就驱散了事。

在政府与娼妓的拉锯战中，时间进入了 1937 年。关于娼妓，禁，还是不禁，仍是一个问题。又有一部分商民写信给市政府要求解除娼禁，记者又去叩问市长。市长马超俊当然重申首都禁娼政策，至于对付私娼的办法，马超俊说"决拟设法加以收容"，详细计划"正在草拟中"。可谓从容不迫。中医之道"病急治标，病缓治本"，而在此娼妓形势火烧眉毛之际，他却似完全不懂缓不济急之理，还将治娼办法寄希望于"本市各界领导人士，对于社会善良风气积极培养"。

春节刚过一周，市民们就又见政府重抄往年的作业了。《中央日报》报道："京市社会局为彻底解决市内私娼起见，特于昨日下午三时，召集党政宪警等机关代表，举行会议……各代表对于处置私娼问题，均多主张取缔，惟关于详细执行办法，以讨论时间不及，俟于下次会议决定。"会议本为讨论决定取缔私娼办法，到议到正题时反而没时间了。而说到取缔私娼，则人人赞成，显系大家都是来应付差事的。

春去夏至，三八大盖的射击声忽从远方传来，在衮衮诸官心头震颤，治娼之事顿时失重。南京的妓女们依旧两耳不闻隔江事，只顾在这属于她们的季节里，如血脉偾张的农夫一般抢收抢种。《中央日报》7月19日刊发了一条"夏夜街头私娼活跃"的消息，之后关于娼妓的报道就少了。

秦淮河，右侧是李香君的故居。国民政府时期的娼妓，虽经屡禁而不绝。她们多选择栖居在秦淮河两岸，或许是喜欢在水底招摇的青荇，那油油的样子显得自由而有韧性。或许是河上流传的秦淮八艳的故事可以使她们暂时除却自卑。

监狱：从新廊到老虎桥

　　从监狱的大门到牢房的小门，从未有过地日夜敞开。风像一个没见过世面的后生，好奇而冒失地闯了进来，自顾自在空落的工场与监舍的犄角旮旯回旋巡睃，老虎桥积聚多年的令人作呕的秽气换作了刺鼻的硝烟味道。

我在监狱当差

在一个城市里，机构或场所多是可以用地名定位的，因此人们在提及它们时，起先往往会将它们所在的路街巷名一同说出。而当它们成为所在地段的标志后，人们为了口语上的简便与言辞表达的婉转，又会将它们的名称省略，而以地名代之。这一点，中外皆然。比如德国慕尼黑附近有一个叫海尔的小镇，因为那里有一家出了名的精神病院，所以"海尔"就成了精神病院的代名词。再如英国伦敦城西有一个区叫布卢姆斯伯里，因 20 世纪前中期在此聚集了一批知识精英，形成一个对英国文化产生很大影响的团体，人们就以"布卢姆斯伯里"代称。在南京，如今的脑科医院，在数十年前，名为"神经精神病防治院"，因邻近随家仓，所以随家仓与精神病院一度成为同义词；清凉山曾为南京殡仪馆所在地，因此有若干年，在南京百姓的口头上，一提起"清凉山"三字，在听者的脑袋里都会瞬间翻译成"火葬场"。同样的缘故，老虎桥在 20 世纪末之前，一直作为监狱的代称。

老虎桥监狱的正式名称为江苏第一监狱，与它同样隶属于江苏省高等法院的，在南京还有一个江宁地方法院，位于夫子庙西南面，长乐路西端，昔日称之为"新廊"的地方。

江苏省高等法院设在苏州，因为时局及首都的特殊性，许多案件会放到江宁地方法院来审判。受审的人自然先关押在法院的看守所里，而经法院判决后，即被押往老虎桥坐监。从新廊到老虎桥，不过十里路，彼此衔接，自然得就像流水线上的上下手。

老虎桥监狱与东南大学相邻，它的西侧有条河叫进香河，河上有桥称作老虎桥。监狱门前路以桥名为路名，监狱门牌为老虎桥 45 号。监狱的北侧又有大石桥，所以民国时期的首都指南或官方文件上，说起该监狱的地址，有的说老虎桥，也有的说大石桥。监狱的南面是红庙，于是当时的报纸上也有指称监狱在红庙地方的。后来固然是因为门牌的缘故，也是因为老虎之名更切合人们心目中监狱的狰厉印象，渐渐地，"大石桥监狱""红庙监狱"也就无人提起了。

老虎桥监狱堪称老字号，始建于 1905 年，起初称江宁罪犯习艺所，后称江宁监狱。"老虎桥监狱"系民间俗称。自 1917 年起，它的正式名称即为"江苏第一监狱"。南京国民政府定都南京后，仍然沿用这个名字。国民政府首任老虎桥监狱典狱长胡逸民于 1927 年初夏上任后，就给中央法制委员会提了个建议，说南京今天既然是民国首善之区，老虎桥似不宜局限为一个省的监狱，故拟请改为中央模范监狱，以期作为全国监狱的表率云云。

我们这些在老虎桥当差的人，听到监狱改名的事都挺高兴，也都挺喜欢这个新名字。新狱长一来就做了件令人高兴的事，叫人对这位新长官顿生好感。

1927 年 11 月，司法部应已同意胡逸民监狱更名之请，尚未宣布，消息却已被心急的报纸刊登出来。可不知何因，事又戛然而止。但老虎桥因地处首都，在人们心目中，首都的一切，不是"中央"就是"模范"，不是"模范"，也是模范。何况在 1917 年之前，它就曾叫作"江南模范监狱"。因为这些缘故，这所监狱的名称在人们的嘴中笔下，不免有些混乱，诸如"首都模范监狱""江苏第一模范监狱""南京第一模范监狱"，不一而足。

江宁地方法院的前身，是 1910 年设立的江宁地方审判厅，负责受理南京市周边县区的上诉案件。司法部在想给江苏第一监狱改名称的同时，把江宁地方审判厅改为江宁地方法院，管辖范围调整为受理南京市与江宁县的初审案件。1935 年后，江宁地方法院又改名称为首都地方法院。抗战中院舍毁于战火，战后另择址复建。1949 年后原址一度建为工厂，后又改作夫子庙商圈的贸易市场。

早在清末新政的时候，就有"监狱改良"的呼声传出，后又上升至

"司法改良"。北京政府对改良动过许多心思。到了南京国民政府的时候，对于以往政府制定的法规，要么沿用，要么修订，另外又新颁了许多法规，使得司法制度更趋于理论上的完善，至于监狱的具体改良措施，当然也花了不少气力。

1927 年 12 月，兼任国际法官的王宠惠，以赴荷兰海牙审理国际法庭案件为由，请辞司法部部长一职，国民政府为他保留职位，而命蔡元培暂时代理司法部部长。蔡元培并不因代理而敷衍，亟思有所作为，因想以首都监狱作改良的模范，于是在 1928 年 4 月，派了司法部一位次长前来我们监狱进行调查。

那位次长也并非从早到晚待在监狱里，而是有时上午来，有时下午来。每当来了，当然总是典狱长陪同，四处察看。我发现不止一次典狱长送走次长、回到典狱长室来时，脸色阴沉。

次长结束调查后，不久就有结果反馈回来，果然令人沮丧。所列出的我们监狱亟须解决的具体问题，竟达 12 条之多。其中大多属于狱方管理上的问题，比如便桶不放在便坑内，造成秽气四散；法医擅离职守而随意外出；犯人做工的工场纪律有待整饬；不同类犯人杂居，少年犯也与成年犯混居；病犯未移入病监而与健康犯人混居；犯人教育未按实施计划进行。

另有由经费与编制不足造成的问题，比如病监无看护人；用女犯管理女监；囚衣色料不一而显得杂乱。最严重的情形是由羁押超员与经费短缺造成的，牢房内犯人过多，不仅造成室内氧气不足，床和被子也都不够，犯人只好睡在地上，被子甚至大多破烂不堪。

蔡元培一边饬令江苏高等法院院长张君度督促我们监狱整改，一边以老虎桥监狱人满为患，天气将热，卫生条件极差等因，呈请国民政府另辟监狱，设法将政治犯、军事犯与普通刑事犯分流。

按照规划设计，老虎桥监狱收容犯人的额定总数为 836 人，其中男犯 764 人，女犯 72 人。国民政府定都南京前一年，该监狱在押犯人约 700 人，而国民政府定都南京的当年，在押犯人就已升至 884 人，超过了额定总数。在次长来我监狱调查后不几月，囚徒人数已达千人，翌年人数仍在上涨。

监犯持续增加的原因，初期是军事恶斗的结果，当时老虎桥监狱的军事犯遽然增至犯人总数的百分之四五十。之后则主要是南京国民政府于 1927 年 11 月颁布对鸦片烟的禁止条例，规定抓获的烟犯不得再以单纯处以罚金了结，而须判刑坐监，导致 1930 年后，老虎桥监狱里的犯人一大半都是烟犯了。而社会的基本状况是经济恶化，农村破产、百业衰败、民生凋敝，使得灰心绝望、自暴自弃的人剧增，不惜铤而走险。

国民政府因手上资金奇缺，同时又缺少治理国家的经验与系统思维，所以总是难以用铁的意志按部就班地实施规划蓝图，而常被急迫或强大的外界力量所干扰，变成头痛治头、脚痛治脚的应急，又如同迁就湍流决堤改道的苟且。

比如若非迫于全国各地要求禁止鸦片烟所形成风潮的压力，恐国民政府不至于定都南京方半年，就匆促颁布禁烟新条例，而保障条件尚未具备——监狱大大超出承载能力。政府于是临时赶建，可一是缓不济急，二是国库奇窘，结果鸦片治理既难收彻底之效，而引发的其他问题又层出不穷。

国民政府依循蔡元培分流老虎桥监狱犯人的思路，在江东门外置备了一块比老虎桥监狱占地大三分之一的地块，开始建筑总司令部陆海空军监狱，而这时蔡元培已经辞职，由魏道明继任司法部部长。监狱于 1930 年下半年建成并投入使用（次年 2 月底更名为军政部中央军人监狱），胡逸民被当时兼任行政院院长的蒋介石任命为第一任监狱长。

胡逸民是浙江永康人，早年参加同盟会追随孙中山，孙中山逝世时，他在病榻边，是孙山中遗嘱见证人之一。他头脑灵活，性格复杂，人生颇富戏剧化，既不止一次受蒋介石重用，又屡在宦海的恶涛中呛水，却恃感觉灵敏，终得逃过灭顶之灾而享高寿。

胡逸民在老虎桥监狱上任后不久，向上报称北平政府任命的前任典狱长龙普济，于监狱作业账目不清、金额不符，且未将余款交下，又说更前一任典狱长罗建瀛有共产党嫌疑，呈请江苏省司法厅通令各县长及地方检察厅检察长协助缉拿此二人。他同时又在狱刊上撰文，主张对共产党员甄别对待，不应任意杀戮。他还公开对全体狱囚说："那些做官的人，实在是世界上的寄生虫。他们一丝一毫，都是平民身上刮下来的。他们暂时的富贵，等于昙花之一现。"

他的这些表现，既给人抓把柄，又不免令当权者心起疑惑。果然不久后，他就以"通共嫌疑"被停职了。随即又有本狱的第三科看守长吴鹏章向省高等法院举报他"私擅逮捕监禁"，被关进杭州陆军军人监狱。

1934 年 7 月，胡逸民再次被捕关押在南昌行营北营坊看守所时，与方志敏同囚，受方委托，将其狱中所作《可爱的中国》《清贫》等文稿携出狱外，辗转交给中共。1948 年初冬被南京最高法院以汉奸罪判处有期徒刑 10 年，关押在老虎桥监狱。1949 年元月获释后留在内地，虽受领导人礼遇，但随后眼观形势，自料难逃政治运动，遂赴香港定居，直到 20 世纪 80 年代重回内地，终老故乡。

胡逸民任老虎桥监狱典狱长仅 4 个月，1927 年 8 月，国民政府军事委员会参议马衡接替了他的职位。1928 年上半年，马衡调任陆军监狱典狱长，去了苏州，而由李竹勋担任老虎桥监狱典狱长。

李竹勋字元宰，为明代状元宰相李春芳后裔，曾就读于日本弘文书院。论说对老虎桥监狱的了解，恐怕没有人比得过他，因为这是他第二次担任老虎桥监狱典狱长。

辛亥革命的时候，在押犯人越逃一空，监狱随即为军队所占。军队走后，监狱只剩围墙，牢房光有屋架，房顶、地板、门窗均被损坏或拆偷。1914 年 10 月，司法部派时任京师第一监狱看守长的李竹勋赴南京，主持监狱重建。1916 年 11 月，被国务总理段祺瑞正式任命为老虎桥监狱典狱长，后调任京师第二监狱典狱长。

李竹勋二次任职老虎桥期间，正逢军事犯与烟犯激增叠加，而狱舍不足，经费短绌，可谓受命于急难之际。他虽为经验丰富的老狱吏，却也同样巧妇难为无米之炊。1929 年下半年的时候，在监犯人已逾千人，拥挤到摩肩接踵、几乎不能坐卧的地步，可是光江宁地方法院就每天仍然有二三十名犯人解送而来，再加上外地监所不时转来的犯人数量也相当大，如 1929 年 4 月中旬，从吴县江苏第三监狱一次就转来 80 名犯人。

李竹勋面对监狱内日渐膨胀的犯人数量，只得将犯人做工的场所以及开导监犯的教诲堂都改作临时监房，同时向省高等法院报告监狱状况，请求设法疏散，当然，他也盼望着海陆空军人监狱能尽早建成。

海陆空军人监狱于 1930 年 11 月下旬正式启用，老虎桥监狱随即将军事犯人全部转移过去，在押犯人总数由 1400 余人一下减为 1030 人，虽仍超出额定总数两成多，但所有人都觉得监狱空了好多，典狱长李竹勋心里自然更是松了口气。

但是李竹勋的心情没能舒缓几天，因为监犯人数很快又回到了 1300 人。直到李竹勋 1932 年夏调回京师的前夕，仿佛他用尽平生的最后一把力气，将在监犯人总数降到了 928 人。

继李竹勋之后出任老虎桥监狱典狱长的钮传锜，是江西九江人，是魏道明的表哥，日本明治大学法学士，清末民初曾于江西任县知事。他的法学专业学历背景，曾经从政与社会管理的经验，使他较之其他典狱长，显得更有专业与"复合"的优势。在李竹勋调离之后，监狱人数很快又回升到 1300 人，但当时有消息传出，国民政府很快就将颁布大赦条例，钮传锜和作为属下的我们对此当然都十分期待。

早在 1928 年的 12 月下旬，军政部陆军署军法司司长徐维烈以全国统一成功完成，建议政府在 1929 年元旦颁布大赦令，除了命案犯及反革命犯，一律赦免。平津商会也派代表赴南京，请求政府大赦。1929 年"双十节"前夕，国民政府对政治犯实行大赦，1931 年元旦颁布了《政治犯大赦条例》。1932 年的 6 月下旬又颁布赦罪范围扩大为一般罪犯的《大赦条例》。

大赦本为显示当政者仁政及宽容，并非针对监狱膨胀欲破，但客观上对监狱疏散拥挤不堪的犯人或有助益，可对老虎桥监狱来说，几乎没起作用。因为《大赦条例》规定，犯人须为1932年3月5日以前被处以三年以下徒刑的犯人，老虎桥监狱在上半年犯人总数降到900多人，这部分犯人多为重犯，或已减刑，故而不合赦免规定。新收监的数百名犯人，多为烟犯与窃犯，刑期虽合赦免规定，可他们却因是在3月5日以后进来的，所以也不合规定。钮传锜在接到上峰的命令后，对全狱犯人核查了一遍，发现合乎《大赦条例》者，仅三五人而已。

政府条例不能解决实际问题，钮传锜就亲自拟写本狱的"赦免办法"。他的设想只两条，根据政府的相关条例，一是除却盗匪，将判处五年以上十五年以下犯人服刑期过半者，表现好的释放；二是对于判处五年以下六个月以上犯人服刑期过半者，表现好的予以保释。

钮传锜把他的"办法"交由省高等法院转呈司法行政部，竟于1933年的3月下旬获得批准，钮传锜颇为欣慰，因为照他的办法，开释者可有30余人，保释者可有40余人，总人数达80人左右。当年9月底时，又有40名犯人符合保释条件。如此虽不能彻底解决犯人拥挤问题，也总算是有所缓解。

其实对监狱犯人严重超额的问题，着急的不止典狱长，从省高等法院院长，到司法行政部部长都很头痛，因为这个问题不只存在于老虎桥，全国监狱普遍存在，也都苦无良策。

江苏高等法院院长林彪也一再向司法行政部"请求""希望""建议"，甚至被逼得都要走回头路了——1931年年初，他竟向司法行政部建议对有些案犯科以罚金释放，被司法行政部驳回，说不准以罚款代替刑罚，只能以假释应对。所以钮传锜的主张是与当局的想法相合的。

监狱不敷收容已成痼疾，累年难以化解。当局按常情作简单推理，监狱总是装不下犯人，肯定是因为罪犯人数激增。但对罪犯快速持续增长的直接与间接原因，从未作过精确的调查统计。所以委派国民政府主计处统计局拟具全国各地监狱监犯调查计划大纲，对全国监犯进行统计，以查明犯罪的具体原因，作为研究减少犯罪办法的根据，为改进各项设施提供参考。

主计处统计局为稳妥与获取经验起见，举行全国监狱总调查之前，想先在老虎桥监狱进行试点。统计局科长汪龙遂与钮传铸协商。钮传铸本是法律专业出身，对于以解决监狱实际问题为目的的科研深感大有必要，当然同意。

统计局对老虎桥监狱的调查统计于 1934 年 3 月 26 日开始，派出询问员三人、测验员两人开展工作。具体方式为，先由询问员对每一名监犯进行人口学及犯罪情况询问，将信息填入调查表。继而由测验员用仪器测量监犯身体及智力并进行记录。现场数据采集工作只花了 21 个工作日就完成了，但对数据进行统计分析却花了整整一年时间。

从 1935 年 6 月公布的调查报告来看，调查设计相当细致，所提供的数据也极为详尽。从监狱成立沿革与布局形制到经费、内部组织，犯人做工场所与行业，为改善犯人道德心与生存能力设置的教诲内容与方式。调查的人体项目细至犯人臂长手长头长头宽。

统计局此次对老虎桥监狱调查的意义，不只在于为全国监狱的调查作示范，提供调查方法及经验教训，报告中对罪犯性别、罪名、年龄、籍贯、犯罪前职业、受教育程度、婚姻与家庭、经济状况、父母职业、体格，以及犯罪地点、季节、动机、经过、次数等都列为调查项目，可贵的是，还结合欧美各国监犯情况以作参照对比，表明当时在监狱制度与犯罪学方面的认识已达到相当高的水准。可是，就像是骖騑之驹已远远跑到前边去了，马车却还落在后边。尽管对监狱与监犯情况已了如指掌，却仍于消除问题症结束手无策。

监犯超员始终无计

老虎桥监狱的犯人数，从 1934 年曾经降到的 1000 人左右，1935 年年初时就又报复似地冲到一千五六百人。1936年，2月份的统计数为900余人，可是到6月份时又反弹到1400余人。钮传锜以时届夏令，群犯集居，易发生流行传染病为由，呈请省高等法院令首都地方法院对于判处一年以下徒刑的犯人暂羁看守所，不要送到老虎桥来。司法行政部也发函给军事委员会禁烟总监部，设法增造监舍，或另赁房屋，以事扩充。

就在七七事变前十天，江苏高等法院院长朱树声向省政府报告近半年来本省司法概况，说新旧监所拥挤不堪，甚至有席地而卧、不得不轮流睡觉的情况。眼见天已炎热，秽气熏蒸，疠疫死亡恐怕难以避免。我们被告知省政府正拟筹划办法，以解除此中困难。

早在国民政府1927年占据南京方定，老虎桥监狱拥挤的问题就已显露出来了，江苏省司法厅向省政府打报告，请求设法"疏通"。省政府在9月2日开会提出了两个办法，一是由省政府函催各转送机关，尽快将犯人解走；二是上呈国民政府请求"核示"。可见自国民政府入主南京，直至抗战爆发，省高等法院十年间换了张君度、林彪、朱树声三任院长，司法部部长更是走马灯似的更替了七八位，不变的是始终未能破解老虎桥过度收监难题。

1914年冬天，京师第一监狱看守长李竹勋奉司法部之命前来老虎桥监狱进行修缮重办。他到现场一看，发现整个狱区处于城市低洼之处，四面被开凿的大沟环绕，西面与城河相通，而沟身太高，水小时与城河隔断，污水排不出去，到暑季必滋生病虫。若遇大雨，狱内积水将无从排泄。

为此他采取了两个办法，一是深掘监狱四围大沟，使其与城河平齐以引活水，二是修理全监地沟以防院中积水。可是几年后，他的继任者涂熙雯向上报告，说监狱一到夏天遇雨就遭水淹，特别是1921年8月中下旬的两天大雨，江潮陡涨，河水增高，监内积水无从排泄，位置较高的牢房内也水深尺许。可见李竹勋的办法不灵。

地势低陷而逢雨的水泄不通，与犯人密集拥挤的水泄不通，构成了老虎桥监狱看似互不关联却又彼此象征的两个顽症。可奇怪的是，监狱里的水井并不因为地势低就井水沛然，反倒是水既不足，又混浊不净，遇天旱时水更少。

监狱共有五口水井，本即是按囚犯 800 人的定额设计的。超额收容，囚徒饮水、沐浴、盥洗问题就更为严重。早在国民政府接掌老虎桥之初，先后任吴县检察厅看守所所长、江苏第三分监代理典狱长的李峻基，在考察老虎桥之后，就曾建议老虎桥开凿一口大洋井，既可保证生活用水，又可提高水质，万一发生火灾，还可派上用场。

可是两年过去，情况未有改变。老虎桥一名叫刘国良的犯人，呈文国民政府，痛陈监狱恶劣环境，请求改善。比如洗澡，浴室只有水池一个，一次可容 40 人，可狱囚轮换了十多批，仍不肯换水。所以刘国良要求每池汤水 500 人一换，并将原规定暑期每周洗两次改为三次。而此一年半后，洗澡时间已变得不一定了。至于饮水，新廊看守所被关押的人每天能喝上三次清洁开水，老虎桥囚徒仍只有两次污浊的温水可喝。关押人数的激增，加剧了水缺乏的严重程度。

李峻基在 1927 年夏发表的调查报告中也曾提到老虎桥的饭食，当时是每天早晚两餐干饭，系用七成白米与三成杂粮相拌，定量 24—29 两（旧制每斤 16 两）。4 月至 9 月，每天清晨增加稀饭一餐。之后随着物价的上涨，饭定量下降，到 1929 年夏天之前，每日干饭定量已降到 20 两以下，而早晨的稀饭已变成米汤。难怪刘国良说囚犯"有饿毙之危险"，请求将饭量定在 20 两。可到 1931 年时，两餐干饭已变成糙米饭糊，早晨的稀饭更不见踪影。

狱囚忍饥挨饿，除了市场物价飞涨、政府经费短绌的原因外，更恶劣的是监狱看守所对囚粮的克扣。1933 年初夏，新廊看守所所长张济霖，被所内四名看守联名向司法部及省高等法院呈控，以其克扣囚粮、盘剥在押人、吸食鸦片等八项罪名，请求上峰查处。监察院随即派监察委员进行调查，并将张济霖就地扣押。江宁地方法院初审判处有期徒刑一年，并科罚金 3000 元。张济霖不服，上诉至省高等法院，竟改判无罪。只以失职之过，被中央公务员惩戒委员会议决减月俸 20%，以半年为期。他这新廊看守所所长，也只做了 3 个月。

张济霖受惩戒，此非第一回。早在 1924 年他任江西南昌看守所所长期间，就曾被人呈诉渔利囚粮及与女犯通奸，后虽查无实据，但以纵容下属枉法，被革职并交由司法部予以惩戒处分。

克扣囚粮并非新廊看守所发生的个别事件。上海市高等法院沈家彝院长 1933 年 9 月视察江苏全省监狱，结果称"视察所及，可认为满意者几于绝无，而克扣囚粮，虐待犯人情形，时有发现"。

司法部鉴于"近来各地监狱看守所，时有囚犯因囚粮而起风潮"，并且"也常接人民报告，有克扣囚粮等事"，于是想出一个自以为可以彻底解决的办法，即拟在监狱、看守所比较多的地区，在高等法院下附设囚粮购置委员会。先令上海、武汉两地进行筹组，将来逐渐推及全国，其职能为统一各监所囚粮价格，防止贪污，用招标办法降低购粮价格。

后几年狱囚依然饥肠辘辘的事实证明，囚粮购置委员会并未成为解决狱囚食不果腹的灵丹妙方。1935 年间甚至出现囚徒三人分吃两份口粮的情况。监狱饭量向来按特殊与普通犯人、健康与病号、在狱做工与否划分饭量等级，有的囚徒便故意狠命挨饿，一旦饿出病来，就可以入病监吃病号饭。

囚徒为了能多吃一点，一般的办法是要求做工，可是名额有限。往年情况好时，工作名额最多也就大几百个。后来经济不景气，社会委托监狱加工制作物品业务量减少，狱囚工作人数也即相应降低。得不到工作的囚徒就只能在牢房里终日昏睡。

解决狱囚饥饱乃至解决狱囚超额固然都有赖于经费，可是经费不足如同罩在监狱头顶上的一块乌云，永无散日。执政者只按自己的愿望决策，至于客观上是否具备执行的条件，都不去管它。于是怪异的局面就出现了。

　　1935 年 10 月，老虎桥囚犯达 1200 人，而省财政厅下发囚粮款，仍照定数 800 人发给，且已拖欠 3 个月。貌似财政厅以不变应万变，无视物价飞涨与狱囚激增的事实，对监狱是否饿死人毫不在意。而财政厅自有难处，它并非生产单位，只负责分配，钱款不足，唯有拖欠。

　　又因老虎桥位于首都，狱囚来源更多。比如军事犯，几年前刚建成投入使用的中央军人监狱，也都超出定额数百人，又因该监狱未设女监，所以挤不下的囚犯与所有的女囚，就都要往老虎桥塞。而中央军人监狱所隶属的军政部规定，它每月只能提供 80 名狱囚的囚粮预算给老虎桥，中央军人监狱要寄押老虎桥的狱囚远不止此数，省财政厅既无职责也无钱为超额的军事犯支付粮款，钮传锜也当然不能眼看狱囚饿死在他的监狱里，所以只肯收 80 人。急得南京警备司令谷正伦向上打报告请示怎么办，军政部的答复是"准予临时追加预算，不得拒绝收容"。可是，谁不知道"临时追加"的钱，岂能不时追加，又岂能指望随时可以拨下？

　　早在 1928 年 6 月，全国经济会议就曾议决司法经费"均由国家经费内支出"。1934 年 5 月财政会议却又议决，"各省司法收支原则上应归中央，惟于中央财政未允裕以前，司法经费暂由地方负担"。但地方财政也很困难，负担不了。1935 年召开的全国司法会议，决定司法经费全部由国库支出，当然也同样是理想愿望在纸上画饼。

　　当日本军机在老虎桥黄墙黑瓦的牢房上空，炫耀它制造怪叫声的能耐之时，当局对于监狱的人满为患，不管是上策还是下策，至此都已出尽，而无可奈何地将这一棘手难题，丢给时代的焚化炉去处理了。

陈以一案扑朔迷离

　　监狱对于一般未曾触犯过法律的人来说，总是一个充满了神秘的地方，参观监狱的社会需求于此生焉。早在 1913 年，北京政府司法部就颁布了《监狱参观规则》，南京国民政府在 1948 年时又作了修订。

　　当参观者每每满怀好奇，蹑手蹑脚进入监狱，所见到的，多半不过是狱方愿意展露，或作好了示人准备的部分。所以参观者若非多长个心眼，或善于觑出隐匿在后面的东西，也就只能看到表面现象。

　　1926年在北京参加法权会议的各国法权委员，会余赴各地考察中国司法，老虎桥监狱是其中一个点。典狱长涂熙雯事先特地把全监牢房漆得簇新，据报纸上说委员们对我们监狱的观后感是"极满意"。委员们参观时肯定想不到要去提一提狱犯的裤腿，察看有无被镣所伤的痕迹，因为当时的监狱普遍存在对犯人滥加镣铐的现象。

　　老虎桥监狱更采用一种"元宝镣"，形如元宝，用铁条制成，戴此镣者，能蹲不能立，3个月即腿脚变残。这类残酷的刑具，在委员们到来之前，都临时去除了。1928年10月，中央大学法律系的学生来参观老虎桥监狱，印象也是极佳："设备之整齐，建筑之宏敞，经费之充裕"，"各监房光线敞露，空气尚称适宜，尤以病监布置较为完美"。

　　更有人连亲自见一眼也不曾做到，单凭耳食竟也信以为真，下笔"洒洒然若霏雪"，说"江苏第一监狱，素称完善之监狱，其对于犯人衣食甚为优待，据深知第一监狱衣食者言，其衣食确较一般监狱为佳……"

　　1934年春末夏初，乡绅柳定亚随无锡乡村教育研究会赴南京，参观游览了不少地方，他们也来过我们监狱的。我后来偶尔读到他写的游记，说看见"监屋的前后，都开着窗户，在外表一看，便知道是光线充足，空气流通，合于犯人卫生的建筑……右边是石印科，走进门去，但见排列着不少石印机，许多高大而又白又胖的人犯，都忙着工作"。而且听典狱长说，犯人每天工作八小时，产值的利润一部分给人犯作工资，一部分充作监狱事业费。犯人们的"生活很愉快，简直不愿意再出去。况且到这儿来的人犯，多数是十年八年的徒刑，或者是无期徒刑，所以他们也死心塌地在这里工作"。我边读边笑，笑得眼泪都出来了。

　　国民政府愿意监狱打开大门供人参观，应有让国民接受法治教育的意思，当然动机并不单纯，监狱还承担了展示政府业绩与形象宣传的功能。也正因如此，参观者在监狱所见到的，以及听到的情况介绍，与其他方面不经意传出的信息，尤其与坐监者的感受往往形成极大的反差。

1927 年 8 月底，马衡代理老虎桥典狱长的当月，就发生了一起群犯暴动越狱的事件。犯人们用剪刀将墙壁挖穿，先有十多名犯人逃出牢房，跑到院子里，将四名看守打伤捆绑，而后与相继逃出牢房的两百多犯人，将第一道监狱大门撞开后，随即又去撞第二道大门，在这过程中发现有间库房存有枪支，于是又蜂拥捣窗想入室抢枪。

看守见狱因人多势众，吓得躲在远处。恰巧监狱前段日子因关押了不少共产党员，马衡担心控制不了，于是请求市公安局派了保安大队一班军警临时驻守监狱。日前共产党员转解别处，军警欲回撤，可就在这时发生了暴动。

午夜 2 时，军警忽然听得外面有人喊"炸狱"，班长呼唤军警起身持枪往人声鼎沸处赶去，只见犯人们正在撞门，还有人扒在窗户上，于是赶忙开枪，顿时打死打伤各一人，又朝天连开多枪示警。犯人们才被震住了，纷纷逃回牢房。

犯人们越狱虽未成功，典狱长马衡却受惊不小，果若这两百人逃脱，后果不堪设想，他这个典狱长肯定完了。南京市公安局局长孙伯文自也后怕，他在事后呈给南京市政府及南京戒严司令部，为带领军警阻吓犯人的班长唐永章请功时就说，监犯如果成事，本市治安何堪设想。

有意味的是，孙伯文在向上峰呈报事件经过的报告中，把军警开枪击毙犯人，描述成"班长见势已急，只得向前鸣枪，向高射击……适一人触弹倒地身死，一人受伤"。这是因为监狱守兵并不能随意向监犯开枪，即使在犯人们越狱之时。事件发生后一星期，即有杨德元等六人被判为越狱犯，就在老虎桥监狱内执行了死刑。

狱因异动，本即折射司法是否公正、监狱有无虐待犯人、管理是否文明规范等情况，无论如何，对于监狱来说都不是一件正面增光的事情，何况正当国民政府致力树立模范监狱之时，首都竟发生如此之众的暴动越狱事件，无怪当局不愿此事公之于社会，这也就是这桩事件当时为何不见于嚣嚣其口的各大小报纸的缘故了。只是那晚的 29 声枪响，打破了四周的静谧，成了附近居民的午夜惊魂。

在狱吏与狱囚这对关系中，前者虽然通常处于绝对强势，但后者毕竟是虎咒之群，稍有机会便会作困兽之斗，其后果也常令前者不堪承受。

记得是 1931 年的春节前几天，老虎桥典狱长李竹勋不觉将神经绷紧了些，也一再叮嘱属下要注意，因为凭经验他知道，此时监犯情绪容易波动，无端生事也很常见，须格外小心。可是小心无用，该来的总是要来。一天下午，忽有看守来报，三个犯人合伙把一个看守长夏文质的眼睛给挖了出来。

我随李竹勋冲出典狱长室，往事发牢房跑去。到了现场后，典狱长一边急命人将遭难的夏文质送去鼓楼医院就医，一边询问情况。但见牢房内外血迹殷然，除了夏文质眼窝鲜血，还杂有三个监犯被看守痛殴所流的血。回到典狱长室，李竹勋即命我草拟事件报告，呈交江宁地方法院检察处。

对夏文质下手的三个罪犯，一个是被判处 15 年徒刑的杀人犯庞子标，一个是被判处 12 年徒刑的强盗犯姜家贤，还有一个陈天真，是被判处 10 年徒刑的绑票犯。庞姜二犯原被囚于吴县江苏第三监狱，陈天真则原囚于镇江地方监狱。三犯在狱，常行凶滋事，苏州、镇江两狱深恐有失，于是在上年解来我监。本监对他三人也感头痛，评语是"素不安分，强悍难化"。庞子标毒打过看守一回，姜家贤挖地道越狱未遂，所以监狱对他三人平日都还加了手铐脚镣以作重点防范。

事发那天下午，三犯佯称有疾，夏文质即唤狱医前往。为便于医士诊检，夏文质将三犯手铐脱去，脚镣未除。狱医诊后离去，夏文质一时疏于防备，被陈天真扭至姜家贤牢房内。姜家贤上前与陈天真一同使劲，夏文质虽是行伍出身，但好汉敌不过双，加上身材矮小，被按在了地上，双臂被陈天真压住，姜家贤则用一支牙刷柄，生生将夏文质的左眼给挖了出来，见眼球还与眼窝连着血管筋络，竟残忍地用牙咬断。夏文质痛极，惨叫声裂人心肺。身材魁梧的庞子标竟将脚镣蹬断，站在牢房门口，狂叫："不怕死的进来！"同监的余姓与正在办假释的张姓两犯，也在一旁呐喊起哄。

姜家贤仍不罢休，又试图挖夏文质的右眼，但因夏文质拼命挣扎，一时未能得手。这时附近的看守们闻声赶到，将三犯摁住，只见夏文质的左眼处成了一个大红窟窿，恐怖的景象使他们暴怒难抑，抡起铁棍直将三犯打得腿脚骨折，血流满地，哀号不绝。

当天夜里，南京天降鹅毛大雪。这年的冬天本即奇寒，此时虽然已过了立春一周，气温仍在0℃左右徘徊。次日下午，李竹勋命我与狱警十多人，用卡车将三个肇事的犯人押往江宁地方法院候办，只见沿途一片银白世界。

江宁地方法院几次开庭，三犯均百般抵赖，不承认是有意伤害。夏文质在庭上陈述事发经过时谈及原委："因他们时常胡闹，被我管束，他们故怀恨在心。"法庭终于5月9日宣判，陈天真、姜家贤、庞子标共同犯伤害罪，各处有期徒刑六年。庞子标自除脚镣，被视作图逃未遂，判处徒刑一年，合并执行六年半。

江苏第一监狱犯人剜眼案就此结束，司法当局并不认为身为典狱长的李竹勋存在管理上的缺失，因此未加以任何处分，只可怜平时对犯人严格管理的夏文质看守长，永远失去了一只眼睛。

对于李竹勋来说，1931年真是个多事之年。就在剜眼惨剧发生三星期后，一个叫陈以一的犯人刑满出狱。陈以一是个文化人，当然不必担心他会与看守发生肢体冲突，更无掘地道而出逃的力气，看似给监狱惹不出什么麻烦，未料他手中的那支笔可不是根烧火棍。

张爱玲在她的散文集《对照记》里，写到她小时候住天津，常由老

女佣带去被她唤作"二大爷"的张人骏家。总是坐在藤椅的老人每次都
叫她背诗来听，当听到"商女不知亡国恨，隔江犹唱后庭花"时就落泪。
此情节之后张爱玲写道：

> 他五十几岁的瘦小的媳妇小脚伶仃站在房门口伺候。他问了声"有
> 什么吃哒？"她回说："有包子，有盒子。"他点点头，叫我"去玩去"。
>
> 她叫了个大侄侄来陪我，自去厨下做点心。一大家子人的伙食就是
> 她一个人上灶，在旁边帮忙的女佣不会做菜。

张人骏是清代最后一任两江总督，有忠君思想，他的清帝国亡了，
难怪听了无邪稚音诵杜牧要流泪。他的祖父，是张爱玲曾祖父的胞弟。
他在发妻去世八年后，所续娶的江阴望族、户部主事陈荣绍的女儿，都
察院副都御史陈名侃的妹妹，正是张爱玲看见的这位瘦小媳妇。只是张
爱玲下笔时没有精算她的年纪。陈氏生于1858年，当时已逾六十。而陈
氏是陈以一的亲姑妈，在陈以一吃牢饭期间去世。

陈以一出狱后三个月，将他在狱中包括法庭上的经历与见闻在报刊
上连载，将司法环境下的种种荒唐与黑暗，就像读书人七夕晒书似的，
一件一件，仔细翻开，暴露在光天化日之下，痛批执法者视法律为儿戏：
"凡法吏之所为，无一事不去法万里！"陷老虎桥监狱乃至整个司法系统
于尴尬境地。而以当时的舆论环境，国民政府又不能令他住口，当局或
许会懊悔当初不该轻惹这只马蜂。

陈以一在清末曾做女子杂志记者，后来又先后创办女报，主编女报，
成为当时宣传妇女解放的风流人物。那段时期他与秋瑾往来密切，互视
为同志。据说在张人骏任两江总督时曾往投奔，"卒因行止不检，被张逐
出"。不知陈以一的"不检"，是指他追随孙中山加入同盟会，还是指他
性情狂放，不拘小节。张人骏早在广东按察使的任上，就曾悬赏一千两
银子通缉在广州举行起义的孙中山。

陈以一既为姑父不容，遂去上海，化名陈宝宝，与人创办《飞艇报》，出版后风行一时。"平章花月，北里名妓，无有不知小陈者。"后进入外交界，曾于爪哇、墨西哥、长崎任领事，著有《爪哇鸿爪》《日下谈日》等，1927 年被政府任命为侨务局驻日本特派员。出狱后在上海从事编译工作。1941 年任日伪安徽省委员，中日文化协会安徽分会常务理事。1947 年被最高法院检察署以汉奸罪名通缉。后赴日本，1953 年回国。

1927 年春，戴季陶奉命前往日本，联络日本朝野，为国民党作宣传。时在日本的陈以一伴随左右。戴季陶在日本多次演讲，在神户大阪演讲国民党史、中华革命史与世界关系等，都由陈以一作记录，而后在国内的报纸上发表。3 月份戴季陶离开日本，陈以一夫妇又同船回国。同年，陈以一描写墨西哥、美国风土人情的散文集《墨游漫墨》出版，由戴季陶题词。1929 年 4 月，陈中孚被委任为青岛市接收专员，请滞留日本的旧友陈以一襄理外交。陈以一 5 月上旬从东京回国，就任专员公署外交科长一职，下旬即忽然被捕。

陈以一案迷雾重重。都说因戴李陶向蒋介石告状，指陈屡借他名义招摇撞骗，蒋怒而密令抓陈去南京法办。陈锒铛入狱后，妻杨文彬四处求人营救，又去问戴，跪在他面前。陈以一曾用名陈志群，戴对杨氏说："我与志群二十年旧交，我实没有告他。"旋又派秘书往法院解释，其主动性减少了他的疑点。而且江宁地方法院检察官在对陈以一进行讯侦时，陈以一未花多少力气就差不多洗脱了"借名招摇"的罪名，因为检察官一听他辩驳就说，此不成问题，戴对你也没什么恶感。

从这些方面看来，陷害者又不像是戴季陶。

法院经过审理，未能定陈"借名招摇"之罪，但陈借戴之名也不能说完全无迹可循。戴访日本期间，陈以不知出处的"秘书长"身份示人，职名含混可疑。戴回国后不久，上海《时报》社的《图画时报》上，先是登了一幅陈拍摄的戴照，最妙的是随后登了一幅陈妻玉照，文字说明为："第十军参议陈以一夫人杨文彬女士前随陈君偕戴季陶由日本回国，此图系戴君摄于上海丸舟中食堂。"信息量不可谓不大。戴这样有身份的人居然去给人家老婆照相，在生活中朋友间或许无伤大雅，但如此在报刊上正式发表，未免难看。戴心里恐怕不会痛快，但似乎也不至于因此就要捉陈去坐牢。

陈以一既引蒋介石发怒，而被以密令的非常方式处置，应另有比"借名"更严重的事才合情理。1928 年仲夏，就发生过一件匪夷所思的事情。

5 月 29 日，《时报》刊登了该报社驻日本记者鲍振青的报道，说外交部司长陈以一于本月 24 日因公抵达神户，就"济南惨案"对新闻记者发表意见，对日本慷慨激昂一番痛斥，希望日本人猛省云云。

当时中日济南战事未了，外交斡旋正在紧张进行中，报道一出，国民政府大惊，仿佛半途出来个搅局的。外交部总务处于 6 月 1 日给《时报》发函称："5 月 29 日贵报载外交部司长陈以一因公抵神户等语，查本部司长中并无陈以一，只有第二司第三科科长陈以一，亦已久离职守，更无派赴日本之事，相应函请贵报迅予更正，并电知驻日记者，以明真相，而免影响外交……"

《时报》报社尚未接到外交部的信，6 月 1 日当天就又刊登了鲍振青的后续报道，自称 25 日上午随陈往访日本外相，因田中外出开会，而由森恪次外相接待，陈对济南惨案有所质询，森恪说事件系有所误会，日本已令福田司令停止军事行动，正在等待外交交涉，无奈贵国方面无正式负责人，故一时无从进行。陈答："贵国出兵山东，惹起不祥事件发生，敝国军民遇害者达三四千之众，因此敝国人民对于贵国军队不顾人道之暴举，非常愤激，但敝国政府为大局计，为东亚和平计，不愿发生重大结果，故忍辱负重而已。"最后道："敝人希望贵国政府不可迷信武力，切勿阻碍我国军北伐，庶几今后两国邦交，得以重修和好。"

陈以一见了鲍振青的报道以及外交部的信，6 月 8 日也给《时报》社写信称："上月 29 日贵报载鄙人奉命赴日，与贵报记者鲍君同访田中等语全非事实，应请更正。"在信中并且对外交部给报社的信里说他"久离职守"予以澄清，说他是因为脑病请假，由广东赴东京，借航海养脑，有医生诊断可以证明。病假期满即回外交部，既不是擅离职守，也不是被解职。政府当局也另命驻日特派员核实情况，回电证明陈以一赴东京探望妻儿，只待了一天，未访外务省。

此事真相到底如何，不得而知。鲍振青是《时报》驻日本特派记者，当月中旬徐志摩乘船去美国，途中写信给陆小曼，说他路经日本上岸逗留，一个朋友带了记者鲍振青前去接船等。鲍振青这样一个资深记者，似不至于做出编故事充新闻的事来，而报社为吸引读者倒有可能。

但陈以一的行迹也不能令人完全放心。身为一个外交官员，在此非常时期，跑到日本去，纯为养病？老远跑了去，探亲只一天，不合情理。他又在日本工作生活多年，交往复杂，究竟有没有自作主张暗中活动？在中日博弈的关键时刻，容不得任何可能影响大局的个人率性行为，即使好心也可能是帮倒忙，因为与政府的策略不一致。《时报》所载，真的是无中生有，还是隐约有影？正为解决济南惨案焦头烂额的蒋介石，不能不狐疑满腹，不能不生气。

而陈以一因外交部在报纸上说他"久离职守"也不免生气，于是干脆以患病未痊、需要休养为由向外交部请辞科长一职。部长王正廷"好走不送"地当即批准。陈以一自此就只以不支薪而挂名外交部侨务局特派员的身份生活在日本。

监狱改良西皮二黄

陈以一与国民政府，如同一对旧友，本即性情不合，又生龃龉，疏远也就是了。但一方或许始终未曾消气，一旦全国统一大业完成，回过头来倒算"宵小"，以回国履新诱捕。而另一方幻想友情可续，又久静思动，于是欣然赴任。

　　其实旁观者当时已嗅出气味不对。妻子就固执地反对他去青岛就职。他的父母写信给他，劝他勿再从政，甚至表示宁愿独子留在东洋而彼此久不相见。他的挚友，后来在南京创办《大华晚报》的著名报人殷再为，同样劝他勿归。他当然一概听不进去，直到品尝铁窗风味时，才懊悔不迭。

　　陈以一最初的罪名，与"借名招摇"并列的，还有一个"贩卖人口"，系涉嫌曾经利用职务之便，为包括自己女儿在内的几个人入境美国写信证明或改动护照信息。大概是罪名太过耸人听闻，于是改为"变造护照罪"，虽陈以一有异议，法官仍强判一年，外加欺诈罪判一年，合并执行一年零两个月。过了几天，罪名又改为诈财未遂等四项，仍按一年两个月执行。

　　陈以一愤而上诉，结果非但无效，反倒用殚精竭虑换来许多忧愤绝望。而检查官竟又在同一案内追诉贿赂罪，使得刑期又增加了两个月。且刑期应于何时起算，又是一个不只看法官心情的问题。陈以一1929年5月被捕，1931年3月出狱，16个月的刑期，却吃了22个月的牢饭。

　　陈以一因为前后上诉至省高等法院、最高法院，故而在各法院之间被解来解去，也因此进进出出新廊看守所四回，共215天，在老虎桥监狱正式服刑也才89天，对新廊印象自然深刻。在他出狱后写的狱中生活回忆中，专列一章写新廊。

　　新廊看守所分东南西北四所，另有女所与病所。房屋大多朽败失修，一下雨就到处漏。新廊的拥挤并不稍逊于老虎桥。新廊看守所将陈以一押于东所九室，纵约一丈，横约八尺，额定五人，已塞八人，陈以一是第九个。犯人们岂止前胸贴着后背，简直可以将对方呼出的二氧化碳直接吸入肺里作二次吐纳。就是这般狭小的空间里，犯人中也还立有"规矩"，如新犯人须出钱给老犯人买食物，等等。

　　陈以一在1930年的12月上旬被移送老虎桥监狱。其牢房分为东西两边，以扇形各列四翼，以八卦命名，东监分为乾坤艮震，西监分为坎离兑巽，各卦名下有牢房若干间。

陈以一被关押在乾字监十五号。纵八尺，横六尺，虽小如方斗，好在独居。但铁窗上的玻璃早已不翼而飞，陈以一入住当夜，正遇上北风怒号，大雨如注，牢房又朝北，感觉与露宿无异。向看守报告，回说牢房钥匙都已上交，当晚只能将就。看守也算是有点人情味，帮他把床左移右移，试图避开窗洞，无奈室小，故都于事无补。陈以一于是就在苦雨凄风中挨了一夜，次日才由杂役找来破纸将窗糊上。10天后调至第七号监室，墙上有一方洞，也失了玻璃，牢房虽然朝南，三九寒天，依然如居冰窖。加上室内又漏雨，陈以一形容是"每雨一日，滴水三天"。而且全监漏雨的不止他这间牢房，还有不少牢房玻璃缺损。陈以一的描述为"近以监犯拥挤，收容过额，室内污损愈甚，壁间臭虫血迹涂满，便桶永不洗涤……"

陈以一案初因系蒋介石命办，所以曾在三元巷总司令部军法处禁闭室也待过几天。继而转交地方法院审理中，又因上诉，加上受外交官高瑛私运鸦片案牵涉，所以先后在五六个监狱或看守所都待过。他在出狱后的"揭黑"文章中，不厌其详地描绘狱犯居处条件恶劣以及狱方管理敷衍，且不时用他那支在多年报人生涯中早已磨尖了的笔，调侃裹着机锋。

如写新廊看守所有医官一人，每日来诊一次，"望而不闻问切"。说有囚犯趾甲长至数寸，因无修剪工具而使走路像新裹脚的少女。他还睚眦必报地将几个狱所制成表格，列出囚犯日常十项，一项一项填写清楚，比如每日供应饮水，三元巷与新廊是三次清洁开水，老虎桥则是两次污浊温水。饭菜，三元巷是一日三餐，早粥午晚白饭荤菜，新廊是一日两餐黄米青菜，老虎桥是两餐饭糊青菜。放风，三元巷不定，新廊每周三次，每次一小时，老虎桥不放风。洗澡，三元巷根本没有，新廊浴室备而不用，老虎桥无定时。监房打扫，三元巷与老虎桥是放任，新廊是督察。他甚至别出心裁地戏拟"中华民国要犯治罪条例草案"，由自己的亲身经历，痛将司法者执法的随意，编排成极尽讽刺挖苦的法条。

国民政府最高法院旧址

陈以一在被捕之初，对法律颇有信心，以为在国民政府一直高喊司法独立、司法改良的背景下，个人所遭冤屈，会有辩白的机会，不料自己所落入的仍旧是一个"黑狱"。经此牢狱之灾，他不仅自己丧失了对司法公正的信任，同时又把这种不信任传达给了公众。早在陈以一受审时，就颇受社会关注，报载陈上诉在省高院复审时，旁听者竟达 500 人之多，甚至超过了之后旁听牛兰案、陈独秀案审理的人数。陈以一屡番当庭自辩与上诉，在与执法者的态度及水平形成的对比中，赢得舆论同情，使得大众倾向于相信陈以一身陷缧绁，非为他的罪过，而不过是"因忤要人"。这种现实对大众的教育，就像一阵风，吹过国民政府费尽心力宣传司法改良的烟霭。

1931 年 3 月 3 日元宵节过后，连日阴雨，正值惊蛰节气，夜里响起隆隆雷声，为陈以一即将重获自由增加了仪式感。上午九时，陈以一出狱，妻儿偕众友人前来迎接。一帮人陪着重获自由的陈以一先到丹凤旅馆休息，中午至金陵春聚餐，下午到奇芳阁喝茶，然后至新中央理发店剃头，晚上又在美的咖啡馆欢宴，席散后至下关天龙池沐浴，夜宿东南饭店。迫不及待地要用新的生活把将近两年来所受的痛苦记忆覆盖掉。

陈以一由其记者出身，对于记录人间非常之事本有职业意识。早年关注妇女解放时，已显出对社会问题的分析能力。他出狱后即在杂志上连载《我之狱中生活》，继而又有《狱中见闻录》。内容既犹如新闻报道，又间杂些许学术性。不仅写出自己的经历与感受，对当时司法制度与执法过程作真实记录，甚至包含在狱内所作的调查，为现代法制史提供了可资研究的第一手资料。

1933 年春，老虎桥又出了一个离奇事故。3 月 2 日那天，第二科看守长王荣正在值班，坎字监八号犯人第 1119 号张学渊悄悄前来报告，说他发现一件奇怪的事情，他与坎字监七号第 1115 号柳长春入狱之前早就认识，但昨天洗澡时，看见称柳长春的人好像不是他，柳长春怎么会失踪？王荣大惊，赶紧向典狱长报告。钮传铸暗叫不好，随即命看守提柳长春前来详询，同时命我取出柳长春档案。

柳长春来后，一口咬定他就是柳长春，钮传锜就叫他说说自己的经历、案发经过、法院是怎么判的，柳长春说了一遍，与档案里记载的并无不同。钮传锜于是命看守提张学渊再次辨认。张学渊说此人肯定不是柳长春，只是穿着柳的囚服。"柳长春"架不住钮传锜的再三盘问，终于承认他是冒充的了。

假柳长春实为第124号犯人刘占魁，因盗窃被判入狱两个月，于去年10月31日被解至老虎桥，与柳长春同一牢房。柳长春因犯持有鸦片罪，被处以一年徒刑并科罚金20元，于1932年10月入老虎桥，要到1933年10月方才刑满。柳长春急于出狱，得知刘占魁很快就将刑满，于是许以好处，刘占魁同意两人换名。

刘占魁1932年12月11日就已刑满，也就是说，柳长春出狱已经快三个月了。钮传锜心里叫苦，因为柳长春如果想跑，这么长的时间，差不多可以抵达天边了。钮传锜当然也心存侥幸，希望柳长春会以他混出监狱的格外顺利，觉得刘占魁未必会被发现而不曾远走。他立即派人四处察访，同时上报省高院院长林彪，派人缉拿。

钮传锜的运气不错，柳长春3月8日傍晚在津浦列车上被抓获，当晚即押回老虎桥，钮传锜连日的焦虑这才得以缓解，我见他紧锁的眉头舒展开来。隔日将柳长春、刘占魁连同证人张学渊一同解送江宁地方法院审判。上面的惩处也很快下达，第二科值日候补看守长关连福、第一科名籍主管主任看守周监遭议处，主科看守长赵延禧记过一次，钮传锜也记过一次。

这桩案件显示出监狱的混乱状况与管理的低水平。看守完全不识狱囚，柳刘二人事先暗中互换囚服与铺位，竟可瞒过同室狱囚。这种混乱，固然与狱囚过度收容、安排无序有关，也显示出狱方缺少应对狱囚超额状态下的有效管理办法。柳长春蒙混出狱时，看守人员因未细察而不及阻止，甚至于事后长达数月，监狱上上下下竟仍浑然不觉。若非狱囚偶然发现并主动举报，半年后刘占魁即出狱，二犯合谋越狱或将永远不为我们知晓，从中可以看出监狱的管理存在硕大漏洞。

钮传锜是一个工作颇有能力、会动脑筋的典狱长。1931年老虎桥遭水淹，有些牢房被水浸泡后，墙壁坍塌或变得松软，钮传锜生怕犯人出危险，又担心狱囚借机肇事，专程去苏州，请省高等法院拨款修缮。直到1932年才得省高院同意拨款15000元。为了节省经费，他决定泥瓦木漆连同小工全部由狱囚充当，老虎桥匠人不够，他就请省高院从各县监狱中抽调。

但这位典狱长又是一个会犯错的人，加上老虎桥难对付的狱囚较之一般监狱更多，所以他虽处于首都监狱典狱长的显眼位置，却也并不显得成绩如何显著，反倒似乎更易动辄得咎。

1935年秋，司法部为了宣传及推销监狱产品，假借府东街青年会大礼堂，举办全国监狱成绩展览会。有全国55个监狱参展，产品有地毯、绸缎、皮革、服装、藤品、纺织品、印刷品、文房四宝、红木模型、木雕竹刻、木器、漆器、扫帚、食醋等，因多取材于当地原料，故富有地方特色。老虎桥送展的拳头产品是新式桌椅。司法部专委一司长担任展览会的会长，下有20位主任及干事，还邀请了实业部专员对参展物品评定等次，颁发奖状。展览会很成功，开展首日即售出物品三分之二，不少物品甚至供不应求，欲购者宁愿先交定价的三成作为定购的订金。

叫人哭笑不得的是，钮传锜在这届展览会上，既以老虎桥送展的新式桌椅设计巧妙与做工精细获得嘉奖，却又因送展的锦缎椅垫，被实业部的内行查出来不是老虎桥出品，被司法部斥为"迹近蒙混"，而被记过一次。有功有过，固然是司法部赏罚分明，却也像是钮传锜人生的概括。

监狱成绩展览会对于狱方与狱囚显然都具鼓励作用，对于缓解监狱经费短缺也颇有助益，可是这次的活动却是自1927年以来首次举办。而这种展览会在北京政府司法部曾数次举办，且效果斐然。也就是说，国民政府官员一面对改良监狱实际问题束手无策，一面却对前人现成的经验不知借用或是懒得去学。举办这次展览会也不是当局忽然生发事业心，而不过是作为时在南京召开的全国司法会议的"节目"之一。

国民政府执政已逾八年，才首次召开全国司法会议。参会者有大学法学院代表、律师代表与法律专家，有各司法机关长官及重要职员等，提案达 400 多件，会期五日当然来不及审议。

回想当初，国民政府任命的老虎桥首任典狱长胡逸民，还充满了理想与热情，他喊出的治狱口号是："实现三民主义，厉行党化教育，实行经济公开，改善囚民生活，促进最新狱制，革除一切弊政，团结合作精神，增加囚民工资。"虽然调门有点高，毕竟也有切实的措施。

比如"经济公开"，对于抑制狱吏贪污克扣会有一定作用。胡逸民把增加囚粮作为上任后所要做的第一件事，同时又向中央政务会议呈交提案，要求允准增加狱囚工资。他到职不久，曾对全体狱囚训话，表达对他们失去自由生活的同情，理解他们狱中做工的辛劳，表示会对他们"好好宽待"，以恢复他们精神上的自由。

胡逸民竟还创办了一份老虎桥狱刊，为示平等，弃用"囚犯"等含蔑意的惯称，而改以"囚民"，并作为刊名。在狱刊中，特别设了一个"囚民之声"的栏目，创刊号上命题"我的苦"，专发狱囚写的文章。显出他对狱囚的体恤以及对其权利的尊重。

有个狱囚在文章中自称他们这些罪犯，是一群"西皮二黄"的人。有趣的是，20 世纪八九十年代，"西皮二黄"也曾流行在南京百姓的嘴上，用来形容不成器的人嬉闹荒唐、不正经、二流子的样子。从新廊到老虎桥来看十年间缺少章法、厌实乐虚的监狱改良，用"西皮二黄"作评语，抑或亦无不可。

特殊人物享特别待遇

1927 年初夏，胡逸民向中央法制委员会建议把"江苏第一监狱"改名为"中央模范监狱"的理由是，"国民政府遵照先总理遗嘱建都于是，庄严璀璨，薄海胪欢，凡百设施，必求伟大之进行，方足以壮中枢之气象"，首都的监狱自然也应"为中外观瞻计，积极扩充"。

南京市市长刘纪文"为中外观瞻计"修中山大马路，人们都还不难理解，可是连终日大门紧锁的监狱也要把"观瞻"放在大事栏里，这就有意味了。但是胡逸民的这种思想在当时并非孤立存在，事实上是主流意识的反映。

在观瞻思维的支配下，备受国内乃至国外关注的巨案主角或名流，被制成模范监狱先进管理与狱囚人道生活的说明书，用以昭示世界。那些特殊的人物也由此得以享受超狱囚待遇。

国民革命军原十四军军长赖世璜以不服从命令与克扣军饷，1927 年秋在上海被捕，经由淞沪卫戍司令部转押老虎桥，住仁字监四二五号，独居一室，国民政府每月拨伙食费十五元，零用钱二十元，另找一人专门服侍他，赖氏则终日焚香诵经。

原新疆省政府主席金树仁，因擅订新苏临时通商协定，1933 年被捕，1935 年 4 月被江宁地方法院判外患罪，处以三年零六个月徒刑，关押在老虎桥，于 1935 年 10 月特赦出狱。"所住监房清洁异常，有木床一座，藤榻一张，临窗置一方桌，摆满古色古香之线装经书与笔墨纸砚等。"金树仁对记者说，在监生活颇安适，不食囚粮，依狱中规定，个人可自包伙食，由狱代办。

金树仁的待遇看似不如赖世璜，那是因为后者是被判了死刑的人，不几月就在老虎桥被执行了枪决，连 1928 年元旦的太阳都没见着。政府对他的厚待不过是对将死之人短暂的优容。而对于金树仁来说，也不缺那几个伙食零花钱，只要允许他不食囚粮就谢天谢地了。何况一人独居，牢房干净，与普通狱囚相比，已有天壤之别。

1931 年夏，第三国际派驻中国的重要人物牛兰、汪得利曾夫妇在上海公共租界被捕，不久即由捕房解送至上海江苏高等法院第二分院。8 月上旬龙华淞沪警备司令部受命国民党中央党部，要求接手牛兰案，经二分院判令移交龙华淞沪警备司令部。

8月中旬由警备司令部派副官蔚鸣宣，率武装士兵20名，搭乘京沪快车，押解至南京，移交京沪卫成总司令部军法处，拘押于总司令部禁闭室，拟由军事法庭审判。后牛兰夫妇及外界以牛兰活动地点并非在戒严区域内，军事法庭无权受理提出抗议，该案才又移交司法部，而由江苏高等法院审理。不久淞沪抗战爆发，当局以江苏高院地处苏州，离上海战区太近，容易发生不测为由，命该案转交江宁地方法院审理，审案人员仍由省高院委派，牛兰夫妇随即被解送至新廊羁押。

为牛兰案开审，江宁地方法院着实忙碌了一阵。既然这是一桩"轰动世界，万人瞩目"的大案，要来旁听的人自然不少，所以特地将该院面积最大的民事一庭腾让出来，叫人打扫，重新布置。时已盛夏，院方怕众人不耐南京燠热，特地安装了大吊扇。为防止出现意外情况，又将审理日其他刑事与民事案件一律暂停审判。省高院还特地制作了旁听证，由江宁地方法院代发，党政各机关人员等都凭证入庭旁听，没拿到证的人可在庭外走廊旁听。被指定为审判长的省高院刑事一庭庭长黎冕也提前两天抵达南京。

早在牛兰夫妇被羁押在上海江苏高等法院第二分院时，外界对他们的声援与营救就紧锣密鼓地开始了。因为牛兰夫妇是有组织的人，所以对他们的声援与营救在很大程度上亦即组织行为，自然也就比零星的、自发的个人行为要有力得多，也广泛得多，呼声最高的是要求当局保障牛兰夫妇的人身权益。

宋庆龄是第三国际的秘密成员，对营救牛兰夫妇负有使命，为此曾去面见蒋介石，希望优待牛兰，当然最好释放，并转达苏联方面以扣为人质的蒋经国换取牛兰的意愿。但是蒋介石也死硬得厉害，宋庆龄来见时，牛兰夫妇还关押在南京三元巷京沪卫成总司令部军法处，蒋介石断然拒绝了以牛兰换儿子的条件。他在1931年12月16日的日记里写道：

"孙夫人……又以经国交还相诱。余宁使经国不还，或任苏俄残杀，而决不愿以害国亡之罪犯以换亲子也。"但允诺会对关押中的牛兰夫妇的生活起居加以优待。

蒋介石兑现了许诺，牛兰夫妇在江宁地方法院看守所享受了优渥待遇，但外界仍有牛兰夫妇在拘押中受尽虐待的传言，于是法院允许记者自由参观牛兰夫妇的监室，想以此证明政府对人权是尊重的，对待收押之人是人道的。

1932年6月中旬的一天，天津《大公报》记者杨雪芳前往新廊看守所，先去了牛兰待的西所独字七号房，发现长方形的房间十分狭小，放了一张床后，两边几乎没有多余的空地，但整个房间颇为干净，而且墙壁有铁窗，室内光线充足，一只马桶放在门后边。床前小几上，放着一些书籍。床上有一床洋花绸绵被，一只小布枕头。

正坐在床沿看英文小说的牛兰见了记者，站起身来，随手将书扔到床上。只见他白衬衣上系着黑领带，下着茧绸西裤，脚蹬黄色皮鞋。整洁的装束不似是在牢房，倒像是在人家做客。杨雪芳见过牛兰，又到女所一号房去见汪得利曾。只见蓝眼黄发的她正叉腰站在室内，赤裸的胳膊上披着蝉纱披肩，下面是光脚拖鞋，虽然容颜显得憔悴，人的状态却颇为轻松随意。

在牛兰案公开审理前几日，另有陈以一好友殷再为办的日日新闻社的记者前往新廊看守所探访。所长龚宽亲自接待，向记者介绍牛兰夫妇入所三个多月来的"舒适"生活。说牛兰夫妻俩可以托人从外面代购物品，看守所对其用度并无限制。二人每月花销高达百元，钱都由上海汇来。而这一年南京市规定的小学校长月薪，大学本科或高等师范毕业的才45元，若是初中或师范讲习所毕业的更只有30元，可见牛兰夫妇的狱中生活水平不低。

龚宽还告诉记者，每天上午十时与下午四时是进餐时间，看守所特别允许牛兰夫妇一同用餐，"两次进餐，夫妇同席，每次约二小时，共同谈话，比肩看书，其乐融融"。记者在龚宽的陪同下参观监舍，正赶上用餐时间，看见牛兰与妻子刚吃完饭，正对坐交谈。牛兰夫妇见了所长与记者，立时住口，直视来人，而"面色欣喜，笑容可掬，态至和蔼"。在记者看去，汪得利曾"白皙而健硕，极露西方妇人之美"，两个人哪里像是待罪囚徒，分明呈现的是如同日常里的"夫妇之欢甜生活"。

牛兰夫妇刚进看守所的时候，所里还特地准备了西餐面包，可是他俩都不肯动刀叉。问他们原因，回答竟然是，在中国坐牢，当然应当吃中国餐。听到这样的"怪话"，看守们都忍不住笑了。

牛兰夫妇在法庭上，自始至终以十分强硬、尖锐对立的姿态出现，本质上是由职业生涯淬炼出的钢性，而直接的原因是夫妻两人一心希望能回到上海江苏高等法院第二分院去受审。因为按律师章程规定只有上海特区法院及江苏二分院可以聘外籍律师出庭，在其他法院只可聘外籍律师当顾问到庭旁听，不得上庭辩护。牛兰夫妇被关押在新廊期间，一直在为争取聘请外籍律师暨回江苏二分院而努力。1932年6月29日他们又一次委托他们的中国律师陈瑛向司法部提交申请书，认为江苏高院对该案没有管辖权，申请管辖移转回江苏二分院，但7月2日遭到司法部的回绝。牛兰夫妇十分气恼，当日下午即双双开始绝食，既示以抗议，又希图通过绝食或可寻回沪之道。

对牛兰夫妇绝食最紧张的要数看守所所长龚宽，当然是因为职责系于一身。因为"业务"的关系，新廊那边既常有人来，老虎桥这边也常有人去，在牛兰夫妇关押新廊期间，我能明显感觉到龚所长的紧张。

龚所长一见牛兰夫妇绝食，赶紧通过省高院转呈司法部。而部长罗文干则是一个性格刚硬的人，他叫龚宽对牛兰夫妇尽人道，作些劝导，却无意更改审理的原定日期。

转眼牛兰夫妇绝食已至第五天，龚宽越发紧张，因为他很相信中国传统的说法，人只要七天水米不沾就会毙命。可他除了随时向上报告，就只能买了罐头、牛奶、饼干等置于枕边，对牛兰夫妇一味而无用地苦劝。

夜里龚宽的睡眠受了影响，次日早上，他等看守所的女法医一上班，就请她赶紧为夫妻俩检查身体。法医官发现牛兰视力大减，竟至不辨颜色，且有幻觉出现。汪得利曾则拒绝法医官为自己检查身体，因为她对中国医生的医术不信任。

龚宽此时成了有求必应的好好先生，随即派人去鼓楼医院请来一位外籍医生。医生检查后告诉龚宽，两人只是绝食日久，身体衰弱，并无其他病症，配了白色药粉与透明药水，无非营养剂之类，嘱看守所劝夫妇服用。

龚宽起先还有些畏难，却未料牛兰不用多劝，当即将药服下。药服下五分钟，竟顿时来了点精神。牛兰说，服药只是因为身体有病，绝食仍将坚持到底。龚宽多半是因在看守所待得久了，严肃成了习惯。何况见牛兰说得认真，所以也完全不觉得这句话有何好笑。那边汪得利曾听说丈夫服了药，就也顺然把药吃了。

如牛兰所说，绝食仍在继续，而中外营救之声又密集起来。

国际上，日本、印度、朝鲜、菲律宾等国劳工团体，纷纷致电国民政府，要求释放牛兰夫妇。在国内，1932 年 7 月 10 口，上海 30 多位作家如柳亚子、郁达夫、田汉、洪深、茅盾、丁玲等人联名写信给行政院院长汪精卫、司法院院长居正、司法部部长罗文干，以人道为由，要求释放牛兰夫妇。7 月 11 日，上海中国律师公会致电司法行政部，请为人道起见，将牛兰夫妇案移转至上海审讯。同一天，以宋庆龄为首的由在沪中外人士参加的“牛兰夫妇营救委员会”成立，请求将牛兰案移沪审理或干脆释放牛兰夫妇，中国会员有杨杏佛、林语堂、邵洵美等人，次日蔡元培与胡适也致电加入。委员会发表的英文宣言称该会所谋求的是“为人道正义及不可侵犯之政治自由权”。

相比于人道的呼吁，国民政府更听得进去另一种声音——正在北戴河避暑的外交大员顾维钧致电汪精卫与罗文干，劝他们对牛兰的外籍律师之请，应特别通融，以免受国际批评，影响正在恢复中的中苏邦交。

鼓楼医院初建于清朝光绪年间，是南京第一家西医医院。因由加拿大籍传教士马林创建，故而民间习惯称之为"马林医院"。20世纪第一个10年被金陵大学并购。国民政府入主南京后，将它改为市立医院。如今在马林医院旧址，门楣上可见刻着"基督医院"四字。

而在两个月前，蔡元培就曾给汪精卫写过一封信，说："牛兰案久为国际注目，欧美学者特设国际救护委员会，专业营救。无论牛兰氏主张如何，政府应令法庭公开审判，并许自聘律师辩护。中国方求世界之公道与同情，应以公道与同情待人。"蔡顾二人都着眼于中国的世界形象及国际关系，也即与"观瞻"庶几近之。

牛兰夫妇后来听从宋庆龄等人的劝说，在绝食16天后同意就地入院。7月17日晚七时半，经省高院批准，夫妇俩被送入鼓楼医院治疗。

将近7月底的时候，牛兰夫妇经治疗，精神渐见复原，定于8月5日下午出院。两点钟时，看守所先派员至鼓楼医院清算账目，共计400余元。首都警察厅派大队长李蕃青率武装警察40名，以及驻医院宪兵4名、法警4名，作好护卫。

四时三刻，看守所所长龚宽赶到医院，与牛兰、汪得利曾确认愿意出院回看守所后，随即由法警分提行李八件，登上专车。与牛兰夫妇同乘有警察12名、法警4名的一辆车。其余人另乘大小汽车及摩托车，驰骋而去。那阵势颇为壮观，引得现场有两百多市民驻足观看。

当时南京百姓的眼里所看见的东西堪称丰富，而各人看见的当然不一样。有人从牛兰夫妇出动的阵仗看见了洋人在中国囚笼中的超国民待遇，有人从阶下囚与法官强硬斗法看见了团体组织的力量，还有不少人由牛兰案而与"人道人权""思想自由""司法独立"这些新词蓦然相见。

1932年8月中旬，法庭宣判，牛兰夫妇以"危害民国罪"，本应处以死刑，因为适用大赦条例，所以减处无期徒刑。省高等法院另决定他二人在老虎桥服刑。10月14日晨6时，牛兰夫妇自新廊提出，由24名法警押送，乘"大号汽车"一辆，解来老虎桥。那天汽车走得早，不到半小时即抵达老虎桥。沿途警察还加派了双岗。牛兰住慎字监九号，汪得利曾住慎字女监一号，都是单独关押。

精力旺盛、斗志昂扬的牛兰夫妇在监狱中自然难于"既来则安"，所以又曾几次绝食，或为争取特赦，或为转监，或为要求夫妻同室，并因此再获出入医院的机会。宋庆龄也一直在为他们的利益与自由不辞辛苦地奔走。

牛兰夫妇在南京沦陷前出狱。自两人被捕起算，在拘押与服刑超过六年的时间里，未曾真正体验过中国普通囚犯的生活。而国民政府或也从对牛兰夫妇的优待中，得到了想得到的东西。

牛兰夫妇在新廊先后挨过两段时光，一段是由三元巷京沪卫戍总司令部军法处移送江苏高等法院之前，先暂时在新廊看守所过渡，另一段是从苏州解至新廊受审。在前后总共29周的时间里，新廊所长龚宽战战兢兢如履薄冰，生怕稍有不慎、于职守有失而受罚。事后他对我说，直到那天早晨眼见牛兰夫妇上了开往老虎桥的警车，他那颗一直高悬的心才放了下来。

战争变监狱为医院

可龚宽无论如何也想不到，就在他送走牛兰夫妇的第二天，又一个政治大案的卷宗翻开了。发案情形与审判路径几乎与牛兰案一模一样，案发地同样是在上海公共租界。巡捕房得到上海市公安局密报，说公共租界内某处楼上，设有共产党的中央机关，于是派侦探会同公安局督察实施抓捕。而后将捕获的"嫌犯"同样解送到江苏高等法院上海第二分院，由法院裁决批准上海市公安局的引渡要求，继而押至南京羊皮巷，交由军政部军法司看守所收押。之后当局同样决定由江苏高等法院在江宁地方法院审理该案。1932 年 10 月 26 日上午，军法司看守所尤所长与两名看守在一队军警的护卫下，将同案的十来人用汽车押解到龚宽那里去了。

新廊看守所顿时又热闹起来，可是龚宽却又一次心里发紧，因为在这一群"嫌犯"当中，有一位特别重要的大人物，是曾任中共总书记的陈独秀。虽然陈独秀在三年前就已被开除了党籍，一年前更被推选为中国托洛茨基派组织的中央书记，但国民党对他仍旧恨难消。

对于龚宽来说，重点当然是自己肩上的负荷。越是"要犯"，他所担负的责任越大。在羁押中，他就越须赔着小心，不能出现差池。他的策略是尽量让他关押的对象满意，当然这也是遵从上面的"旨意"。对于牛兰夫妇，他是做到了。所以牛兰夫妇与政府、法院、法官处处拂逆，唯独对龚宽的看守所不止一次表示满意。

面对陈独秀等人，龚宽如法炮制。他将陈独秀与同时被捕的另一个重要人物——彭述之，原也是中共中央委员，与陈独秀同时被开除党籍后，又担任了中国托派组织中央委员，安排在牛兰夫妇曾经住过的一处院中院。那里共有三间房，一间为法医官办公室，一间空置。陈独秀与彭述之住二号房，房间比普通关押室大一倍不止，所以又称作犯人优待室。不仅房间敞亮，还有单独的小园可供散步。

按照看守所常规，"嫌犯"入所时，须经法医检视。法医官仍是 7 月份曾为绝食中的牛兰夫妇诊疗却被汪得利曾拒绝的那位女性，名叫曹守三，是著名报人、学者作家曹聚仁的胞妹。她对陈独秀、彭述之作了简单的检查。陈独秀患有慢性肠胃炎的老毛病，不时复发，发作时腹痛。

胡适日记里有一句"独秀有肠病，他又好吃"。

陈独秀被捕那天下午有会，因为发病未前往参加。彭述之等参会的托派组织的五位常委，就是在开会时被捕的。本来陈独秀可以因病逃过一劫，却不料与会者中有一个叫谢少珊的，未经多审，随即就供出了陈独秀的住址，使得陈独秀当天傍晚就在病榻上被捉住了。

陈独秀被捕的消息传出后，不少人因此精神亢奋。国民党西南执行部常委胡汉民、陈济堂、白崇禧、刘纪文等人，各省市区党部，一些军师特别党部，中山大学党部，国民党县级代表大会，以及杀害杨开慧的湖南省主席何键等，纷纷致电国民党中央，要求"严办严惩""明正典刑""迅予处决""立处极刑"，其势汹汹。衮衮诸公中，瘦长脸尖脑袋的新疆省主席金树仁也赫然在内。

为防止陈独秀被国民党秘密处死，文化界、学术界发出要求法院公开审判陈独秀的呼声。与此同时，蔡元培、罗文干等有思想、有理性的国民党人也或给中央写信，或直接向蒋介石劝谏，主张陈独秀案走司法审判程序，国家应走司法独立道路，希望政府爱惜人才，等等。终由蒋介石向国民党中央常务会提议并获通过，陈独秀案遂交法院公开审判。

陈独秀案因证据错综繁杂，审理旷日持久，初审与复审后陈独秀又都不服判决而上诉，使得他在新廊被关押了将近两年。在开庭的间隙，他有大量的时间可以用来看书写字。除了胡适、北京大学校长蒋梦麟、上海亚东图书馆编译汪原放等人给他送书或购书，法医官曹守三也是他用书来源的渠道之一，看守所的书籍检查制度于他如同虚设。这种清静读书、无人打扰的生活，以至每使有"人在江湖身不由己"之慨的人不禁要羡慕起来。1933年仲夏的一天，胡适与几位朋友前往新廊探望陈独秀，日记里记道："室中书籍满架，此种生活颇使我生羡。"

陈独秀在新廊，每天伙食费洋三角，是普通在押者的三倍，超出部分本该自费，但陈独秀两袖清风，中央党部送了一百大洋，其余多靠亲友馈赠，除了钱还有衣物药品。

1934 年 7 月，最高法院终审判决，陈独秀以危害民国罪被判处 8 年徒刑。8 月 28 日，陈独秀由新廊移送老虎桥，押子字监一号。早在他入新廊月余，就对那里的环境十分满意，甚至担心将来服刑到监狱后，再无这样的"好日子"。他写信给胡适说，以他老病之躯，如果判的徒刑长，也就与死刑无异，因为监狱不比看守所自由，买药及食品都不方便。

这说明陈独秀对国民党的"观瞻思维"不甚了解，事实证明他的担心完全是多余的。老虎桥特地为他单辟一间牢房，以使他的生活空间不致过于湫隘。消息传出去，还曾引发微词，因为相较于普通狱囚，人们觉得陈独秀以及牛兰夫妇享受的待遇悬殊。司法部部长罗文干为此不得不专门出面解释，说对陈独秀、牛兰等人之所以采取单独关押，一是防止普通犯人与之同处一室，易受煽惑。二是独居适合思过，居室僻静，可以多读正当书籍，以改造其过去谬误之思想，早得觉悟。

陈独秀除了肠胃病，还有高血压，若出现意外，典狱长不好交差，但又不可能让看守目不转睛地监视，典狱长钮传镐于是特许与陈独秀同案的濮德治与罗世璠，每周一次轮流看护，陈独秀发病时则不拘此例。濮德治与罗世璠是陈独秀被捕那天下午开会时被捕的托派五位常委中的两位。濮德治是陈独秀的表弟，小陈独秀 26 岁。

当抗战救亡图存形势严峻，某些曾被视作天大的事情，忽然变得不那么重要了。"兄弟阋于墙，外御其侮"的声音自三千年前的远方，苍穹滚雷一般传了来。再将陈独秀这样的政治犯继续关押，不免自陷与宣称团结一致共同救亡的主张相悖的尴尬境地，陈独秀因此得以被赦减刑，而报刊上登出的政府相关公文中，竟说陈独秀"入狱以来……深自悔悟"，又有"陈独秀拟出狱后分谒各当局致谢"的谣诼纷传。气得陈独秀写信给报社反驳。可见当局直到释放陈独秀时，还不忘最后再利用一次，以作宣传。

陈独秀出狱后，老虎桥渐次腾空。战事日紧，南京城内原有的医院病床远远不够使用，老虎桥狱舍遂于 1937 年 10 月 9 日开始被征作临时医院。一转眼，昔日狱囚的床上睡满了伤病员，伤痛的呻吟与院落里自知来日无多的秋虫的悲鸣奇妙地交响。

从监狱的大门到牢房的小门，从未有过地日夜敞开。风，像一个没见过世面的后生，好奇而冒失地闯了进来，自顾自在空落的工场与监舍的犄角旮旯回旋巡睃，老虎桥积聚多年的令人作呕的秽气换作了刺鼻的硝烟味道。

学界：
动静与风景

　　几十年过去，建成近百年的孟芳图书馆虽早已更名，可人们提起它来，还总是喜欢说"孟芳"。就像是将昔日大学时光里的一位学姐或学妹的芳名衔在嘴里，夹杂了些暧昧而温暖的情意。

我这个小学校长

20 世纪初，英国一位叫贝登堡的爵士，创建了一个新奇的少年儿童组织，以准军事化训练为活动方式与内容，故名"童子军"。他的这个创意，很快风靡世界，各国纷纷效仿。辛亥革命胜利不久，在武昌文化书院读书的一位叫严家麟的学生将童子军引进该校，自此以后，童子军在我国逐渐蔓延。

后来国民党对童子军也感兴趣起来，在 1926 年 3 月的中央常委会会议上，决定组织中国国民党童子军。当时国民党的北伐军被人简称作"党军"，国民党童子军也即简称为"党童子军"，"军"前冠以"党"字，不仅使辨识度大为提高，更强调了组织的性质。

在国民政府定都南京后，蔡元培想要改变昔日教育部等同于官僚机构、不懂教育的人执掌教育部的积弊，提议以大学院代替教育部，被政府接受。1928 年 2 月，大学院颁布《小学暂行条例》，在第七条所列小学科目中，有"党童子军"一项。5 月初，大学院院长蔡元培又忽然向国民政府呈文，所请只为将"童子军"前的"党"字删去。

原先"童子军"前加"党"字，是童子军归属的一种表示，蔡元培要将"党"字去掉，难道不怕被人指为想要摆脱党的领导？时代背景是，就在 5 月里，大学院召开的南京第一次全国教育会议上，通过了将"党化教育"改为"三民主义的教育"的决议，但国民党中央执行委员会训练部却拒绝批准。后来的事实证明，在拥有解释权的人的解释下，二者可无不同。

国民党施行党化教育的对象人群，最初是大学生，后来渐往低龄走，直抵少年儿童这一层，而这应该就是从童子军开始的。国民政府江山底定后，对首都南京小学的党化教育自然只有抓得更紧。

我在孙传芳时代便在南京做了小学校长，国民党来后，蒙其不弃，仍然做校长。我虽对小学实行党化教育的必要与作用心生怀疑，但也仅此而已，在当时也并没有太多的逆反心理。

南京的市政与教育当局对党化教育政策的贯彻，当然是积极的。首都南京的第一任教育局局长，是一位 30 岁出头的年轻人，叫陈剑翛。不知是否因"翛"字易被误作"修"，所以他将错就错，取字"剑修"。

陈剑翛是江西遂川人，自国立北京大学毕业后，赴英留学，获伦敦大学心理学硕士学位。学成归国后，曾任国立北京大学心理学教授。在任南京市教育局局长期间，还曾兼任国立第四中山大学自然科学院的副教授。

这样一位吹拂过西风的高学历的学者，终极身份毕竟还是官员，在出版物中，他就曾明确表示自己"对于改造教育及欲服务教育以报党国一层，实在抱有至诚和宏愿"。在 1927 年年底的时候，还宣称新年要将"党化"作为教育的"唯一主旨"，教育局也将在近期举行党化教育运动，并刊发党化教育特刊。

国民政府要从小学开始就实行党化教育，自然先从小学校长抓起。早在 1927 年的春夏，南京市政府就颁布了市立小学校长任免暂行条例，规定校长任职资格为"人格高尚，服膺党义"，同时规定若违背党义，随时解除职务。随即江苏省颁布省立实验小学校长任免条例，聘任标准及解职规定都与市条例完全相同。继而上海、杭州、山东等省市的条例也都与此无异。

比较有意思的条例出自福建、江西、安徽、湖北诸省。福建省的《规程》是 1929 年快到年底的时候才颁布的，它的任职标准为"品格健全，才学优良"，虽然在后面规定若违背党义即解职，但显然与那些在前面规定"服膺党义"相比，程度上略低。江西省动作比其他省市都迟，1932 年 5 月才出了一个《规程》，任职资格上既无"人格"，也无"服膺"，只是说若违反三民主义即免职。

安徽省教育厅在厅长卢啸岑任内于 1927 年 12 月所颁的《条例》令

人咋舌，它规定校长必须是国民党员。而湖北省 1930 年 5 月颁布的省立完全小学校长任免规程最为致命，因为它规定"有共党嫌疑者"将被"随时免职"。

我因为不是国民党员，所以看到安徽省教育厅的《条例》，当然不免惊心，若有一天南京市也照此制订条例，那我就做不成校长了。但做不成校长并不是什么要命的事，因为做不成校长我还可以当老师。真正吓人的是湖北省的规定，说只要"有共产党的嫌疑"就可免职，而不必在确认之后。所幸南京市在小学校长任免《条例》颁布五年后，新颁的《南京市市立中小学校长任免章程》，任职资格与惩戒仍沿袭未变，我算是侥幸得以"尸位素餐"下去。

1928 年的暑假，教育局与市党部联合举办了中小学教师暑期党义讲习班，因当时南京市没有高中，初中也仅有一所，所以参加党义课程培训的近 300 名教师，几乎全来自小学。所开设的课目有"国民党史""建国大纲"等六门必修课，"国民党的组织""三民主义和其他主义的比较"等三门选修课，请的十多位讲师，据主办者宣称，都是中央与省市各级党部的"硕学名彦"。至于结业考试与修业证书，自然也必不可少。

此时的南京市教育局局长，已换为陈泮藻，年纪与陈剑翛相仿，也是江西人，同样毕业于北京大学，后留学法国、德国，获理学硕士学位，还曾任国民党军事委员会北伐军总政治部宣传处少将处长。他 1928 年 5 月下旬上任，可到 9 月上旬就辞职不干了。

3 个月前陈剑翛卸任时留下的一段文字几近牢骚："我们接办以后，采用革命手段，改革一切：固然因此见罪于人，有的时候，竟至疑谤交至。"他的辞职报告也写得有点意思，说教育局局长应酬太多，他想有个公务之余可以做学问的工作。他人在官场，此话当然是避重就轻，无非表达一时心情，但有此愿望也算是难得了。

陈泮藻要走时，也是屡番申请，去意坚决。可是首都中小学教育在党的力量的强势介入下，既未呈现出精神对于教育发展的巨大作用，也未显示出克服物质困难的超常能力。陈洋藻出任南京市教育局局长，乃由大学院院长蔡元培推荐，自然不会掉以轻心，以免辜负于人。何况他受过高等教育，自言："深知教育为国家命脉，首都教育尤较其他各地为重要。"但他毕竟是留学回来的，由西方教育培养出的科学理性，使他懂得勇气与决心的限度。所以他在上任伊始，并未去做鼓动人心的工作，而是对南京市的学校教育作了一点实际调查。

他了解到，南京市人口已达 50 万人，学龄儿童按人口 20% 的平均数推算，总数应有 10 万人，保守一点估算也应在 8 万人左右，而查在校学生总数，不过六七千人。也就是说，学龄儿童入学率十分之一还不到，而每月经费仅两万五千元，还难以保证。他拿此与西方文明国家一比，不能不"诚足痛心"。而他不仅为眼前局面难过，前景在他看来也十分黯淡。

陈洋藻既然留不住，市长刘纪文希望陈剑翛好马吃回头草。陈剑翛起初不肯，最后是在刘纪文半劝说半强迫下才重任教育局局长，但也仅干了两个月出头，还是走了。

接任的是顾树森，教育局局长到了他这一届，忽然转了风格。顾树森的年龄比前两任大 10 岁，并且与前两任学成于西洋不同，他是本土培养出来的学者。总是因为出身于师范的缘故，本能地研究小学教育、儿童成长、普及教育、职业教育，写了大量这些方面的文章。并且视野也开阔，将目光瞄向世界，关注欧美教育思潮，对英国童子军的实质与模式作过深入系统地介绍。他对办学也颇有经验，早先与数位女士共同创办新民女校并任校长，后又做过中华职业学校校长。

顾树森编译过一本介绍各国政党的图书由中华书局出版，从世界各国政党的名称、主义、纲领、成立由来、领袖人物到组织活动均有涉及，可是他对于政党的知识，并未能有效帮助他巧妙处理好教育与执政党的关系，反而使他遭遇官场的风险。

那是 1929 年的暑假快要结束的时候，南京市各小学的毕业会考已经结束，市第三区党部执行委员会突然向顾树森发难，因为他们知道凡重要科目都应在小学毕业会考中加以测验，而他们发现所认为的最重要的党义却没有列入测验范围，这重大责任当然要由教育局局长来承担，顾树森由此被扣上"目中无党，藐视中央法令，居心反动"的大帽子，加上他被党部指称近来与"反动之尤"黄炎培暗通声息，故而区党部呈请市党部，要开除他的党籍并函请市政府撤职查办。

国民党中央执行委员会训练部于1929年初设立了党义课程编订委员会，2月新增党义课程股小学组，到年内11月的时候已开了18次会议，要求重定小学各年级党义课程课目，貌似连课时长短都规定得十分具体，而实际缺少章法，造成下面执行混乱，连党义师资问题也未能解决。1930年1月中旬就有消息称，各学校党义教师"颇感缺乏"，而通过党义教师检定委员会检定的"合格者甚少"。

一边是党务机构不断挑剔，要求加码，一边是行政机关向上催索执行规则。如6月，国民党南京市执行委员会指称本市中小学非党员校长，教育儿童往往有悖党义，特地给市长魏道明发函，转令市教育局以后任用中小学校长，要尽量任用国民党员。而11月的时候，南京市教育局呈文教育部转函中央训练部，"以期率由标准而便学童党化"，请求迅速编辑小学党义课程标准。

国民党对于党化教育劲头十足，不惜花大力气，可是从事教育的人却给他们兜头泼冷水。陶行知1931年在《中华教育界》上撰文道："党军既到南京之后，没有一家书店不赶着编辑党义教科书……他们不教小朋友在家里，校里，村里，市里去干一点小建设，小生产以立建国之基础，却教小孩子去治国平天下……照这样干法，我可以断定，小孩子决不会成为三民主义有力量的信徒。至多，他们可以成为三民主义的书呆子。"任中华教育文化基金董事会干事长的任鸿隽，1932年在《独立评论》上撰文，题为《党化教育是可能的吗？》，认为对小孩子实行党化教育不仅无益，甚至有害。

这些话当然逆耳。对于那些在险恶的环境中赢得政权的国民党人来说，不免神经过敏而且多疑，即使面对忠告，也会疑为来自敌方阵营的阴谋，至少也认作可能是怀有敌意的坏话。同时，军事斗争的胜利也使他们对认识与治理社会充满自负，就像托尔斯泰《复活》里的那个因在女人方面的成功而越发自负的副检察长，在实际生活中，他们相信自己超过相信专家。

国民党中央宣传部早在 1928 年 8 月发布的《全国党童子军宣传大纲》中，就白纸黑字地对教育家不以为然："童子军很显然的除开教育意义外，尚有深潜而心的重大使命……我们中国热心童子军的教育家……只是从教育范围着眼，他们把应有的政治意识，避弃无余。他们当然不能确定童子军应负的使命，而使之有坚决的信仰和团结。"

国民党坚信思想的灌输，可以使受教育者完成对党义的信奉，自然把党化教育看成学校里最重要的事情，却对于其他方面，既是外行，又不在意，比如如何解决包括教职员工资在内的教育经费的极度短缺问题。

全市小学老师辞职

在国民党占领南京之前，南京小学的教育经费来源于"铺房捐""茶碗捐"等十余种税费，即已实现"教育经费独立"。"铺房捐"是对城市铺面经营与房屋出租所征收的税费，"茶碗捐"是对茶店出售茶水收取的税费。

南京被定为首都后，随着首都市政建设的展开，经费豁缺大如饕餮之口。作为市长，压力空前，而刘纪文又满怀抱负，想要做事，要成大事，便思将所有收入汇集，以便统筹与灵活支配，于是把以前归属教育部门征收税捐统由市财政局征收，称作"市财政统一"。

早自 20 世纪 20 年代初，在全国各地，针对政府部门不时拖欠发薪，教职员们群起索薪斗争此伏彼起，渐渐发展成为争取教育经费独立的运动，并在持续数年后，教育经费独立乃发展教育的必要保障，成为社会的基本认识。在孙中山手订的《国民党政纲》中，即有一条"励行教育普及，以全力发展儿童本位之教育，整理学制系统，增高教育经费，并保障其独立"，并在 1924 年作为国民党第一次全国代表大会的宣言。刘纪文却敢以"市财政统一"举措替换教育经费独立，不畏被人指为开历史倒车，胆子不可谓不大。而对于小学来说，弊端随即显现出来。

原先铺房捐、茶碗捐等作为教育经费专项来源，也并不充足，南京市的小学教师不能按期领到足额月薪也不是一件稀罕事，那时的教育局就常被小学老师"包围"，老师们因此自嘲为"讨债鬼"。但毕竟教育经费的来源相对稳定。一旦还给财政局，从理论上讲财政局对学校从此有足额拨付教育经费的责任，但在市政经费极度紧张的状况下，财政局可以有一万条理由分期拨付、延迟发放，从而加重了教育事业的危机，办学与从教的人们深受伤害由此不可避免。

20 世纪 20 年代前期的教育经费独立运动的起因，就是教育经费被执政者、掌权者随意挪借。市长刘纪文也不免如此，假如他把教育经费的保障置于市政各项支出的首位，自不必改弦更张而将教育经费与其他支出混在一起。

站在市财政局的地位，当市政府官职员与学校教职员同时需要发薪水，而经费只有一份的时候，它怎么可能把"欠薪"留给市政府官职员而先给教职员发薪水呢？何况常情下，人们总是会先应付急迫的事情，而不是先解决更重要的事情。首都新立，百端待建，哪一方不是火烧眉毛，市长为市政各方资金短缺焦头烂额，财政局终日四处救火不迭，小学的经费问题是久治不愈的慢性病而非新发的急症，解决起来自然排序靠后。

眼见小学欠薪情况恶化，就有学校教职员委员会向刘纪文市长请求将房铺捐等仍拨归教育局支配，但没有结果，那是 1927 年 8 月初的事情。随后刘纪文就卸任而去，继任的何民魂初始决心很大，在就职宣言中就表示他会"力谋"教育经费的独立，以解决学校欠薪问题。但棘手的现实发出刺耳的声音，他这才发现自己把事情想简单了。

教育经费的独立，并不是一个孤立的问题，按下葫芦浮起瓢，在经费来源十分紧张的情况下，平衡各方，可是高难度的技巧。甚至在何民魂犯难的时候，时间的指针仍一刻不停地喀嚓喀嚓在表盘上转动，在这催命一般的声响里，所欠学校的经费与日俱增，而以前曾经发生过的事情，注定了要再次发生。

何民魂是 1927 年 9 月初上任的，当月下旬，教育局局长陈剑脩就以教育经费不足致使一切教育设施计划难以开展为由，再加上江苏省新近已正式通令教育经费独立，向市长提出，作为首都应尽快实施教育经费独立。

何民魂当然极力表示赞同，市政会议随即也顺利地通过了市教育经费独立案，可是款项多少方足敷用，何种款项最为适宜，都还没有细加考虑。何民魂只是将后续交给市财政局去研究，对外称不久结果即可公布。可市财政局本即对将部分捐税移交给教育局不积极，果然直到年底也没有研究出结果来。

转眼已是 1927 年最后一个月的下旬，不几日就是元旦。各学校的教育经费只发到 10 月，11 月的都还未发，于是推选了 60 余名代表，向教育局索要两个月的经费，说再不发放的话，不仅教职员生活困顿，学校也难以维持。

教育局局长陈剑脩接见众人，耐心倾听各位述说乃至牢骚。他告诉大家，国民政府常委孙科与大学院院长蔡元培日前向国府提议，要保障教育经费独立，请通令全国财政机关，今后各省学校专款，各种教育附税及一切教育收入，永远全部拨归教育机关保管，实行教育会计独立制度，不准丝毫拖欠或擅自截留挪用，等等，国府已批准，下发了第一二三号令执行。发清经费既为自己应尽之责，当切实与何市长及财政局沈砺局长筹划。众人听了颇觉安慰，欢欣而去。

元旦前三天，何民魂即以奉到国民政府第一二三号令，召开第 18 次市政会议，通过了暂定将铺房捐作为教育经费的决议，并随即正式下令，叫财政局与教育局两局局长遵照办理。

消息当然振奋人心，只可惜不能止住咕咕肠鸣。陈剑翛努力的结果，是给教职员只发了11月薪水的三分之一，12月更无着落。那年的春节偏又来得早，1月23日即大年初一。眼看还有半个月就要过年，270多位教职员们包括我们做校长的都愁闷不堪，感到若再拿不到薪水，这年也很难过得去。

大家当然也都清楚教育局局长权力有限，于是推选了50多名代表直接去市政府向市长请饷，除要求偿清上一年的积欠外，还希望将当月的薪水足额发放，以使大家过个安稳年。代表们在痛陈困境的同时警告道："倘市教育局无切实计划于年终发清积欠，则不免酝酿不平之事。"

众人斗争的结果是1927年的欠薪得以结清，但1月的薪水仍远得看不见影子。

农历大年初四，政府部门开始上班。当日的纪念周会，市长何民魂因有事未到会，由市政府秘书长姚鹓雏代表市长讲话，说市长表示教育经费固应早日独立，术能实现，原因一是以什么收入作为教育专项经费难决断；二是为教育经费独立后，如何保障来源不出现枯竭伤脑筋；三是为如何使市财政丝毫不受影响费踌躇。眼下虽然决定以铺房捐作教育经费，但该捐月收入只有数千元，整顿后最多也不过上万元。市政府想将省政府手里的屠宰税收归市办，但交涉不易，即使省政府同意交还，但市里这样就需自办屠宰场，这又是一个问题。

从姚秘书长的话里，看似市长面临的困难重重，使他难以迈步，却也透露出真实的思想，即把教育经费置于什么位置。就以事情难办的第三个原因来说，若要将某些税捐划归教育局，必然影响市财政支配的经费。既然想使市财政"丝毫不受影响"，一旦要分出税捐给教育局，当然不免犹豫。

尽管何民魂欲予还惜，但也无法违拗教育经费独立的大势，过了几天，市政府召开第 22 次市政会议，正式决定将铺房捐拨归教育局直接征收。可是民国官场奇异的一幕出现了，居然财政局不肯把铺房捐交出来。后来市里又先后召开了两次市政会议，这才将铺房捐的移交日期确定下来，定为 1928 年 4 月 1 日。

财政局局长沈砺偏偏在此节骨眼上又调任市土地局长，这自然无法使人不产生联想。而他的这一调动，又使得铺房捐的移交后延了一个月，直到新局长唐乃康 5 月 1 日上任后，才终使作为南京市教育经费独立标志的第一笔固定收入落实下来。

促使何民魂下决心将铺房捐移交给教育局，还与南京市小学 3 月里的一场大风潮有关。原来市政会议在决定将铺房捐拨归教育局后，又横生枝节。市里忽得省里允诺，市教育经费可由省按月下发的协助款中划拨，这当然是求之不得的好事，铺房捐可以不给教育局了。

不料江苏省拟给南京市的协助款项，却被财政部驳回了，照理铺房捐仍应归属教育局，可是不见动静。而小学的教职员们已得此消息，加上南京自成为首都以来从未有过的长达两个月未拿到薪水，已有家庭断炊，于是纷纷去见陈剑翛。

陈剑翛本也为铺房捐着急，又亲见教职员们情绪反常，怕出大乱子，赶紧给市长写信，请求尽快公布铺房捐拨给教育局，以安人心。信中发出警告：教育经费独立"再不根本解决，恐重大风潮即在目前"。

陈剑翛给市长的信写于 3 月 4 日，十多天过去，教职员们仍未拿到薪水。陷入困境的家庭在增加，有终日食不见荤，三顿吃素的，有连买米也只能"化整为零"，有点钱就先买三两半斤的。

而与此同时，教职员们却了解到市政府及其他各局 2 月的钱都已发了，何以做老师的唯独要成为道旁的饿殍了呢？可见待遇既不公平，政府对解决学校的困难也没有诚意。老师们最先当然是找校长理论，可做校长的也是一肚子苦水，除了工资未得外，学校运转的经费也同样短缺，也早已忍耐到了极限。

一而再再而三的怠慢酿成了耻辱，日复一日的枵腹从公迸发成愤怒。正是惊蛰时节，云层中不时传来阵阵雷声，忽如雄狮闷吼，忽如扬鞭激越。就在这抑扬相间的音调中，文弱的小学老师们血脉偾张，怒不可遏。南京市共 48 所市立小学的 1300 名教职员，分别而同时向中央政府、中央党部、大学院、市政府、市教育局，向整个首都，发出一声呐喊："我们全体辞职了！"

被五斗米逼到绝路上的教职员们，3 月 16 日开了全体大会，到场的超过 300 人，推举人员起草总辞呈。次日又由各校校长与各校代表各一人，所到的 33 个学校的 66 人，继续开会商量步骤与办法。教职员们并未只顾眼前，除了催索积欠的工资外，还着眼于教育事业的长远，将推动教育经费独立运动作为整体的大目标。

《民国日报》的记者最先得到小学校在酝酿大行动的消息，一方面同情老师们的生活苦况，认为教育当局行事无当，同时又为事态发展的后果担心，劝告政府赶紧化解危机："……教职员全系寒士，且有家室之累……查市政经费，虽不甚裕，何以一月份之教育费至今一文未发，亦无怪教育局之身受质询，无以自解也。现在情形，恐不免趋于极端。惟现正在学之七八千市民子弟，若一旦因此失学，市府暨市教局将何以对市民……深望市政府及市教育局，及早为之，以弭此风潮于未发生之前。"

显然官方反应的速度迟缓，化解危机的能力更不足，何民魂没能抓住最后的时机。

局长坐在火山口

消息见报是在 3 月 18 日。当天下午，各小学教职员又开大会，通过总辞职宣言与拟发给各报馆的快邮代电。计划 19 日由选出的清理积欠委员会赴市教育局递交《呈市教育局总辞职文》并坐索欠薪，20 日上午开记者招待会，报告同人总辞职经过情形，目的在于请新闻界顾念首都教育，予以舆论援助，并就事实宣传，以使各界了解真相。当日并分组向大学院、国民政府、中央党部、市政府参事会请愿。22日各校分别招待学生家属，报告情况。

3月19日那天，教职员代表们按计划至市教育局，陈剑翛接见。局长或已闻风声，先准备了一些钱款，姑作愤怒中的教师们的见面礼和安慰剂。当下对代表们说，局里已筹得八千元，可先解决部分欠薪，余下的当继续设法筹付。他还态度诚恳地希望大伙收回成命，不要辞职，尽快恢复上课。

代表们则对局长说，教职员们薪水本来就低，即使按月发给，生活都相当拮据，何况从来没有发过全薪，最多发五成，其余不是二成便是三成，甚至一成。发薪也不准时，或是隔月一发，或是四五十天一发，这次更是积欠已近三个月。以往我们一再向局里请愿，或是推举代表来见，或是呈文请求，算下来不止十次了吧？可是得到的答复，可以说是只闻口惠，不见实至。最初告诉我们教育经费独立原则通过了，并不指定税项。继而告诉我们把铺房捐、屠宰税给我们，最后说是有碍财政统一又不给我们了。而后拨省款补助，但是只有呼声并无实事，到了结果领得财政厅一万元支票，还是空头的。三番五次的空言，我们听够了。这次无论如何得偿清积欠的薪水。

面对老师们的痛陈遭遇与要求，陈剑翛只是和颜悦色。其实教职员代表递交的《呈市教育局总辞职文》，措辞要严厉得多："……教职员等，曾一再呼吁，当局诸公，或饴之以甘言，或慰之以空望，我本书生，竟入其彀，至今山穷水尽，结果大白……衮衮诸公，或主政纽，或司财枢，高车驷马，月入千金，固食甘而衣暖也，何独对于努力下层工作之教师，并日常生活而不予维持……"陈剑翛读了，也无愧色，只表示他会继续为争取教育经费独立而努力，早日使欠薪顽症得到彻底消除。除此之外，也无多话。他拿不出更多的钱来，安慰也是多余的。

局长的无能为力，更加激发了书生的斗志。次日，南京市立小学教职员给学生家长暨全市民众的总辞职宣言发表，除了对欠薪事实饱蘸血泪的控诉，更有直指党国官员利己虚伪的犀利："……虽然是党国建设要艰苦卓绝的努力，但是茹苦要大家一样。市政府各局都不欠薪，欠薪的只有教育局，而教育局有款，局内职员又要先拿，结果学校是拿在最后，这样能算得平等吗？"

而同一天发给各报社的快邮代电，用词更加锋利，也可见教师们愤怒的程度："……本市教育改组凡七阅月，教育基金既未确定，教育费亦未独立，以是此七阅月之市教育，实无日不在飘摇荡漾中讨生活……中国国民党素以尊重教育爱护青年为基本口号之一，今日首都教育竟陷于如此破坏现象，斯真党国之大玷，亦中国国民党全体党员之大羞也……"

罔顾人家死活，结果自己的遮羞布被揭了去。党国要人脸上自然挂不住，作为何民魂、陈剑修承受压力的反应，随即在 21 日开了两个谈话会。上午是教育局邀请市参议会的部分参议与学校代表的谈话会，市政府秘书长姚鹓雏到会。陈剑修主持会议，首先报告了教育经费困难情形，继而由南京市中区实验学校校长李清悚作为学校代表陈述辞职经过。

李清悚 1903 年生于南京，是东南大学的毕业生。梁实秋在《雅舍小品》里有称"我的朋友李清悚"，说曾到他家里尝过南京人所谓的"涨蛋"。身为校长的李清悚当时只有 25 岁，在会上除了说教职员们总辞职的原因是一患贫二患不均外，还说辞职不是罢教，罢教有要挟嫌疑，而辞职乃个人自由云云。

在政府已显示愿意解决教职员诉求的时候，李清悚通过对"辞职"与"罢教"的辨析，意在向政府传达这样一个信息，即教职员们此举只是为了基本生存与教育事业的前途，而并非要与政府对立。李清悚这样做当然是聪明的。通常情况下这样的态度有利于双方谈判，也易获取更广泛的同情。

姚鹓雏本是弄文学的，对语辞当然敏感，李清悚看似随意地一说，姚鹓雏却不能不解意，于是在会后向市长的汇报中，叙及于此，又引出话来。

在李清悚之后，几位市政府参议相继发言，都对教职员们表示理解，认为教育本应位列社会各项事业之首，市税不应把行政排在教育之前，将此次索薪风潮归咎于南京市税费支配不均。姚秘书长无外乎大念苦经，叹财政困难，表示正全力筹款用于发薪。

下午的谈话会是以市长名义召开的，面对全体教职员。但市长因故缺席，由市政府姚秘书长代表市长对教职员们的要求进行答复，说欠薪将分三期清理，次日清完元月薪水，月底前发2月薪水，4月10日发3月薪水。次日市政会议解决教育经费独立问题。希望各校23日复课。

3月22日果真发清了元月的薪水，当日何民魂还特以手谕交教育局，明确指定铺房捐与屠宰捐为中小学教育专款。但教职员们经过开会商议，表示对市政府的答复不满意，一是要求3月底就发清3月的薪水。他们也都清楚，市立学校经费月需23000余元，而铺房捐与屠宰税仅14000余元，且屠宰税隶属于省，并未划拨市有，所以第二个要求是，请市长指定其他税捐，并以住房捐补足。市政府答复说请等市政会议决定，教职员们说，等你们决定了之后，我们再复课。

教职员们此次之所以如此不饶人，连报社记者都觉得仿佛绵羊变成了豪猪，固然是因为生活陷入绝境，更因屡番索薪早已使为人师者的尊严无存，颜面扫地。小学教师实际已成为不再体面、又难以维持生活的职业。这次集体辞职，当然也担着相当风险，倘若政府不肯妥协，或使分化瓦解手段，而教职员们失掉这份工作，想另寻职位未必是一件容易的事情。

尽管如此，教师们的集体辞职，也并不全是作为抗议的一种姿态与争取权益的手段。从关乎个人生活来说，欠薪已显出愈来愈严重的趋势。从教育事业来说，教师们一再奔走呼吁的教育独立，并没有随着南京成为首都而得以确立，这使得原本对教育事业怀有志向，或对教育职业充满理想的教师们，对教育前景的期望值大打折扣，不计后果相拼的坚决性由此而来。

面对如此的坚决，政府终于妥协了。

教职员们的这次集体行动，迫使市政府在极短的时间里，答应满足其两大诉求，一是老大难的欠薪清偿，二是久拖不决的教育经费独立，可以说是取得了圆满的胜利。教职员当然很高兴，局长陈剑修显然也很高兴，因为至少在争取教育经费独立这一条上，教职员们与他的愿望并无二致。但市长何民魂的心情似乎并不舒坦，因为最终的结果是随着教职员们的步步进逼，他的节节退让而达成的。心里不免有憋屈，忍不住要说教职员们几句。于是在 24 日下午，借第一市立图书馆召开"全市小学校教职员谈话大会"。

当时到场的教职员有 200 余人，局长陈剑修主持，他这样做开场白："此次经费问题，已有确实解决……我们在这大会中，精神上十分愉快，各位应表示很热烈的欢迎与庆祝。"

随即便是市长何民魂讲话。"诸位同志，"他开始了他的演说，"民魂在市府做了五个多月的工作……对于市校经费独立……早经主张，我也很明白诸位生活的艰苦，无时无刻不替诸位设想，可是这次竟弄到市校全体总辞职的不幸事件，总辞职还不是等于总罢教？中央同志，能够明白市府本身的，当然知道是完全因为经费无着，要是不明白的，就不免引起怀疑和责备。"短短几句话，信息量既大，又带着压力，立刻给刚刚被陈剑修激起的会场热度降了温，教职员们洋溢的笑容在脸上冻住了。我听了，心里更不以为然。

辞职是否等于罢教，显然针对的是李清悚日前在教育局谈话会上的发言，而且拒绝了李清悚释放的善意。自言"无时无刻"不在想着教职员们生活的艰苦，固然未必是假话，但始终没能让大家脱离拿不到薪水的焦虑却是真的，而仅仅"想着"又有什么实际意义呢？上任五个多月，气球一般的欠薪抓在手上，非但没能使它萎缩，反倒坐视它膨胀，连陈剑修的预警也未起作用，最终在怀里爆炸，成为首都建都以来最严重的一次索薪事件。

所谓"中央同志"之类，透露出何民魂颇为在意党国要人对事件的印象，而不是体察事件发生的因果关系。他也不是完全不在意因果，而是对显而易见的因果不肯承认，所以他说："诸位如果都明白了市府本身，我敢断定不会有这不幸事件发生，也不会对市政当局有所责难……"

他认为教职员们"闹事"的原因是不理解市政府的苦心与难处，也就是说他不认为事件最基本的起因是饥饿。他也说"希望以后诸位和市府不再有隔膜"，那是他认为教职员们不理解市政府，而不知道这隔膜的产生，主要原因是他完全不理解生活在社会下层的教职员，这在他后面谈到自己的生活时还可以找到证明。

比如他说："其实我个人每月家用，至多不过百元以外，一个人要专为物质做奴隶，金钱做牛马，有什么意义！"言下之意，似乎在批评教职员们的动辄索薪，是太看重金钱，做物质的奴隶。他其实应当知道，按1927年春夏南京市颁布的小学教职员待遇条例，教师按初级中学师范到大学本科不同学历，月薪最低仅20元到40元，校长按学历不同，月薪最低仅30元到45元。虽然规定教师最高可达120元，校长最高可达150元，而实际上大多数人都不过数十元而已。

何民魂也是敏感的，之所以他在这种大庭广众的场合要对大家谈他的家庭收支，是因为对教职员们在《呈市教育局总辞职文》中说到主政官员"高车驷马，月入千金"的几句话十分反感，指为"带着一些酸刻"。因为那些话就像是特别针对他的。

就在此半月以前，《晶报》上刊载了一篇谈官员收入的小文："最近遇中央委员某君，彼云月领薪水八百元，在常人观之似已丰裕，然每月终不够用，数月以来，已贴去二千余元……据云中央委员之所入，不及一江苏省政府委员之兼厅者，计薪水六百元，公费八百元，另外尚有办公费每月数百元，约在一千五百元以外。"题目即为《江苏省委员之收入》。而在1927年夏，因陈铭枢辞职，何民魂补缺，任江苏省务委员会委员。

另有一篇题为《呜呼所谓首都的教育》，也是针对贫富悬殊造成教职员们总辞职而加以痛斥的："南京政府……对于一般大小伟人的出洋，一次便是几十万……中央委员各省委员，每人每月又是八九百千余元不等……但对于一班穷得要命，哭天无路的中小学教职员，却一毛不拔，让他们妻啼子哭，卒不能不出于总辞职之一途。可怜他们的生活，那里比得宋美龄脚上的泥，他们的待遇，那里及得宋子文看门的狗！"

何民魂告诉大家，他从市政府月支公费 500 元，但他没说省委员月薪数目，只说他因不时接济"许多没有出路的同志"，以及在革命斗争中被难同志的家属，数月来已花了两千多元。

虽然何民魂固然廉洁名声在外，节俭对己，慷慨待人，但是与吃了上顿没下顿的穷苦人家不可同日而语。虽然他在发言中也承认，不饿着肚子做革命工作的要求是正当的，但又以教育者所担负的社会责任，责其不应发表使市民怀疑政府、不信任政府的文字。

几年后上海市教育局局长潘公展在他的一本书里写道："中国小学教师待遇的菲薄，社会地位的低劣，为世界各国之冠。我们常常看见报纸上刊载了许多关于小学教师索薪罢教的新闻，在小学教师的生活没有得到安全的保障和没有获取适当的待遇之前，要责以有一种理想的贡献，简直是不可能的事实。"相比之下，何民魂确实显得不及于人。

市长的话虽不中听，但教职员们欢喜于欠薪斗争结果的满意中，也就不作计较。会上陆续起来发言的教职员代表只表示要积极工作，还感谢市长对教育经费独立的帮助。次日下午各校教职员在夫子庙小学开全体代表大会，议决 26 日复职，27 日恢复上课。

三个月后何民魂卸任市长一职，表面上看是中央出了新规定——省委员不得兼任特别市市长，可实际上与这次小学教职员的集体辞职事件有无关联也很难说。

陈剑翛更在何民魂卸任前一个月离职，看似正常的工作变动，是因被国民政府简任为大学院社会教育处处长。而他未必不清楚日前教师总辞职的结果，不过是将欠薪结清，教育经费独立问题也只往前迈了一小步，并未彻底解决。隐患既存，终将再起事端，不如趁早抽身离去。

陈泮藻接任，虽然也经过一番调查，对困难局面有思想准备，仍不料事来快得令人措手不及，且难以应付。他6月初刚就任，当月的经费只够给教职员发半月薪，继而7月一个月也都发不出薪水，8月他费好大劲也只弄来半个月的经费。陈泮藻的意思且以这半月薪将8月糊弄过去，前面欠的缓一步再清。可各学校不肯这么计算，说这半月薪算是清偿6月的薪水，所以欠薪7、8两月。陈泮藻听了，脊背上冒出冷汗来，半年前教职员闹总辞职不就是因为三个月未发薪吗，这份工作他做不了，赶紧向市长请求辞职，刘纪文当然好言挽留。

陈泮藻嗒然而归，神焦精虑与日俱增。又挨了半个多月，人几近崩溃，于是再递辞呈，坚决要走："泮藻任事以来，心力交瘁，前蒙钧长一再勉慰有加，惶悚无似，原期勉竭绵薄，效力党国，借慰钧长属望之殷……泮藻精神疲惫，体力不遂……恳请钧长准予克日辞去教育局长本职俾资憩息。"铁心所至，终得挂冠而去。

南京市立各小学教师另一次全体规模的请愿活动出现在1932年6月，有全市31所学校参加。教职员们的诉求，除了索要3个月前欠下的2个月薪水外，还有反对解聘教师，要求加薪，以及颁布教师待遇条例等。时值一·二八事变后不久，市政各项税收锐减，但市政府答应在暑假前清欠薪水，拟订中的教师待遇条例不日将宣布。自此以后，南京市小学的发展，步入了较为正常稳定的轨道。

芳名孟芳

因为工作的需要，我常去两所大学走动，一是后来并入国立东南大学的南京高等师范学校，二是后来更名为金陵女子文理学院的金陵女子大学。在一般人的思维里，小学与大学，是彼此独立的两座岛屿，而我却觉得它们正像是在水下有着无数天然关联的两座岛屿。只不过因为人们的认识，看不见或是有心无意地弱化了这种关联，甚至人为地设置了许多阻隔。我所要做的，就是强化这种关联，破除这些隔断，使二者的联系更密切，更显明。在与这两所大学持续多年的往来中，我不仅有了许多大学的朋友，平常充斥我脑袋的，不再全是我小学的事务，其中的一部分空间，渐被这两所大学的动向所占据。

在东南大学四牌楼校区里，有一幢气势不凡的老建筑。因为高大，所以刻在四根巨大的爱奥尼廊柱顶端檐下横梁上的三个字——"图书馆"显得过小，也可能是字少的缘故。原来倒是有五个字的，称作"孟芳图书馆"。

江苏省国民党党务指导委员会宣传部 1928 年印行过一个 40 多页的小册子，题为《在江苏办党》，作者是该部 26 岁的部长李寿雍。李部长自北京大学经济系毕业不过两年，但在《在江苏办党》里阔论现实社会的政治斗争却已相当老道，抡起革命大棒来也带有风声。

也难怪，早在他 20 岁时，就已显现出对政治的特别兴趣。而且文字功底也好，在那个许多人还文白夹杂的时代，他的白话文就已写得非常明白晓畅。书中第十七八页里有一段，说东南大学是国家主义派活动的大本营，而江苏的学阀是国家主义派的同盟，"他们是同样的反国民党，反三民主义，勾结武人军阀所谓'捧督'……我们费了许多的力量，才挖去了中央大学图书馆的孟芳两个金字……"

李寿雍短短的一段话已经夹带了喧议一时的公案与富含意味的史实，所以孟芳图书馆可以说是一个"话题图书馆"，也可以说是一个"有故事的图书馆"。

李寿雍说的"学阀"，显然指的是东南大学前校长郭秉文。"捧督"指奉承军阀（督军），在此系指称郭秉文与前江苏督军齐燮元的关系。

20 世纪 20 年代初，南京高等师范学校并入新成立的国立东南大学，郭秉文为首任校长。学校经费紧张，而他偏偏怀有大志。他是美国哥伦比亚大学的博士，所以一心要把东南大学建成东方的哥伦比亚大学，除了广罗人才，校舍等基础建设当然都很费钱，他就四处募捐。大学图书馆的重要性无须赘言，而其建筑往往成为一校的标志，他自然想重点打造，但建筑连同设备等费用，请专家算了一下，总共需要十多万元。后由时任江苏督军的齐燮元以乃父的名义出了十五万块大洋。

图书馆在1922年元旦刚过便举行了奠基典礼。负责东南大学校园及校舍总体设计的，是郭秉文从教会大学——杭州之江大学聘来的美国建筑设计师威尔逊。之江大学总体建筑风格以西式为主，带有文艺复兴的影子，既有古罗马建筑的痕迹，也糅合了东方元素。聘请威尔逊透露了郭秉文对于东南大学建筑风格的意愿。

图书馆在1923年夏落成。与威尔逊的西式校园规划一致，由帕斯卡尔（国籍不明）设计的图书馆平面呈"品"字形，檐下、窗框、门首浮雕装饰得精致，与门面粗大的爱奥尼柱和谐一体。其内部也十分考究，地上两层，局部地下一层，前部两层为办公和阅览室，后部为分作四层的书库，可容纳中文书籍三十多万册，外文书籍十万册。馆内有专为运送书籍上下楼的电梯两部。书架质地为美国进口钢材，设计巧妙，可以

东南大学孟芳图书馆

上下移动，便利图书取放。桌椅式样仿美国国会图书馆，电灯采用最新式的防刺眼的反光式光源。室内采用软木地板，以消除行走声响。图书馆最下面一层还装有专为冬天使用的发热机，通过遍布馆内各处的管道传送的热水气供暖。

早在东南大学筹建之初，郭秉文即为筹建图书馆发起募捐活动，并且订立了《募捐简章》，其中有一条，规定有意愿捐资独建者，学校可仿照美国哈佛大学威德纳图书馆办法，用捐资人别号为图书馆命名。威德纳是一位藏书家，也是哈佛校友，27岁那年死于泰坦尼克号沉船。他同船脱险的母亲及其家族为纪念他，向哈佛捐建了这座图书馆。东南大学图书馆建成之际，即依章命名。齐燮元的父亲名叫齐茂林，字孟芳。馆名"孟芳图书馆"五字系由东南大学校董张謇题写。

齐燮元是齐孟芳的第三个儿子，在他任江苏督军期间，把乃父安顿在江宁县居住。孟芳先生没能看到以他名字命名的图书馆矗立在大学校园里，在图书馆开工半年时，他就病逝了。孟芳图书馆建成临近开馆的时候，那是1924年夏天，东南大学特地出了一本纪念册，前有齐燮元的亲笔弁言，说现在图书馆落成，而父亲却不在了，"燮元展册追哀，泫然流涕"。

其时在段祺瑞临时政府中任司法总长的章士钊撰文说齐燮元以私产创设孟芳图书馆，颂声响彻大江南北。还说齐燮元曾经就图书馆捐款对他说："我哪里会有这么多钱？不过是以江苏人之财，还治江苏人之事。捐款的好名声落到我头上，实在是惭愧。"

15万块大洋毕竟不是小数目，齐燮元并非轻易掏出，过程细节言人人殊，颇多不详之处。比如在齐燮元之前任江苏督军的李纯，留有遗嘱将部分遗产捐赠南开大学建造校舍。有说郭秉文即以此向齐燮元劝捐，说"好事办在生前"云云，但有无可能是齐燮元眼见东南大学建校缺钱，而有意效仿前任呢？

作家章衣萍在他1930年出版的散文集《窗下随笔》里说了一个故事。

东南大学派人去向齐燮元募捐，齐燮元说出一番怪话来："学生读书要什么图书馆？书不在多而在精。譬如政治罢，我平生只读两本书，一本《管子》，一本孟德斯鸠的《法意》。够了，只有两本书已够运用无穷了！学生读书何必要许多参考书？"

齐燮元此言貌似奇谈，或故作惊人之语，或为卖弄学识，或仅为幽默，不妨姑妄听之。如果半部《论语》可以治天下，《管子》加《法意》又何尝不可。齐燮元并非胸无点墨的一介武夫，他可是光绪年间的秀才，后考入北洋陆军武备学堂，毕业后又入陆军大学，弃文从武。

就在孟芳图书馆开馆不久，两个督军打了起来。一个是直系军阀、江苏督军齐燮元，另一个是皖系军阀、浙江督军卢永祥。开仗的目的是齐燮元要从卢永祥手里抢夺上海，此即"齐卢之战"，又称"江浙战争"。

齐燮元虽然获胜，却不料黄雀在后，被新执政的皖系段祺瑞就地免职，而卢永祥倒做了苏皖宣抚使。齐燮元不甘心，跑到上海，与"齐卢之战"中的盟军、时屯兵上海的孙传芳联合，攻占了苏州，与卢军对峙。接着，孙传芳被段政府拉拢，见利卖友，并且收编了齐军，光杆司令的齐燮元仅以身免。

国民党起兵北伐的口号之一便是"打倒军阀"，等到自己做了统治者，便不能容忍辖区之内有军阀的遗迹，尤其是军阀行善的痕迹，当然不过是为了显得自己最革命。

1928 年夏，国民党江苏省党务指导委员会分别发公函给大学院与省政府，请转令当时已更名为中央大学的原东南大学，将孟芳图书馆馆名改为"中央图书馆"，以"去除军阀遗迹"。

奇怪而有趣的是，张开嘴来，每一颗牙齿都镶着"革命"的国民党人唯独对于不走到跟前都难以分辨的"孟芳"两个小字不能容忍，就像眼睛里容不得一粒沙子，却对庞然大物的图书馆建筑十分宽容。要知道，当年齐燮元出资 15 万大洋，并非只是买镌了"孟芳"二字，而整个馆厦都是他这个军阀的"臭钱"浇铸出来的。若标榜的革命，何不把整个图书馆夷为平地，这才真称得上是彻底地"去除军阀遗迹"哩。

当时中央大学的校长张乃燕，分别接到大学院与省政府的指令后，即把图书馆更名一事提交校务会议讨论，在会上遭到教授们的反对而未能通过，于是再开一次校务会议，仍然未能通过。张乃燕于是派人强行将"孟芳"二字铲除，这才交了差。

孟芳图书馆不仅因馆名不得安宁，早在齐燮元被段祺瑞撤职后，即开始遭人诟病。国民党人趁齐燮元失势之机，以孟芳图书馆作为校长郭秉文依附吹捧齐燮元即所谓"捧督"的证据，撺掇段执政府将郭秉义免职。

曾任江苏督军及东南大学名誉校董的齐燮元。一朝成为"坏人"，连做慈善的动机也遭人质疑了。

东南大学校董会，为此发表声明，致电段执政府及教育部，拒绝接受免职令，驳斥一些人在报刊上刊载攻击郭校长的言论"尽属虚妄"。对于指责郭秉文与齐燮元关系的言论，也理直气壮地予以澄清与辩驳："查该校本部，设在宁垣，与军事长官同在一城，在社交上不能无普通之周旋。三年前齐燮元以显扬之意，在学校捐建孟芳图书馆，当公家经济艰窘，不能应学校需求之时，而能有此捐款，任何人办此学校，决无拒绝之理。且在战祸未开之前，又岂能以事后之祸苏，借口为承受捐款者之罪过……以此而谓接近，而谓捧督，不啻以小人之心，度君子之腹。"

话虽斩钉截铁，但是胳膊拧不过大腿，校董会被教育部蛮横地解散了。

如今人们看到的孟芳图书馆，已不是昔日旧貌。1933年，喜欢"大兴土木"的中央大学校长罗家伦，斥资超过 22 万元用以扩建孟芳图书馆。罗家伦的用心，并不是通过改变孟芳图书馆的模样来消除军阀的影响，而只是因为随着学校招生规模的扩大，嫌图书馆小，不够用了。

孟芳图书馆的扩建设计，由本土建筑设计师杨廷宝主持。他对原有建筑进行扩建的一个思想是，对于扩建的建筑来说，重要的是与原来建筑相协调，而不一定在于呈现自己的特色。他在孟芳图书馆原有建筑的两侧，增建了两幢风格统一的建筑，用作阅览室。而在主馆的背后，巧妙地扩建了一座书库。

无论是从外形建筑风格上看，还是对内部整体布局、细节处理、装修装饰、材料和色彩的运用，都与孟芳原馆的设计相协调，而体积和容量增加许多。原馆只有可容纳 176 位读者的图书阅览室两间，可容 104 位读者的报刊阅览室一间，可容纳 72 位读者的教员研究室一间，而扩建后可容纳读者千人以上。

杨廷宝设计扩建后的孟芳图书馆。他在建筑两侧分别增加一翼（阅览室），又在楼后扩建了书库。

扩建工程由夏而秋，数月即告竣工。俯视扩建后的图书馆，可见孟芳图书馆已由原先的"品"字形变为了"山"字形。而此建筑的扩建工程，成为杨廷宝生平经典的设计之一。

随着时代的更迭，孟芳图书馆的名称一变再变，而"孟芳"之名存世最短，不过五六年耳。可是几十年过去，人们提起这座图书馆，还总是喜欢说"孟芳"。只因这名字非一般呆板无情趣的馆名可比，每每说起它来，就像是将昔日大学时光里的一位学姐或学妹的芳名衔在嘴里，夹杂了些暧昧而温暖的情意。

金女大换女校长

在国民革命军占领南京的战乱期间，金陵女子大学校长德本康夫人与一些外籍人士登上了停泊在长江的美国舰艇，撤往上海。虽然南京城内针对外籍人士的骚乱很快被遏制住了，但排外的空气仍弥漫在校园内外。以美国国务院、美国驻华公使及美国驻上海总领事所代表的美国官方态度，也不主张美国人尽快回到南京来。

德本康夫人一时滞留上海，与秘书伯格夫人在圆明园路二三号设了一间办公室，处理学校的外部事务。金女大日常运转，则听凭学校新成立的行政委员会操持。她只是在毕业典礼、金女大创始人纪念日、圣诞节等学校遇有重要事情或节日才临时回到金女大。来自各方面的消息，令她不安。在金女大逗留时，她切身体会到排外的粗重气息。她敏感地知道，她已失去继续掌校的基础，她的时代结束了。

德本康夫人本名马提拉，出生在一个从苏格兰移民美国的清教徒家庭，13岁时便受洗入教。27岁结婚，自此即冠名以夫姓，终身称德本康夫人。婚后受雅礼差会派遣，与丈夫一同到中国传教，可是一年不到，丈夫即患上肺结核而回美就医，次年病逝。1906年德本康夫人只身再赴中国，后又出任金女大首任校长。

德本康夫人在校长任上曾说过："那些喜欢在家庭关系中高人一等的男士们并不愿意选择受过高等教育的妇女。"这句话之所以在我们看来不过是一个常识，是因为这样的家庭关系在后来的社会现实中仍不罕见。而德本康夫人这话是在几十年前说的，她所亲身经历的夫妻关系虽然短暂，却并未妨碍她对于人们家庭生活状态的洞察。

在我的印象中，在目光锐利、行事干练的表象下，德本康夫人其实是一位重感情的人。长达 15 年的治校经历，早已使她与金女大融为一体，所以当她被迫逃离战乱，顺江而下往上海去时，竟生出一种近乎骨肉分离的痛苦，但是这些并不能使这位大学女校长耽于绵绵情感而优柔恋栈，她果断地提出了辞职。

德本康夫人对于形势认识的重要一点，来源于 20 世纪 20 年代初，而后愈演愈烈的非基督教暨收回教育权运动，要中国人做校长是运动的重要标志，且大势已明。所以在她身后，必得选一位中国人继任。

20 多年后，德本康夫人与曾任金女大化学系主任的蔡路得小姐合撰的《金陵女子大学》一书在美国出版。两位作者都受过高等教育，由此所得的理性与长期行政工作的历练，使她们对于往事的回忆非常克制而有技巧，那些微妙的意思隐藏在平静的叙述中，非仔细阅读，甚至不参照其他史料都难以体察。

最终接任德本康夫人之职的是吴贻芳，而当初吴贻芳并不是校长唯一的候选人。举荐吴贻芳的，是她的恩师黎富思与她的同届同学徐亦蓁。

吴贻芳在金女大做学生时读的是生物专业，黎富思是金女大的生物系教授兼主任。"南京事件"发生后，德本康夫人听从美国官方意见不回南京，而金女大却有八位美籍女教员宁愿后果自负也要坚持返校上课，其中便有黎富思。

吴贻芳被列为校长候选人时，虽然看好她的人很多，但并不因此而稳操胜券，因为她并不是德本康夫人属意的校长人选。因为向美国金陵学院委员会提议校长人选将出自学校管理集体决议，其中德本康夫人意见的分量无疑是最重的，黎富思自不能掉以轻心。偏在此时，她的一项遗产继承案正在纽约法院办理，她竟然为了爱徒不失良机而不惜延误法院期限，而损失了 25 万美元。

徐亦蓁不仅与吴贻芳有同窗之谊，更是吴贻芳信奉基督教的引路人，单凭此已足以称得上是吴贻芳人生中最重要的人物。而且不止于此，她在吴贻芳出任金女大校长这件事情上，又一次扮演了极为重要的角色。

与德本康夫人辞职同时，作为校友的徐亦蓁当选为金女大新一届执行委员会主席，随即又当选按政府法规要求而改组的金女大董事会主席。

徐亦蓁上任后，支持吴贻芳出任校长的态度十分明确。在她的主导与黎富思的力挺下，金女大执行委员会通过投票，决定了吴贻芳的胜出。继而执行委员会按程序向金女大董事会建议，并且通过董事会向设在纽约的金陵学院委员会提议，"请吴贻芳小姐前来担任金陵女子大学的校长"。当提议被批准的消息传出，黎富思激动得流下泪来。

德本康夫人推荐的校长人选叫郝映青，彼时她与吴贻芳都在美国留学。不过，吴贻芳到美国已近 6 年，半年后即将获得密执安大学生物学博士学位，而郝映青数月前刚到美国，正在攻读哥伦比亚大学的教育学硕士学位。郝映青年长吴贻芳 8 岁，入读金女大却比吴贻芳还迟一年。郝映青自金女大毕业 3 年后，又回金女大中文系执教，是回母校服务的首位校友，相较于吴贻芳，与德本康夫人自然走得更近些。

郝映青学历不如吴贻芳高，这也的确成为她未能出任金女大校长的原因之一。但是说起来吴贻芳也有弱项，即她缺少从事管理学校的经验，这一点即使在她担任金女人校长后仍被德本康夫人屡番提起。而郝映青在回母校工作前，做过上海基督教女青年会体育师范学校的副校长。

我仔细翻阅《金陵女子大学》一书，想要看看德本康夫人在选任校长一节中，是如何叙述她提名郝映青的事的，可是她对此不着一字，这当然符合她的性格。我又发现她对吴贻芳做校长的夸赞颇有意味，她痕迹不显地借用吴贻芳自己的话，透露出一点她微妙的心理："无论就人格来讲还是就职业训练来讲，她都非常适合做领导工作，虽然她自己觉得更适合从事教学。"

1933 年毕业于金女院、后成为国际著名植物学家的胡秀英，从校长与学生的关系可说是吴贻芳的学生，从所学专业也可说是吴贻芳的小学妹，她曾这样对人谈起当年选校长的两种意见："吴贻芳会读书，但不会说话。而郝映青是善于说话的，可以站起来说话。德校长认为郝是一个领袖人才。但黎富思教授看到的是另一方面，吴不光是博士，是一个很安静、很好的实干家。可能起初吴贻芳说话是不太行，可后来她慢慢地会说话了。"

吴贻芳早年给人的印象似乎是沉静有余、魄力不足，缺乏领袖人物通常具备的当众随时可以口若悬河又有感召力的特质。其实吴贻芳也并不是个口欲言而嗫嚅的人。她的领袖才能，在做学生时就已有所显现。在金女大读本科时，是该校学生自治会的会长。在美国读研时，也曾任北美中国基督教学生会会长，后又任留美中国学生会副会长。而她的"说话"，我们可以从女作家冰心早年亲耳聆听的经历中间接了解到。

1919 年吴贻芳从金女大毕业后，随即受聘于北京女子高等师范学校任教，而年内即到华北协和女子大学去演讲，亦可见其活跃。时在该校读预科的二年级学生谢婉莹（冰心），坐在台下第一排，当她看见吴贻芳穿着淡雅合身的衣裙，步履从容地上台时，不禁为吴贻芳"端凝和蔼的风度"而"惊慕"。听她一番演讲，条理那样清晰，声音如此明朗，冰心后来回忆说，她从来没有在本校讲台上见到过这么"杰出的演讲者"。

金女大董事会要推举吴贻芳做校长，写信去征询她的意见。那时她正在写博士论文，本能地要拒绝，因为她对于教育行政管理没有实际经验，之前也未对此作过专门研究，所以对于这份重大责任，自感"万无能力担任"。但是校董会请她做校长，不只是盛情，更出于对她能力的判断。而她知道学校正处于亟待改组的关口，作为金女大毕业的学生，在母校有需求时为其所用，她将此视为应尽的义务。正是因为纠结于此，她犹豫了五六个月后，也只答应"试任"。当然她表示在试任期间会尽全力，甚至愿意延迟拿取博士学位，先行回国为母校服务。事情的结果皆大欢喜，时间允许她在顺利通过论文答辩后，再回到国内。

吴贻芳的博士论文研究的是黑蝇，她在读研期间在美国也有论文发表，所以她如果选择教学科研当然没有问题，后来的事实证明她搞管理也完全能胜任。虽然在接到校长聘书的最初，她对自己从事管理，不似她对自己做一名教师那么有自信。她在回国途经日本时，曾写了一封信给纽约的金陵学院委员会的本德尔小姐，信中的内容表明吴贻芳尚未回到国内，就已开始工作了。

从这封信中，可以看出吴贻芳并不像一个人生大部分时光都在校园里度过的、涉世不深的青年女性，多年相对单纯的生活环境并没有把她变成头脑简单的人。也许是金女大以培养女界领袖为办学宗旨所起的作用，她显得非常成熟，考虑问题既站在高处，又相当周全。她向本德尔小姐表示，她会尽职尽责，但清楚自身弱点，所以对于校长一职，只是试任，如果不能胜任，希望委员会允许她辞职。

20 世纪二三十年代，女子从家庭步入职场，还是一个争议未息的话题。外国女人任大学校长，中国人已经不以为怪，比如德本康夫人早在民国初期就开始任金女大校长了。而中国女人做大学校长，人们的目光就不免异样。吴贻芳是国民政府时期第一位大学女校长，若自民国元年算起，则位列第二。在她之前，北京政府 1924 年曾给北京女子高等师范学校（翌年更名为北京女子师范大学）任命过一位女校长，即后来因开除许广平等几个学生引得鲁迅打抱不平的杨荫瑜。

不只因为学潮，杨荫瑜在任只两年。她虽然强硬，但也被学生们弄得焦头烂额，短暂的任期内，穷于应付，舒心的日子不多。吴贻芳 1920 年前后曾在北京女高师任职，老单位学潮那般汹涌，杨校长被学生与鲁迅骂得如此不堪，令整个学界都为双方相斗过分激烈而不安。吴贻芳当时虽然在国外留学，对此动静或也不是一无所闻，后来对是否就任的谨慎，除了责任心重，未必没有视杨荫瑜为前车之鉴的顾虑在内。

杨荫瑜是钱锺书夫人杨绛的三姑母。读过杨绛的回忆文章，就会对杨荫瑜的性格有所了解，她行事的方式、遭遇，乃至人生结局就也都有了注脚。

杨荫瑜早年婚姻不幸，被家长逼迫嫁给一个智障男子，她不能忍耐的性格救了她，离婚出樊笼还不到 18 岁。之后去日本留学，再后来被教育部派送美国留学，读了哥伦比亚大学的硕士回国，还懊恼没能读个博士。她读书虽然心灵，做女红手却不巧。不会打扮自己，也瞧不起女人爱打扮，不喜欢做家务，连莳花弄草的闲情雅致也没有。脾气不好，又敏感挑剔，家里的佣人都觉得她难伺候。对于人情世故，毫无感觉，行事不免莽撞，而事后又常苛责自己。也因此不仅冒犯别人，于己也不懂明哲保身。

正是因为这样的性格，当邻居百姓受日寇欺侮，她便仗义挺身，似不知将置自身于危险，而终遭日兵枪杀。也正是她以这样的性格治校，由于对人性缺乏洞悉而对教师不够体恤，由于对经过五四运动洗礼的学生缺乏理解而一味以校规严格要求，如同杨绛笔下的三姑母，虽然喜欢小孩，却不知如何亲近。

北京女师大学潮不可收拾，固然与杨荫瑜的性格及能力有关，但也与各种势力与派系介入学校有很大关系。当初杨荫瑜面对的问题，吴贻芳同样也将面临，而且形势更加严峻。在民族主义意识持续高涨、救亡图存运动越发激烈的时代背景下，学校管理在严格要求学生遵守校规与顺应学生参加爱国运动热情之间如何平衡，都需要校长具有高超的把控能力与处置技巧。

1922 年夏，时任北京大学教务长的胡适，在 6 月 7 日的日记里记道：下午陈仲恕来谈，他谈吴贻芳、徐亦蓁两女士的历史，使我敬畏：此两人皆女中豪侠，他日当详记其事。

陈仲恕是浙江大学的前身——求是书院的创办者之一，辛亥革命后曾任总统府秘书、国务院秘书长。吴贻芳早年因家庭迭遭变故，先是父亲自杀，一月之内哥哥、母亲、姐姐相继去世，被姨父陈叔通收留，后来求学上进，全靠陈叔通。陈仲恕是陈叔通的胞兄，对吴贻芳苦难中开花的经历自是十分了解。胡适后来虽然未在吴贻芳身上花费更多笔墨，但他日记里的只言片语，已折射了吴贻芳的一些品质，而她当时还只是大学毕业后工作才两三年刚去美国留学尚未承担大任的一个青年女子。

在吴贻芳到金女大就职前夕，校刊上发了一篇欢迎辞，中有同人"深知女士持躬之谨饬，接物之冲和，处纷如斩丝，解理如迎刃，朴诚恳挚，沉毅卓绝，思深而远，质直而文"等语，虽不免恭维之意，但后来的事实证明大多并非虚词。就吴贻芳的性格而言，的确要比杨荫瑜温和，而与人相处，也富有亲和力，作为一校之长，自然更受人爱戴。

1928年6月1日吴贻芳回到国内。6月8日，金女大师生在学校图书馆前的空地上为她举行欢迎仪式，次日又为她举办了欢迎新校长茶话晚会。可是，金女大迎接新校长的，除了热烈的掌声、老师们诚挚与期盼的眼神，以及女生们鲜花般的灿烂笑容，还有一个仿佛为实地检测新校长真实能耐的"见面礼"。

就在5月下旬，德本康夫人受到停泊在下关港口的英国"坎伯兰郡"号驱逐舰的访问邀请，于是与前教务长魏特琳及三位中西籍教员，带着毕业班的学生，上舰参观，而后茶话。舰长请求学生与士兵跳交谊舞，

原金陵女子文理学院图书馆。当年为欢迎新校长吴贻芳，师生在此操场（当时还不曾种植草坪）上举行仪式。

女生们开始矜持未应，但随着怡悦的音乐响起，欢快的气氛令人神经松弛，有几位女生抵挡不住水手的热情，共舞一曲。

两三个星期后，消息不知怎么传了出去。报刊文章有的指责金女大学生胡为，忘了自己的责任，是一种辱国体、羞教会、败校誉的行为。有的说女生与屠杀中国人的洋兵跳舞，实为中国学界之奇羞，甚至关乎基督教教育前途。也有指责学校的，说校方不应让学生去参观杀中国人的炮舰，更不应和杀中国人的屠手抱舞。素以严守礼教为己任的金女大，不应自相矛盾地准许学生和洋兵共舞。

金陵大学的男生不仅在校刊上撰文大骂金女大，甚至把大字报贴到了金女大附近，称跳舞的女生为"洋奴"，甚至喊出要打倒外籍校长及教师的口号，说她们让女生陪外国大兵跳舞，侮辱了中国女性。

面对外界指责，参观英舰的女生集体署名，于6月底给最先发文的上海《真光》杂志写了一封信，解释当日行为。说那天前往参观的，还有外宾多人，并不只是她们师生。参加跳舞的也只有五人，并非全体学生。跳舞是个人行为，与其他学生无关，也与学校无关。同时表明大部分学生目睹外国物质昌明，而我国军备落后，以及容他国军舰驶入内河，也都是深感痛心的。

如此咕哝数言，当然不能撇清一切，却又招来批驳之声。如同一个大家闺秀出市走街，一时不慎，犯了一个错误，虽罪不该死，却被路人以不堪入耳之言劈头盖脸地一顿骂，可是不会耍泼回敬，小声分辩几句，又招来更热辣的痛骂，只有难堪，毕竟自己有话柄落人手上。

德本康夫人也懊恼，多年来她一直着力教导学生要自尊谨慎，避免授人口实，此番却陷入双重泥淖，政治上被人指为有辱国体，操守上被人视为孟浪放荡。

"跳舞事件"的发生，与德本康夫人身为外籍人士不无关系。可见对于英舰泊于长江，她的感受与中国人是不同的。而她在多年掌校的历程中树立起的权威，使她的下属及学生对她的任何决定，早已产生了习惯

　　金陵女子文理学院图书馆旧址。一楼的南侧为校长室。在十多年的时间里，吴
贻芳就从图书馆的这扇侧门进进出出，在门内那间 14.52 平方米的办公室里，卓有
成效地管理着偌大的女子高等学府。在 30 多年前，学校曾允许作者在此一楼东北
角的一间馆舍度过数月。楼内没有厕所。

性听从，故而在事先与事中，无人细思此次活动适宜与否，对可能产生怎样的后果缺少警觉。

吴贻芳回国之初本已定好，并且由学校向外宣称将于下学期接任，她的就职典礼确也在 11 月举行，我后来读到德本康夫人的回忆，得知吴贻芳实际上于 7 月 1 日就已"承担起了行政责任"。她的提前履职，极可能与学校的"跳舞事件"有关。

回想事件 7 月以后的发展状况，人言虽然尖锐，传播的范围却有限，不仅未造成广泛影响，反而极速收束。从时间段来看，应该是吴校长采取了一些对策，吴贻芳有效而妥善地解决了她的第一个金女大"舆情危机"。

20 世纪 80 年代前期，90 岁的吴贻芳在鼓楼医院住院，我去看她。她坐在靠近病床床头的一侧，我坐在床尾方向的椅子上。尽管她的表情里似乎隐含着病痛，却仍然不失安详与矜持，令人想起 50 年前的那位校长接人待物的神态。

鼓楼医院为吴贻芳外聘了特别护理，其中一位退休医生，吴贻芳听说她姓巫，马上想到自己任副主席的民进中央有一位巫姓常委，一问果然是父女。后来我听说吴贻芳病情转重，又一次去医院探望，但未被允许进入病房。巫医生告诉我，因为痰堵塞了气管，吴老被憋得厉害，不得不施行了气管切开术。气管切开后，吴老终于轻松地笑了，可是却不能说话了。

我在得知吴贻芳病逝的消息后，本以为自己有思想准备而不至于太伤感，却不料无尽的感慨从胃脘出发，一阵一阵地翻上来。从金女大到金女院，两任女校长的能力与毅力、魄力与魅力，成就了该校始终是那个时代首都大学的一道风景。

中医：存亡之间

在执政者偏狭观念的作用下，中国传统医学与西方现代医学势同水火，作为一个中医，安能置身事外？可我性素消极，眼见不平，虽然也会生气，却不肯挺身争斗，我寻求在广泛的阅读中消解愤懑。

全城中医被吓走一半

国民党入主南京不久，南京市政府便密集颁布了一批法规，这本来也属正常——新政府掌权，为国家社会按自己的意志运转，制定出各种规矩，有什么可奇怪的呢？

在南京市卫生局颁布的诸多章程中，第一个便是《取缔中医生章程》，乍一看，会把人吓一跳，尤其是我们这些在以往废除中医风潮中差不多已成惊弓之鸟的中医。主要是章程的题名中用了一个"取缔"。取缔用于行政执法，意思远不只是"禁止"。颁布者的本意其实是"整顿"与"甄别"，虽然终极目标居心叵测。与此章程同时颁布的，还有《取缔西医生章程》《取缔牙科医生章程》《取缔接生妇章程》等近十种，如果真的是通通禁止，那还成什么话？

《取缔中医生章程》重点是前两条，我与妻仔细读了，第一条规定须在市卫生局注册，领有行医证书，方可行医。即使在前届政府治下从警察厅领有行医执照，仍须重新注册领证。第二条是须经卫生局考试及格者方准注册。我说，难怪国民政府一来，南京的中医被吓走了一半还多，听说无照行医的原有百把人，这下可能都走了。

妻怫然不悦道："这章程本应针对的是这些没有执照的人，既然已在前警察厅领有执照，为何还非要重新注册不可，想显示权力吗？"我劝她："哎呀，随便他，反正我们证照齐全。"妻道："那不是还得考试吗！"我说："我估计它也不可能考得太难，眼下南京的中医只剩 250 人，它再不喜欢中医，会出此下策借考试再砍掉一半？我是不怕这个考试。你也正好趁这个机会去考一下，以后就更名正言顺了。"妻想了想道："到时再说。"

妻是我学医师父的女儿，既生在中医世家，从小耳濡目染，颇具中医常识，自我悬牌开诊后，便一直在我身边做助手。

实际上是五年后南京才举行了第一届国医考试。我与妻都去考了。

整个考试分作两场，第一场包括医理题与药性题各一题。第二场为分科试题，计有内科、外科、妇科、儿科、眼科、牙科、喉科、毒门科（花柳症）共八科，每科一题，应试人报考几科就考几科的题目。我考了内科与毒门科，妻选考了妇科。

医理试题为："圣人不治已病治未病论。"药性试题为："麻黄，桂枝，葛根，柴胡，同为伤寒症药，而所治之经各异。麻桂同治一经，而所主之症又各异，试分别陈之。"内科试题为："伤寒六经，各经均有本症，其现症脉象如何辨别，试列陈之。"毒门科试题为："梅毒筋骨疼痛，久而不愈，此属何故，应用何法。"妇科试题为："妇人经停三月以上，其现症脉象如何则为妊孕，如何则为瘀血，其辨别在于何处，试列举而断定之。"

这些题目对于行医数年的中医来说，难度的确不高。所以我与妻都顺利通过了。

我的祖上在清朝曾为盐官，后因时代社会与个人命运交相作用，家庭状况陡然生变，在我十多岁时，一切忽然陷入困顿。父亲既于仕途失望，又因祖父母晚年病痛之中百般无奈情形，转而希望后辈中有为医者。于是让我中止为仕而学的路径，转请我那在商场任经理的姨父介绍一位中医为师。

那天晚上晚饭后父母带我去新街口附近的姨娘家。母亲与姨娘先聊家常。姨娘面目姣好，爽朗爱笑，语速很快。我注意到她有个奇怪的习惯，就是差不多每句话的后面，都喜欢带一个"告你"。20世纪50年代我曾参加医疗队被派赴朝鲜一年，每每听到"思密达"，我就想起姨娘的口头禅。

民国时虽然女子大多未走进职场，姨娘却不愿过在家烧饭带孩子的生活，虽然她烧得一手好菜，而且常常玩出花样来。她自己开了一个卖油盐酱醋的小店，有次一坛子豆腐乳卖完了，她见坛底剩了不少红色卤汁，灵机一动，用它来代替酱油红烧五花肉，果然又好看又好吃，称之为腐乳肉。

　　终于转到正题，姨父听父亲说了来意，转过脸来看着我，吭吟半响。父亲以为他是托人为难，便道，也不必找名师，就医术说得过去即可，关键是人好，肯教。人情通透的姨父当然明白为人父母者的心思，粲然笑道："找师父这有何难！我有相熟的。只是中医这一行，门槛不低，学了几年学不出来的并不少见。何况这世道，要用西医取代中医的来势不小，中医将来生计未必容易。"母亲听了这话不禁有些泄气，我也像被浇了盆冷水。

　　父亲停了停对姨父道："你说得对，我们不是也思来想去，想不到有什么好出路，才想到学医的吗？就觉得人总得生病，不可能哪天社会不需要医生。即使有朝一日像日本那样，不得不往西医转，先学两年中医，哪怕将来改西医，也总比一点医学基础没有的人要好些吧？"姨父本也不是要阻拦我学医，见父亲坚决，也就频频点头，转而笑着对我说："我一定给你找个好师父，将来你学出来了，我们看病可都找你抓药噢。"

　　回家的路上父亲鼓励我说："将来中医再如何不受待见，如果你肯下功夫学一点真本事在手上，我不相信会饿死。关键是医学这东西，喜欢的人会发现里面的乐趣，不喜欢的人就会觉得很枯燥，觉得枯燥学起来自然就辛苦——我担心的是这个。"

　　终于去见师父了。姓叶，矮小精瘦，双眼炯炯，教我从中医的入门书《汤头歌诀》《药性赋》《医学三字经》《濒湖脉学》等学起。我因自小在四书五经里打滚，对韵文向不厌恶，习诵中医的这些典籍既不费力，反觉有味，如此时间不长已是倒背如流。师父不知我是小和尚念经有口无心，只道这徒儿学医有天分，故而颇为偏爱，愿意多教，并早早容我随诊观摩。

　　我年少时并不算太过懵懂，虽然志向未明，家里要我学医，我还是在心里略为过了一下，觉得自己是情愿的。但我有一个毛病，就是特别腼腆，而且于性别角色上过分敏感。我见来找师父看病的多为女子，起初并未在意，还以为是因为女人病多。后来当得知师父长于妇科时，顿时心里郁闷起来。即使本来十分明朗的医患关系，也不免单因异性，经过过敏期少年胃脘的发酵，反刍出暧昧的味道来。

我终于回家与父母说了，他们只是笑，但以就此半途而废不免可惜，哄慰我说各科相通，何况中医不同于西医，虽于各科各有自己擅长，却与西医的专科医生毕竟不同，将来有志于何科，全在于自己。最后这句话，使我重又安下心来。

我知道自己的将来总有一天是要走师父的路的，即挂牌自开诊所。我在学徒期间特别是满师以后的一切，不管主观上有意无意，客观上都在为这一天作准备。只是我完全没有想到的是，那一天过早地到来了，而且过程充满了戏剧化。当然不是我所希望的，因为那不是一个令人喷饭的喜剧，而始自一个叫人泫涕的悲剧。

我师父早年染有阿芙蓉癖，身强力壮时尚能时时克制，而年愈老愈形放纵，渐至不可一日无此君，身体状况不佳时甚至不惜过量，而终于中毒不治。师父无子，只有一个女儿。在师父身后，师娘有意将女儿嫁给我，奇怪的是并不直接征询我的意思，却叫我回家问父母。

叶女小我几岁，自小伶俐，读书也聪明过人。师娘平常最爱说女儿的一个故事是念小学时，大考在即却只见她照常玩耍，不免问她，你怎么不复习功课呢？不料她却杏眼圆睁，理直气壮地答道，我又不知要考什么题目！而成绩单拿回家，总是门门满分。中学她念的是著名的女中，人们对那学校都趋之若鹜，偏偏她与势利的老师不对付，也从不参加学潮，而迷上文学，说要当作家。因是师父女儿，又天资如此，我对她从来仰视，忽要妻我，起初有些不适，当然随即欣然，父母自也无意见。

婚后不久即在师父诊所原址悬牌行诊。我伴师父行诊数年，师父在望闻问切中，往往将所得印象咕哝说出，像是自言自语，我知道其实他是说与我听。若遇脉象有异，也不时会令我搭一搭脉以作实际感受。更多的情况下，是他诊断之后，口中开方，我手记后，交由病家去药房照方抓药。有时病情无特别之处，师父只说一个药方的名字，而我自知当归几钱，药引为何。长此以往，我对师父治病的路数渐渐了然，时常不待师父开方，我即先暗中列药，若合上师父药方，心中自会有小得意，即若有所不合，又是自我琢磨、得有长进之时。

正因为有此历练，所以自己开诊，心里并不发怵。但毕竟诊所新开，虽有师父的老病人念旧，门庭仍颇为冷清。久不见好转，我不免情绪低落。素不善安慰人的妻语我道："急什么！张简斋现在固然名满天下，但他40岁的时候，不是还无人找他看病，穷得全家喝粥吗？不过是前两年靠了一帖小柴胡偏方在疫情中收奇效才出名有了今天的。"我唯嘿然。

诊所闲中，我便找书来看，除了温习医籍，也看些杂书。当时全国中医刊物还不少，北京的《医事月刊》，广州的《广东医药杂志》《广东医药月报》，杭州的《广济医刊》《三三医报》，宁波的《中医新刊》，绍兴的《医药学报》，上海的最多，有《医界春秋》《同德医学》《中华医学杂志》《医药杂志》《神州医药学报》《神州国医学报》《中医世界》《中医新生命》，本地则有《南京市国医公会杂志》等。异地同名刊物也很多，比如上海和广州都有《中医杂志》，广州与绍兴都有《医药学报》，太原与吴县都有《医学杂志》。

办刊者当然看重名家稿件，既显示刊物水准，也为吸引读者，可名家医诊繁忙，空余极少，善撰写者也屈指可数，如弃文业医的恽铁樵更如凤毛麟角，故而刊物大多稿源缺乏，我便"乘虚而入"，从中医基本理论、辩证思想、基础常识、古方辨析、门诊实例体会、日常保健等入手，什么都写。

稿酬虽不足以贴补生活，但稿件不时见诸报刊，精神颇获慰藉。而妻本也爱好写作，喜欢阅读，见我如此，不免技痒，也动笔投稿。夫妻俩还偶尔合撰或互署对方之名。

更重要的是，写作的过程也是研究的过程，寻常里想到的问题往往一闪而过，而欲敷衍成篇，为了言之有据，丰富内容，不免多方检索求证，久而久之，眼界渐宽，思考愈多，诊所也由此几乎成为两人谈论医学与写作的地方, 从此即使终日没有病人上门, 也不再有无聊与焦虑了。

在执政者偏狭观念的作用下, 中国传统医学与西方现代医学势同水火, 作为一个中医, 安能置身事外? 可我性素消极, 眼见不平, 虽然也会生气, 一般不会挺身而斗, 我寻求在广泛的阅读中消解愤懑。

我起初读到梁漱溟《东西文化及其哲学》里的一段话:"中国说是有医学, 其实还是手艺。"心如针扎, 因为自视为救人性命的职业, 就算不宜高赞为神圣, 但也总不应贬为一般赚钱谋生的手艺。当定下心来仔细看他的表述:"西医处方, 一定的病有一定的药, 无大出入; 而中医……十个医生有十样不同的药方, 并且可以十分悬殊。因为所治的病同能治的药, 都是没有客观的凭准的。"方知他的观点, 是由对中西医治病的原理与策略了解不够造成的。

西医治病取的是捷径, 直奔病症而去。理想的过程当然是一药除一病, 且无副作用。但是实际情形往往不尽如人意, 比如治疗高血压, 药吃下去, 血压降下来了, 却引起了心悸, 于是加服治心悸的药, 心悸减轻, 但病人随又出现头晕、恶心、乏力等症状, 于是再相应加服其他药, 这是西医治病的一般路数, 为了治高血压, 结果吃了许多相关也可说是不相干的药。

中医治病的路径则是殊途同归。因为医生通过对病人望闻问切所获取的印象, 是一种基于医生经验的主观判断, 不如机器的检测精确, 差异是必然的。不同的药材含有相同或相近的药物成分, 如桔梗根、枇杷叶、川贝母都有止咳祛痰的作用, 不同的医生对于药材的选取自有差异。而又因药材成分复杂, 须在与其他药材的不同配伍中, 强化有益成分, 而减少或抵消某种药材中的无用或有害成分。这就是造成梁漱溟不以为然的原因。

后来我在读到鲁迅"中医不过是一种有意的或无意的骗子"的时候, 因为有了读梁漱溟的经验, 我就先强令自己不生气, 也不受打击, 我去扒他的字眼。既然有一半可能中医是在无意间做了骗子，罪也该减一半吧？所以在这里，这位长于一字置人死地的文豪，还是笔下留情了。继而我在细究了他说这话的缘故后，觉得即使他写出骂中医的再毒的文字，也可以曲谅了。何况他就自己对中医的态度还有一般人难得的自省，说是因为中医耽误了乃父的病，而使他"很挟带些切肤之痛的自己的私怨"。

我随时准备改行

南京市卫生局颁布的《取缔中医生章程》，对于我们中医来说，只能算是一种警告，而真正令中医感觉头痛的紧箍咒，是在农历龙年的元宵节念起来的，并由此拉开了官府与中医界的一轮大战。

先是卫生部次长刘瑞恒在南京主持召开了第一届中央卫生委员会会议，与会者多为西医或有西方留学学历，这帮人把中医称为"旧医"，把西医称为"新医"，在新政府着力倡导整个社会除旧布新的背景下，借"新""旧"对中医做文章，显然别有用心。

在会上，上海西医余岩提交了"废止旧医，以扫除医事卫生之障碍"的提案。理由是，中医所用的阴阳五行六气脏腑经脉，皆凭空结撰，全非事实。中医为巫祝谶纬之道，意在蛊惑民众，与政府倡导的破除迷信，谋民众思想科学化相悖。总结为："旧医一日不除，民众思想一日不变，新医事业一日不能向上，卫生行政一日不能进展。"主张"为民族进化计，为民生改善计，不可不取断然手段"。

余岩以中医人数甚多，个人生计、社会习惯均宜顾虑，建议用渐进的方式加以废止，提出具体办法为：一、由卫生部施行旧医登记，给予执照，许其营业。旧医登记，1930 年底截止。二、政府设立医事卫生训练处。经过登记的旧医，须受训练处补充教育并颁证书，方得享有营业权利。待训练处补充教育结束之后，无证书者不得营业。补充教育 1933 年取消。50 岁以上中医，且营业 20 年以上的，可免补充教育，并发给特种营业执照。特种执照以 15 年为限，之后终止。

余岩料其提案必将遭到反对，故而也希望借行政力量加以压制，主张政府取缔反对宣传，把反对者的满腔怒气扣上"反动"的大帽子。另外，禁止开办旧医学校，旧医不得在报刊上登载广告等，被会议合并为"规定旧医登记原则案"通过了决议。

消息一出，中医界群情激愤，迅即作出强烈反应。3 月中旬，全国医药团体代表大会在上海召开。参会的南京代表是南京中医公会的随翰英与郭受天，南京中药店员工会的赵子钧与黄少华，南京药业公所的程调之与李彬如。随翰英被推为五人主席团成员之一，并代表主席团宣读开幕词。

此次大会，全国 15 个省派出了 240 多个团体的近 300 名代表出席。代表人数如此之众，大会筹备时间如此之短，所议内容繁多。此次事端，不明就里的人以为是中西医之争，其实是中医与政府之争，是中医向政府争取生存的权利。如何向政府施加压力，又讲究策略，不伤及己身，不是莽夫可以做到的。

开始时我也不禁为大会捏了把汗，但事实超出了我的预想。大会组织井然，气氛热烈，同人空前团结，抗争举措的设置有理有节，大会目标可谓圆满达成。在一些人的眼里，中医群体就是一帮没什么文化的乌合之众，充斥着江湖人士。而此次大会显示出，中医群体藏龙卧虎，头脑了得，智慧了得，连我这个原本对中医信心不足的"业内人士"，也都前所未有地"昂扬"起来。

民国建立以来，主张以西医取代中医者所持理由之一，就是日本的先例。人们多将日本的成功归结于近代的明治维新，而在明治维新"文明开化"的方针下，政府主导了"灭汉兴洋"的医事制度变革，即全盘接收西医，取缔经由中国传入而成传统的汉医。

他们的步骤是，先由内务省卫生局发布《医师考试规则》，断绝汉医来源。此举当时也曾激起汉医界的强烈反抗，汉医救亡社团纷纷创建，组织全国汉医救亡联合阵线。请愿、上书等活动风起云涌。但政府不为所动，以强硬姿态颁布《医师执照规则》《医术开业考试规则》，规定参加医师考试者，必须经过三年以上系统的西方医学教育，从而断绝了汉医的培养渠道，随后又对宫内汉医进行清洗。汉医存续提案最终在众议院被否决，标志着汉医救亡的彻底失败。此后，各地汉医救亡团体逐渐解散，汉医刊物相继休刊。汉医人士被排挤出城市，流落于穷乡僻壤，也有的灰心红尘，出家为僧，甚至绝望自尽。

日本"灭汉兴洋"转型的成功，使得看向东洋的人士对取缔中医踌躇满志，而同时，日本汉医救亡的经验教训，也给为中医争取生存权利的人们提供了前车之鉴。日本的汉医救亡过程也曾无比激烈，汉医人士甚至组织了敢死队，以示殊死斗争的决心，这对抗争中的中医的斗志无疑是一种激励。为了回应欲灭中医者学习日本的借口，也为增强一般人乃至中医自己对于中医的信心，大会的闭幕词中，特就汉医与中医于民族文化中根底的深浅及中日国情的不同作了阐述。

为了统一口径，大会还规定了口号，有："提倡中国医药，就是保全中国文化经济。""打倒余汪提案，就是打倒帝国主义。""全国中医药两界团结起来！""拥护国民政府，拥护中国国民党！"等等。

这几个口号的选取也大有深意。国民政府既把反对帝国主义文化和经济侵略的口号喊得山响，大会便有意将其与中医存废联系起来。余是余岩，汪是余早年在日本学医的同学，被余称为"最志同道合"的汪企张。在此生死存亡关头，业界的团结当然至为重要。最后一个口号貌似突兀，其实非常聪明。虽然众人皆知在"医"字问题上的扬西抑中，乃出自政府意向，但中医人不宜捅破这层窗户纸，以给政府预留台阶，故而只将矛头对准过河卒子，而捶打急先锋给主帐看。

这就如同大家都知道孙中山在中西医之间也并非没有倾向性，他曾屡番明言："予平生有癖，不服中药。"在病重时，胡适曾以中医相劝"不妨一试"，他则答以："适之，你知道我是学西医的人！"言下之意明显。至于病入膏肓时听由汪精卫去请中医陆仲安，而由北京协和医院迁至铁狮子胡同行辕，服用中药解郁安神之剂，不过是在西医束手无策之后的"姑且"之举。但处于职业濒危边缘的中医人，只举例孙中山生前也曾多次发表过"尊重中医"的言论，以及在人生最后关头把生命托付给中医的事实，而不及其他。

卫生部次长刘瑞恒本因主持中央卫委会会议而招恨，又因当年孙中山病危时他在榻侧，自然难逃众唾。天津药业研究会在指责中央卫委会决议案的宣言中，就说刘某人你既反对中医，在陆仲安给孙总理诊疗时："何不出而干涉，令此中医杀我总理乎？"

无怪人们揶揄，刘瑞恒在民国中西医的扞格中，不止一次陷入尴尬的境地。就在国民政府入主南京的前一年，三月里，尿血多年的梁启超入住协和医院，想诊断一下是否真的得了癌症。经 X 光检查，发现右肾上有一黑点，医生认为是肿瘤，判断此为导致尿血的原因，而肾瘤多为恶性。梁启超听从医生建议，同意将右肾切除。

土刀的，就是哈佛大学的医学博士刘瑞恒，时任协和医院院长兼协和医学校校长。梁启超的手术做得干净利落。可是，就像梁启超对于清朝来说是个头痛的存在，他的病也十分顽皮，肾切掉了，便血却依然。

梁启超的大弟梁启勋不由得愤懑难抑，在徐志摩主编的《晨报副刊》上发表《病院笔记》，记述胞兄的协和经历，字里行间尽是不满之意。加上梁启超的声望，他的手术引发了社会议论，尤其是梁启勋文中有一段，说："牺牲身体上之一机件，所得之结果，乃仅与中医之论相同耶。中医之理想，虽不足以服病人，然西医之武断，亦岂可以服中医。总而言之，同是幼稚而已。"因为梁启超入协和前，也曾看过中医。那位被誉为"北平四大名医"之一的萧友龙主张保守治疗，且认为他的尿血不要紧，"任其流血二三十年，亦无所不可"。但病人怎么受得了长期与隐患相伴，何况西医那边有确诊并可一刀除病的诱惑。中西医的是非争议由此又起一波。

　　陈西滢、徐志摩、鲁迅等文化人均由此有感而发，议论风生。梁启超本是西医的拥护者，见协和及西医成了众矢之的，忍不住写了《我的病与协和医院》在《晨报》上发表，对西医多有维护，不肯稍加责怪。

　　世上多的是这样的人，对事物的臧否，完全取决于自身获利抑或受损。梁启超关于中西医的观点有些我并不赞同，但他在遭遇医疗意外情况之后，仍对西医信念不改，这种追求科学的真诚与理性的彻底令我佩服，虽然事实证明他是过于相信西医了。

　　梁启超的宽容，并未能平息人们的争议，更未能打消人们对于协和医院象征的西医的负面印象。而作为西医著名外科专家的刘瑞恒因骄人的学历、显赫的职务，以及首屈一指的医术赢得的声誉，面临崩塌的危险。人们向来对他充满崇敬与信任的目光也变得闪烁起来。而他百口莫辩，一时间灰头土脸。

　　全国医药团体代表大会组织了请愿团，随即开赴南京。对于要进见的党国要人，当然有所选择。比如卫生部长薛笃弼，日前曾对记者发表谈话，反对用政治方式解决中医问题。仅此一句，也足以使中医们感动了。因为众人最恨余岩的，就是他要将中医问题政治化。他给教育部写信，称中医是"营惑社会，误青年，传谬种，开倒车"，是"党国政治下之怪现象"。他知道国民政府正急于谋取国际名声，所以他对症下药，诓哄说如果政府明令关闭中医学校，禁止中医传习，对外就"可以争国际之位望"。

　　行政院长谭延闿，尽管在主政湖南期间，批准创办了中国近代史上最早的西医学校——湘雅医学院，但他也有个绰号，以草药中能调和百药药性的甘草为名，请愿团故而去见，对他寄予希望。

　　请愿团当然不会去见汪精卫与刘瑞恒。刘瑞恒不必说了，汪精卫在武汉国民政府任主席时，就曾发表演说，对日本明治维新废止汉医非常推崇，中央卫委会会议据说也是在他的授意下召开的。

请愿团赴南京时，正值国民党第三次全国代表大会期间，良机自不可失，代表们于是先去见了"三全大会"代理秘书长叶楚伧，国民党中央组织部副部长陈果夫，接着谭延闿，"国民党四大元老"之一张静江，国民党中央监察委员李石曾都在私邸接见了请愿团成员。当众人抵达成贤街谭宅时，谭院长更是亲自迎出他的小洋楼门外。卫生部部长薛笃弼则特别设晚宴招待请愿团成员。

党国的这几个位高权重的人不仅对请愿团成员态度十分恳切，关键是对中医发表的观点也很中听。薛笃弼认为中央卫委会议案实为不妥。叶楚伧表示中医药有保存价值，他本人也绝对主张应加以提倡。卫生会议决议案事前似未充分考量，颇难执行。陈果夫表示他对于中医素来极为信仰，认为中医确有保存提倡的必要。张静江与李石曾均对中医表示好感，说中卫会决议案，殊属违背中国国情。

谭延闿表示政府行政，不应违背民众需要，中央卫生会议决案，断无实行可能。他以湖南为例，说湖南除城市略有西医足迹外，其他各县非但西医绝迹，即中医亦极缺乏，中卫会议案如果实行，病者势将坐以待毙，且若药材农工商人等全体失业，影响国计民生不堪设想。

请愿团请愿的结果，成员们都觉得圆满，我的同行们也都对前途乐观起来，妻子却发现我并未显出高兴的样子。我听说请愿团也曾请求觐见蒋介石，但因他戎马倥偬未得机会，只得他一句传话，说中医这件事很重要。也许是我长期动笔的缘故，对字词句颇为敏感，也由此对官府中人讲究辞藻或曰喜玩弄辞令洞若观火。所以那段时期，每遇到有人认为那句话表明中枢心偏中医，我都会忍不住提醒他们，蒋氏所谓"重要"，指的是中医存废之争"这件事"，而不是"中医"。

我对妻子说："蒋氏这句话不是随口说的，我也不相信国民政府中那些反对中医的官员，真的只是出于一己对于中西医的认识，而不是观察上峰颜言的结果。我看蒋氏与那些接见请愿团的官员不同，连说几句纯为应付场面、安抚人心的话也不肯，对中医的前途如何能心情轻松。"

局长想在公园种草药

想要搞垮中医、并懂得借用政治力量的并不只有余岩，南京市卫生局局长胡定安就是持同样思维的人。他早年曾习中医，后赴德国留学，获医学博士学位。他也是参加首届中央卫生会议的委员之一，事后又在报刊上对废除中医大声疾呼，与中医及支持中医的人语辞激烈地辩论。他信奉进化论，认为中医学属于不适时代者，当然应该淘汰，并主张用"革命精神，革命手段，革命策略"解决中医药存废问题。

后来我偶然在1930年元月出版的《南京特别市政府工作总报告》中，看到市卫生局上一年内向市政府提交的提案《关于公园栽植药草案》，一看文风，显系出自局座之手，所列理由之偏激与主观，相较于余岩、汪企张辈，有过之而无不及："时至今日，通国言论，莫不谓中医有消灭之必要，中医无科学知识，自然在淘汰之列……"更认为中医根本不足以称之为医，不过是失意的读书人借以糊口的手段而已。他还有一个观点，即认为中西医没有沟通的可能，但中西药可以相互借鉴。而为有效地倡行西医消灭中医，应当研究中药，分析中药成分，故而建议在城市公园种植草药。

中医界人士或许正是从对手那里受到启发，也即设法借用政治力量予以反击。而事情的峰回路转，果以中医的存废与政治发生关联而出现。比如在中医界向政府请愿的大潮中，全国各地发往南京的信函电报如雪花飞舞，林森就提到，其中四川方面曾有一个发往中央的电报，说该省经济以中药材出产为大宗，一旦废止中医药，恐政府将失该省民心。叶楚怆也证实政府在中医存废问题上的倾向，动摇了民间拥护政府的情绪。我相信这类因素会使政府主脑对废止中医不能不有所顾忌。

就在政府一时不敢痛下杀手、将中医一棒打死的踌躇中，中医就像一只被蛇紧缠着的青蛙，对方一旦有所松懈，马上复振，重又拼命挣扎起来。

先是全国医药团体总联合会常委、上海名中医蔡济平向国民政府呈文，以中国医药关系民族民生，拟仿国术馆办法，筹设国医馆。继而在中央政治会议上，谭延闿、胡汉民、陈肇英、朱培德、邵元冲、陈立夫、焦易堂诸委员提议，说眼下虽提倡西医，但我国地广人众，西医人才骤难培养足用，且中西医术互有短长，似宜立行提倡。唯历代著作繁杂，其中附会穿凿无用者不少，兹拟援照国术馆之例，提议设立国医馆，以科学方法整理中医学术、研究中药，并以中央政治会议决议案名义函致国民政府，竟得批准筹建中央国医馆。

中央国医馆随即于1931年春季召开筹备会，并于7月正式成立，决定以"采用科学方式，整理中国医药，改善疗病及制药方法"为宗旨，设秘书、研究、训练、编辑、化验、治疗、卫生七个组，甚至定了"国医节"。一时热热闹闹，连其间选举理事、馆长，制订章程，请求划拨公地作馆址等均直接向中央报告，中央则拨了五千元作国医馆开办费。

乍一看，给人以中医春天到了的印象，殊不知倒春寒的日子在后头。国医馆成立方两月，陈立夫即请辞国医馆理事长，同时焦易堂请辞馆长职务。表面上的理由是事务纷繁，不克兼顾，实际上是遭遇掣肘。国医馆甚至还一度被迫停止办公，后经行政院下令恢复，但经费大幅缩减至起初的4%。

1933年6月的一天上午，在中央政治会议的例会上，身为中政会委员的南京市市长石瑛，与褚民谊、居正、叶楚伧、邵力子、焦易堂、谷正纲、段锡朋、张道藩、戴传贤等以及陈立夫、陈果夫兄弟俩共29位委员，联名提议，以中医药从业者随处皆是、严重缺乏管理的现状，希望政府责成中央国医馆草拟法规。

提案在会上获得通过，以决议形式交内政部与教育部审议。内政部与教育部却以国医馆系学术团体而非行政机关、无拟订条例的必要为由，予以拒绝。由汪精卫任院长的行政院，即顺然以内政教育两部意见为据，将石瑛等人提案及两部意见退回中政会"转请核定"，后者即把材料转交立法院审议。

　　该案延至翌年元月的中旬，方才在立法院上会讨论。会上，一些立法委员仍然主张从缓，立法委员焦易堂勃然而起，双方发生了言语冲突。激愤之下，焦易堂拂袖退席，随即写信请辞立法委员一职。立法院孙科院长令秘书长梁寒操将焦易堂的辞职信退回，又派立法委员陈长蘅、刘盥训赶往四条巷焦邸，恳切慰留，使焦打消辞意。

　　中医界闻立法院这一幕，当然不满，遂又有全国各地中医代表赴南京中央党部向四中全会请愿，要求早日公布国医条例。立法院遂又重开国医条例草案的讨论，议决重付审查。1934年3月上旬开会，经立法院法制委员会报告审查结果，《国医条例草案》终获议决通过。会上又通过了《国立中医研究院组织条例》，规定该研究院隶属内政部，按医学分科，可附设医药学校及医院。但实际上中医办学并不被准许称为学校。

　　早在这年年初，张简斋与焦易堂、陈立夫、杜同甲等人就开始筹备成立中央国医专门学校。由焦任筹备主任。校址暂定在长生祠，拟开春

国民党中央党部旧址俯瞰。1935年11月1日上午，参加国民党四届六中全会的中央委员在会议厅门前合影时，汪精卫遇刺，虽侥幸未丧命，但背肋一颗子弹始终未能取出。

后即开始招生。但教育部始终不同意中医以学校名义办学，规定只能名以"传习所"。故而后来成立的是南京市国医传习所，推张简斋为所长。设正科及讲习班各一班，初中毕业文化及相当学力者，可入正科修业，五年毕业，参加南京市国医检验考试。讲习班修业二年毕业，科目有生理学、病理学、诊断学、临病实习等十余科目。

中医办学不被准许称学校，心里当然不服。1934 年、1935 年之交，中央国医馆为推广其所委托编纂的中草药图鉴一书，向全国各地中医团体及学研机构发通知时，只字不提传习所，而说学校学社，于此可见一斑。

听说中医竟然要成立研究院，不少人的神经又被触动了。中央研究院历史语言研究所所长傅斯年写了《所谓国医》一文，在《大公报》上发表，招致爱护中医人士的口诛笔伐。

傅斯年是胡适的得意门生，胡适不能眼看他遭人围攻，便在自己主编的《独立评论》上将《所谓国医》转载，还写了《编辑后记》以作声援，文字中明确表明自己的观点，说："我是宁死不请教中医的，因为我觉得若不如此便对不住我所受的教育。"胡适这话是顺着傅斯年的话说的，因为傅斯年文中有一句："受了新式的教育的人，还在那里听中医的五行六气等等胡说！"但胡适说自己"宁死不请教中医"，却令人不禁要笑出声来。

早在 1920 年的秋天，胡适身体不适，西医有的说是心脏病，有的说是肾炎，总也治不好。北京大学生物系教授李石曾向胡适推荐了京沪名中医陆仲安，胡适以中医"无科学根据"拒绝了。后来北大的另一位教授马幼渔又推荐陆仲安，胡适才接受了。

吃了陆仲安开的药，胡适的身体恢复了健康，尽管痊愈了的胡适仍然不知自己得的是什么病。自此胡适与陆仲安开始了长达十多年的医患往来，亦即胡适与中医的关联。

在这十多年里，胡适找陆仲安看病，与陆仲安人情往来有多次。他除了自己看病，还代人问病，代人请医，向人推荐，最著名的一次便是介绍给孙中山看病。而就在胡适说"宁死不请教中医"这年的上半年，他妻子江冬秀说起陆仲安的一个治湿痒的药方，屡试屡灵，担心过后会遗忘，一定要胡适把它记下来，胡适听从。

在胡适说"宁死不请教中医"后十天，陆仲安的名字还曾在他的日记里出现，内容是胡适劝一位西医朋友，希望他有条件地相信中医，比如像陆仲安这样的人。但自此以后，胡适日记中再也没有提及陆仲安，"宁死不请教中医"就像是胡适向自己的学生下的保证。

1936年初，《中医条例》终于颁布，焦易堂或是受此鼓舞，重启他6年前发起而后夭折的在南京筹设中医院的计划，此番联络了国民党元老于右任一同做发起人，在夫子庙东北面的大光路购得50余亩土地，财政部部长孔祥熙为此还饬财政部所属各署捐了1000元以表支持。

按中医院的设计规划，建设费共需20万元，焦易堂很快便募得十多万元，打算次年5月兴工。在1937年年初的时候，他又专门到上海去募款。上海各团体联合举行了盛大的欢迎会，由上海闻人杜月笙任大会主席。杜月笙在致辞中，热情称赞焦易堂对中医事业的贡献，号召众人踊跃捐款。

按照焦易堂的设想，该国医院分设门诊部与住院部，院医全都由中医充任。为了作医资上的准备，中央国医馆计划举办国医特别研究班，招收有一定资历的中医人士做学员，经过半年的学习培训，考试合格者将来得以入国医院做医生。

那天妻拿了特别研究班的招生简章回来，问我要不要报考。我说我早已习惯了眼下夫妻店式的工作方式，只怕受不了医院的拘束。既无去国医院做医生的志向，考研究班的兴致也就受了影响。何况那时前来约稿的报刊颇多，我与妻也正有出书的打算，忙得无暇他顾，考研究班的事也就作罢。

1937年春，卫生署中医委员会成立，这是中医人苦争与热望了多年的心愿，南京中医张简斋、随翰英都被选为委员。中医委员会成立大会由卫生署署长刘瑞恒主持。

八年前召开的第一届中央卫生委员会会议引发海啸，刘瑞恒虽为会议主持人，但也不过是奉命行事，故无须担责，自然也不被当局怪罪，所以一年后便由卫生部次长升为部长。再后来卫生部改为卫生署，就又顺然担任署长。刘署长在中医委员会上致辞，说以前中央卫生机关对于中医尚无专管机关，现在中医委员会业已成立，自应设法整理中医，唯盼采用逻辑方式，科学管理，如解剖学、病理学、免疫学、细菌学等，都可作为中医学理的辅助。中医委员会主任委员陈郁在答词中表示，要使中西医药学术冶为一炉，以成一种中国本位的新医学，以后要避免医界斗争云云。大会充满了中西医以往干戈就此化为玉帛的气氛。

而老天终未给予焦易堂足够的时间，容他按部就班地实现宏伟计划。战争粗重的脚步声已经越来越近，直至震耳欲聋。随着伤兵难民激增，南京城内原有医院的收容量局促起来。赈务委员会委员长朱庆澜于是与兼任最高法院院长的焦易堂商量，在老虎桥设立了中医救护医院，公开聘招医帅与护士。我与妻也都报了名前往工作，而将自家诊所暂且关闭了。

马桶：
不止卫生符号

南京沦陷前夕，我挈妇将雏溯江而上，途经无数大小城镇，总是天一亮就起身，而那时辰市喧未起，我的耳朵总能捕捉到隐约的刷马桶声音，渐至于梦中也会被那远近传来的声音唤醒。那曾经使人生厌的聒噪，枕上听来，却只觉得满是苍凉与落拓。

忍辱含垢　无碍亲切

有个叫厉厂樵的浙江人，是的，名字很怪。我初以为是笔名，后来发现竟不是。他先是在广州《民国日报》社编副刊，之后又到南京《民国日报》社，任副刊《闪烁》编辑。他在编辑工作之余，笔耕极勤，据说每日都要写一篇杂感，嬉笑讽刺，颇使读者开颐解气。1928 年他将散篇合集出版，名以《拉矢吃饭及其他》，其中一篇写他初到南京时，听说南京"随处可拉"，不比在上海，若敢如此，便会被捉到巡捕房去，还有可能吃官司。在另一篇中又有一句："谁都知道南京是粪便载道的'臭城'。"

早在国民政府入主南京方三月，南京正由梅雨季转向三伏天，秽浊经沤腐而蒸腾，臭气弥漫，令人窒息，连出生于湿热之地的刘纪文也受不了了，给时任南京市卫生局局长的周威下了市长令，说市内街道两旁与空旷地带积有太多垃圾秽物，夫子庙附近的姚家巷、平江府街更是污秽满日，不仅臭气熏天，更易酿成瘟疫，限丁半个月内清除丁净云云。

刘纪文的要求，在常规思维下是一个不可能完成的任务。垃圾秽物成山，既系居民若干年的积累，且仍然在日日增加，周威有什么神威，可以像夸娥氏的两个儿子背负愚公家门前的太行、王屋两座山那样，把垃圾山连夜搬走？

但是刘纪文也并不是要以一个不可能完成的任务逼死他的卫生局局长，他实是想好了办法，至少他认为那办法有效，这才对周威下令的。他的办法就是两个字：运动。

国民政府因为建设首都的任务异常艰巨，不免常做事半功倍的美梦。活水长流终至渠成固然好，可是那需要时间，而为官者缺少足够的耐心，同时又对自己或可逾越自然规律充满幻想，满心希望痛快地用疾风暴雨去摧枯拉朽，用巨雷贯耳来振聋发聩。因此，轰轰烈烈的社会运动，就被当作一蹴而就解决社会痼疾或达成某项常规下难以实现的目标的神丹妙方。

于是要给几亿人扫盲便有了"识字运动"，要普及牛痘疫苗竟也有"种痘运动"，清除堆积如山的垃圾自然就有了"卫生运动"，甚至在"卫生运动"里面，还包含了一个特别针对流行病的"防疫运动"。

由此也略可知国民政府定都南京时，这座名城的卫生环境，以及在外名声之"臭"。而像我们这些生活在这座城市中的人，当然更有实际体会。

其实也未见得南京比其他城市的卫生状况及百姓习惯更糟，只不过一旦被定为首都，人们看待它的眼光马上抬高一线，会以心目中首都该有的样子来要求它。在它只是一座普通的古城时，它的现代化与社会文明程度不如上海，当然不足为奇。但摇身一变、成为首都后，某些方面不如其他城市，立刻就成为不应当、不能被容忍的了。

而国民政府入主南京时，手里并没有攥着大把的金银，也缺少城市建设的整体经验，这就注定南京卫生状况的改善，会有一个心有余而力不足的时间段，而这个阶段不会太短。至于百姓陋习的改变，更不可能在朝夕之间迅速完成。

南京城内，单是粪臭，就至少有四个来源。

一是厉厂樵所说的"粪便载道"。除了拉车的牛马随时随地，行人也会在道路上各行方便。市长何民魂有一天亲眼看见一个大人，让他带的孩子在财政局墙外大便。看那大人身着长衫马褂，也是一位体面人，竟做这样的事。于是命人将他二人带到市政府里来谈一谈。令市长惊奇的是，那大人并不觉得愧怍，坦然说南京向来习惯如此。所谓不知不为过，这样一来，何民魂倒不好深责他了。只能转令公安局发布公告，禁止人畜在道路上便溺，但一直效果不佳。

二是南京城内较为空旷，背过身去，即可随意。自家房前屋后，更是天然无遮的厕所。久而久之，许多住家周围空地，都明显或隐约可见许多屎坟。

三是南京城内有许多菜地，所施之肥全来自人畜所遗。那个军统特务荆有麟，1933 年在《艺风》杂志上这样写南京："一进城，你切不要吃惊，广阔的荒野，横在你眼前，极臭的大粪味儿，会从路旁的菜园里走向你的周围……"

南京的菜地不止两万亩，若以肥料的每亩日用量 15 公斤计算，每天有超过 30 万斤大粪保持着整个城市臭味的浓度。

四是马桶臭。1928 年 4 月 11 日下午，南京市政府在第一通俗图书馆举行市政演讲，由内政部部长薛笃弼主讲，题为"对于首都市政之管见"。市长何民魂主持演讲会。薛部长说到城市清洁问题，说久负盛名的秦淮河，已变为蝇蚋污秽的总荟之地，臭气四散，不堪入鼻。一般百姓更在河中洗菜淘米，甚至上游倒马桶，下游洗米菜。

相似的说法也曾出自冯玉祥之口，他在《我的读书生活》里写到南京见闻，只不过说的不是气味，而是卫生："在南京看到秦淮河上的人家，上面在刷马桶，下面便在淘米洗菜"。美国新闻记者史沫特莱 1929 年春到南京，也曾看到市郊的村妇洗菜、挑水、倒马桶都在一个池塘里。

在国民政府定都南京一年半的时候，南京城内总共只有公家建的公共厕所 40 个，私人建的公共厕所 342 个，平均一千多人划到一个公共厕所。倘若一起到厕所跟前排队，将何等壮观。随后数年，公厕增建的进度与人们涌入首都的增速相比，一如龟兔赛跑，而兔子不曾睡觉。女人们还囿于封建与羞耻，大多使用室内的马桶。男人们则把随便当豪气，急迫之下，只求一时痛快，往往不顾及所处环境。

马桶多为木制，制作颇需技巧，因为它是瓮形的，很像一只鼓，系由若干带弧度的木板拼接而成，外加铁箍或铜箍予以固定。如今在南京城南还有相邻的两条小巷，一叫木匠营，一叫箍桶巷，早在民国以前，就是箍桶的木匠们生活聚集的地方。相传，明朝时江南首富沈万三家的箍桶匠住在此处。几百年来，马桶是箍桶匠们的主要营生之一。

我退休以后，把时间浪掷于山川河流，原先并没有发觉自己真正的兴趣偏向于山水间的人文历史，直到妻说纯粹的山水没意思，我于此方恍然自觉。

我曾前往胡适的安徽故乡寻访，在已被设为胡适纪念馆的老宅里四处睃巡，越是破败脏乱的地方越有兴趣，因为期盼有意外的发现。当跚蹒着沿陡狭而嘎吱作响的木楼梯登上满是蛛网灰尘的阁楼，但见一缕光线透过屋顶小窗，投射在一只落寞地蜷缩在角落里的鬃漆褪净了的马桶上，那景象，直叫人打愣。毕竟是胡家旧物，并不因为它曾经忍辱含垢就不使人产生亲切的感觉。

马桶即使对于今天的南京人来说，也并不是个遥远的记忆。每天早晨小街小巷以竹篾制成的刷子（又称马桶帚）快速摩擦马桶内壁的声音，传得要比臭味远得多，而且极有特色，听起来就像大把地搓洗筷子，非常聒噪。

因为尿碱极易在木质的桶壁吸附，狠命刷磨才能清除。在经济落后的岁月里，不可能用强酸去洗刷，因为那样成本太高，何况木质也易遭

安徽绩溪胡适故居

阁楼上的马桶

腐蚀，所以只能依靠一臂力气。

那又是个派别林立的年代，南京曾有一个有名的帮派叫"红总"，时有童谣唱曰："红总红总像个大马桶，外面红通通，里面臭烘烘。"寓意不可谓不贴切，因为马桶多是漆成红色的。

马桶又因为其臭，洗刷马桶曾被作为对坏人的最好惩罚。20世纪60年代，邻居家有个四五岁的小女孩，整天念骂"最大的走资派"的儿歌，朗朗上口，熟极而流，前几句是数落其罪过，最后一句是"监督劳动倒马桶"，听起来极富诗歌的韵律。

便溺之器可另派用场

清代定居南京的安徽人杨仁山，因为婚姻不美满，转向佛经求慰藉，创办了金陵刻经处。起先他与儿孙们住在花牌楼（现太平南路），后来他在如今东西向的淮海路与南北向的延龄巷夹角地带买了块地，建了100多间房子，一大家人一起迁入，金陵刻经处也随之安在这里，并一直延续至今。杨家乔迁一年后义和拳事起，风声传到南京，居民也小有紧张。特别是义和拳的妖邪之术，令闻者色变。义和拳中的女性中唤作红灯照的，尤其了得：一手执扇徐徐扇动，便可升空并自由来去；另一手持红灯随掷随炸。

杨仁山膝下有个叫韵卿的孙女，自小鬼精灵，成人后也十分聪明能干，取名杨步伟，嫁给了

金陵刻经处旧址

语言学家、音乐家赵元任。她写《一个女人的自传》，最初来自胡适的鼓励，写成后又很得胡适赞赏，笔下的确十分生动。她在书中提到她 11 岁时听到的那场世纪之交的动乱，居然联系上了家里的马桶。

"据说要是有红灯照什么的飞到家里来可以用马桶盖给他打下来。所以有一阵子老妈子把马桶刷得格外勤快，预备万一有个红灯或是白莲什么的飘了过来，好有个准备。"

屋里什件儿本多，偏偏想到用马桶盖打飞物，既非偶然，也不奇怪。中国传统文化中早有以女秽驱妖逐魔之举。马桶既为便溺之器，使用者又主要是妇女，取抢也顺手，当然是不二之选。

也可见在那个年代，即便像杨氏这样有钱的大户人家，解手也还是靠马桶的，与一般百姓人家无异。

1927 年北伐军对南京城形成威胁的时候，张宗昌应孙传芳央求，派兵前来增援。军纪败坏的鲁兵在南京城无恶不作，市民坐在家里，也难保不会有想不到的荒唐事降临。马桶每次倒净刷洗后，须晾晒使其干燥，以散臭、除菌、防朽，因此民居门口常见有马桶斜倚门墙。报载有鲁兵路过人家，径自拿了就走，主人赔着笑脸告诉他说那是便溺用的马桶，总以为兵士闻言会丢手不迭，不料兵士声色不动地说是拿去做饮马器具。当然是不会归还的，至于这家女眷从此将如何如厕，那他可不管。

抗战中，戏剧家陈白尘发表了他用讽世笔调写的三幕话剧《乱世男女》。第一幕是在南京的火车站站台上，一节二等车厢内外混乱无比的场景。那是 1937 年 11 月，南京沦陷前半月，各色人等争相出逃，有大公司的经理及其太太、秦淮歌女、"时代青年"等。

最引观众捧腹的，是其中一位骨立精瘦半老徐娘的科长太太，带着马桶逃难，因无法从车门挤上车，便欲从车窗爬进，而先将马桶递进车厢，惹得本已拥挤不堪的车厢里的旅客纷纷相拒而"不知被谁一推，马桶格郎一声，跌下月台去了"。极有喜剧效果，马桶成了非常出彩的道具。

当时陈白尘年逾三十，显然已有相当的生活经验，深知马桶在一些妇女心目中的地位。在剧中，当一番折腾之后，科长太太与马桶都入了车厢，可是没有座位，科长太太就在过道里以马桶为凳，与歌女拉呱起来。当对方不理解携带马桶逃难时，她也极不理解歌女对马桶的忽视，自称若不带着马桶，"一天日子也不能过"。

马桶于人家虽是须臾不可离的用具，却因它的用处乃是与龌龊相关，故仍不免被人们所鄙视，连同清洁洗刷它的工作。

陶行知在南京市北郊劳山创办晓庄师范时，完全不按学校常规，从入学考试开始就怪得厉害。1927 年的春天先招男生，第一天的考试分为笔试与口试。口试即演讲，对着学校的主考与附近来看热闹的村民演讲，第二天的考试是垦荒与修路。4 个月后招考女生更奇，陶行知给前去报考的女生加试了一道特别题，竟是："愿意不愿意倒马桶？"

陶行知心里的录取杠杠是："愿意倒马桶的来学。"意即"不愿倒马桶的就不要来学"。他自然不是要为学校找一个愿意倒马桶的女生，也不是认为只有愿意倒马桶才能救国，而是他特别看重一个人的手，一个人是否朽木，全在于他是否拥有一双有用的手。他的观点是，能倒马桶，小姐的架子就打破了，因为她愿意动手了。有了这个前提，才能谈得上其他。这次他招到了两位愿意倒马桶的女生。马桶成了陶行知检验考生是否可造之材的工具。

如今的中山东路三〇七号大院，是励志社原址，现在还可以看到一幢中国传统宫殿样式的建筑，即为励志社原一号楼。蒋介石亲任励志社社长，它的主要成员为黄埔军人，寓"互励志气"之意，机构功能是为国民政府官员提供后勤与生活娱乐活动。励志社成立不过旬月，就发生了一件与马桶有关的事情。

那天早晨，在励志社专门做清洁工作的吴大勇，到厨房去吃早饭。官员的伙食标准为每月 10 元，勤务人员为 5 元 5 角，吴大勇因新来，不明情况，误盛官员喝的稀饭，被烧饭工人阿根一顿呵斥加挖苦，还说：

"你是倒马桶的，不配吃这种饭。这是先生们吃的。"大勇受辱而去。

励志社总干事黄仁霖听说后，即命勤务与餐厅全体人员在后院粪缸旁集合。众人正在猜测领导用意，却见黄仁霖一手拎了一个马桶来了，手上还拿着抹布。黄仁霖先将马桶往粪缸里倒净，然后汲水冲洗，再用布擦拭，整个过程从容认真又利落，而后命众人到礼堂开会。

黄仁霖到了礼堂对众人笑道："在这青天白日的旗帜下，不应有不平等的现象，在职务上或有种种的不同，但在人格方面是一律平等的，无分贵贱。况倾倒马桶，也是一种工作，与我的工作是一样的，何以今天有人羞辱这倒马桶的人呢？难道他的人格，因为倒了马桶就损害了吗？"黄仁霖又和婉地问阿根："你认识我吗？"

阿根答："你是黄先生。"

"适才我倒马桶你看见否？"

"我看见的。"

"倒马桶以前的我，与现在已倒马桶的我，有何分别呢？"

"没有分别。"

"那么你现在如何称呼我？"

"黄先生仍是黄先生。"

黄仁霖转向众人笑道："以前的事，姑置不问，以后既在励志社服务，自应格外谦虚，望诸位从今以后做新人。"

黄仁霖利用马桶，好好作了一篇教育属下的文章。在《大公报》对这件事的详细报道里，透露出当时社会状况的一些信息。比如即使像励志社这样的一个机构，在1929年初的时候，用的还不是抽水马桶。楼房里有厕所，内置分大小便的马桶。而黄仁霖拎着的两个马桶，质地并不是木头，而是搪瓷的，这已经比普通百姓人家的要先进了，因为更耐用，也易于清洁。

在20世纪60年代末的时候，我家住在杨公井附近的部队大院，家里尚无抽水马桶，用了多年的也是一个搪瓷马桶，坐圈为木制，桶盖也是搪瓷的，的确比木马桶容易清洁多了。

因为大院里有公共厕所，除了妻子与岳母，其他人不到万不得已，都不愿在家坐马桶。我儿子有次因为去大院公厕跑得急，进厕所门时被一匆匆出门的人撞掉两颗门牙。

20 世纪 70 年代初，我们家搬到鼓楼附近湖北路上的原国民政府外交部宿舍，倒是家家都有抽水马桶。为医的妻子却舍不得那只搪瓷马桶，认为只要洗净消毒就不脏，把它改作米缸，心理上竟完全没有问题。

励志社旧址

怀念竟是昔厌物

1932 年国民政府训练总监部在三牌楼设立陆军步兵学校，2 月开学。筹建时曾拟改建厕所废除马桶，但最终还是决定仍用马桶。王云五有一次在大夏大学演讲，说到农村缺少人才，受了高等教育的青年不肯去农村时说："我儿子已经大学毕业了，去年跑到南京去考官费留学生，因为南京没有抽水马桶，拉屎不便利，回来就向我告苦。大都会的学生用惯了抽水马桶，自然不习惯肮脏的马桶。"

南京成为首都后，抽水马桶并未很快普及而替代木制马桶，很大的一个原因是南京迟迟没有通上自来水。当然没有自来水，也不是不可以使用抽水马桶，在南京通自来水之前，就有一些富裕家庭备置贮水箱给抽水马桶注水。

1932年上海一·二八事变爆发不过数日，政府机关就纷纷往西北迁移。之所以跑得如此之急，是因为早在上一年"九一八"后，党国要人们就成了惊弓之鸟了，因10月中旬有多艘日舰驶泊上海附近水域，日军将强占上海的传言随之四起，南京城内有本事逃的人都如雀燕伏身屈腿，随时要振翅飞走。

可令南京的百姓没有想到的是，淞沪停战后不久，当时那些惶惶而去的人们又急急地回来了。其原因，有一个说法是洛阳缺少抽水马桶，使得"革命新贵"们与王云五的儿子一样感到极不适应。这当然是个笑话，但也不能说完全不是实情。

南京市民饮用水来源，多由水贩取之于长江，或外河水，用水车或水船运载入城出售，并没有任何净化措施。水源本不十分清洁，又不加以净化，运输途中更时遭污染。比如水船船夫往往贪多超载，经过秦淮河时，经常发生侧倾而有污浊的秦淮河水混入。

即便如此，购水者也为经济中上等人家，一般平民则不能轻易消费。居住在城中稍微偏僻一点地方的，水费还更贵一些。故而家境不是很好的百姓，用水多就近取水于河塘、水井，在沉浮有粪秽污物的沟浍小河淘米洗菜者也不少见。

马桶固然多在清晨清倒与洗刷，但在下午四点钟左右，也是南京城里许多妇女处理马桶卫生的时段。那也正是准备晚餐的时间，所以妇女一手拎着马桶，另一手臂挽着菜篮在河边出现，是常见的景象。相同的劳动与时间，使得同样在河边忙碌的妇女乐见同类，河边于是成为气氛热烈的社交场合。

没有自来水，影响还不止于生活用水，城市的消防救火也是大问题。南京的办法是在各街巷设置"太平水缸"，平时既须注意随时添水以防干涸，又要不时清洗缸体以防存水变质发臭。

南京市卫生局局长胡定安与他的前任周威一样，也是从德国柏林大学留学回来的博士，他所读的是医科与公共卫生专业，对于公共卫生及城市用水，当然十分在意。他在局长任上，曾专门对市长刘纪文疾言首都自来水建设的重要性与迫切性，说："水政不修，一切市政皆受障碍。饮水不洁，一切卫生不能解决。"

刘市长当然不会不知道清洁水源对一个城市的重要程度，早在上任之初，踌躇满志地对记者大谈首都计划时，自来水建设就已经被列为重要项目，无奈手中资金奇缺，百废待举，不知不觉就延后了，但经胡局长一说一逼，下决心让自来水项目走了优先通道。

胡定安还对市民任意倾倒洗刷马桶深恶痛绝，认为既影响卫生又妨碍观瞻，但也知道这坏习惯是多年养成的，不严厉制止难以改掉，于是专门制订规定，同时发函给首都公安局，请求予以协助。

公安局于是开会，根据卫生局的规定，拟订了洗刷马桶的具体办法，命令各区署长转饬所属各分署，派警员通知到各家各户。其办法的内容非常细致，一是限定每天马桶洗刷时间，二是粪水与清洗水都必须倒入厕所或挑粪桶内，三是脏水若流到地面上，须用清水冲洗干净，并用药水消毒。违者每次罚洋二角。

南京市政府1929年开始设立自来水筹备处，并发公债用于筹集资金。但一年过去建设进展迟缓，1931年底才完成了部分工程，1932年底还在告建设经费紧张，直到1933年春才正式通水。此时距国民政府定都南京，已过去整整六年。

早年我自江苏省立苏州工业专门学校土木科毕业后，先后在天津、上海等地任工程师，又去美国康奈尔大学读了市政卫生工程，回国后就一直以城市给排水工程为职业。到了南京后，随着市政府自来水工程的实施，我也变得忙碌起来。

恰在南京初通自来水的这一年，山海关、热河相继沦陷，日本这头不时龇出獠牙的猛兽，令国民政府深感不安，于是安排一些在北平的重要单位南迁，赵元任所在的中央研究院历史语言研究所即受命迁往南京。赵夫人杨步伟当然高兴，因为她在阔别南京之后，又可以回家生活在众多亲人身边了。

当时许多迁居南京的人纷纷自行购地建房，赵氏夫妇因来得迟，中研院设在北极阁下，附近的土地早给教育部、考试院、中央大学的人买光了，他们只得把目光放得远一点。

北极阁一路往东三里路左右，不到太平门，有蓝家庄，当时那一带，也多有政府官员、教育界、文化界人士集居。有国民党中央组织部部长陈立夫，司法院院长居正，中研院气象所所长竺可桢，另有由教育部部长改任北大校长的蒋梦麟，在教育部任职的吴研因，立法院立法委员傅秉常等，学者伍叔傥与黄侃比邻而居，还有军界人物徐秉常（后改名徐复观）。新月派诗人陈梦家自中央大学毕业后，曾在他蓝家庄的三姐家小住，他好几首诗如《女人，摩西的杖》《蓝庄十号》《相信》《天没有亮》《夜渔》《燕子》《致一伤感者》都出自那里。后来史语所还在蓝家庄建有单身宿舍，史语所语言组的丁声树、周祖谟与历史组的周一良、全汉昇等年轻人刚入所工作时，都在那里住过。

当赵氏夫妇要买地时，蓝家庄也几无多余。幸而音乐教育家肖友梅的国立音乐院，原有在南京创办的打算，后被政府指定安在了上海，所以他先前在蓝家庄购买的六亩地不免多余，于是转让给赵家两亩。

赵家太太特别能干，建房由她一手包办。他们从北平南下前，刚在美国待了20个月，当然是领略过作为西方现代文明什物的抽水马桶了。当他们从北平南下时，因中研院正在兴建，所以他们在上海过渡了大半年。也许就是那时，她得知上海已有抽水马桶卖了，所以在自家建房时，就从上海买了抽水马桶来。在新房建造中，他们在金陵刻经处的老宅找了两间闲置的房屋过渡，她也对那里进行了简单的改造，包括迫不及待地安装了抽水马桶。

为了新房的抽水马桶，杨步伟一步不慎，授人话柄。她与史语所另一位研究员李方桂家在上海各买了一个抽水马桶和澡盆，正好史语所有在上海的物品要运南京，就让所里顺便捎带了，但过后传出来的话就不好听了，给人感觉占了公家不知多大的便宜。也可见当时马桶不是一个等闲之物。

自来水促进了抽水马桶的普及，但也不是所有人家都能消费得起。也有一些单位机构，或因经费不足，或因房屋改造不易，仍不得不用木马桶。比如通了自来水将近两年，南京中央大学的女生宿舍，还在使用老式马桶。

那是 1935 年 12 月中旬，中央大学女生宿舍首次对社会开放，允许外人参观。这是自 1928 年夏天该校更名为中央大学以来首次举办女生宿舍开放活动，却也不是开风气之先，北平清华大学、上海光华大学早就举办过同类活动。眼尖的参观者就看见在宿舍外的一块空地上，晾晒着 50 多只颜色各异的刚清洗过的木马桶。

由此我想起抗战时期在上海与张爱玲齐名的女作家苏青，她曾是中央大学的学生，1934 年因结婚生产，不得不退学。翌年她在林语堂的《论语》《宇宙风》杂志上，发表过好几篇散文，其中有一篇记述中大学生生活的《女生宿舍》，里面就有涉及宿舍马桶的描写。中央大学女生宿舍按大小每间可容纳一至三人，苏青宿舍因为房间大，住了五个同学。马桶置于房间正中，五个同学中有四人睡觉时头部都离马桶很近，"登其上者左顾右盼，谈笑甚乐；睡者既不顾饱嗅臭气，坐者又何惜展览臀部……"这座号称国民政府第一高等学府的如厕条件尚且如此，遑论其他。

1937 年南京即将沦陷的时候，我挈妇将雏溯江而上，一路颠簸，沿

蒋介石 1930 年看中紫金山南麓小红山，想在该处建一座别墅。翌年由曾留学法国的南京市工务局局长赵志游亲自设计，建筑预算 26 万元，实际造价 36 万元。如此奢华，难怪遭人非议。此建筑后被人称作"美龄宫"。

奢华的"美龄宫"内，不出人预料用的是抽水马桶。墙面瓷砖、地面马赛克以及浴缸，都是从英国进口的。

途经过无数大小城镇。因为心中有事，加上每日赶路，总是天一亮就起身，而那时辰市喧未起，可以听见很远的声音。而不知为何，我对刷马桶的声响特别敏感，即使它远得隐隐约约，我的耳朵也能捕捉得到。后来渐渐的甚至于梦中也会被那远近传来的声音唤醒。奇怪的是，那曾经使人心生厌烦的聒噪，枕上听来，却只觉得满是苍凉与落拓了。

结束：仓皇的迁都

我与妻登船西去的那晚，南京初雪，气温突降至零下。两人站在船舷边，眺望淹没在黝黑中的首都，迟迟不愿进舱。在那一个凄冷的雪夜，怕是哭出来，泪雪交融，或许会在表情杂陈的脸上流成透明的冰蚕吧？

我与邻居都挖了防空壕

1937 年 8 月 13 日上海一开战，马上唤起了南京人对上海"一·二八"战事的记忆，心随之揪紧，但同时又满怀希望这次能如同五年前一样，首都有惊无险。可是开战才第三天，就有日本军机来空袭南京了。虽说"一·二八"期间南京也曾同样遭受日军舰炮侵扰，但程度完全不一样。

那是"一·二八"打到第五天的时候，即 1932 年 2 月 1 日，停泊在下关江面的日本军舰，夜里十一时，突然分别向狮子山、下关车站、北极阁、清凉山、幕府山等处开炮，一边用探照灯照射，同时用机关枪与步枪射击，十二时后方止。因事发于深夜，四周静谧，许多居民都听见了枪炮声，我与妻子也都被惊醒，料有战事发生，一夜辗转，难以入眠。很快全城也都知道了此事，民众当然都很紧张，不知是不是日军要对首都发起进攻的先兆。

随后我听说外交部接到首都卫戍司令部与首都警察厅的报告，即十次日下午，派了部里的科长范汉生与科员刘家愉，会同首都卫戍司令部代表王俊，前往下关调查。范汉生等人来到下关电厂码头附近的原日商大阪码头（后改称日清码头），会见了停泊在此的日本军舰"平户"号舰长丹下，以及日本使馆海军大佐管治。

丹下与管治表示今后将严禁部属，不得再有出轨行动，并限制擅自开枪开炮。如军舰靠岸，亦不准水兵任意登陆。范汉生等人旋又登上另一艘日本军舰，去见暂驻舰上的日本领事上村。上村表示，希望双方士兵注意不再发生误会及意外。

从范汉生等人与日本人交涉结果来看，丹下舰长与管治大佐虽都表示今后要从严管束属下，但并未对此次挑衅道歉。而上村领事更将此次日方的单方责任闪烁其词地说成双方的责任。

就在外交部向日本正式提出抗议的同时，日本驻中国公使馆竟也于2月2日给中国外交部发函，提出严重抗议，称停泊下关日清码头警戒中的日本海军，2月1日夜突遭中国正规军不法攻击，同时受狮子山炮台三发之炮击，致轻重伤各一人，日本海军出于自卫不得不加以反击，中国方面突然出此挑衅手段，甚为不合，日本政府保留对此事件正当要求的权利云云。

外交部就此驳复日本驻中国公使馆，说来函诬称殊非事实。查中国政府在南京城外，并未派有正规军人，曾严令狮子山炮台，未奉命令，不准开炮，因此中国正规军攻击一节，完全不确。兹据狮子山炮台报告，当日本军舰发炮时，本炮台因未奉令，始终未予还击，所称该炮台先事发炮一节，尤属捏造事实。要求迅令该日舰等勿再滋生事端。

日舰究竟为何要如此挑衅？当时议论纷纷，猜测很多。我看英国《孟切斯特指导报》上的记者分析，他们认为日舰炮轰南京，是其战略的一部分，日本现在想的就是逼迫中国对日宣战，希望以此掩盖侵略的责任。

日舰胡为之后，直到上海3月3日停战，日本人未在南京挑起大的事端，毕竟"一·二八"交战时间也较短，仅三十几天。"八一三"则打了将近三个月，当然最初从政府到百姓都不可能料到此战结束日期，但日本飞机在头顶上胡乱投弹，与江上军舰只向几个城外要塞开炮，给人的感受究竟不同。而且日机自8月15日午后一时首次空袭后，次日清晨就又来，之后更随时飞临。

看日机巨大的魔鬼般的黑影在地面遽然划过，所扔下的炸弹，不仅要将人胸肺撕裂，将耳膜震穿，更挟带着一股夺人魂魄、无所阻挡的气浪，令所有人都相信自己有"中彩"的一日，因为不管是在街市上还是在屋内，似都无差别地与天上那个怪物裸裎相对，除了待它直取自己性命，别无对策。

有一次空袭后，我听说老虎桥监狱也中了炸弹，心想不知关在那里的陈独秀情况怎样，上班途经老虎桥，就顺便往监狱去了一趟。见到相识的典狱长钮传锜，我看他的脸上有点心有余悸的样子，当然这也许只是我心里事先猜想他会有这样的表情。他告诉我，陈先生的监室屋顶被震坍塌了，但他算是机敏，躲在桌下，故未受伤。听了他的话，我松了口气。同时头脑里出现了一幅平素动作迟缓的老先生瞬间变得身手敏捷、躬腰钻入桌底的画面，不觉笑了起来，钮传锜跟着也笑了。

"八一三"刚满十日，陈先生就被国民政府减刑释放了，事后我听说当日有他的十几位故旧前往狱中伴他出狱，而傅斯年把他接到傅厚岗一号自己家中暂住。

傅斯年时任中央研究院总干事，与陈独秀不仅于北大有师生之谊，他作为五四运动学生领袖之一，对被誉为"五四精神领袖"的陈独秀，自然更怀了一份特别的情感，故而在陈独秀从上海被解到南京羁押在军政司时，撰长文《陈独秀案》发表在《独立评论》上，把陈独秀的历史功罪与身份的复杂，以及一般只顾报仇泄愤、无理性的国民党人自陷革命与反革命的悖论，解析得详尽而深刻，主张在合法近情周全考虑各方因素的基础上由法院公开审判，最终盛赞陈独秀为"中国革命史上光焰万丈的大彗星"。

陈独秀出狱那天是个什么天气，我没在意，事后也记不起来，如今更无从查核，因为连遭空袭，之前几天，政府即已禁止各报纸刊登天气预报，以防日本飞机由此获取气象信息作为飞行依据。

仿佛日机追着陈独秀似的，他到傅宅第四天的夜间，日机分几个方向空袭南京，在一个平民区丢了好几枚炸弹，造成市民伤亡。傅宅附近也有炸弹落下，傅斯年遂想要移居别处。陈中凡则因南京不安宁，将妻子与孩子送回了老家，他在南阴阳营的住宅空出来了，于是把陈独秀接到自己家中去。

陈中凡时在金陵女子文理学院任中国文学讲座教授，他读北大，比傅斯年高两届，与陈独秀原应算是同事，但陈独秀身为文科学长，又年长九岁，而陈中凡彼时还是一个刚毕业留校的青年教师，加上佩服陈独秀的思想学问，所以一直对陈独秀恭敬有加，执弟子礼。

我与陈中凡、傅斯年可以算是北大半个校友，因为我未能毕业。吾生也晚，入北大时，不仅两位先生已毕业多年，而且过了陈中凡留校任教与傅斯年后来兼任北大教授时期，所以也没有做过他们的学生。至于陈独秀任北大文科学长，对于我的同学来说，也只是校史上的一段往事。当年"五四"后一个月，陈独秀在《每周评论》上写过一段著名的话："世界文明发源地有二：一是科学研究室，一是监狱。我们青年要立志出了研究室就入监狱，出了监狱就入研究室，这才是人生最高尚优美的生活。"

我在北大读到二年级时，因参加一二·九运动，虽未入监狱，却被校长蒋梦麟开除了，不知这算不算是继承了老学长的狂狷。

我与陈独秀没有来往，但对他的动向不由得关注。他出狱我很为他庆幸，因为就在上个月，我的初中同学郭纲琳也曾乘车出此大门，却不是走向自由，而是被押至雨花台执行死刑。

陈中凡1935年中由广州中山大学教席转至金陵女子文理学院执教。金女院门前是南北走向的宁海路，沿宁海路向北约300米，有一条东西向的小街，唤作"南阴阳营"。陈中凡入职金女院后，在自宁海路转入南阴阳营百米处的小街北侧，购地自建了一栋两层楼的洋房自住，因小街是一条西低东高的斜坡，故命名为"清晖山馆"。陈宅大门临街，主屋靠后，之间是一条长长的通道。

1952年全国院系调整，陈中凡调去南京大学。南京大学建在金陵大学原址，离清晖山馆很近。陈中凡离家步行一直向东500米即可至学校西门，而20世纪六七十年代他上下班还有南京人所称的"小包车"（轿车）接送，汽车走马路至学校正门要多行两三里路。

因为主屋离大门较远，所以陈宅在大门上安了电铃，在那个物质匮乏、生活单调的时代，电铃也成了稀罕物，附近的顽童常搞恶作剧，喜欢摁了门铃后躲在一旁看陈家乖女儿应门白跑。陈中凡在清晖山馆一直住到 1982 年去世。

当年在南阴阳营一带居住的金女院教职员，可能不止陈中凡一人。1949 年后这条小街上，还一直建有该校（后更名为南京师范学院）的公寓。陈宅门牌为南阴阳营三八号，隔了三六号一户私房人家的三四号院，就是南师的教师公寓，那个两层高的尖顶楼房，"文革"中有惨烈故事发生。1949 年后我定居沪上，我生活在南京的长女，"文革"中有天写信来，说要从马台街搬到南京师范学院附近去，后来又说她的新家地址居然是南阴阳营三二号。

国民政府对于首都可能遭遇来自日本的空中袭击，事先也不是一点防备没有。早在 1936 年的夏秋，就成立了由党军警几方参与的首都防空协会防护团，之后也作过一些局部的防空演习，只是因为没有料到"八一三"爆发刚三天，日军就把战火引到了首都，而印制的防空知识宣传页还在印刷厂的机器上翻飞，全城的防空演习也未曾作过一次。

所以 8 月 15 日午后，当警示敌机进入警戒线的一长声二短声警报首次拉响后，许多人都不明所以，反应只是愕然，一边仍旧自顾活动。军警与防护团成员随即出动上街，指导行人就近向避难所或进入商店躲避，人们却并不在意，有急事在身的更不愿听从，稍有些见识的则以为是演习。

接着，表明敌机已侵入城市上空的警报声响起，是一长声后长达一分钟凄厉急促的短声，百姓这时感觉到了事情的严重，街上的行人不觉停下了脚步，却仍不知躲避，而只向天上张望。还有不少原来待在家里的妇女小孩却又跑到门口去看热闹。众人脸上都只有好奇而没有惊慌。

真实的教训瞬间到来。随着飞机扔下的炸弹惊天动地的爆炸声，与机枪的扫射声交织，女人与孩子的嘶哭声随即响起，人们这才如梦初醒。街道上的行人四散狂奔，门扉户枢的撞击声响成一片，转眼间，街道上已空无一人。直到解除警报的一长声响起，大小街道才如休克之人渐渐复苏。

大约下午三点钟时，防空警报再度响起，军警与防护团团员又欲冲上街头，却发现已成惊弓之鸟的人们已经完全不需要他们加以劝导了。

次日大清早人们又被防空警报惊醒，直到晚上七点多钟，一天之内，防空警报响了四次。但日机并未飞临城市上空，据说是被我空军阻止住了。听说两天来在郊区被击落的日机达 15 架之多，市民们由极度的恐惧又转为过度的兴奋。"狼来了"的故事增加了新的情节——狼不仅未至跟前，而且在前来的途中被打死了。

如此几天一过，市民们对于空袭多已疲沓，不那么敏感了，日常生活工作一仍其旧，防空警报一响，有地方躲就躲，没地方躲也就在室内角落静等警报解除。而各家各户也已拿到了防空协会分发的防空知识宣传页，按要求贴在家里的显眼处，就像张贴了镇宅符，心里更加泰然。

有天夜里发生空袭，事后传说中了炸弹的地区是因为有户人家点了灯打牌，也有一说是有汉奸给飞机发信号。百姓由此得到教训，一是开飞机的人在天上能看到地面上的灯亮，二是人在屋内的确不安全。

本来政府已组织人力在道路两旁，每隔一段距离就挖有一个公共防空壕，预备给一时情急的行人包括小贩、车夫藏身。防空壕是在地上掘一个坑，约一丈深，三四尺宽，长短不一，底下衬以木板，两边竖以木柱，架搭横木，再覆以木板，堆上沙包泥土，高于地面丈许，留出通气管。政府号召民众参照公共防空壕，在自家房前屋后，找空地开挖防空壕。

一时间，家家户户都积极地开掘防空壕，有的一家一个，有的几家合一个，质量高的还加装了防毒装置。同时百姓也由此痛恨汉奸而对汉奸注意起来，有一个儿子甚至大义灭亲告发了他的父亲。

按陈中凡的心愿，原是想要陈独秀长住他家的，可是陈独秀不愿在南京久留，所以在出狱方半月，就也不避匆促地从下关登船，逆流而上，往汉口去了，那一天我记得是9月9日。

而在陈独秀动身前后的20多天时间里，一直未有日机飞临南京城上空，政府中马上有人吹嘘是首都防空网织得严密，使得日机不敢来了，商界也随即要求太平路、中华路、鱼市街等商业街上的商店必须立即恢复营业。

日军作恶竟发预告

就在陈独秀走后的第10天，日本驻沪总领事将日本第三舰队司令长谷川发出的一份通告，面交驻沪美国总领事高斯，请他转送美国大使馆，通知在南京的美侨，并代为通知南京其他外国大使馆及公使馆，内容为，日本海军航空队将于9月21日正午以后，轰炸南京城内和周边的中国军队，以及所有用于军事活动的建筑。本司令官为避免友邦人士遭受危险计，劝告居住南京城内或附近的各友邦官员及侨民，采取妥善步骤，撤入较为安全的地带，至于长江中的外国军舰及其他船舶，也应停泊在下关上游，以免危险。

此消息一出，自然引起人们一阵恐慌，但也有人认为这不过是日本人的狡黠恫吓手段，用以试探列强的反应。而9月21日过了中午，并未见有日机飞来，

西康路33号美国驻中华民国大使馆旧址

连警报声也未响起。却又有记者从东京传来消息，说日本拟稍缓实行大举轰炸南京的计划，似乎更证明了日本人不过是在虚张声势。市长马超俊更对记者说，无论交通、食粮、饮料，还是消防等，南京均有充分准备，"足以应付一切困难"。

那天我正在书房看报，妻在厨房忙活了一阵，来告诉我开饭了，见我仍眼不离报纸，又面带讯色，不禁问我看到了什么消息。我说，马市长话说得这么满。妻说，他那也不过是为了安定人心。我说，他倒是会说话，只说"足以应付"困难，却不说有什么办法可以"防止"困难发生。

可是 9 月 22 日便就有了空袭，设在下关的难民收容所中了炸弹，中央党部更中了五弹之多。而日机的大举轰炸发生在 9 月 25 日，自上午 9 时半至下午 4 时半，据说共有 96 架分 5 批次袭击首都，其中有 10 多架敌机窜入城市上空四处投弹，我各方高射枪炮猛烈开火，响声一片，震撼全市。

结果是上午下关电厂被炸，机器受损，自来水厂也中了弹；中午洪武路上的中央通信社总社中弹三枚，房屋尽毁，伤工友三人。江东门外中央广播电台亦中弹，机件被毁。此外，卫生署中央医院中弹两枚，四牌楼卫生事务所、广东医院、法国海通社南京分社、美联社南京分社均中弹，死伤 100 多人。南京市党部房屋被毁，中央大学在 8 月 19 日化验室、女生宿舍、图书馆被炸毁后，此番更惨遭第四次轰炸。

当时许多人对日机着重轰炸学校的行径特别气愤，对其目的也颇为不解。在此 20 天前，日机就曾连续 4 小时轰炸天津，而轰炸集中在南开大学。日本众议院议员山本实彦的辩护词是绝好的自供状，同样适用中央大学，"南开大学是抗日分子的中心、根据地也是不能否认的。因此可以说我军进行轰炸也是不得已的措施"。

日本还有个叫粟屋义纯的学者，为研究中国抗日宣传，曾数次亲往中国进行现场调查，1939 年出版了《战争与宣传》一书，认为"……支那的排日，抗日思想的策源地是支那各地的大学，这些大学的教授和学生怀有最炽烈的抗日思想，在持续从事抗日运动的同时，竭尽全力将民众推入汹涌澎湃的抗日思想浪潮中"。

粟屋的逻辑是，中国的各个大学是抗日思想的温床，而这个温床既是"中国政府的宣传机关，同时也是抗日军队"。自然也是"强有力的抗日据点……是重要的军事设施……因此，皇军对此军事设施进行空袭，一点儿也不奇怪"。果然人们由于立场的不同，思维的走向就也完全相悖。难怪自古至今，侵略者总是侵略得毫无愧怍，也常使得弱国羸族对公理丧失信心转而信奉"丛林法则"。

9月25日整个白天都在跑警报，当夜即9月26日凌晨3时不到，防空警报又响了，各家大人孩子又赶紧穿衣钻入防空壕，所幸敌机未至，一小时后警报解除。如此夜以继日，每个人都是疲惫愤怒又无奈。

9月26日刚好是个周日，因为夜里折腾，早上想多睡一会儿，可是哪里睡得着。早饭碗一放下，就取报在手急看南京昨天遭空袭的情况。几种报纸都用了大号字体，对日机的疯狂表示极大的愤慨。家里订的一份三日刊《抵抗》，新的一期恰也送到，主编是两个月前刚出狱的"七君子"之一邹韬奋，他在"八一三"爆发后一周创办了这个杂志，我一向喜欢邹先生批判社会的态度。当期上有位作者写的一篇《八一三以来的南京》，对长谷川扬言要大举轰炸南京十分不屑，说："这简直不值一哂，日本有这本领么？"

那段时期我变得爱跟妻子批评时事。我说："他这句话说得早了一点，刊出又迟了一点。读者或许会觉得他对日本的军事实力不够了解。"妻则说："也许作者本无心要写客观分析的时评，而只是想要对日本的狂妄表示一种轻蔑。"我说："有事实作支撑，轻蔑才会有力呀。""你不要学究气了。"妻一句话未完，已转身离去，草草结束了我们的谈话。

9月底的时候，我上海的一位朋友有事要到南京来，我说我去接站，他连说不必，因为南京他来过几次，都住在我家里，自认为对南京熟悉得很。而我也先到警局，办好备案与保人手续。谁知平常晚上 7 点火车便能到站，快到 9 点时朋友却打来电话，说车站没灯，好在同车旅客总共也就几十人，靠几个手电筒并借着月光走出车站，不料外面也是一片乌黑，他不想摸黑进城，于是就近找了个客栈住一晚。

次日一早我照常去邮政管理局上班，不能等他，由妻嘱女佣收拾好客房，并预备晚餐的酒菜。我这位朋友是一个对国事特别感兴趣的人，下午我下班回到家里，他还没有来。我猜他是办事之余，一定四处转悠去了。

平时与妻朝夕相处，仿佛一个闭合的圆，对处境感觉颇为迟钝，傍晚与朋友见了面，则顿有乱世之人的感觉。朋友三杯酒下肚，大发感慨。他说首都市容大变，早上乘车从挹江门进城往中山路来，一路看见街道边的墙上画着抗敌宣传画，广告牌上写着抗日标语，马路两旁也到处都挖有公共防空壕，大喇叭里不时播送战事新闻，视觉与听觉交叉作用，整个城市都笼罩在战时气氛里。

我问他昨晚睡得可还好，他说小客栈倒还干净，只是里面住满了军人，客栈犹如兵营，夜里有一种"枕戈待旦"的感觉。又说以前的下关热闹异常，天黑后灯火通明，而昨晚却见茶楼酒肆都关了门，街道上空无一人，就像走进了另一个世界。

我说："你来得不巧，前几天下关电厂在空袭中刚中了弹，电气控制室设备大部分都炸毁了，锅炉也中了一弹，电厂员工连日抢修受损的设备，还没修好。"他说他昨天在车站就听说了，他想的是首都电厂这么重要的地方，军方都保护不了，由此看来，可能首都没有一个地方能阻止日军投弹，他真实的担心是首都最终不一定能守得住。于是又问，政府里是否有迁都的消息。

我说："传说很多，尚无正式通知，反倒是要求各机关人员不得请假。上周的时候，因为长谷川的恐吓，政府派代表出来，说中国决置之不理，中国坚决对日抗战，哪怕到最后一人，无论现在或将来，国民政府决不迁移。话说得这么肯定，不由人不信。"

朋友却用了一种奇怪的表情望着我道："你信吗？"

我很想耸耸肩，终究只是苦笑。

妻接着说，25 日大轰炸前好多天，日本飞机都不怎么来了，百姓也渐渐有了些信心，所以中旬的时候，市政府叫各店家恢复营业，基本上都开了，市场供应也都快接近了正常。可是 25 日那天炸得实在太厉害，百姓觉得对日本飞机终究还是防不住，许多店就又关了门。

"嫂夫人不打算先走吗？"朋友问妻，"我听说官员家属差不多都已送回了原籍。"

妻嗤笑道："我又不是什么官员家属！"

我对朋友解释说，政府命邮政须正常运转，故而城中五个邮局一直照常营业。为了安抚邮政职员，管理局特地预租了一艘轮船，并且已经在局里发了通知，告诉大家，如果首都真的面临不测，会在最后关头将350 位职员及其眷属运送至安全地点。

朋友睁大眼睛看看我，看看妻，讶然道："哦，这可算是难得。"

我说："但现在像她这样，空袭这么频繁，还必须按时到邮局上班，

位于下关长江边上的首都电厂（俗称下关电厂）旧址

首都电厂厂房设备。电厂因为关乎国计民生，故而在和平年代是经济建设的重点，战争来时又成为敌人处心破坏、我方极力保护的对象。

精神也够紧张的。”

妻说："照常上班倒也没什么，听见空袭警报赶紧躲防空洞就是了，在家还不是一样！怕只怕到时候日本人来得太快，把船扣住了。就算提前一步船开了，行在江中，头上来了飞机，人往哪里躲呢？"

我与朋友也都不答她话，两人只顾端起酒杯互敬。

朋友咂着酒，就像写文章另起一行，对妻道，眼下这局面，不用说，邮路畅通也的确要紧，几乎所有消息都得靠邮路传递。我在街边，总看见一堆一堆的人，走过去一看，才知道都是围着报栏在看新闻。只见前边的瞪直了眼睛，后边的伸长了脖子。

后两天朋友把南京的名胜风景点差不多转了个遍，我佩服他在这个时候居然还有此雅兴。他解说那是因为越是非常时期，越会有不同的景象。他告诉我中山陵、明孝陵、灵谷寺、玄武湖、莫愁湖几乎都已游人绝迹，只有中山公园例外——你知道是为什么？我不及反应，他即已自答，那里在办被击落的日机展览，大部分人还从未这么近见过飞机。

朋友回上海，我与妻送他到下关。车站、码头及附近都聚集了许多人，亲友相逢时露出的一丝愉悦，是我那天难得见到的最动人的表情。众多的难民扶老携幼，背负行李，疲惫的脸上满是迷惘与无望。前线下来的伤兵也不少，哪怕抿着嘴面无表情，所扎的绷带与血迹斑斑的军装已经泄露了他们惨烈的经历。而那些在拥挤中奋力攀上列车的人们，也并没有因得以逃离战难而显出些微释负的轻松与庆幸之色。

我们的家又变回原来的清静。市政府无法再叫商店开门以维持市民生活供应，于是成立日常用品管理会，向各地采购生活必需品，转售市民。空袭虽然未再有像"九二五"的规模，但仍断断续续。有人作了统计，自 8 月 15 日至 10 月 15 日整整两个月间，南京遭日机轰炸共 65 次，死亡 200 余人，伤 300 余人，房屋起火 18 起，房屋被炸毁 2000 余间。

坐落在下关大马路上的江苏邮政管理局旧址

经过无数次的实战练习，我与妻跑警报的动作已十分熟稔。即使在夜间，两人摸黑也可在几分钟的时间里，飞快地穿好衣裤，蹬上鞋子。临冲出门外时，还会各自顺手拿起一只事先放在几案上的小包。20世纪50年代我在上海参观消防员接到火警后的整装集合表演，就立刻勾起了回忆。

随着空袭次数的增加，被炸身亡的人数也越来越多。自空袭开始，罹难者的尸首都由慈善机构收殓埋葬，"九二五"大轰炸后，红十字会等机构所预备的棺木不够用了，赈务委员会科长孙亚夫于是号召首都热心善举的各界人士慷慨捐助，可仍然不足。到10月下旬的时候，市长马超俊决定在迈皋桥东北的合班山建立公墓，合葬死难者。

"九二五"大轰炸后的南京商业，再也没能恢复。像太平路这样的主要商业区，因为有往常的热闹作对比，冷清的景象，用"萧条"已不足以形容，而称为"荒凉"还差不多。仍在勉强撑持开门的店家，不过十之一二，也只是出售食物和日用品的商店，但也大多在销售存货，而不再进货了，售价当然也畸高。另外，因有一些外国使领馆人员没有撤离，加上战区及其周边的外国教会人士向首都聚集，所以卖罐头食品和洋酒的商店还在营业，价格更是高得吓人。商店顾客也少得可怜，只是遇到阴雨天气，市民凭经验知道日机会因此受阻，上街购物的人才会多一些。

人在苦闷难挨的时候，或许还思以娱乐冲兑。而在生命饱受威胁中，娱乐的心思就随风飘散了。一向歌舞交织的夫子庙，当然不可能维持繁弦急管，而终于停业了。往日的喧嚣固然使人厌烦，陷入死寂，更叫人心惴惴不安。

南京城内令人不安的紧张空气弥久不散，并非完全由"九二五"刺激过深，固然是在那之后仍不时来到的空袭，且日军也在变换战术，闻日机会低空投掷硫磺弹，目睹者形容硫磺弹外形如皮球，下落如陨星，受阳光反射十分刺目。日机在投掷硫磺弹的同时还会投下长筒状炸弹，随之坠下，火舌烟柱腾空，爆炸与屋墙坍塌声轰然交响。空袭的区域也由最初集中于政府、军事、文化目标扩大到住宅区，就连贫民窟也不得免。

初雪之夜凄然登船

11月12日，国民政府军事委员会委员长兼行政院院长蒋介石与国民政府主席林森商定政府迁往重庆。消息随即被透露出来，我和同人们得知后，好似心上的一块石头终于落下，可因那石头太重，着地时"咣"地一震。三天后，国防最高会议常务会议形成决议，正式确定西迁。

"一·二八"开战仅三天，政府就逃也似的迁都洛阳，而"八一三"是在对敌整整厮杀了三个月后才束装就道。迁洛阳更像是人的一种应激反应，迁重庆则明显增加了对日本军事意图的分析以及敌我军事力量抗衡的判断。但这些，并不能使百姓对于政府的撤离一无忧虑。

彼时官员的个人说辞也挺有意思。新任教育部部长不久的朱家骅，因回杭州营葬父兄，1932年2月3日回到南京，对前往采访的记者说，日舰在下关开炮，南京人心惶惶，迁徙者往来塞途，机关人员除赴洛阳者外，也多散处避乱，其于军心影响甚大。若平日高议入云，临事则抱头鼠窜，国破家亡，即在目前。仿佛是在批评政府。

而就在此大前天的晚上7时40分，时任行政院院长的汪精卫所乘列车路过开封，河南省政府主席刘茂恩将汪迎至开封联欢社。汪在那里对党政人员演讲迁都，大意说是为确保政府完全自由地行使职权，避免全国政务陷入无政府状态，故而决定迁都洛阳。在作此决定时，对会否影响沪战士气，会否造成沿江各省动摇，东南人民会否产生疑惧，未尝没有顾虑。而他的论断是，对于昧于事理的人或者会，而对于深明军事与大势的人则绝不会。汪氏的善于言辞，使百姓只能拥护政府决定，连质疑政府行为甚至心怀忧惧都要成愚昧之人了。

　　此番政府二次迁移，市民仍然难抑惊慌。10月初我送朋友回上海时，看见下关车站和船埠码头，如小山一般的行李一直堆到路边，但秩序尚存，按号数先后搬运。首都新生活运动促进总会所组织的一个青年服务团，专在车站码头维持秩序或帮助旅客登车上船。后来秩序就大不如前了，要逃离南京的人变得迫不及待起来，都争抢着登车上船，民间团体与志愿者显然已经力不从心，而改由武装警士现场指挥装货，阻止人们蜂拥而上。

　　而整个南京城正逐步变成一个大军营，各要点街道，筑造的带刺铁丝障碍物越来越多，城外则开掘战壕，并布置其他防御工程。听说有的城门关闭后已不再打开，晚上10时半街灯也都熄了。

　　日军步步进逼的局势，以及日本要求各国使节退出南京的照会，也加剧了在南京的外侨的恐慌。城西住宅区的洋房屋脊上，不时可见插着别国的旗子，以防日机"误炸"。同样心理的英侨，在南京的住宅门上也都贴以中英文印成的字条，上书"此系英人产业，他人不得干扰"等语。

　　"八一三"前的首都人口，据统计达上百万，而之后就像水土急速

原总统府内蒋介石办公室

流失。想逃的并且有能力逃的都逃了，有地方可去的与有亲友可投奔的，也都走了。尽管如此，城中仍然留有数十万人。路透社的记者察看全城，就发现贫民甚众，滞留不去的原因并非恋土重迁，"盖若辈皆赤贫如洗，无力他徙也"。

为了镇静人心，蒋介石在环城巡视城防的同时，特地偕夫人于城中各大街小巷绕行。民众看见了委员长的车队，消息不胫而走——委员长夫妇还留居在城中呢。

11月16日晚，政府机关开始动身。国府五院往重庆去，财政部与外交部、卫生署等单位则迁往汉口，我们邮政管理局所属的交通部则往长沙去。我因临时申请偕妻同行等候批准，所以迟行，也因此有了几日准备的时间。而实际上时间多了也没有用，不过是为行李物品的取舍枉费斟酌，因为随身可带的东西实在有限。许多平日里一向当作十分重要的什物，此时却变得轻如鸿毛。

我与妻于11月20日晚随最后一批撤离的机关人员登船西上。而那夜，南京初雪，气温突降至零下1℃。我与妻站在船舷边，眺望淹没在黝黑中的古都，迟迟不愿进舱。在那一个凄冷的雪夜，怕是哭出来，泪雪交融，或许会在表情杂陈的脸上流成透明的冰蚕吧？

我后来读到钱用和女士回忆录中的逃难一节，才知道当时我们是多么幸运，而那天的对江生悲，几乎不免张爱玲所谓"优裕的感伤"之讥了。

因为经费不足，政府裁减机构，南京市教育局一度并入社会局，缩局为科，钱女士曾任教育科长，是当时各机关中唯一的女性科长。同时她又兼任蒋氏夫妇掌管的国民革命军遗族学校的校董会主任秘书，并担负宋美龄部分秘书工作，常于晚间至委员长官邸接受任务及处理事务。我没有想到这样一位"通天"人物，也会有那么惶恐急迫的逃难经历。

钱用和在南京打算先赴汉口，但当时去汉口的飞机、轮船、公共汽车，都已一票难求。连要从遗族学校所在的中山门外到城内，别提汽车、马车，连货车、人力车都已雇不到了。因为遗族学校改作了伤兵医院，后来还是搭了医院去下关接运伤兵的卡车才到了码头，却见人山人海，情知无法登船，只得改变计划，试从镇江登船。于是至和平门欲乘火车去镇江。车站也是拥挤不堪，但至此再无其他办法，只得在车站枯等。又饥又渴，又心中焦急，从白天一直等到晚上，总算来了趟车。众人一拥而上，斯文的女士竟是从车窗爬进车厢的。

车厢如沙丁鱼罐头盒，乘客摩肩接踵，空气污浊。许是超载的缘故，火车龟爬蜗行，平时一小时的车程，走了三个半小时，抵达镇江站已是子时。次晨探得码头泊有德和轮，不日将驶往汉口。为购票排队三天，最后还是在黑市买的统舱票。同行者六人，却只有一张铺位，只好轮流就卧。

当船过下关，本应靠岸抛锚，但被码头上黑压压的人群吓得直驶而过。即使这样，仍有许多乘客乘小划子贴上船舷，不顾一切地攀登上船。那情景直把女士惊得魂飞魄悸。

我们登船三天后，听说了蒋介石在南京国防最高会议上的演讲，略谓现在中央已经决议，将国民政府迁移到重庆，今天主席以次均将陆续出发等，次日又闻国民政府主席林森发表《国民政府移驻重庆宣言》。

我对照了一下国民政府发布的《移驻洛阳办公宣言》与《移驻重庆宣言》，前一个宣言说日本的用心"不过欲威胁我政府使屈服于丧权辱国势力之下……政府为完全自由行使职权，不受暴力胁迫起见"而决定移驻洛阳办公。后一个宣言说日本的用意"无非欲挟其暴力，要我为城下之盟……国民政府兹为适应战况，统筹全局，长期抗战起见"故移驻重庆。可见两次迁都，政府动机无大不同。当时好像没有一个人认为政府是为自己避险趋安找借口，可见全国上下对于迁都的理解。

世界上确也不只有中国这么做，比如1936年西班牙军人佛朗哥发动内战，政府不敌，也是一再迁移，从马德里先后到瓦伦西亚、巴塞罗那。但是对于南京百姓来说，很难消除被政府抛弃的感觉，而且是短短几年间一再被抛弃。尽管政府说，南京仍是首都，可是在百姓心里，它已是"废都"了，因为蒋介石说，这仗至少要打三五年。他的意思要民众作持久战的准备，首都的百姓却听出这一次的政府"出走"，与上一次短期离家去洛阳不同，不知何时是归期。

我们在汉口待到12月中旬，又接到命令去重庆。在汉口重新登船的时候，听到南京沦陷的消息。我依在船舷边，望着江水在夕阳的映照下一漾一漾，老糜的笑脸在眼前浮现出来，似乎带了诡异的意味。

老糜是我家女佣的男人，江苏句容人，年纪比我略长，读过几年小学，喜欢谈古论今，白天在城里四处打工，晚上睡在我家里。早晚碰了面，偶尔会聊两句。后来抗战中我在重庆，读到张爱玲散文《私语》中写到她幼时的家里那个胸怀大志的"男底下人"毛物，我就想起了老糜。糜姓与我的姓都不多见，两个姓在《百家姓》里却靠得很近，不过是巧合，我却莫名其妙地觉得有意思。

有天早晨我刚起身，走到院子里，见老糜正蹲在厨房门边抽烟。"先生！"他站起身来跟我打招呼，他与人说话总是带了过分的恭敬，我一直没弄明白这到底是因为想表现涵养，还是想要对方还他以同样的尊重。他把头略略伸过来，眉毛因为要与眼睛拉远距离，结果把眼睛也拉大了，"老虎桥放了陈独秀，是不是又要迁都？"

我们这种在机关里待久了的人，早已习惯唯政府指令是从，慢慢地也就不急于去作个人的预测与判断，"哦？这很难说……"

老糜笑了一下，也不再问。

我们在与他夫妻俩告别的时候，请他们代我们守房子，假如他们不回老家的话。回想起当时老糜的那一笑，我不禁喟叹，在衙门行走的人行事往往自以为是，以为什么事只要说几句冠冕堂皇的话就可以瞒得过，因为总觉得百姓没有头脑。殊不知百姓心里清楚得很，他们对事物的判断有自己的方式。官府逼他们屈从容易，但叫他们信服却难。

重庆的人，从省市官员到普通民众包括学校师生，对于政府迁去极为兴奋，欢迎林森的电报如雪片纷飞，各界的欢迎大会也接踵举行。而我愈是在热烈的气氛里愈是不由得挂念老糜夫妻，如果他们没离开南京，眼下应是生活在地狱里了。

1943年3月，蒋介石所著不到10万字的《中国之命运》在大后方出版，作者的一厢情愿是希望成为全中国人民的指导思想。我们这些机关职员，也都人手一册。在那条件艰苦，许多印刷品粗糙到难以卒读的环境下，这本背负了重大使命的小册子却用了上好的纸张，印刷也很精良，而价格极为亲民，普及的用意十分明显。但从社会反应来看，效果却有违当局初愿。在众多的批评中，任汪精卫全国经济委员会委员的胡兰成的声音显得尤其刺耳。他在1945年元月所发预言道："战后中国必四分五裂，蒋介石政权没有办法统一它……再要统一，必须另有一次大革命，在这样的革命里，首先便要革掉蒋介石政权。所以他在《中国之命运》里写的十年建设计划，不但没有实现的可能，历史将连给他试一试的机会都没有。"

自负的委员长当然未必会被来自敌营中的这一盆冷水泼浇得打个冷战，而我当时读了却在想，倘若战后实际情形被这个讨厌的家伙说中，那我们该如何自处呢？而每当念起可能再无继续或复制之日的作为首都的十年，结束得如此潦草与仓惶，无尽的惆怅就会像风一样掠过心间。

后 记

在"欲说还休"的年纪做一件"述之不尽"的事情，不能不说是个矛盾。在前后长达百千之日的写作中，的确不时感觉到这个矛盾真实的存在，自然也总不得不花费一些心力去做调和的工作。其后果之一，便是写作的进度大为迟缓。计划的不能按时兑现，一度成为觊觎选题热情的凉水。

当然写作过程的延长还有别的原因，比如作者一直试图寻找一个更为适宜的表述方法。而这个方法的寻寻觅觅，一变再变，也使得本书的写作就像一只老旧但壮心不已的时钟，期期艾艾，走走停停。反复如此，机械的失灵便不可避免地要被当作主观的懒散。

而其间另起炉灶的兴奋与死胡同底的叹息多番交替，又每每演成独角戏一般的自搏。好在结果差强人意，对曾经的歧路纷披与浪掷的光阴，也就不再去计较了。

作者存有这样的记忆，每当埋首于复述历史的工作中，内心常常会不意生出一种特别的感觉，几可用"一惊一乍"来形容。

因为发现即使原本并不复杂的历史事件，即使亲历者记忆无误，没有私心，叙述中也难免单因心态性情与视角的不同，或是夹杂了个人好恶，或是受制于政治立场、思想观念及认识水平的局限，而形成了新的版本。更莫说凭耳食与纸上得来隔空阐述波谲云诡或迷雾笼罩的历史的后来者。

在史林中穿梭过的人就会知道，述史者哪怕只是一句话与史实稍有出入，在以讹传讹的作用下，都有可能"谬以千里"，使历史变得面目全非。作者就曾屡番经历在对"从前"的追究中，当抵近某一事件始发的缘故时，乍然发现舛误的来源，心下往往"不由大惊"。

也正因为此，作者头脑里的某个地方，始终挂着一个条幅，上面是用正楷写的几个字："此处不可随便。"

作者想要对读者说，这是一个用文学来重述历史的作品。二者的关系是，历史借用文学的嘴巴，而文学对于历史有足够的尊重，界限是"文不害史"。文学拥有话语权，尽可喋喋，可以起舞，但终究是被关在史实的笼子里的，作者并不赋予它打扮历史的权利。

　　　　　　　　　　　2024 年 3 月 25 日于飞往马德里途中